NERI POZZA
BLOOM

323

Della stessa autrice:
La casa sul Nilo

Sebbene ispirata ad alcuni fatti storici, questa è un'opera di finzione. Nomi, personaggi, luoghi ed eventi, quando non sono frutto della fantasia dell'autrice, sono usati a scopi narrativi. Qualsiasi altra somiglianza con persone reali, vive o defunte, società, imprese, eventi o locali esistenti è da considerarsi puramente casuale.

Published by arrangement with The Italian Literary Agency

ISBN 978-88-545-3145-1

neripozza.it

DENISE PARDO

TORNARE AL CAIRO

NERI POZZA EDITORE

A Carlo

Il Cairo
1952

«Sei in ritardo di trenta minuti. Cosa ti è successo? Stavo per andarmene».

L'uomo con l'uniforme militare toccò l'orologio con un dito. Sorrideva ma era seccato.

«Scusami, Hakim, hai ragione» rispose il nuovo venuto sedendosi.

Erano entrambi giovani, uno indossava la divisa da ufficiale, aveva un viso simpatico, naso largo, grosse sopracciglia, occhi piccoli. L'altro aveva un'aria affascinante, il suo abito da borghese era tagliato con eleganza. Si guardavano con affetto, era evidente che si volevano bene.

«Come vanno le cose?» chiese il ritardatario.

«Oggi io e Zakaria abbiamo parlato con Nasser. Lui vuole aspettare Naguib».

L'uomo in borghese si guardò intorno per assicurarsi di essere al sicuro. Poi si chinò verso l'amico.

«Stasera ho un incontro» e fece l'occhiolino. Il viso del militare si oscurò.

«Mohammed, non mi sembra una buona idea. Bisogna essere cauti, soprattutto ora».

«Non temere, sai che ho un sesto senso. Non sono stato sempre io a capire le situazioni prima di te?»

Si alzò, lasciò qualche piastra sul tavolo, si avviò verso la porta. «Arrivederci, habibi, ci vedremo domani».

L'ufficiale si alzò in piedi, lo bloccò con la mano e gli disse sottovoce: «Se hai intenzione di continuare, dovrai dirlo a Nasser».

1.

Earl's Court, Londra; Garden City, Il Cairo
1940

Kate era arrivata dalla Londra buia e triste del 1940. Il contrasto tra il senso di morte della Gran Bretagna in guerra e l'atmosfera brillante e cosmopolita del Cairo disarmò lo spirito beffardo che l'aveva convinta di essere al di sopra dell'emotività e della passione.

Ci volle un po' di tempo per abituarsi agli odori, ai rumori, ai sapori e alla luce di una città che sembrava rifulgere persino quando calava la notte.

Il chiarore che arrivava dal Nilo e dal deserto era così forte che per settimane Kate fu costretta a usare gli occhiali scuri e il cappello, e a coprire ogni centimetro del corpo, perché la sua pelle che non aveva mai visto il sole si era ribellata e ricoperta di bolle.

«Santo cielo, Kate, sembri una dannata lebbrosa del Punjab» era stata la frase consolatoria di suo padre.

Sarah, la sua chaperon-domestica, l'aveva cosparsa di chiara d'uovo montata a neve per attutire il bruciore delle scottature, un rimedio – le aveva spiegato – imparato dalla sua ex padrona, un'askenazita polacca dalla pelle ancora più bianca di quella degli inglesi.

«Cos'è una *shenazita,* Sarah?» Kate non ne aveva idea, non ancora, almeno.

James Lambert, il padre di Kate, uomo elegante e squattrinato, aveva guardato le braccia leggermente abbronzate di sua figlia e commentato di nuovo con aria sprezzante: «Hai l'aspetto di un'indigena».

«Sul serio, papà?» Ne era orgogliosa, a lei sarebbe piaciuto esserlo davvero. Le donne del Cairo sembravano così belle ed enigmatiche.

L'Egitto era quanto di più lontano potesse immaginare una adolescente inglese che ne sapeva di geografia, di politica, di archeologia quanto i sandwich al cetriolo adorati da Elisabetta, l'erede al trono del Regno Unito.

Al Cairo regnava Farouk, sovrano dissoluto e capriccioso sostenuto dall'impero britannico, famoso in tutto il mondo per i forzieri pieni d'oro e per l'appetito gastronomico e sessuale pantagruelico.

Nel cuore di Kate regnava Il Cairo.

La città si era impadronita come un'amante pretenziosa di tutto lo spazio che lei aveva a disposizione per amare qualcosa e qualcuno, era il posto dove voleva vivere per sempre, non sarebbe mai più tornata a Londra. Ne chiedeva di continuo una conferma a Sarah, che leggeva i fondi di caffè come fossero pagine di giornale.

Nata con un occhio sbilenco, Sarah era soprannominata "la veggente", non tanto per l'ironia tipica degli egiziani di fronte ai difetti, quanto perché sapeva interpretare in modo impressionante i lampi di futuro che le apparivano e che l'avevano resa famosa.

Per parte di madre era ebrea, mentre suo padre era un musulmano sunnita, un tempo valletto alla corte di re Fuad, il padre di Farouk, che approvava con entusiasmo le unioni miste. La sua amante, Alice Suarez Cattaui, era una ricchissima rappresentante della comunità ebraica e l'aveva totalmente stregato.

Sarah pregava nelle sinagoghe come nelle moschee, era cresciuta in una confusione di culto che non aveva mai risolto, e che non l'aveva resa credente né da una parte né dall'altra. Aveva accolto le sue due religioni come una ricchezza in più, seguendo il principio di armonia del Cairo, e la sua scelta salomonica si rivelava anche quando si vestiva con cura. Dava sempre l'impressione di essere uscita viva da una colluttazione di stili contrastanti.

Quando il padre di Kate, nel selezionare le possibili chaperon-domestiche per la figlia – come si usava nella comunità internazionale del Cairo – l'aveva vista per la prima volta, aveva avuto un sobbalzo. Non solo per l'abbigliamento disordinato e antagonista – «Ricordava una torta di nozze bluastra poggiata su una sottana di genere africano color fango a fiori gialli» raccontò poi –, ma per quanto fosse l'opposto di suo marito Ali, un impiegato alla rappresentanza diplomatica britannica dall'aspetto più distinto e sussiegoso di Sir Archie Thompson, l'ambasciatore in carica.

Mr Lambert l'aveva assunta solo per le insistenti raccomandazioni di Ali, ma ogni volta che l'incontrava distoglieva lo sguardo. I suoi pregiudizi gli impedivano di rendersi conto che aveva un viso dolce, una voce melodiosa e una notevole finezza di spirito. Sarah aveva compreso immediatamente che quell'uomo non l'avrebbe mai accettata e ne sorrideva. Sapeva di essere più intelligente di lui. Grazie a suo padre, che aveva voluto darle una parvenza d'educazione, non era analfabeta come la maggior parte del popolo egiziano, faceva fatica a leggere e a scrivere ma si arrangiava. Oltre all'idioma tipico dei domestici del Cairo, un frullato d'inglese e francese egizianizzati, parlava anche un po' di yiddish e di ebraico, e li usava quando qualcosa la disturbava e quando voleva indispettire il marito che non ne capiva una parola. Decise di insegnarli anche a Kate, soprattutto per ripicca verso Mr Lambert, che trasalì quando sua figlia gli rivolse uno «Shalom» con un gran sorriso.

Era una ragazza alta e robusta dalla pelle scura, con una massa di capelli corvini, e possedeva un carattere così allegro e gentile che tutti le volevano bene. In più aveva in dote un plotone di parenti, veri o falsi a seconda del momento e dell'umore, sparsi in tutti i quartieri del Cairo. C'erano sempre un cugino, uno zio, una nipote in grado di fornire informazioni, fare commissioni, essere a disposizione.

Quando Ali le aveva comunicato di aver ottenuto per lei il posto di chaperon tuttofare di Kate, aveva accettato di malavoglia; aveva molte riserve nei confronti degli inglesi, persone civili che non sbagliavano mai la forchetta da usare, ma superbe della loro posizione privilegiata in Egitto.

Suo marito invece li teneva in grande considerazione, li imitava in tutto, persino i suoi baffetti erano uguali a quelli dell'ambasciatore Thompson. Sarah gli diceva che si comportava come una scimmia ammaestrata, e rideva compiaciuta quando lui correva a guardarsi allo specchio per assicurarsi che fosse tutto in ordine e che l'espressione altezzosa del console inglese imitata da lui alla perfezione fosse ancora lì, intatta, sul suo viso.

Kate fu una sorpresa per Sarah. Era molto carina, i suoi colori non differivano da quelli delle inglesi che arrivavano in Egitto – pelle bianca e rosa, occhi azzurri, capelli dorati, lineamenti delicati. Ma bastava poco, qualche parola, un commento qualsiasi, per capire che era una ragazza particolare. La solitudine in cui era vissuta ne aveva esasperato lo spirito d'osservazione e resa più vivida l'intelligenza.

L'avevano cresciuta suo padre e Rose, una nanny scozzese, la stessa di sua madre, che era morta quando aveva solo tre anni. James Lambert era un uomo duro che aveva voluto trasmettere a sua figlia l'importanza della forza d'animo e del coraggio. Non voleva che nella vita le capitasse di illudersi nel modo in cui era successo a lui molte volte: affari andati male, promesse mai mantenute, come quella di un cugino ricco che gli aveva garantito una rendita e una bella casa, senza poi concludere nulla. Aveva tentato di trovarsi un lavoro, ma era privo di talento e d'ingegno, nessuno sapeva cosa farsene di una persona educata come un signore senza il potere e i soldi per riuscire a esserlo.

Prima di partire per Il Cairo vivevano in una minuscola casa a Earl's Court, al confine con South Kensington, e avevano di che mangiare grazie a una piccola eredità. A Kate non era mai importato di indossare i vestiti smessi delle parenti sue coetanee; tutto quello che rendeva felici le ragazze della sua età la lasciava completamente indifferente.

«Kate, hai mai pensato al tuo futuro?» In uno dei piovosi pomeriggi londinesi Mr Lambert, ignaro di essere sul punto di cambiare Paese, aveva deciso di indagare sui sogni di sua figlia.

«Naturalmente, papà. Mi piacerebbe diventare una piratessa o una domatrice di leoni» aveva risposto lei senza esitare.

Suo padre aveva sorriso, sentendo di aver fatto un ottimo lavoro; Kate mostrava di possedere carattere e di non temere il pericolo. Aveva gli strumenti che servivano a una ragazza nella sua condizione per affrontare le difficoltà della vita.

Poi tutto cambiò.

Dopo la dichiarazione di guerra della Gran Bretagna alla Germania nazista che aveva invaso la Polonia, il cugino delle promesse mai mantenute si premurò di avvertire Lambert che le cose si stavano mettendo molto male.

«Copperknob sostiene che siamo sull'orlo di un baratro» l'informò, ricorrendo al nomignolo "Pel di carota" usato dall'aristocrazia inglese, che si deliziava nell'usare i soprannomi, per riferirsi a Winston Churchill.

L'informazione gli arrivava da Downing Street, da John Colville, il segretario di Churchill – appena nominato primo ministro – di cui era un vecchio amico.

Questa volta il cugino era il portatore di una proposta di lavoro: si trattava di dare una mano a Sir Archibald Thompson, loro parente alla lontana, in partenza per l'Egitto, dove era stato appena nominato ambasciatore. Aveva bisogno di avere a fianco una persona di fiducia estranea al corpo diplomatico che potesse aiutarlo ufficiosamente.

Lambert tentennava e suo cugino gli fece notare come Il Cairo fosse una città straordinaria. Tutti quelli che contavano nel mondo, milionari e artisti di Hollywood, filantropi e studiosi, intellettuali, principi dell'Occidente e della dinastia saudita, persino l'imam degli ismailiti – chiamato da tutti Aga Khan –, volevano andare prima o poi a passarvi un po' di tempo.

In più, la piccola rendita ricevuta in eredità, che a Londra gli permetteva a malapena di sopravvivere, al Cairo avrebbe rappresentato un buon capitale.

L'argomento fu definitivo.

Partirono senza nanny Rose, che aveva opposto un netto rifiuto, mentre la notizia del trasferimento aveva riempito di gioia Kate, facendole rapidamente cambiare i suoi piani. Non sarebbe più diventata né una piratessa né una domatrice di leoni.

Il suo futuro era tracciato ormai: era quello di una beduina.

Fu Il Cairo a addolcirla piano piano. O forse fu il cambiamento di atmosfera che si respirava nella villetta presa in affitto a Garden City, un quartiere pieno di alberi alti e ombrosi, palme ed eucalipti secolari a pochi metri dalla Nile Corniche, popolato di ambulanti, mendicanti, asini e scimmiette, bellissime donne occidentali e figure vestite di nero come corvi, dove la confusione della città arrivava pietosamente attutita. La sera Kate, aspettava di sentire i mormorii notturni sconosciuti che arrivavano dai banyan del giardino. Non ne aveva paura, ne era totalmente affascinata.

Per la prima volta suo padre le appariva sereno. Era soddisfatto di avere un ruolo, sia pure non alla luce del sole. Quasi ogni mattina si recava all'ambasciata in Ahmed Ragheb Street, sulla sponda est del Nilo, sull'isola di Gezira, dove era riuscito a stabilire un ottimo rapporto con Sir Archibald, il cui prestigio aveva finito per allargarsi anche a lui.

Quando usciva di casa teneva in mano un frustino di cuoio, un bastone da passeggio o un ombrello, anche se al Cairo non pioveva quasi mai. Era la sua «position taken», la presa di posizione figurativa della sua nuova vita, secondo lui netta, autorevole, molto britannica.

Ogni volta Sarah doveva trattenere un accesso di riso nel vederlo incedere così impettito e impostato, rallegrandosi che sua figlia fosse molto diversa da lui. Aveva amato Kate fin dal primo incontro. Tramite suo marito Ali aveva conosciuto varie ragazze inglesi; era capitato che l'ambasciata le chiedesse di occuparsi di famiglie britanniche appena sbarcate al Cairo e, anche se con nessuna aveva avuto un rapporto così stretto, le erano sembrate tutte uguali.

Kate invece era imprevedibile. Il suo sguardo comunicava malizia, mai svenevolezza. Non era molto femminile e non percepiva gli uomini come soggetti amorosi o possibili compagni di vita. Li giudicava da pari a pari.

«Sembra un bietolone». Fresca di lezioni di cucina, Kate mostrava di non apprezzare uno dei ragazzi più belli del Cairo che suo padre aveva invitato a casa. Ora che il suo status era cambiato, Mr Lambert poteva permettersi di mutare i piani del futuro della figlia. E sperare in un buon matrimonio.

«Ha meno muscoli di un celenterato». Fresca di nozioni di zoologia, Kate misurava con disprezzo i tricipiti di un giovane amico convocato da Mr Lambert per un tè. Sarah ammutoliva, non sapendo se ridere o rimproverarla per la sua lingua tagliente e per la tendenza a ragionare come un uomo. In genere sceglieva la seconda possibilità. E Kate, che non sapeva nulla della vita ma credeva di sapere tutto, la zittiva.

Dopo pochi mesi fu costretta da suo padre a frequentare la scuola di suore inglesi, l'Auvernia College. Non ne aveva nessuna voglia, l'esplorazione della nuova città era appena iniziata e non si era nemmeno spinta fino al deserto – mancanza imperdonabile, viste le sue aspirazioni da beduina.

Il convento le fece uno strano effetto. Varcando la porta ad arco della scuola incorniciata da rampicanti viola, credette per un attimo di aver lasciato Il Cairo, e di ritrovarsi di colpo in uno dei giardini inglesi delle sue cugine. Aveva avuto l'impressione – e le ci volle un po' di tempo per razionalizzare questa sensazione, che l'avrebbe accompagnata spesso durante gli anni in Egitto – di entrare in un mondo totalmente alternativo a quello che si era lasciata alle spalle.

Fu un assaggio dell'essenza della città.

Il collegio nascondeva una torre di Babele. Un méli-mélo di lingue, abitudini, religioni, condivise senza barriere, limiti o diffidenze, anche se poi al Cairo esisteva una gerarchia di potere tacita ma radicata, dove la comunità britannica occupava il posto più alto e simboleggiava quanto di più rispettabile potesse esserci all'interno dell'Egitto multietnico e multiculturale.

Kate era troppo giovane per capirlo da sola. Glielo spiegò Sarah.

«In Egitto gli inglesi possono tutto. Noi egiziani, e vale anche per i principi di sangue, contiamo poco. In questo Paese chi decide non è re Farouk. Il vero dominatore dell'Egitto è il tuo sovrano, Giorgio VI, il re d'Inghilterra».

A Kate sembrò uno scenario esagerato, com'era,

d'altra parte, esagerata Sarah e come le sembrava fosse tutto al Cairo: risate, urla, pianti, esultanza, grida strazianti dei venditori di strada. Nulla di questo poteva succedere ed essere tollerato in Gran Bretagna.

I discorsi di suo padre che filtravano dalla veranda quando aveva ospiti, tuttavia, sostenevano il contrario. Farouk faceva il bello e il cattivo tempo senza che nessuno riuscisse a fermarlo, si dedicava solo al proprio piacere, lasciando i suoi sudditi, che all'inizio lo avevano adorato, in condizioni miserabili, nelle mani dei suoi governi composti da politici corrotti e affaristi.

Nonostante il trattato di alleanza firmato nel 1936 con gli inglesi, allo scoppio della guerra non si era schierato a favore della Gran Bretagna contro Hitler e Mussolini. Manteneva l'Egitto in posizione neutrale, divertendosi di fronte alle pressioni esasperate di Whitehall, la sede del ministero della Difesa a Londra.

Sarah non ne voleva sapere di cambiare opinione sul potere britannico nel suo Paese e ignorava le proteste di Kate.

«Habibti, Farouk fa finta di mostrare i muscoli ma alla fine cede agli interessi inglesi. Quando è stato incoronato, il popolo aveva creduto in lui. Era giovane, bellissimo, giurava di voler trasformare l'Egitto in un Paese migliore. Purtroppo non ha mantenuto nulla di quello che aveva promesso».

La conversazione era pericolosa e il momento non proprio adatto per contraddire Sarah, impegnata a farle la depilazione araba, dolorosissima, con la halawa, una pallina fatta di zucchero, acqua, succo di limone e miele. «La stessa usata da Cleopatra» le aveva spiegato la prima volta che le sradicava senza pietà i peli del corpo. Tutte le donne occidentali del Cairo ne facevano un uso entusiastico perché lasciava la pelle setosa come quella di un bambino. Si diceva che la usassero anche gli uomini, e soprattutto re Farouk.

Cercando con eroismo di non pensare al bruciore dello strappo, Kate provò a sostenere che la storia dell'onnipotenza inglese in Egitto era del tutto ingigantita.

Sarah non la prese bene.

«Miss Kate, non invento storie, tu sei troppo giovane per avere un'idea di come stanno le cose e sei appena arrivata al Cairo. Non sai nulla di nulla, né dei Fratelli Musulmani né dei nazionalisti. Te ne accorgerai». E per enfatizzare lo sdegno di non essere creduta staccò la striscetta di halawa senza nessuna accortezza.

Kate lanciò un urlo e Sarah sorrise, vendicata.

2.

Avenue des Palais, Heliopolis, Garden City, Il Cairo
1942

Stavano tornando verso casa, alle spalle la Corniche e il Nilo infiammati dal tramonto, quando sentirono un urlo. Un centinaio di metri più in là qualcosa stava rotolando.

Kate si lanciò con uno scatto, seguita da Sarah, che era più pesante e meno interventista. Guadagnò velocemente terreno accorgendosi via via che a ruzzolare era una donna, e senza tanti preamboli, non pensando che poteva essersi fratturata qualcosa, le passò un braccio intorno al busto mentre con l'altro la sollevava come un sacco, non badando allo sguardo di terrore di chi stava aiutando. Non era ancora diventata una beduina, pensò, ma stava dimostrando di essere una soccorritrice di prim'ordine. Allungò la mano e si presentò sorridendo.

Sarah, che le aveva raggiunte, spalancò l'occhio sano.

«Mon Dieu, madame Lubin, come sta? Cos'è successo?» chiedeva tastando la donna per sincerarsi che tutte le ossa fossero al posto giusto.

La signora non rispondeva, sembrava sotto choc, non si capiva se per la caduta o per l'energico soccorso di Kate, che guardava ancora terrorizzata. Poi con la mano indicò una delle panchine di ferro in stile Belle Époque che costeggiavano la passeggiata e, accompagnata dalle due, si sedette con un sospiro. Sorrideva prendendo fiato e faceva capire che era tutto a posto.

«Sarah, oytzer, che bello incontrarti. Sto bene, non preoccuparti. Piuttosto, perché non ti sei fatta più vedere?» diceva madame Lubin, accarezzandole il braccio. Poi sollevò il mento di Kate e la guardò con attenzione.

«Ti occupi di questa incantevole signorina, adesso?» disse con tutta l'ipocrisia di cui era capace, ma arrivata a casa avrebbe definito Kate «una Furia, un'Erinni, una pazza, mi ha atterrito».

Sarah annuì con la testa, battendo ritmicamente la mano all'altezza del cuore.

«Ci siamo molto spaventate».

A quel punto Kate ricordò tutto. Il nome della signora, il fatto che fosse una polacca askenazita, che con Sarah parlasse un po' in francese e un po' in yiddish, e che fosse stata lei a insegnarle il rimedio della chiara d'uovo contro le scottature del sole.

Si fece coraggio.

«Daz iz gut» scandì incerta, sperando di aver scelto un'espressione corretta. Voleva dirle che era contenta che stesse bene.

Madame Lubin la guardò prima stupita, poi con interesse, facendo cenni di approvazione con la testa.

«Grazie, Kate, complimenti» e si alzò in piedi.

Si era ripresa e camminava spedita come loro.

La lasciarono all'angolo con la Nile Corniche, dove il fiume accompagnava la città e dove c'era una macchina ad aspettare.

Prima di entrare in automobile abbracciò Kate e diede una carezza a Sarah.

«Grazie ancora per avermi aiutato. Siete libere giovedì pomeriggio? Sarei felice di ricevervi a casa verso le sei. Miss Kate, lei è una ragazza interessante, vorrei chiacchierare con lei e farle scoprire la mia kompot, vedrà è una panacea, Sarah la conosce bene».

Eleonora Lubin abitava in un piccolo appartamento a Heliopolis, dietro Avenue des Palais, in una delle case costruite a est del Nilo all'inizio del Novecento dall'egittologo e magnate belga Édouard Empain. Era lontano dal centro e da Garden City, bisognava attraversare mezza città per arrivarvi, ma lei spiegava di averlo scelto per la tranquillità e per gli alberi che le ricordavano la sua Polonia e Leoncin, il paese dove era nata.

Era partita insieme alla madre Maja agli albori del nazismo, prima della costruzione del ghetto di Varsavia e dopo aver sposato il tenore napoletano Domenico Russo, conosciuto quando era in tournée nella Mitteleuropa. Era stato lui a scegliere l'Egitto come perno della famiglia. Ingaggiato dall'Opera House per un'*Aida*, si era innamorato del Cairo. «Sento che in un'altra vita» diceva spesso «sono stato Radames», mentre sua moglie alzava gli occhi al cielo.

Il marito, che lei chiamava con buonumore «Dimanche», come «domenica» in francese, era sempre in giro per spettacoli, ma aveva fatto a tempo a darle una figlia, chiamata Carmen come l'opera lirica, ma che lui in famiglia ribattezzava Carmela, il nome della mamma.

«Sapete, les italiens e la loro mamà». Eleonora faceva una smorfia e si rifugiava nella musica suonando al pianoforte, coperto dai tradizionali scialli polacchi a fiori, la *Polonaise* o un *Notturno* di Chopin.

Un giorno Kate la sorprese in lacrime mentre eseguiva uno dei *Waltz* composti dal suo conterraneo. Dopo averle accarezzato timidamente le spalle, le chiese: «Cos'ha, madame Lubin? È la nostalgia?»

Madame Lubin lasciò il pianoforte e le strinse forte le mani. «Sì, Kate, il nostro destino è fatto di nostalgia e di rimpianto. Anche quando sembra il contrario. Non sai come mi rende felice sapere che tu non proverai mai questa sensazione e che sarai sempre bene accetta».

Kate la guardava mentre parlava. La pelle diafana, gli occhi di un azzurro cristallino, i capelli così chiari le ricordavano le creature magiche del suo libro di fiabe, dolci e volitive allo stesso tempo. Nessuna delle persone che aveva conosciuto nella sua giovane vita era simile a madame Lubin.

Da quel giorno, nonostante la differenza d'età, sentirono di essere diventate amiche intime e che per tutta la vita avrebbero potuto confidarsi qualunque cosa.

A volte il venerdì sera, quando con Sarah restava fino al tramonto, toccava a Kate l'onore di accendere le candele dello Shabbat, sotto lo sguardo affettuoso di Eleonora.

Lo faceva con aria grave, Sarah l'aveva istruita sul significato del gesto. Le aveva illustrato il calendario delle festività ebraiche più suggestive, Sukkot, la festa delle capanne, Hannukah, la festa delle luci, Shavuot, il capodanno degli alberi.

A casa di madame Lubin c'erano la Menorah, il candelabro ebraico a sette braccia, e il crocifisso di Dimanche, che era cattolico.

Spesso a cena veniva servita la chlodnik, zuppa polacca dal colore rosa fucsia dato dalle barbabietole rosse, servita con lo yogurt, i cetrioli e le uova sode. Oppure la lasagna napoletana, quando Dimanche era di ritorno dalle tournée; come dessert non mancava mai un piattino di Umm Ali, pasta sfoglia farcita di noci, uvetta e cocco, una delizia per Kate.

Quando, anni dopo, ripensò a quel periodo al Cairo, lo ricordò come il suo "battesimo" al pluralismo dell'accoglienza della città.

La casetta di Heliopolis fu il primo passo adulto di Kate verso lo spirito dell'Egitto; l'apertura verso un mondo esteso, frammentato eppure aggregato di cui fino ad allora, nonostante l'anno passato al collegio inglese, non aveva potuto immaginare davvero la portata. Ogni giorno le sembrava di imparare una dimensione differente da quella che aveva conosciuto il giorno prima, ogni giorno si trasformava in una visita in un nuovo Paese, con gusti e usi diversi. Era una sorta d'itinerario sempre più stupefacente e affascinante. Aveva oltrepassato il grigiore e la monotonia, adesso viveva immersa nei colori.

I pomeriggi con madame Lubin riempivano la sua vita, che altrimenti sarebbe stata solitaria. Suo padre non c'era mai e lei non aveva ancora nessuna amica. Iniziavano con la passeggiata a Qasr El Baron, andando verso il Palais Hindou, misterioso e in stile cambogiano-indiano, percorrendo una strada che sembrava parigina, ma che invece era stata costruita sulla sabbia del Sahara.

Si arrivava fino a Al-Ahram Street, alla basilica cristiana di Nostra Signora di Heliopolis, che il barone Empain aveva fatto costruire a somiglianza della moschea musulmana di Santa Sofia a Istanbul. A volte si spingevano fino al grandioso Qubbah Palace, la residenza che Farouk amava molto più di Palazzo 'Abidin nel centro del Cairo, circondata da magnifici giardini dove era incastonato un grande lago. Capitava che intravedessero il treno reale che portava il re e i suoi dignitari direttamente dalla capitale alla stazione ferroviaria all'interno del palazzo.

Poi, mano nella mano con Carmen, la figlia di Eleonora che la guardava adorante, Kate tornava nel piccolo salotto, cercando di immaginare la Polonia dei racconti di Eleonora – che raccomandava: «Fai lavorare la fantasia, Kate» –, per partecipare al rito della kompot, la bevanda dell'Europa dell'Est ottenuta bollendo in acqua e zucchero la frutta di stagione. Secondo madame Lubin, che la offriva in caraffe ghiacciate, era ineguagliabile per prevenire e curare tutti i malanni del mondo.

La kompot è come Il Cairo, pensava Kate ogni volta che avvertiva il gusto di un nuovo frutto: mai uguale a sé stessa ma sempre meravigliosa.

Un pomeriggio arrivò Sayyeda Muna Kassim, un'amica di Eleonora, con la figlia Halima. Sayyeda Kassim, capelli rossi di henné e occhi appesantiti dal khol, sprigionava un profumo di oud appena si muoveva.

«Che buono! Cos'è?» le chiese Kate annusandola.

«È il legno di Agar, frutto di una resina e di una muffa, il profumo più orientale che esista. Dai, mettine una goccia sulla mia pelle di polacca ebrea» rideva Eleonora offrendo il polso.

Muna, che era una musulmana devota e si vestiva come a Parigi, godeva di un buon carattere e di un'indole allegra, amava chiacchierare e portava con sé un bagaglio di aneddoti e dicerie del potere cairota.

Suo padre, come suo marito, era un antiquario di rango che aveva come clienti califfi, emiri, pascià, bey e persino principi di sangue reale. I loro negozi erano nella parte antica del Cairo, ai bordi del bazaar Khan El Khalili. Sulle vetrine si rifletteva l'ombra delle mashrabiye, le griglie simili a ricami tipiche dell'architettura islamica concepite per far passare l'aria e nascondere le donne agli occhi maschili.

Anche Muna, come Sarah, era esperta nell'arte della lettura dei fondi di caffè, ma non lo faceva volentieri; solo nella tranquillità del suo boudoir o solo quando la gravità delle circostanze lo imponeva perché era considerata una pratica da popolane.

Con l'arrivo di Muna, il nosh, la merenda, divenne più copiosa. La kompot di mango si accompagnò all'hummus di ceci e tahina da mangiare con l'aish baladi, una sorta di focaccia di farina integrale venduta a ogni angolo del Cairo.

«Viva l'alleanza polacco-egiziana, ebraico-musulmana» proclamava Eleonora, suggerendo un brindisi con la kompot.

«L'alleanza è anglo-polacco-egiziana, ebraico-musulmano-protestante» precisò Kate, che aveva portato gli scones da casa.

La sera ripensò a come le pietanze di Paesi diversi si erano armonizzate in maniera naturale. Proprio come Muna, Eleonora e me, e si addormentò felice.

Muna si era subito affezionata a Kate, le insegnava i versetti del Corano suscitando la finta gelosia di Eleonora.

«Eh no, è uno shande, allora comincio io con il Talmud» minacciava. Sarah, che conosceva i due libri, batteva le mani felice.

Muna era gratificata dall'avere una giovane amica inglese e coltivava la speranza di carpirle informazioni sui movimenti delle truppe britanniche e sul generale Bernard Montgomery, soprannominato "the spartan general". Era stato scelto da Winston Churchill, di cui era un protetto, per bloccare l'avanzata in Egitto di Erwin Rommel, detto "la Volpe del deserto", ai comandi di Adolf Hitler. Con il padre così inserito in ambasciata, pensava Muna, Kate doveva per forza sapere tutto.

L'interrogò con abilità sulle voci che giravano al Cairo di una possibile visita di Churchill in Egitto. Kate capì l'obiettivo dei suoi giri di frasi e seppe arginare l'attacco con astuzia. Nonostante fosse ancora molto lontana dall'aver affinato la destrezza femminile, che Il Cairo era capace di forgiare in modo magistrale, si rese conto di quanto fosse cresciuta rispetto ai primi mesi dal suo arrivo. Si stupì di sé stessa.

Fu proprio Sayyeda Muna ad avere l'idea che avrebbe segnato la sua vita.

Era uno dei tanti pomeriggi trascorsi insieme. Halima e Carmen stavano giocando con Kate, che era ancora incerta con il francese, la lingua principale del Cairo, anche se tutti parlavano un misto di italiano, inglese, arabo, greco. Kate colmava le lacune aiutandosi con l'inglese, che però le bambine non conoscevano.

Muna si era immobilizzata a guardare la scena. Si rivolse a Eleonora.

«Habibti, Kate potrebbe insegnare l'inglese alle nostre figlie».

Il viso di Eleonora s'illuminò.

«Che bella idea, Muna. Le ragazze l'adorano, sarebbe molto più facile per loro impararlo da lei. Come facciamo? Non possiamo offrirle dei soldi, mi sentirei troppo a disagio, e lei ha una natura generosa, accetterebbe senza volere nemmeno una piastra di compenso». Scuoteva il capo. «Suo padre non permetterà mai che sua figlia lavori» continuò. «Secondo me ignora che Kate ci frequenti».

Da buona egiziana, Muna era una donna pratica, più della sua amica che aveva, secondo lei, la testa troppo tra le nuvole, tra gli spartiti di Chopin e i ricordi delle passeggiate tra faggi, pioppi e alberi della "foresta storta" della sua indimenticata Polonia.

«Lasciami riflettere, troverò il modo» disse.

«Inshallah» Eleonora le augurò buona fortuna.

«Dank ir» rispose Sayyeda Muna.

Kate si divertiva molto a sentirle mescolare arabo e yiddish.

Muna mantenne la parola. Trovò il modo. Fu Sarah a indicarglielo per caso.

Una sera Kate tornò da un cocktail all'ambasciata britannica stranamente depressa. All'inizio Sarah pensò che si fosse annoiata: quei ricevimenti non potevano essere divertenti per una giovane donna. Sir Thompson invitava esponenti di spicco delle varie comunità straniere e molti egiziani importanti che lo tenevano informato sulla vita nelle molteplici residenze reali, sulle congiure di palazzo e sugli equilibri politici del regno.

Il padre di Kate era il migliore in questo, un affascinante conversatore capace di ottenere l'informazione che cercava senza fare nemmeno una domanda.

All'ennesima richiesta di Sarah, che voleva sapere cosa le fosse successo per essere così di malumore, Kate sbottò. Disse di averne abbastanza di essere sempre vestita come un'orfanella di Dickens, per di più cresciuta nei suoi vestiti.

«Il mio guardaroba è lo stesso da quando avevo sedici anni. Le persone buone mi guardano con commiserazione, quelle cattive con disprezzo».

Spiegò di essersi già lamentata con il padre, ma lui aveva troncato il discorso: «Mia cara Kate, è vero che Il Cairo è molto più economico di Londra, ma nonostante questo non ho la possibilità di vestirti come una parigina».

Kate aveva provato a controbattere ma lui non l'aveva permesso.

«Sei diventata una ragazza molto graziosa, non hai bisogno d'altro per sembrare più carina. Se non sbaglio sognavi un avvenire da piratessa. Non mi risulta che le piratesse vadano in giro vestite all'ultima moda» ed era sparito dietro le pagine dell'*Egyptian Gazette*.

Kate giurò a Sarah che non sarebbe più uscita con lui e non avrebbe più partecipato a nessun ricevimento senza avere dei nuovi vestiti decenti.

Sarah cominciò a rimuginare. Voleva bene a Kate e pensava che avesse ragione, Mr Lambert avrebbe potuto risparmiare sul whisky e sul Porto che si faceva mandare dall'Inghilterra e accontentare sua figlia.

«Sayyeda Muna, voi sapete sempre tutto. Avete il nome di una brava sartina?» Sarah aveva già posto la domanda alle sue cugine e nipoti, ma gli indirizzi erano stati o troppo scadenti o troppo dispendiosi.

Muna drizzò le orecchie e si fece raccontare.

Per quasi venti giorni Kate rispose al padre a monosillabi. Rifiutò di accompagnarlo a due cocktail, a un ricevimento, a un desert party al tramonto nel leggendario albergo Mena House costruito davanti alla Sfinge.

Non mosse un muscolo nemmeno quando lui, conoscendo il suo crescente interesse per la politica, le confidò che davvero Winston Churchill stava preparando la sua visita al Cairo e che Farouk era molto irritato per il suo arrivo. La notizia aveva scatenato l'ostilità dell'associazione dei Fratelli Musulmani, fondata da Hasan al-Banna con l'intento di organizzare l'islamizzazione della società egiziana, e del Partito Wafd, sempre più antibritannico.

Kate non batté ciglio e, per vendicarsi della severità del padre, giurò a sé stessa che si sarebbe precipitata a confidarlo a Muna.

Mr Lambert si spinse persino a domandarle se le avrebbe fatto piacere conoscere il primo ministro inglese. Ottenendo solo un secco rifiuto si decise a mettere da parte l'orgoglio e a chiedere aiuto a Sarah.

Kate tenne duro. L'idea di Sayyeda Muna di dare lezioni d'inglese l'aveva galvanizzata, voleva dire indipendenza e libertà. Sapeva che suo padre avrebbe ceduto. E con i soldi guadagnati si sarebbe fatta cucire i più begli abiti del Cairo. Sayyeda Muna le aveva presentato Anoush Grigoryan, una giovane sartina armena dalle mani d'oro, capace di copiare in modo mirabile i modelli parigini di monsieur Christian Dior.

3.

Garden City, Nile Corniche, Il Cairo
1942-1948

Era la prima volta che Kate andava in casa di una sconosciuta. Suonò il campanello un po' agitata.

Finora aveva fatto lezione solo alle figlie di Eleonora e Muna, con le quali, da amica delle loro madri, aveva passato interi pomeriggi a divertirsi. Per questo insegnare l'inglese a Carmen e Halima era stato come la continuazione di un gioco.

Alla fine aveva vinto. Suo padre aveva accettato la sua richiesta di ottenere un po' d'indipendenza economica. Pur non ammettendolo, aveva compreso la legittimità del desiderio di sua figlia.

Aveva acconsentito, ma posto condizioni non negoziabili. Kate poteva fare lezione, ma solo a pochissime persone purché non appartenenti al loro cerchio di amicizie. Era proibito insegnare ai compatrioti – lei stava per commentare che non c'era bisogno di insegnare inglese agli inglesi –, ma ritenne saggiamente che non fosse il momento di irritare suo padre e ordinò la ritirata al suo dannato senso dell'umorismo.

L'altra condizione la costringeva alla consegna del silenzio: non doveva fare parola della sua occupazione con persone del loro ambiente.

Mr Lambert non mancò di chiarire che il suo via libera era dovuto al fatto che c'era una guerra in corso e che in guerra le convenienze saltavano. Tra l'altro non desiderava sapere in quali case Kate avrebbe fatto la maestra.

Quest'atteggiamento stupì Kate. Non era da suo padre, esponente di spicco dei teorici del controllo, sempre avido di sapere quello che la riguardava. Poi Sarah le confidò ridendo che l'indifferenza era fasulla e che «quel "tretsheras" di Ali» – si divertiva a definire suo marito «fedifrago» in yiddish – aveva riferito a Mr Lambert nomi, indirizzi, giudizi e considerazioni.

Dopo qualche mese, quando Carmen e Halima avevano dato prova della bravura della maestra, Muna chiese a Kate se aveva voglia di aiutare nello studio Fanny, la figlia di una sua cara amica, moglie di Misha Barzel, il farmacista. La Sinclair Pharmacy si trovava in Ibrahim Pasha Street, pochi metri più in là dello Shepheard's Hotel, l'albergo più famoso e fastoso del Cairo, il posto dove tutto succedeva, dove le persone più importanti del mondo volevano farsi vedere.

Al Cairo la guerra era un avvenimento lontano, sembrava non aver posto nella vita di tutti i giorni, anche se il timore che i nazisti e i fascisti potessero conquistare l'Egitto era reale. Erano state distribuite le maschere antigas, ma diventarono perlopiù strumento di gioco: i bambini le usavano per divertirsi a cache-cache. Re Farouk faceva i salti mortali per mantenere la neutralità del Paese. Da un lato avrebbe dovuto essere l'alleato naturale degli inglesi, dall'altro manteneva sotto banco un saldo rapporto con Haji al-Husayni, Gran Mufti di Gerusalemme, leader religioso nazionalista sovvenzionato dal regime nazista.

I bar dei grandi alberghi, lo Shepheard's, il National, il Semiramis, tutto il Cairo era invaso dalle truppe britanniche e indiane che andavano e venivano sulla strada del confine egiziano, dove si combatteva la battaglia contro l'esercito italiano e tedesco arenatosi a El Alamein.

«Il Fürher e il Duce ora puntano a Suez, per questo dopo la sconfitta nella battaglia di El Alamein

Rommel, appena nominato feldmaresciallo, ha chiesto rinforzi».

Kate ascoltava dalla finestra socchiusa del giardino la conversazione che si svolgeva tra suo padre, il tenente generale Taylor e l'ambasciatore britannico nello studio della casa di Garden City, per evitare orecchie indiscrete. Il Cairo era pieno di spie assoldate dai nazisti.

«Ieri la manifestazione contro di noi era affollatissima» raccontava Mr Lambert, che aveva mandato un suo collaboratore egiziano a vigilare sullo stato del corteo. «La propaganda tedesca è abilissima e gli egiziani tifano per loro perché sono i nemici della Gran Bretagna, e noi siamo considerati gli usurpatori. Tira una brutta aria, per la prima volta ci sono stati dei cori antisemiti, anche gli americani sono molto preoccupati».

Kate aveva ripensato a quella conversazione quando Muna le aveva proposto di dare lezioni alla figlia di madame Barzel, «una signora perbene anch'essa ebrea askenazita che, superata la prima impressione polare» aveva assicurato anche Eleonora, «è an autsr», un tesoro.

«Suo marito, il docteur Misha, è sempre pronto a dare una mano, soprattutto ai poveri. Passa le domeniche insieme ad altri medici egiziani a visitare e curare i derelitti dei quartieri miserabili del Cairo» le aveva spiegato Muna. «La figlia Fanny è mahbub, fascinosa, e loro sono persone interessanti. Non dovresti nemmeno fare molta strada, abitano a un passo da te. Se accettassi, habibti, mi faresti un grande favore».

Kate aveva messo le mani avanti: solo se le fossero piaciuti, aveva risposto. «Shukran, Muna, let me see».

Ad aprirle la porta del villino di Garden City, davvero poche strade più in là di casa sua, era stato un suffragi dalla galabeya di un bianco abbagliante, alto e fiero, con un aspetto molto più snob di Ali. Seppe poi che era chiamato Moh.

La fece accomodare in un salotto dai divani in chintz a fiori e dai mobili coloniali in finto bambù. Kate chiese un tè nero. Le tende avorio di lino grezzo si gonfiavano del vento che arrivava dal Nilo. Si appoggiò ai cuscini, più rilassata. Era una casa che ispirava pace, le sembrava di sentire un profumo di noce di cocco.

Entrò madame Barzel. Era piccola di statura, ma si teneva molto dritta, la testa quasi all'indietro. Sapeva come imporre la sua presenza. Sorrideva, ma i suoi occhi grigi come i capelli erano severi e non smisero un attimo di studiarla. Nemmeno quando le porse un vassoietto con dei piccoli dolci – davvero squisiti, pensò Kate, che ne divenne un'appassionata – cotti con il cocco grattugiato.

Tutto in quella donna comunicava una difesa preventiva.

«Madame Kassim mi ha parlato con grande affetto di lei. Ma noi abbiamo una situazione diversa da quella di Carmen e di Halima». Fece una pausa come per cercare le parole giuste, intrecciava le mani con nervosismo. «Abbiamo tolto, spero solo per adesso, nostra figlia Fanny dall'Auvernia, so che è stata anche la sua scuola. Le suore non hanno nessuna colpa, si tratta di una nostra precauzione. Il feldmaresciallo Erwin Rommel si sta avvicinando all'Egitto e in giro sentiamo un'atmosfera sempre più favorevole ai fascisti e ai nazisti».

Kate fece sì con la testa. Sapeva che si stavano moltiplicando le manifestazioni a favore di Benito Mussolini e Adolf Hitler, nutrite dal sentimento anticoloniale e antibritannico del popolo egiziano, alimentato dai Fratelli Musulmani e condiviso, seppure non in modo ufficiale, da re Farouk. La conversazione rubata nello studio di suo padre era stata utile.

«Vogliamo evitare che la presenza di Fanny crei imbarazzo alla scuola, oppure che si senta emarginata. È molto sensibile, non è abituata come noi».

Madame Barzel, la guardava fissa, sembrava di colpo irrigidita, poi scandì: «Vede, Miss Kate, noi siamo ebrei».

Tacque osservando con attenzione il viso della ragazza, che le sorrise con simpatia.

«Ikh bin zeyer nebekhdik». Le dispiaceva molto, disse tentennando Kate, sicura di cadere in qualche strafalcione dell'yiddish.

Madame Barzel sorrise per la prima volta in modo spontaneo, il suo volto dagli zigomi alti si distese. Da giovane doveva essere stata fascinosa, pensò Kate, come spesso le donne slave. Muna le aveva raccontato che era nata a Czernowitz, una città nella Bucovina del Nord, un tempo centro culturale tanto vivace da essere soprannominato "la piccola Vienna". Quando il loro rapporto diventò familiare, Kate poté apprezzarne l'incrollabile coraggio. Lo opponeva al sentimento di paura che non la abbandonava mai e che era riuscita a non trasmettere a sua figlia. Lo definiva «il compagno inseparabile di ogni ebreo».

Era una donna intensa, non c'era aggettivo migliore per definirla.

«Adank, thank you very much, Miss Kate». Madame Barzel alzò la voce chiedendo a Moh – che era dietro la porta con l'orecchio incollato all'uscio, e lei lo sapeva bene – di chiamare Fanny e di condurla in salotto. Moh, che aveva sentito perfettamente, entrò nella stanza con aria interrogativa in attesa di un ordine. Ci teneva a mantenere una parvenza almeno di dignità.

«Ecco, chérie, ti presento Miss Kate, ti aiuterà a tenerti al passo con i programmi della scuola».

Kate le porse la mano con aria stupita, colpita dal viso di Fanny.

«Credo che accetterò» annunciò appena incontrò Muna, che batté le mani dalla soddisfazione. «Mabrouk».

«Fanny è bellissima, ha il viso di un'attrice e la luce della dolcezza» raccontò a Sarah. A quelle parole la donna si fece pallida, e con l'occhio sano guardò sopra la spalla di Kate, lontano, come se le fosse apparso qualcosa d'inaspettato.

«Cos'hai? Ti senti male?» Kate non l'aveva mai vista in quello stato.

Poi si ricordò del soprannome "la veggente".

«Hai avuto una visione? Sta per accadere qualcosa?»

Rammentò che una volta Sarah le aveva detto di considerarsi una sensitiva. Si corresse.

«Senti che sta per arrivare un avvenimento negativo?»

Sarah cercò una sedia, chiuse gli occhi e scosse il capo.

«No, autsr, ho avuto un attacco di vertigini».

Piano piano riprese colore. E non ne parlò più.

Con l'entrata nella famiglia Barzel, prima da insegnante poi da amica, dopo che Fanny si fu diplomata con successo, la vita di Kate cambiò. E prese una nuova direzione.

Grazie a loro cominciò a interessarsi di politica. A fine 1943 fu Misha Barzel, non Mr Lambert, a comunicarle la notizia che Churchill stava arrivando al Cairo per incontrarsi con Franklin Roosevelt, presidente degli Stati Uniti, e con Chiang Kai-shek, il "generale rosso" cinese, per definire l'alleanza contro il Giappone e il nuovo assetto asiatico. Fu sempre lui a informarla dell'andamento vittorioso della guerra prima ancora che diventasse ufficiale: la Sinclair Pharmacy sembrava il confessionale del docteur Misha.

Era trascorso del tempo dall'arrivo di Kate in Egitto. Proprio lei, che aveva sognato una vita avventurosa fuori dalle prospettive di un destino prevedibile, era stata accontentata come mai avrebbe potuto sognare. Non era diventata una domatrice di leoni e neppure una piratessa, ma stava vivendo qualcosa di ancora più emozionante.

Kate non peccava di vanagloria e nemmeno di modestia. Riconosceva con orgoglio di aver aggirato, anche grazie all'aiuto di Sarah, i ranghi tradizionali e scansato le traiettorie di vita delle ragazze britanniche in terra egiziana. In cerca di un buon marito, si concedevano solo alle terrazze dell'incantevole Gezira Sporting Club – piscine, campi da tennis e da polo, ettari di verde sull'omonima isola vicino al delta del Nilo – dove non più del venti percento dei soci poteva essere egiziano, purché appartenente a famiglie altolocate o imparentate con il re.

Kate, al contrario delle sue connazionali, s'inoltrava nella conoscenza di un Cairo diverso dal cerchio chiuso degli inglesi. Era Il Cairo che vibrava tra i muezzin delle moschee, le campane delle chiese, le cupole delle sinagoghe, i vicoli del quartiere copto e il grembo del Nilo, che lambiva con il suo letto i palazzi dei ricchi egiziani, le ville dei milionari stranieri e le capanne di fango dei reietti. Era Il Cairo che teneva tutto.

Stava conoscendo persone diverse per fede, origine, cultura a cui si sentiva simile, riuscendo a intravedere la capacità della città di assorbire e amalgamare anime lontane in un'unica energia.

Sembrava un percorso naturale al di fuori dal conformismo ancora potente del lungo protettorato inglese; ma era stata davvero capace di individuare quest'opzione, si domandava Kate, o Il Cairo l'aveva scelta, invece, spingendola piano piano nel cuore della sua natura?

A condurla per mano, oltre a Sarah, fu – senza farlo apposta – Fanny, anche lei innamorata del posto in cui era nata. Nonostante i tre anni di differenza diventò la sua migliore amica e, quando l'avanzata di Rommel fu bloccata dal generale Montgomery, furono sconfitti i nazisti e i fascisti e la guerra finì, Miss Kate si era trasformata in una persona di famiglia. Divenne sempre più naturale renderla partecipe anche dei momenti più intimi.

La prima volta che accadde Kate rimase senza parole e le vennero le lacrime agli occhi.

«Domani è l'anniversario di matrimonio di papà e mamma, siamo solo noi tre. Vieni anche tu, vero?» Fanny glielo chiese durante la loro consueta passeggiata di prima mattina lungo la Corniche orientale del Nilo. «A casa stanno cucinando da quarantott'ore, mami si cimenterà nel kugel e mi ha già rimproverato: "Come, non hai ancora invitato la nostra Kate?"»

Da allora Kate diventò "la nostra" o "la mia" Kate, a seconda che a parlarne fossero madame Barzel e le docteur, come veniva chiamato Misha, o Fanny, che la considerava una sorella dell'anima.

Kate non era abituata all'affetto e alla sua esibizione pubblica, anche se da quando era arrivata al Cairo era stata allenata da Sarah, che l'abbracciava sovente con grande slancio. Kate la adorava, ma era pur sempre al suo servizio, mentre l'amicizia e l'amore che le dimostravano Fanny e sua madre non derivavano da nessun vincolo o legame, se non quello dell'affinità del cuore e dei sentimenti.

Fu un'ulteriore riprova di una società eterogenea, spalancata, senza pudore discriminatorio, composta di greci, armeni, italiani, francesi, turchi, libanesi, arabi, come gli amici che frequentavano la casa dei genitori di Fanny e quella di Eleonora Lubin. Se Fanny le presentava Aghavni Babayan, Kate chiedeva subito di che Paese fosse e poi correva a leggere sull'*Enciclopedia Britannica* tutto sull'Armenia. Così per le nuove conoscenze di Salonicco, di Damasco, di San'a, di Smirne, di Tiro o di Bukara.

La vita e lo spirito della città la liberarono dalla prigione della timidezza e dell'autocontrollo, facendole conoscere un altro modo di amare e di volere bene.

4.

Garden City, Heliopolis, Opera House, Auberge des Pyramides, Il Cairo
1948

A Kate e Fanny, ogni tanto si accodava anche Niní Baranes: le tre ragazze erano inseparabili.

Passeggiavano insieme per la lunga Kasr El Nil, piena di grandi magazzini: Cicurel, aperto nell'Ottocento dall'omonima famiglia di Smirne, e Sednaoui, di proprietà di due fratelli greco-siriani. Passavano davanti al Royal Automobil Club, il circolo preferito di Farouk, ammirando le lussuose macchine occidentali dei principi e dei magnati parcheggiate dagli chauffeur davanti alla facciata opera di un architetto italiano in puro stile neo-gotico islamico.

A Soliman Pasha Street c'era la sosta obbligata per una «limonade» profumata all'acqua di rose o un café turco da Groppi, il locale che aveva fatto la fortuna del suo proprietario. Originario del Canton Ticino, era diventato un importante industriale grazie al gelato al bastoncino e ai datteri ricoperti di cioccolato, passione di madame Barzel. Groppi era un'istituzione, oltre che una florida società di caffè e pasticcerie in tutto l'Egitto, l'unica capace di rompere il monopolio delle industrie dolciarie in mano alla comunità greca.

A volte madame Barzel ed Eleonora portavano Fanny e Kate a prendere il tè al Mena House, sulla Pyramids Road. L'albergo era una celebrità. Nel 1943 era stato scelto da Franklin D. Roosevelt per l'incontro con Winston Churchill e il generalissimo cinese

Chiang Kai-shek con l'intento di preparare l'operazione Overlord, lo sbarco in Normandia, prima di volare a trattare con Stalin.

Per la festa del Ringraziamento, il presidente americano era arrivato con due enormi tacchini, che furono cotti sotto la sua supervisione dal sussiegoso chef francese dell'albergo, piuttosto innervosito dal fatto che lo «yankìì» non si fidasse di un seguace di Escoffier.

Il Mena House offriva una spettacolare vista sulle piramidi, ma le due ragazze erano molto più impressionate dalle star che incontravano nel giardino. Un pomeriggio si trovarono di colpo di fronte a Rita Hayworth in compagnia del neomarito, l'Aga Khan. La diva indirizzò loro un sorriso, e l'emozione fu quasi fatale; ne parlarono per settimane e settimane.

Quando Kate e Fanny invece si assicuravano di essere lontane dalla vista di conoscenti spioni – le più temibili e pettegole erano due ricche signore armene, Ketty Mardikian e Mary Adamantides, dotate di occhi di lince e orecchie elefantiache –, acquistavano lo sherbet dai venditori ambulanti, che lo mantenevano fresco con un pezzo di ghiaccio. Altre volte, guardandosi intorno come ladre, compravano per poche piastre i succhi di canna da zucchero e di guava.

Nonostante la loro prudenza c'era sempre qualche anima pia pronta a confidarlo a madame Barzel o a madame Lubin. La reazione era identica: sgomento, disperazione, strazio.

La prima volta Kate si era impressionata.

«Oy vey! Oy vey! Volete prendervi la thyphoide e morire?» si disperava madame Barzel, come se stessero per sgozzarla.

«Vuoi che venga il crepacuore a tua madre?» rincarava la dose Eleonora, minacciando Fanny con un dito, gli occhi fuori dalle orbite. Tutt'e due poi si mettevano le mani tra i capelli come per strapparseli.

Fanny era cresciuta con il temperamento drammatico delle donne askenazi e, se non fosse stata una ragazza dal cuore d'oro, le sarebbe venuto da ridere. Kate, invece, era sul punto di mettersi a piangere dal dispiacere.

Fu rassicurata da Fanny.

«Si comportano sempre così, Kate, è il lato yiddish. Per loro dietro ogni angolo c'è una tragedia che non aspetta altro se non di abbattersi su di noi, non preoccuparti».

Fanny l'abbracciava, si volevano molto bene e avevano una complicità totale. Come aveva predetto Fanny, dopo aver insistito per provare la febbre alle ragazze – che non l'avevano – e averle costrette a bere una quantità di latte bollito, che doveva neutralizzare i potenziali batteri indigeni del sorbetto o del succo di frutta o delle pannocchie calde cosparse di burro, madame Barzel aveva ripreso di colpo l'abituale contegno. Per perderlo di nuovo se, uscendo per una passeggiata al tramonto, le ragazze non prendevano con sé un golfino.

«Ma fa un caldo terribile, ci saranno quaranta gradi!» protestavano.

«Ora è così, ma ricordatevi che può sempre arrivare una tempesta, nu nu» era la risposta.

Mireille, la mamma di Niní, una libanese cristiano-maronita sposata a un uomo d'affari musulmano, si divertiva come una matta con la madre di Fanny.

«C'est un numéro» rideva per dire che era uno spasso. Misha annuiva con l'aria da martire.

Spesso erano serate piene di musica. Eleonora suonava Chopin e si alternava con madame Barzel, virtuosa della *Turkish March* di Mozart. Ogni tanto Muna accennava qualche passo straziante delle interminabili canzoni di Oum Kalthoum, la cantante araba che mandava in deliquio gli egiziani. Dimanche, le poche volte in cui era al Cairo, chiudeva le esibizioni domestiche con il «Nessun dorma» della *Turandot* di Giacomo Puccini.

Quando all'Opera House del Cairo, costruita dal khedivè Ismail per l'apertura del Canale di Suez, si inaugurava la *Saison lyrique italienne* e arrivavano in tournée il Ballets des Champs-Élysées e i più grandi artisti al mondo portati dall'impresario Mario Pilogatti, Fanny, Kate e Niní non si perdevano uno spettacolo. A sipario calato, madame Barzel si congratulava per come Il Cairo fosse internazionale, pur non raggiugendo, ovviamente, quasi mai i picchi di cultura della sua indimenticabile Czernowitz.

«A prakht» sospirava.

Fanny traduceva per Kate: «Era uno splendore».

A volte era il cinema. Kate adorava le matinée al Metro, al Miami e al Rialto, che proiettava i film di Hollywood. La divertiva molto il fatto che, appena cominciava lo spettacolo, gli egiziani si togliessero le scarpe, massaggiandosi i piedi piano o con più forza, a seconda dell'intensità delle emozioni.

Durante le scene madri, le ragazze aprivano i cestini con il baladi, il pane contadino egiziano, farcito di foie gras, o con i sandwich al gruyère che madame Barzel aveva preparato per scongiurare pericolosi acquisti dagli ambulanti, mentre intorno a loro si udiva il *crack crack* dei bruscolini e dei pistacchi che venivano sbucciati.

Eleonora, Muna, madame Barzel e Mireille Baranes erano diventate i punti cardinali di Kate. Erano donne adulte con una vita già segnata, al contrario della sua, ma rappresentavano le madri che l'avevano accolta nel grembo di una città cosmopolita.

Lei, che aveva sofferto della mancanza di una figura materna, per la prima volta si sentiva figlia.

Aveva da poco compiuto ventitré anni e suo padre si disperava.

«Ti ritroverai sola come Miss Prudence, che rimpiange ancora di non aver accettato la corte del suo unico pretendente. Ricordati che io non sarò eterno» la minacciava al suo ennesimo rifiuto di corteggiatori dalle credenziali gratificanti: un futuro sir, due alti funzionari dell'impero, e persino un seducente gentleman anglo-indiano.

L'anatema di diventare come Miss Prudence era crudele ma improbabile. Kate piaceva agli uomini, era attraente e si annoiava con facilità.

Mireille Baranes rideva dei commenti sugli sfortunati che s'invaghivano di lei, ma una volta l'avvertì. «Yalla, Kate, ti capiterà di innamorarti, prima o poi, Inshallah. E per donne indipendenti e libere come te, è sempre un dramma».

Kate soppesò con cura il commento di Mireille. Non la considerava un'anziana signora come madame Barzel, Eleonora o Muna, le sembrava una donna ancora interessata al rapporto con gli uomini. C'era sempre qualcuno che la corteggiava, qualcun altro che le riempiva di fiori il salotto nonostante fosse sposata, e anche felicemente. Mireille amava l'universo maschile, ne aveva bisogno, era l'ossigeno e lo specchio del suo narcisismo.

Quando Ali avvertì Mr Lambert che Kate frequentava con assiduità casa Barzel, suo padre si lasciò sfuggire il suo disappunto.

«Ancora altri ebrei Kate? Non finirà che ti fidanzerai con uno di loro?» le disse una sera mentre cenavano loro due.

Lei lo guardò inorridita.

«Se ti riferisci alla famiglia Barzel, sono francesi. Non capisco perché per definirli usi la religione e non la nazionalità. Mi sembra che tu sia presentato come britannico, non come protestante».

Era diventata rossa e teneva gli occhi bassi. «Spero che tu non la pensi come quei mostri dei nazisti o gente simile». Sapeva che suo padre era un uomo rigido e attento alla classe sociale, ma non l'aveva mai giudicato un razzista.

La cena finì in silenzio.

Per Kate fu una scoperta dolorosa. Si domandò se anche nella grande comunità cosmopolita del Cairo, se anche tra i suoi amici si annidasse il seme del razzismo.

Non era più un'ingenua ragazzina, seguiva la politica mediorientale anche sui giornali, sapeva dell'abbandono della Palestina da parte degli inglesi, della dichiarazione d'indipendenza di David Ben Gurion per la nascita dello Stato di Israele e della risoluzione delle Nazioni Unite che lo legittimava. Aveva letto del rifiuto degli arabi di costituire due Stati, uno ebraico e uno arabo. I Fratelli Musulmani soffiavano sul fuoco e la rabbia dei fellayn, ridotti alla fame dal governo del re, non aspettava altro che esplodere.

Mr Lambert considerava l'interesse di Kate per la politica l'ultima delle sue tante stramberie e lasciava correre. Aveva imparato che era inutile tentare di farla desistere. Kate si appassionava alla stampa locale e a quella britannica, ma non riusciva ad applicare ciò che leggeva sull'Egitto alle vite e agli animi delle persone che frequentava, diventate la sua amatissima famiglia sentimentale.

Un pomeriggio, con la maggior delicatezza possibile, Kate formulò a Fanny una domanda che teneva in serbo da tempo.

«Hai mai paura?» Si fermò, non sapeva come andare avanti.

«Paura di cosa? Che questione è questa, Kate?» e si mise a ridere.

«Per il fatto… che sei ebrea».

La sua amica la fissò e non rispose subito.

«No, non ho paura. I mei genitori sì. Sono felici al Cairo, ma è come se non si sentissero mai al sicuro, mai davvero accettati. Perché mi fai questa domanda? Hai sentito qualcosa? Vai al tachlis» si era di colpo allarmata.

Kate la rincuorò, era stata stupida e indiscreta.

«Dimentica quello che ho detto. È molto più interessante parlare del flirt tra Niní Baranes e Max Perlo, a proposito di ebrei».

Fanny si rilassò e sorrise.

Poi iniziarono i pomeriggi danzanti all'Auberge des Pyramides, un locale entrato nella mitologia coloniale, tappa imperdibile del Grand Tour mediorientale, dalla posizione fiabesca di fronte alle piramidi di Giza. Le quattro sorelle del re, le principesse Fawzia – la più bella, divorziata dallo Scià di Persia –, Faiza, Faika, Fathiya, avevano sempre un tavolo riservato; il loro arrivo era segnalato dalle Rolls-Royce amaranto, colore concesso solo alle automobili della corte.

Si ballava il fox trot, il mambo e il cha cha cha. L'orchestra cambiava, a volte era italiana, francese, americana, e i tramonti sulle Piramidi e sul deserto rappresentavano la cornice più romantica che si potesse immaginare. «Persino per me» ammetteva Kate.

In uno di quei pomeriggi Fanny conobbe Sam, un bel ragazzo toscano che faceva parte del gruppo di giovani – italiani, greci, egiziani – diventati gli "inseparabili" dell'Auberge. I due Caralambo, Egyptiadis e Skiatos, Max Perlo e Alberto Marano avevano come modelli i due Fred: per il tennis Fred Perry, per il ballo Fred Astaire.

Sam non giocava a tennis, danzava senza pensarci troppo, ma adorava le poesie e le canzoni francesi. Quando l'orchestra iniziò a suonare *La vie en rose* invitò Fanny e cominciò subito a corteggiarla.

L'atmosfera dell'Auberge era irresistibile: la luna piena che iniziava a sorgere e si rifletteva sulla sabbia, l'ombra della Sfinge, il profumo delle siepi di rose dietro cui ci si poteva baciare avevano tratto in inganno non poche coppie.

«Avete saputo che Peggy e Alif si stanno separando? Il loro matrimonio alla cattedrale inglese di fronte al Nilo in fondo a Malika Nazli Street è stato grandioso» spettegolava Niní, la più informata di tutte, seduta al Petit Groppi a sorseggiare il succo di mango. Intorno a lei, le ragazze pendevano dalle sue labbra. «Si sono lasciati anche Irene e Paul Papadaki, che passavano le ore a baciarsi dietro i cespugli dell'Auberge. Irene è tornata ad Atene. Partendo mi ha detto: "Attenta al clima e all'aria del Cairo, possono far credere che un artichaut sia una rosa"». Il carciofo in questione era il suo ex marito. Il soprannome gli rimase tutta la vita.

Sam dava la sensazione di essere una quercia. All'inizio Kate e Niní ressero il gioco a Fanny per non far insospettire madame Barzel, orgogliosamente askenazita, che avrebbe avuto da ridire. Cosa che in effetti accadde – sebbene per poco –, perché la famiglia di Sam era di origine sefardita, gli ebrei dei Paesi del Mediterraneo, considerati da lei meno colti e raffinati. Ma anche perché Fanny aveva avuto un corteggiatore inglese, nazionalità verso cui lei aveva un sentimento quasi reverenziale.

«Sono stati loro a salvarci, insieme agli americani, da Hitler e dal nazismo» ricordava sempre perché nessuno dimenticasse, facendo capire che sarebbe stata ben felice di diventare la suocera di un esemplare britannico.

Dopo settimane di balli, fiori e scatole di cioccolatini, Sam chiese a Fanny di sposarlo, complice una luna piena che illuminava le Piramidi. Kate dovette consolare Niní, commossa alle lacrime per la sua amica ma anche perché a lei non era ancora successo.

I preparativi per la festa del fidanzamento ufficiale provocarono un'eccitazione inaspettata nel cerchio delle amiche di Fanny. Lei era la prima a lasciare il limbo dove potevano ancora immaginare il proprio avvenire e sognarlo come nei film americani, come nei libri francesi e nelle poesie di Keats e Baudelaire che inondavano il cuore delle ragazze.

Niní fece leggere a Fanny e Kate le poesie di Konstantinos Kavafis; era nato ad Alessandria, ma la sua famiglia apparteneva alla comunità greca di Istanbul. Erano composizioni considerate un po' osé, parlavano di voluttà e passione.

Era sopraggiunta la stagione dell'amore reale e Fanny, Niní e persino Kate sentivano che le loro vite stavano cambiando strada. Era l'aria che arrivava dal deserto, era il profumo dei gelsomini di Garden City, erano gli sguardi lusinghieri degli uomini: ogni cosa sembrava metterle all'erta.

Una sera Niní chiese a Kate: «La percepisci?» Cercò di spiegarsi. «Senti che c'è l'elettricità di quando sta per succedere qualcosa che cambierà tutto?»

Kate fece di no con la testa, ma l'energia di cui parlava Niní la avvertiva anche lei sulla sua pelle, e nello sguardo concentrato di Sarah, che sembrava esaminarla con più attenzione del solito. Era diventata più curiosa delle persone che Kate incontrava, dei nuovi conoscenti, degli uomini che le venivano presentati.

Finalmente arrivò il giorno della festa del fidanzamento di Sam e di Fanny nell'incantevole casa a Zamalek dei genitori di lui, a nord dell'isola di Gezira.

Fu quella sera che Kate conobbe Hafez.

5.

Sharia Kamal Street, Shepheard's Hotel, Long Bar, Il Cairo; rue Fouad, Alessandria d'Egitto
1948

Mohammed Hafez, che fin da adolescente era chiamato per cognome, come se il nome non fosse abbastanza per uno come lui, non era mai arrivato puntuale in tutta la sua vita.

Nonostante questa incapacità – o «nonchalance», come sosteneva sua madre Aida, francofona per passione –, era sempre riuscito a non saltare un esame, un appuntamento con una donna che gli interessava, un incontro d'affari. Era come se fosse il tempo a adattarsi a lui e non il contrario.

In famiglia avevano cercato una spiegazione al fatto che non fosse mai punito dalla sorte, nonostante la noncuranza verso gli altri.

Sua nonna Yasmin allargava le braccia: «Non è nemmeno così ricco». Gli Hafez lo erano stati, ora non si poteva dire che morissero di fame, avevano tutto quello che serviva ma non di più e di più come una volta.

Sua madre Aida, che lo adorava, non trovava una ragione plausibile. «Non è neppure bello nel senso classico» e ne indicava il naso da rapace, gli occhi in un perenne stato febbrile, l'espressione tormentata che gli cambiava i lineamenti. «Però è molto alto» aggiungeva presa dal rimorso dell'averlo descritto senza la benevolenza di una madre.

Le sue due sorelle, Amina e Layla, decretavano all'unisono: «Non ha nemmeno un buon carattere, ha sempre l'aria di stare pensando a qualcosa di ben più importante di quello che gli stai dicendo».

Eppure Hafez non era insopportabile, era solo inafferrabile. E molto, molto preso da sé stesso.

Era cresciuto in una villa a Heliopolis circondata da un giardino di buganvillee, fucsie ed eucalipti, nel mezzo una fontana in ricordo dell'ascendenza turca della famiglia, proprietaria di una florida impresa di costruzioni. L'arrivo in massa delle società francesi e britanniche che si accaparravano i grandi lavori di ferrovie, stazioni, ponti e strade aveva ridimensionato gli affari, anche se il tenore di vita non aveva subito troppi scossoni.

Tanto che nella villa vivevano anche uno zio novantenne, storpio a causa della poliomielite, una zitella sorella di Aida, e Farid, un cugino orfano e povero al quale Mohammed era affezionato fin da bambino come a un fratello, anche se, uscito dall'adolescenza, non aveva più trovato il tempo di dimostrarglielo.

Forse la noncuranza di Hafez verso gli altri era colpa del padre Fuad, che andava fiero del figlio e non mancava di ripeterlo a tutti. Era stato lui a crescerlo nell'ideologia dell'egoismo e del peso del potere.

«Ci sono vari tipi di potere: devi individuare quello che t'interessa e che ti fa sentire al di sopra di tutto, habibi. Poi devi cercarlo e adularlo, fare in modo che abbia bisogno di te. È un amante che può dare soddisfazioni impensate, Inshallah» gli ripeteva all'infinito, ripensando a quando la sua impresa era sulla cresta dell'onda e non mancava un ricevimento a Palazzo 'Abidin. Non prendeva nemmeno lontanamente in considerazione la possibilità che suo figlio potesse avere un'indole diversa dalla sua.

Hafez non sapeva rispondere con chiarezza. Aveva cercato inutilmente la scintilla di cui parlava il padre negli incontri con i suoi amici italiani, greci, francesi, nelle riunioni di poeti e intellettuali, nelle inaugurazioni di banche e società per azioni costituite da persone che sarebbero state felici di coinvolgere uno come lui.

Era elegante, istruito, a detta di tutti un uomo dotato di un grande fascino.

Quando decideva di occuparsi di qualcuno, di smettere di essere un predatore per trasformarsi in una persona attenta al prossimo, persino tenera con la sua famiglia, diventava sensazionale, come tutte le persone che abituano gli altri a non aspettarsi niente da loro.

E che nelle situazioni eccezionali riescono a dimenticare sé stessi.

Fuad aveva investito su di lui e cercato di offrirgli il meglio dell'educazione egiziana e di quella internazionale. Era stato ripagato nel migliore dei modi possibili.

Suo figlio aveva frequentato con successo il Lycée Français del Cairo, poi era stato ammesso all'Università di Oxford, alla facoltà di Scienze politiche e diplomatiche. Gli anni in Inghilterra gli avevano fatto bene, aveva dovuto aprirsi la strada senza nessun appoggio e dimostrare di essere anche lui un gentleman, nonostante la pelle più scura di quella dei suoi compagni e la sua incorreggibile mancanza di puntualità.

Ne era tornato con un bagaglio ben fornito di amicizie utili e di vestiti tagliati ad arte, lasciando dietro di sé una pletora di donne amareggiate. Era diventato più puntuale di prima e con un po' più d'idee su quello che poteva renderlo felice.

Il Cairo gli era mancato in modo viscerale, come la sua famiglia, gli amici di scuola e il cibo, così insipido in Gran Bretagna. Appena tornato si era rimpinzato di ful medames (la minestra di fave), di dolma (gli involtini di vite, riso e manzo), di falafel (polpette di ceci), di molokhiya (la zuppa di malva e pollo) e di caffè turco şekerli, ben zuccherato, finendo il pasto con una Kyriazi Frères, le sue sigarette preferite, introvabili in Gran Bretagna.

Era finalmente a casa.

Hafez amava il suo Paese e ne andava fiero, nonostante un sovrano le cui gesta all'estero erano considerate in bilico tra operetta e tragedia. Churchill lo considerava un inetto e ne parlava con rabbia, secondo i rumors che trapelavano dal Foreign Office. Troppe volte all'università erano volati pugni tra lui e i suoi compagni, figli di Lord e di membri importanti della Corona, perché si era sentito in dovere di difendere l'onore dell'Egitto.

Prima non aveva mai badato alla reputazione del trono e del governo egiziano. Adesso cominciava a stargli molto a cuore.

Appena arrivato dalla Gran Bretagna, si era subito rituffato nella vita del Cairo, vibrante, piena d'incontri interessanti e di personaggi internazionali, un ambiente diverso dalla Londra segnata dai postumi della Seconda guerra mondiale, per non parlare di Oxford. Nella capitale egiziana chiunque poteva aprirsi un varco e trovare i propri simili, al di là delle origini differenti. Hafez amava il suono delle tante lingue e delle tante religioni che s'incrociavano, e che a volte si palleggiavano le parole, creando un lessico inimitabile.

Per un uomo come lui, Il Cairo offriva quella che sua madre chiamava «la grande vie». Quasi tutte le sere faceva un salto al bar dello Shepheard's Hotel in Sharia Kamal Street, davanti agli Ezbekiyya Gardens e all'Opera House e proprio dietro a Sharia Wagh El Brika, il quartiere a luci rosse.

Il foyer dell'albergo, una leggenda del Medio Oriente, era una copia del tempio di Karnak a Luxor. All'entrata era scolpita una scritta in latino: *Chi beve le acque del Nilo ritornerà.* Lo Shepheard's era il centro degli intrighi, attrici e sceicchi affollavano il Long Bar, chiamato così in onore del bar del Raffles Hotel di Singapore, uno dei luoghi mitici a est di Suez, ma anche per il tempo che ci voleva per avere la propria consumazione.

Lo dirigeva il barman Joe Scialom, un ebreo nato a Mansoura, per metà veneziano, ex chimico laureato in Francia, che parlava sette lingue. Era una Bibbia, un *Debrett's Peerage* di chi viveva o passava al Cairo: bastava fargli un nome per saperne la genealogia familiare e sentimentale, amanti compresi, e dettagliata dei gusti e delle preferenze più piccanti, non solo culinarie.

Aveva inventato un cocktail, il Suffering Bastard – gin, brandy, angostura, lime e ginger beer –, per i postumi da sbornia delle truppe inglesi che stazionavano al Cairo durante la Seconda guerra mondiale. Gli aveva dato una celebrità internazionale. Chi era in confidenza con lui veniva informato di tutto quello stava accadendo sulle rive del Nilo.

A Scialom piaceva Hafez, perché aveva classe e beveva bene.

«Bonsoir, Joe, comment-vas tu? Qu'est-ce qu'il se passe au Caire?»

Scialom gli fece molte feste, poi deformò la bocca in una smorfia. «Soffia un vento di burrasca, ci saranno dimostrazioni contro il re e il governo, ma non so né di che tipo né quando. Chiedi a tuo padre, che ha amici al posto giusto» gli rispose in arabo. Per poi aggiungere in inglese: «Take care, my dear».

Hafez tornò a casa deciso a parlare con Fuad e chiarirsi le idee.

Prima di recarsi nello studio di suo padre, però, si diresse nel quartiere della servitù in cerca di Fatima, la sua ex balia, che era molto affezionata al cugino Farid, sparito senza dare più notizie. Nessuno dei suoi familiari aveva saputo più nulla.

Dopo tre abbracci, quattro baci e varie esclamazioni che ribadivano come lei fosse «la stella della sua vita», Fatima gli diede l'indirizzo di Farid.

Hafez stava per salire in macchina per andare a scovarlo, quando suo padre piombò davanti a lui, dondolandosi avanti e indietro in uno stato pietoso.

«Abdallah Bey è morto». Fuad piangeva mormorando la formula araba «Inna lillahi wa inna ilaihi raji oon», ad Allah apparteniamo e in effetti a Lui ritorneremo.

Hafez abbracciò suo padre con le lacrime agli occhi. Era il primo lutto della sua vita.

Abdallah Bey, ricco e generoso, il parente più prossimo di Fuad, era universalmente noto come una brava persona. Si era ritirato ad Alessandria, in una residenza confinante con la tenuta reale di Montazah. Hafez andava a trovarlo ogni estate da quando aveva sei anni. Abdallah Bey lo considerava il figlio mai avuto.

Erano state vacanze felici. Le spiagge di El Montazah, Sidi Bishr, Agami. Le passeggiate lungo la Corniche. I pomeriggi da Pastroudis, il caffè preferito di Lawrence Durrell, Somerset Maugham, Konstantinos Kavafis, erano tra i suoi ricordi più cari. Non aveva mai dimenticato il vento che soffiava da levante e apriva le narici all'odore di spezie, eucalipti e alghe marcite, allontanando le nuvole dall'orizzonte.

«Alessandria è culla e bordello del bene e del male». Abdallah Bey amava essere teatrale e ci teneva a introdurre Hafez, ormai adolescente, alle mille facce del porto di Alessandro Magno.

«È la città della sacralità dell'accoglienza» e gli elencava i cimiteri di tutte le religioni, amava soprattutto quello dedicato ai liberi pensatori. «Quale altro posto ha un rispetto così alto della libertà?»

Era impossibile non voler bene ad Abdallah Bey.

Il giorno prima di partire per i funerali, Hafez passò al Long Bar per salutare Joe. La morte di Abdallah lo aveva abbattuto, non gli andava di stare a casa da solo o di partecipare a uno dei tanti ricevimenti a cui era stato invitato.

Entrando nella hall dell'albergo s'imbatté in Sam, suo ex compagno di scuola italiano con cui negli anni del liceo era diventato molto assiduo. Era stato uno dei pochi amici invitato al suo Bar Mitzvah. Suo padre Fuad aveva lavorato con la famiglia di Sam, importatrice di marmo dall'Italia.

Al suo fianco c'era una bellissima ragazza francese, snella ed elegante. «Fanny Barzel, la mia fidanzata» precisò.

Non sapeva che Hafez fosse tornato da Londra, lo rimproverò perché non si era mai fatto sentire.

«I vecchi amici di scuola sono preziosi, ci hanno conosciuto nell'età della nostra innocenza, non si devono dimenticare».

«Hai ragione, Sam. Ora sto correndo ad Alessandria per il funerale di mio zio» gli spiegò Hafez.

Si ripromisero di vedersi al più presto.

Per evitare le temperature altissime del giorno, l'indomani Hafez partì da solo poco prima del tramonto. Non ricordava che l'Alexandria Desert Road, solcata nel deserto, fosse così emozionante. Le dune di sabbia apparivano vellutate, seducenti, ingannevoli nella loro compattezza, colorate di sole al calare della sera.

Quanto mi è mancato l'Egitto, pensò Hafez ricordando il grigiore dell'Inghilterra e le sere di nostalgia.

Mentre guidava la sua MG gli sembrava di sentire l'eco delle risate di Abdallah Bey quando lo guardava giocare con gli altri bambini. Gli aveva raccomandato uno in particolare.

«Non essere crudele con lui, alla vostra età potete esserlo. È di famiglia povera e ha perso sua madre, che gli manca molto. Passa le giornate da solo. Suo padre è un funzionario delle poste che ha avuto un momento di difficoltà e alcuni amici mi hanno chiesto di aiutarlo. L'ho fatto e continuo a farlo. Non hai idea di quanto mi sia grato. Ricordati, Hafez: aiuta il prossimo anche se non ti sarà riconoscente».

Il figlio del postino era un bambino alto, dagli occhi grandi e neri come i capelli, che portava cortissimi perché erano crespi. Non sorrideva mai.

Ad Hafez piacque subito perché era competitivo. Facevano gare su tutto: su chi correva più veloce sulla sabbia, chi costruiva fortezze più alte, chi gettava più lontano le biglie nelle piste scavate sulla spiaggia.

Una volta al tramonto si spinsero troppo lontano e quando calò il buio si resero conto di ignorare come tornare a casa.

Hafez era agitato, ma l'amico gli disse di stare calmo.

«Non preoccuparti, tu sei ricco, faranno di tutto per trovarti, vedrai. Quelli come me non li cerca nessuno».

Come si chiamava quel ragazzino? Gli aveva voluto bene, ogni estate pensava a lui, quando si metteva in viaggio per passare un po' di settimane ad Alessandria. Non ne aveva saputo più nulla e col tempo aveva smesso di chiedere di lui, le rare volte in cui rivedeva Abdallah Bey.

Ad accoglierlo ad Alessandria c'era l'Imam Ahmed, uno dei capi più importanti della comunità islamica, e dietro di lui una quantità di persone, amici, parenti, servitori afflitti. Era appena passato anche il rabbino capo.

Qualcuno toccò il braccio ad Hafez perché si voltasse. Davanti a lui c'era il viso familiare di Farid.

Hafez strinse le spalle del cugino con le mani, scuotendolo. Era così felice di rivederlo.

«Cosa ci fai qui?» Era stupefatto, anche se Farid aveva conosciuto bene Abdallah Bey. Era pur sempre uno di famiglia; povero, ma uno di loro.

Farid fece un passo indietro, indicandogli un ragazzo alto e massiccio vestito da ufficiale. Guardava Hafez con aria sorniona.

«Ricordi il tuo compagno di giochi, il ragazzino con cui costruivi i castelli più alti di Agami?»

Farid l'osservò con attenzione per capire se si ricordava. Hafez ebbe la sensazione che Farid fosse teso.

«Guardalo bene».

Possibile che fosse lui? pensò Hafez osservandolo. Fece uno sforzo. Quegli occhi grandi e nerissimi, quello sguardo penetrante, il naso ingombrante... Di colpo non ebbe dubbi.

«Gamal! Sei Gamal, vero?»

Gamal Abd el-Nasser gli strinse la mano in una presa quasi dolorosa, ma Hafez l'attirò a sé e l'abbracciò con l'affetto di chi ha condiviso l'infanzia.

6.

Garden City, El Alfy Street, Groppi Soliman Pasha Street, Il Cairo
1948

«Cos'hai?» Kate si era voltata verso Sarah, le era parso di aver sentito una sorta di gemito.

Il viso di Sarah era pallido, stava seduta, ma il bracciolo della poltrona che stringeva con la mano sembrava un relitto al quale affidarsi per non affondare.

L'occhio sano era sbarrato, la palpebra di quello sbilenco si muoveva in modo anomalo.

Kate non l'aveva mai vista così.

«Rispondimi. Che hai? Uno dei tuoi capogiri?» Sperava fosse questo a deformarle il viso. Aveva l'aria terrorizzata.

Le prese la mano libera e gliela accarezzò, ma Sarah non sembrava vederla. Poi con un sospiro profondo chiuse finalmente gli occhi. Stava riprendendo fiato e colore.

«Hai visto qualcosa? Hai avuto una brutta visione?» Kate la incalzava di domande a cui Sarah non riusciva a rispondere. Era sicura che avesse avuto una premonizione, che avesse "visto" un evento negativo. Nonostante il suo soprannome di "veggente" Sarah non si era mai mostrata a Kate in un simile frangente.

Le portò una limonata fresca, le accarezzò la fronte, pareva si stesse riprendendo.

«Non è niente, chérie, non è niente. Solo una delle mie solite vertigini... mi trasportano in un turbine».

Kate fece finta di crederle, si risedette e stette come lei a occhi chiusi, senza parlare. Pensò che era tardi, ormai non valeva più la pena di uscire, e certo non con Sarah in quello stato.

«Sì, è tardi, è meglio non uscire, meglio stare a casa» disse Sarah, come se le avesse letto nel pensiero. Kate non fiatò.

Poche ore dopo arrivò la notizia.

Due bombe.

Nel centro del Cairo, davanti all'Opera House. Nelle strade dove passeggiava quasi quotidianamente. Proprio il giorno prima era stata da Cicurel con Niní Baranes a cercare un regalo per Mireille.

Tutt'e due le bombe erano esplose, una ai Grandi Magazzini Cicurel e l'altra da Oreco, facendo saltare per aria gli edifici, uccidendo e ferendo decine di persone.

Atterrite, ascoltarono il resoconto che diffondeva la stazione radiofonica This is Cairo. Poi arrivò Ali, suonando alla porta come un forsennato, spedito da Mr Lambert ad assicurarsi che Kate fosse a casa e non in giro per commissioni. In modo sconclusionato – era molto spaventato – riferì le informazioni diplomatiche che erano arrivate in ambasciata.

Kate provò a chiamare casa Barzel, casa Baranes, casa Lubin-Russo, ma era impossibile prendere la comunicazione. Le linee erano intasate.

Che significato aveva quell'attacco, si domandava Kate, angosciatissima. Chi aveva messo le bombe e contro chi?

Sarah. Ecco chi poteva sapere. Si guardò intorno per cercarla, ma era uscita dalla stanza. Sarah. Aveva avuto quella crisi, lo sguardo terrorizzato, il respiro affannoso, perché aveva "visto".

La trovò in cucina, aveva appena fatto il caffè ad Ali, dialogavano in modo concitato, ma al suo arrivo l'uomo si inchinò, salutò la moglie e infilò la porta per tornare in ambasciata.

Il profumo del caffè turco che Kate adorava le parve stonato, era un profumo che sapeva di quiete, di mattinate familiari, d'incontri con amici, e strideva in un momento così drammatico.

Sarah sapeva che Kate le avrebbe fatto la domanda. E questa volta non se la sentiva di far finta di niente.

«Sì, Kate, l'ho visto, è stato un khaloymes, un sogno selvaggio. Non chiedermi altro, non dovrei nemmeno dirtelo, l'ho fatto solo perché sei tu».

Kate si trattenne a fatica dal tempestarla di domande, tanto, conoscendo Sarah, sarebbe stato inutile. Se c'era una possibilità che si confidasse con lei, doveva accettare la sua richiesta di silenzio.

«Perché l'hanno fatto?»

«Me lo chiedi, Kate? Non hai ancora capito? L'obiettivo è sempre lo stesso».

Kate non disse più nulla. Non cenò, rimase ferma davanti alla finestra dello studio aspettando il ritorno di suo padre.

Mr Lambert arrivò a sera inoltrata. Non sognava altro che la sua poltrona di cuoio e il suo whisky preferito.

«Che succede, papà? Sta per scoppiare un'altra guerra?»

La voce della figlia che arrivava dal buio lo fece sobbalzare.

«Per l'amor di Dio, cos'è quest'agguato? Sono stremato, Kate cara, ne parliamo un altro giorno».

Lei fu irremovibile, sapeva che altrimenti quel giorno non sarebbe mai arrivato. Lo convinse dicendo che, se avesse conosciuto la situazione, sarebbe stata più attenta nei suoi movimenti.

«D'accordo, Kate. Il momento è molto complicato, ma cercherò di farti un quadro della situazione nel modo più chiaro possibile. Farouk è un re fatuo, pigro e non interessato alla politica e al suo Paese. Qualcuno, per scusarlo, sostiene che il suo distacco emotivo dall'Egitto sia dovuto alla sua origine albanese e alla sua formazione in Inghilterra. È stato il nostro alto commissario Miles Lampson a decidere di mandarlo a studiare alla Royal Military Academy di Woolwich».

«Ha studiato da noi?» Kate aveva sgranato gli occhi.

«Sì. È diventato re giovanissimo, a sedici anni. Era un bel ragazzo biondo e dagli occhi grigio-azzurri. Il popolo lo amava, ma lui ha dissipato questo patrimonio d'affetto alimentando il lato peggiore della sua indole: carte, donne, capricci costosissimi, amicizie nefaste. Sia in politica estera che in politica interna Farouk gioca su molti tavoli. Con noi inglesi, che non abbiamo più il potere del protettorato, ma gestiamo e controlliamo Suez e i suoi proventi. Con i nazionalisti, cercando di addomesticare il partito conservatore Wafd, che trama contro di noi, affidandogli la guida del governo. Con i Fratelli Musulmani, un'organizzazione religiosa che non esita a usare la violenza, pur avendo come obiettivo unire i seguaci dell'Islam per cacciarci. Durante la guerra, pensando a una possibile vittoria tedesca, il re si era avvicinato al loro leader Hasan al-Banna».

Kate lo interruppe.

«Sono stati loro a mettere le bombe ai Grandi Magazzini?» chiese. Era impaziente di arrivare alla questione che le stava a cuore, conosceva abbastanza la situazione politica.

Mr Lambert scosse la testa: come al solito Kate si dimostrava impaziente.

«Sto cercando di semplificare al massimo perché tu possa almeno avere una visione d'insieme».

Kate sorrise a suo padre in segno di ringraziamento, pensando che per lui era sempre una ragazza innocente.

«Farouk riusciva a tenere in equilibrio tutto, anche se a volte in modo precario, ma la nascita di Israele come risarcimento per gli orrori dell'Olocausto ha rimescolato le carte» continuò Mr Lambert. «Gli egiziani, che non sono mai stati antisemiti, iniziano a diventarlo. Alcuni dei migliori amici del re sono ebrei, lo stesso Salomon Cicurel, proprietario del grande magazzino saltato per aria, è intimo di Farouk. Gli ebrei fanno parte del tessuto connettivo di questo Paese».

«E allora perché quest'odio, adesso?» Kate non riusciva a trattenersi.

«La causa è lo scoppio della guerra arabo-israeliana. La Lega Araba e i palestinesi che non avevano accettato la proposta delle Nazioni Unite di istituire lo Stato di Israele hanno scatenato la guerra. Sono stati sconfitti e migliaia di soldati egiziani, mandati al macello senza armi e sufficiente preparazione, sono morti. La scelta di entrare in guerra è stata di Farouk e del suo governo corrotto, ma al popolo che versa in condizioni miserabili e muore di fame viene raccontata un'altra storia. Sai che sono critico su Israele, ma fa sempre comodo dare la colpa agli ebrei».

Kate stava per fare un'altra domanda, ma suo padre la fermò.

«Miss Kate, per questa sera la lezione è finita. Riprenderemo un altro giorno. Buona notte, mia cara».

Non le lasciò il tempo di replicare, uscì e chiuse la porta con un vigore significativo.

Kate era agitata, andava avanti e indietro nello studio, cercava di distrarsi concentrandosi sui titoli dei volumi infilati nella libreria.

Fu incuriosita da un libro e, accucciandosi nella poltrona che aveva ancora il calore del corpo di suo padre, cominciò a leggere.

Un'ora dopo entrò Sarah, la stava cercando.

Kate si era addormentata con il libro in mano.

Sarah lesse il titolo: *Suez Canal. History, Map, Importance.*

«Suez Canal» ripeté, «la miccia pronta a esplodere».

La portò a fatica nel suo letto.

Per quarantotto ore Kate non riuscì a mettersi in contatto né con Fanny, né con Eleonora. Suo padre le aveva chiesto di non uscire di casa almeno per qualche giorno. Sarah gli dava ragione. Kate protestava.

Mr Lambert comunicava notizie a mezza bocca. Si diceva che le bombe fossero opera dei Fratelli Musulmani. Che Salvator Cicurel fosse volato a New York a informare la comunità ebraica americana della situazione in Egitto. Secondo fonti accreditate, a corte Farouk aveva promesso ai proprietari di assumersi i costi di ricostruzione degli edifici saltati per aria. Due giorni dopo l'attacco a Cicurel e Oreco era toccato anche ai grandi magazzini Adés e Gattegno.

Passò a salutarla Mireille Baranes. Voleva tranquillizzarla.

«Stanno tutti bene, Misha ha ripreso subito il lavoro in farmacia. Madame Barzel è molto scossa, sperava di aver trovato in Egitto un posto sicuro, ma cerca di nascondere il suo sgomento per non spaventare sua figlia. Per fortuna i preparativi per la festa di fidanzamento di Fanny e Sam stanno riuscendo a mitigare la paura causata dalle bombe. Sai, Kate, noi in Medio Oriente siamo abituati a convivere con l'angoscia».

Mireille le batteva dei piccoli colpi sulla mano, come per dirle di non preoccuparsi.

Poi la situazione sembrò acquietarsi.

Madame Barzel organizzò un piccolo ricevimento al ristorante Alfy Bey in El Alfy Street – considerata la Champs-Élysées del Cairo – per gli amici intimi che non sarebbero stati invitati alla festa di fidanzamento organizzata dai genitori di Sam, ma che conoscevano Fanny da quando era nata.

Furono invitate anche Kate e Niní con Mireille.

Kate si divertì moltissimo seduta al tavolo con gli armeni Albert e Suzy Habokyan, i francesi Jacques e Yolande de Botton, i cairoti Selim e Suzanne Masri, e Kosta e Zozo Papadopoulos, che vivevano tra Atene e Il Cairo. Madame Barzel aveva invitato anche l'abate Étienne Drioton, un famoso egittologo del Louvre che il governo egiziano aveva nominato direttore delle Antiquités de l'Égypte.

La lingua della conversazione era fluttuante, si passava dal francese all'inglese, i brindisi in greco, in arabo, in italiano e in francese. Non c'erano fanatismo o diffidenza in ballo, nulla di questo trovava spazio per infiltrarsi tra il rispetto e l'amicizia. Anche il cibo celebrava l'inclusione: le meze egiziane, il tarama e le foglie di vite, la sole meunière con la purée di patate, il babaganoush.

Kate fu affascinata da Yolande Harmer de Botton, una giornalista attraente e brillante. Ne cantò le lodi con Mireille, che non riuscì a trattenere una strana smorfia. Tempo dopo Kate capì.

Yolande era una spia assoldata dall'Haganah, l'organizzazione paramilitare ebraica attiva durante il mandato britannico in Palestina, una militante preziosa per le sue relazioni con la corte di Farouk e con la buona società del Cairo.

La mattina dopo, ancora ignara della doppia vita di Yolande, ne fece parola con suo padre. Immaginava che lui potesse avere interesse a conoscerla. Mr Lambert la ringraziò e le chiese di invitarla al prossimo cocktail in ambasciata. Nonostante le sue opinioni poco gratificanti sul cervello femminile, aveva preso l'abitudine di parlare con sua figlia della politica egiziana e delle sue ricadute su quella estera. In qualche modo lo rilassava.

Una sera tornò a casa esultante. Al-Banna, il leader dei Fratelli Musulmani, era stato arrestato. Era un ottimo segno per la stabilizzazione del Paese. Poche settimane dopo il premier Mahmud al-Nuqrashi dichiarò fuorilegge il movimento.

Tutta la comunità straniera e gli egiziani moderati tirarono un sospiro di sollievo, anche se a distanza di settantadue ore uno studente di medicina aderente alla Fratellanza, travestito da agente di polizia, assassinò al-Nuqrashi.

Sembrò che il regolamento di conti potesse sancire una tregua.

«Le relazioni con Israele non sono migliorate, e Dio solo sa cosa succederà in futuro» disse Mr Lambert a sua figlia mentre, seduti sotto il portico, lei beveva il suo karcadé e lui il suo whisky, «ma sembra che la crisi sia passata. Secondo Whitehall bisogna tenere d'occhio l'esercito, da quelle parti qualcosa si sta muovendo».

Una sera Kate andò da Groppi con i Barzel e i Lubin per gustare lo shobert di cedro del Libano e di mango. C'era un vento delizioso che sapeva d'eucalipto. I lampioni del ponte dei quattro leoni illuminavano il Nilo, tutti i tavolini erano occupati, arrivavano gruppi di giovani appena usciti dal cinema Rialto. Per la fretta di servire, i camerieri avevano il tarboush amaranto a sghimbescio.

Kate adorava i mosaici veneziani e lo stile art déco della pasticceria disegnata da Giuseppe Mazza, un geniale architetto italiano che aveva firmato molti dei più importanti edifici del Cairo.

A un certo punto Misha poggiò il cucchiaino del gelato indicando con un'aria molto seria un gruppo di uomini seduti sotto gli eucalipti a mangiare semi di melone. Alcuni avevano gli occhi sbarrati e masticavano hashish. Scosse la testa.

«Troppa fame e troppa erba, non va bene, può dare alla testa».

Kate li guardò. Indossavano delle galabeya lerce a righe e non portavano le scarpe. Le fecero compassione. Uno di loro intercettò il suo sguardo, le sorrise; era quasi senza denti, e agitò la mano. Gli egiziani sono dolci, hanno un carattere d'oro, si disse Kate rispondendo al saluto. Non ci faranno mai del male.

7.

Avenue Zamalek, Il Cairo
1948

«Mia figlia Niní prima è passata da madame Ruffo per il cappello, poi da madame André. Spera che un vestito sensazionale per la sera del fidanzamento di Sam e Fanny farà finalmente inginocchiare Max Perlo con un anello. A proposito, Kate, tu cosa indosserai?»

Kate non ci aveva proprio pensato.

Mireille la guardò in tralice, con una strana luce negli occhi, poi spostò lo sguardo su Sarah, il cui viso si era oscurato.

«Yalla, Kate! Pensa al tuo abito, devi essere bellissima. Non si sa mai, magari incontrerai qualcuno che scioglierà finalmente il gelo nel tuo cuore, Inshallah».

Quando mesi dopo ripensò a quel colloquio, si ripromise di chiedere a Mireille perché l'avesse osservata in quel modo, se avesse avuto anche lei la sensazione che sarebbe accaduto qualcosa.

Decise di non andare da sola al cocktail del fidanzamento, pur essendo sicura di conoscere tutti. Voleva scegliere un accompagnatore che sapesse come comportarsi, permettendole di godere la compagnia dei suoi amici. Alla fine optò per Lord Mittford, il noioso addetto culturale dell'ambasciata britannica, così educato che avrebbe fatto il baciamano anche a una vipera. Naturalmente suo padre ne andava pazzo.

Non fu una scelta azzeccata, perché a casa del fidanzato di Fanny il chiasso prodotto dalla gioia degli arrivi era ben sopra la soglia di rumore consentita nella società britannica.

Nonostante l'autocontrollo, Lord Mittford doveva sforzarsi per non sobbalzare, e Kate per non ridere.

«Dove l'hai pescato? Ha delle basette da cocchiere» le sussurrò all'orecchio Mireille, che aveva letto Balzac.

Abbracci, sonore pacche sulle spalle, schiocchi di baci, saluti in yiddish, ebraico, italiano, arabo, francese, turco, greco coprivano del tutto la musica di Frank Sinatra, fin quando, per rispetto, venne interrotta nel momento in cui il muezzin chiamava a raccolta i fedeli.

Più altezzoso di Lord Mountbatten, l'ex viceré d'India, Moh, il suffragi di casa Barzel, serviva vodka con mango, vino ghiacciato e succo di melograno, salutando gli ospiti che conosceva uno per uno. Al Cairo tutti si prestavano i domestici, soprattutto i maggiordomi.

Il fidanzato di Fanny, sefardita su due fronti, padre italiano, madre mezzo turca, abbracciava i suoi migliori amici greci ortodossi. I genitori di Fanny, purissimi askenaziti, provenienti da Odessa e da Czernowitz, chiacchieravano con Mireille che era di fede cristiano-maronita, accompagnata da un amico saudita musulmano come suo marito.

Non mancavano Muna e Maryam, le amiche egiziane di madame Barzel, quelle con cui prendeva il tè al pomeriggio, con la torta Linz sfornata da lei e le baklava fatte da loro.

Che peccato, pensava Kate, Eleonora Lubin non c'era. Aveva accompagnato suo marito ad Alessandria. Dimanche era stato scritturato per interpretare Radamès in una delle *Aida* imponenti che avevano reso famosa la Alexandria Opera House.

Per un attimo cercò di guardare la scena come fosse quella di un film. Era la rappresentazione di un mondo dove ognuno dava il suo contributo, tutti partecipavano ad accogliere e a includere gli altri. Le sembrava fosse un unico corpo composto di valori, modi di essere, preghiere universali; c'era la naturalezza della condivisione e lei era grata di poterne fare parte.

Segno dello spirito del tempo di quel Cairo fu l'entrata quasi in contemporanea dell'imam Mourad e del rabbino Mosseri. Erano entrambi amici della famiglia di Sam, e spesso si attardavano a discutere senza diffidenza né animosità di Cabala e di versetti coranici. Parlarono a lungo in modo animato con frére Marcel, l'abbé della chiesa di rue Fouad.

Fanny era bellissima e raggiante, seduta vicino alla tenebrosa mamma di Sam, dai grandi occhi a mandorla come quelli di suo figlio. Si diceva fosse una giocatrice di carte indefessa, quindi altamente trasgressiva e interessante per Kate e Niní. Madame Barzel, che ne conosceva la fama – secondo lei disdicevole – aveva messo su la sua migliore aria da «povera me, come soffro». Così la definiva ridendo suo marito Misha, che a un certo punto della serata le sibilò: «Finiscila, libe».

A detta di tutti Kate era luminosa, nel suo vestito di mussola azzurra, un modello di Dior ricopiato ad arte dalla sua sartina, mademoiselle Anoush, e pagato poche decine di piastre. Aveva raccolto i capelli biondi in uno chignon che le lasciava sciolti alcuni ricci a incorniciarle il viso. La felicità per la libertà che provava al Cairo le riempiva il cuore e le faceva scintillare gli occhi.

A un tratto Kate avvertì su di sé lo sguardo insistente di un uomo sconosciuto.

Sentì che chiedeva di lei a Sam.

Fu Fanny a presentarli. Lui era molto alto e molto bruno, con uno sguardo orgoglioso e brillante, come se avesse la febbre.

«Monsieur Mohammed Hafez, lei è Miss Kate Lambert, la mia migliore amica». E li lasciò soli.

Quando Hafez le prese la mano con delicatezza, Kate percepì il gesto come una stretta violenta, un pugno nello stomaco. Era così impaurita che non riuscì a trattenere una risatina ironica del tutto inopportuna.

Passò il resto della serata a fustigarsi per aver avuto quella reazione stupida e a chiedersi la ragione della sensazione assurda che aveva provato, perché in realtà lui l'aveva appena sfiorata.

Non si guardarono e non si parlarono tutta la sera. Ma tutt'e due sentivano che sarebbe successo qualcosa.

Lord Mittford, turbato dalla serata «gipsy» – così la definì il giorno dopo con Mr Lambert – aveva preferito andare via presto, con grande sollievo di Kate, che si domandava dove avrebbe potuto parcheggiarlo.

Poi di colpo tutto si attutì. Dopo l'abbondanza di risate e di gioia c'era bisogno di pace per riprendersi dalle emozioni. In quel momento Hafez si avvicinò, e lei lo intuì prima ancora di vederlo. Le chiese se aveva voglia di prendere un po' d'aria sul balcone sospeso sul Nilo e su Zamalek, la rigogliosa parte nord dell'isola di Gezira, una sorta di giardino incantato pieno di stradine misteriose.

Il panorama era sensazionale. Si scorgevano i profili della città multireligiosa, la moschea di Mohammed Ali con la stessa forma di Santa Sofia a Istanbul, la sinagoga Ben Ezra dove, secondo il mito, era stato trovato il piccolo Mosè sfuggito al faraone, e la chiesa copta Abu Serga, nome arabo di San Sergio.

Il Cairo splendeva riflesso sul letto del fiume che aveva reso grande la città e l'Egitto. Non c'era la luna e quest'assenza rendeva tutto più misterioso, più drammatico, più seducente.

Hafez la fece accomodare sulla chaise longue di midollino. Le chiese se era confortevole, le avvicinò un tavolino, si occupò di lei come di qualcosa di prezioso, come a Kate non era mai capitato.

Si sedette su un tabouret basso, sembrava stare in ginocchio davanti a lei.

Il muezzin iniziò a raccogliere i fedeli per l'ultima preghiera, quella della notte.

La luna si stava alzando lentamente.

Kate cercava di trattenere un affanno irragionevole.

Era spaventata. Non capiva.

La luna ora alta nel cielo si rifletteva nitida sul fiume.

Hafez la divorava con gli occhi, parlandole in un inglese perfetto.

8.

Shubra, Heliopolis, Il Cairo
1948

Preferì prendere un taxi e non usare la macchina con autista di suo padre. Hafez non stava facendo nulla di male o di segreto, ma il suo istinto gli suggeriva di andare all'appuntamento con Farid senza doverne rendere conto a nessuno.

L'accoglienza che suo padre aveva riservato al cugino ai funerali di Abdallah Bey ad Alessandria lo aveva stupito. Era stato gelido come se Farid fosse un conoscente poco gradito, non il parente orfano che aveva cresciuto con affetto insieme ai suoi figli. Ma Farid non era sembrato colpito dalla sua freddezza.

Hafez aveva chiesto a suo padre la ragione del suo atteggiamento glaciale; la risposta era stata un'alzata di spalle e il movimento delle mani che Fuad usava quando preferiva non dare spiegazioni su storie che non gli piacevano.

Arrivò incredibilmente in orario; non conoscendo quella parte del Cairo non voleva rischiare di perdere l'appuntamento con suo cugino. Aveva qualcosa d'importante da dirgli.

Sedette al tavolino di un caffè a Shubra, il quartiere popolare a nord del Cairo, che Farid gli aveva indicato nel biglietto consegnato a Fatima. Si guardò intorno, gli edifici erano malconci, gli intonaci scrostati; il locale, pieno di mosche e di giocatori di Tawulah, il backgammon turco, era invaso dal fumo della shisha.

Farid si materializzò con un gran sorriso, aveva

sempre voluto bene a Hafez. Era un ragazzo alto con i capelli ricci e lo sguardo che ricordava quello di Hafez, anche se aveva un'espressione più dolce, più addolorata. Dava l'impressione di nutrirsi poco e i suoi vestiti erano consumati.

«As-salamu alaykum, la pace sia su di te. Sei arrivato addirittura in anticipo per me, sono colpito. Mi dispiace di averti fatto venire fin qua. Non è il genere di posti che frequenti, vero?» lo stuzzicò. «Vivo qui, in una stanza nella strada dietro l'angolo. È tutto quello che posso permettermi».

Hafez non raccolse la provocazione. Ordinarono due caffè sada, senza zucchero, che arrivarono insieme a un piattino di datteri per addolcire l'amaro della bevanda. Farid non sembrava a proprio agio, a tratti si rivolgeva a suo cugino con un'aria arrogante, finché Hafez gli spiegò perché aveva voluto incontrarlo.

Abdallah Bey gli aveva lasciato in eredità il suo patrimonio. Farid fece sì con la testa, l'aveva saputo. Grazie a lui ora era un giovane uomo molto facoltoso.

«Voglio onorare la sua memoria seguendo il suo esempio, sai quanto fosse buono e generoso» continuò Hafez. «Trovo ingiusto che io abbia tanto e tu...» si guardò intorno.

Farid stava già infuriandosi quando Hafez bloccò il diluvio di parole che, conoscendolo, stava per inondarlo. Gli disse cosa aveva deciso, voleva donargli un ragionevole capitale con il quale vivere decentemente, dato che Farid di suo non aveva una piastra.

Suo cugino rimase impietrito e guardò Hafez come se lo vedesse per la prima volta. Non se lo sarebbe mai aspettato. Provò a rifiutare, ma Hafez aveva già pronta la busta con i documenti per il versamento a suo favore. Farid cercò di ringraziarlo ma Hafez lo interruppe.

«Non voglio che mi ringrazi, Farid, sei sempre stato un fratello per me. Piuttosto, dimmi che vita fai» e si accese una sigaretta. «E Gamal? Hai mantenuto i contatti con lui? Come sta? È nell'esercito ora?»

Farid non rispose subito, si passò più volte una mano fra i capelli. Sembrava cercare le parole giuste e muoveva nervosamente i piedi, scrutando il viso di Hafez. Alla fine, prima di parlare, parve prendere fiato come si fa prima di un tuffo spericolato. Raccontò che si guadagnava da vivere come segretario di un uomo d'affari turco che commerciava in tabacco, un'occupazione grigia e di nessun interesse intellettuale. Non gli importava, aveva un solo amore nella sua vita, l'Egitto, il suo Paese umiliato e oppresso dagli inglesi, genia maledetta che andava cacciata.

Quell'ossessione e quell'obiettivo erano gli stessi di Gamal Abd el-Nasser. Anni prima si erano incontrati per caso in una riunione del sindacato che frequentavano entrambi. Avevano scoperto di avere i medesimi ideali e da allora s'incontravano sempre, quando Nasser passava per Il Cairo.

«Si sta costruendo una bella carriera. Dovresti rivederlo, farebbe piacere anche a lui, ad Alessandria mi ha detto che abbiamo bisogno di persone come te».

Hafez abbozzò un sorriso condiscendente.

Farid capì che suo cugino non aveva compreso a fondo quello che gli stava confidando.

«Scordati il ragazzino povero, il tuo compagno di giochi del giardino di Alessandria, il figlio del postino che tuo zio Abdallah Bey, Allah l'abbia in gloria, aveva aiutato senza nemmeno conoscerlo solo per la segnalazione di un amico. Il padre di Gamal gli aveva giurato eterna riconoscenza. Anche se Nasser ha fatto strada da allora, è molto apprezzato dai capi dell'esercito e insegna all'Accademia militare di Heliopolis, ricorda bene il gesto generoso di tuo zio».

Farid fece una pausa. Guardò Hafez dritto negli occhi parlando con la voce falsata dall'emozione.

«Quello che sto per dirti è di assoluta segretezza,

ne va della vita di parecchi uomini. Farouk teme il potere dell'esercito e ha sguinzagliato il Mukhabarat, il servizio segreto, per infiltrare spie ovunque, soprattutto fra i militari. Nasser appartiene a un gruppo di ufficiali – io sono uno dei pochissimi civili – legato da un giuramento di eterna lealtà. L'obiettivo è liberare il nostro Paese da un re vergognoso, da una classe politica corrotta e dagli invasori inglesi. C'è un piano accurato già pronto che ha solo bisogno di tempo e tempismo, e ci sono uomini di prim'ordine che lo custodiscono. Gamal parla inglese, è un lettore appassionato, ha studiato Churchill, von Clausewitz, Bismarck, e soprattutto il nemico giurato della Gran Bretagna, Napoleone Bonaparte.

«Non avrei mai immaginato che il piccolo e timido Gamal...» osservò Hafez.

Farid riprese a parlare.

«È un uomo serio e integerrimo. Ha la testa a posto, si è sposato a ventisei anni con Tahia Khazem, una ragazza tranquilla e riservata, figlia di un ricco commerciante iraniano, che lo ha reso più sicuro emotivamente. Prima di incontrarla sorrideva molto di rado, la morte prematura di sua madre lo aveva segnato nel profondo. Adora le sue due figlie, Hoda e Mona, e ama gli animali, tanto che nella sua stanza a Khartoum allevava una grossa scimmia. Non è un uomo qualunque. È un leader, un leader nato circondato da militari di grande qualità. Siamo sicuri che ci porterà alla vittoria».

Hafez si aspettava tutto tranne che ascoltare da Farid la propaganda urlata nelle manifestazioni contro Farouk e contro la presenza britannica nel Paese. Ecco perché ad Alessandria suo padre l'aveva trattato quasi da estraneo. Doveva aver sentito qualcosa a proposito della militanza di suo nipote, e lui detestava «le teste calde che agiscono a freddo, sono le più pericolose».

Al contrario di suo padre, ad Hafez piacque la nuova versione di Farid. Da quando era tornato da Oxford non gli era mai capitato di partecipare a discorsi così coinvolgenti, così esaltanti. Le persone che frequentava erano disinteressate a conversare di politica, di futuro, di colonialismo. Forse non erano argomenti da vita sociale ma, rifletteva Hafez mentre Farid parlava, per gli egiziani era arrivato il momento di decidere che strada dovesse intraprendere un Paese come il loro, ricco e in una posizione cruciale per il Mediterraneo. Era stato il suo primo pensiero al ritorno da Oxford dopo anni di lontananza da casa. Poi la vita seducente del Cairo l'aveva travolto.

Per quel che ricordava, anche i suoi amici più cari rifuggivano da quel tipo di questioni. Gli era capitato di parlarne solo con il barman dello Shepheard's, Joe Scialom, ma era noto che fosse uno degli uomini più acuti, oltre che informati, del Cairo.

In realtà c'era stato qualcun altro... Hafez si sforzava di mettere a fuoco, finché si rammentò. Era stato Sam, il suo ex compagno di scuola, che aveva incontrato al Long Bar con la sua bellissima fidanzata. Avevano scambiato qualche frase sui Fratelli Musulmani e sul Wafd, il partito conservatore e nazionalista al governo. Gli avrebbe fatto piacere rivederlo. Era sempre stato un ragazzo saggio e intelligente.

Le parole di Farid avevano smosso qualcosa dentro di lui. Scopriva di invidiare chi aveva un ideale che dava un significato alla vita. Si disse che poteva essere lo stesso per lui, si accorse che senza saperlo stava cercando una meta capace di dare valore al suo tempo, che gli consentisse di contribuire in qualche modo alla costruzione di un cambiamento storico.

Abdallah Bey diceva che una buona azione ridà sempre indietro qualcosa di positivo.

Se ora fosse stato accanto a lui avrebbe commentato: «Hai visto, habibi? Hai aiutato Farid e lui, aprendoti gli occhi, ha aiutato te».

Anni dopo, in preda all'angoscia e al dolore, Hafez si sarebbe ritrovato a pensare che, se non avesse compiuto l'atto di generosità verso Farid, la sua vita avrebbe seguito una strada più facile e meno tormentata.

Si riscosse dai suoi pensieri, anche perché il chiasso dei giocatori di Tawulah nel caffè di Shubra scelto da Farid stava diventando insopportabile, e così anche i vapori dei narghilè fumati dagli uomini in pigiama a righe. Il volume della radio era stato alzato per ascoltare Oum Kalthoum che, gli disse Farid, era idolatrata da Nasser. Hafez si rese conto di essere l'unico in giacca e cravatta.

«Sabahh sharif, Farid». Salutò suo cugino che non smetteva di benedirlo, accordandosi per rivedersi quando il loro amico Gamal, di stanza a Suez, avesse avuto una licenza per Il Cairo.

Aveva fretta di rimanere solo per meditare sul loro colloquio. Senza poterlo immaginare, Farid aveva squarciato un velo che nascondeva una parte sconosciuta di Hafez. Il velo sollevato non gli mostrava la luce di cui era sazio, ma il buio dell'emozione.

Cominciava a pensare di poter accettare la schiavitù dell'avere uno scopo. Era quello che suo padre voleva fargli capire, dimostrando di conoscere bene la natura di suo figlio. «Individua il potere che ti è congeniale» lo aveva esortato, sapendo bene che il potere richiede dedizione. Hafez aveva seguito il suo consiglio, ma nessuno dei tracciati tradizionali aveva esercitato su di lui un'attrazione.

Una settimana dopo, Farid l'avvisò che Gamal era al Cairo e che se Hafez fosse stato libero si sarebbero potuti incontrare l'indomani a sera inoltrata, in una casa ai confini di Heliopolis.

Farid lo aspettava davanti al portone di un fabbricato popolare.

Al suo arrivo nell'appartamento una mezza dozzina di uomini in divisa da ufficiali s'alzarono in piedi; due sembravano più autorevoli degli altri e trattavano Nasser alla pari. C'era pochissima luce. La stanza conteneva un tavolo coperto di mappe del Cairo e di Alessandria, qualche sedia, un divano non proprio in salute. Il fumo era denso, Nasser fumava una Craven A dopo l'altra.

Era chiaro che era il capo. Appena cominciò a parlare Hafez avvertì il suo carisma.

Odiava gli inglesi, iniziò a dire, erano il cancro del Paese insieme a Farouk, un sovrano che non si faceva rispettare dagli occidentali e lasciava l'Egitto in mano a politici inetti e immorali.

Nasser e i suoi volevano la liberazione della loro nazione, desideravano dare dignità e benessere al popolo che versava in condizioni miserabili. Il primo passo era destituire il re, poi cacciare i britannici sfruttatori. Parlando, guardava Hafez fisso negli occhi, come se volesse inculcargli quello che stava dicendo.

«Disprezzo i ricchi egiziani che conducono una vita fastosa a metà tra l'Occidente e il Medio Oriente. So che anche tu, Mohammed, fai parte di questo mondo che ha tradito l'Egitto e la sua storia millenaria. Ma so che sei diverso, ho avuto modo di comprendere la tua natura, da bambini e poi da adolescenti abbiamo passato molto tempo insieme. Ho anche saputo del tuo generoso dono al nostro Farid».

Hafez fece un cenno con la testa come per ringraziare Nasser del credito che gli attribuiva.

L'ufficiale lo guardava e rifletteva. Hafez possedeva un solido patrimonio, era ben introdotto nell'élite politica e finanziaria egiziana. Poteva essere molto utile alla causa. Sembrava pronto ad abbracciarla, dal momento che finora non aveva opposto né proteste né resistenza.

Prolungò la pausa. Era un oratore formidabile, sapeva gestire il potere delle interruzioni e sfruttarle per far assimilare all'interlocutore quello che aveva appena sentito.

Quando capì che Hafez aveva assorbito bene il suo discorso e la sua passione, proseguì nell'incantesimo. Con voce lenta, quasi ipnotica, si fece assicurare che non avrebbe mai riferito ad anima viva del loro incontro e di quello che si erano detti. In caso contrario, lui avrebbe negato tutto e accusato Hafez di essere un visionario e un calunniatore.

Iniziò a raccontare che, anni prima, la sera del 15 gennaio 1938, giorno del suo compleanno, quando era di base alla stazione militare di Manqabad, nel mezzo del deserto dell'Alto Egitto, davanti al fuoco, dopo un magro pasto, l'unico che potevano permettersi, lui e altri ufficiali si erano promessi eterna lealtà e amicizia.

«Usiamo quest'occasione perché diventi una riunione storica e suggelli il patto di liberare il Paese dall'influenza dei colonialisti britannici» aveva detto, e tutti insieme avevano giurato.

Non rivelò ad Hafez né il nome dell'alleanza, Liberi Ufficiali, né l'identità dei partecipanti – tra gli altri, i fratelli Khaled e Zakaria Mohieddine e Anwar El Sadat. Lasciò intendere che Washington li vedeva di buon occhio come antidoto ai Fratelli Musulmani e al potere britannico.

Si addossò alla sedia e accese l'ennesima sigaretta, pensando che era meglio non dire altro, ma aspettare e capire quanto poteva fidarsi del compagno di giochi della sua infanzia.

Hafez sentì la tensione sciogliersi e, come spesso accade quando ci si rilassa dopo qualcosa d'intenso, la sua mente si concentrò su un dettaglio futile. Gli venne in mente che l'odio di Nasser per i britannici non gli impediva di fumare sigarette inglesi che portavano il nome del conte di Craven, invece di scegliere quelle egiziane o turche.

Nasser si alzò in piedi per salutarlo; era alto quanto lui.

«Credo che rivederti non sia stato casuale, è stato il destino a volerlo. Pensa al nostro Paese e al suo futuro».

Quando Hafez uscì, accompagnato da Farid, Nasser si voltò verso Sadat dicendo a voce bassa: «Teniamolo d'occhio, ma credo che ci aiuterà».

Era notte fonda ormai, un vento leggero spandeva il profumo degli alberi di eucalipto, i marciapiedi vicino alle ville erano coperti dai fiori secchi delle buganvillee; il contrasto tra la stanza squallida che aveva appena lasciato e l'atmosfera idilliaca della ricchezza di Heliopolis gli fece impressione.

Farid lo accompagnò fino al cancello del giardino di casa.

Prima di salutarlo e abbracciarlo, gli chiese: «Allora, sei con noi?»

«Te lo farò sapere, Farid, ho bisogno di riflettere».

Salendo nella sua camera pensò che doveva informarsi in giro su Nasser e i suoi amici per capire se erano dei pazzi esaltati o uomini di valore che potevano davvero cambiare le sorti del suo Paese.

Ma dentro di sé aveva già deciso cosa fare.

Era buffo che fosse stato proprio Farid, il cugino povero e poco stimato da suo padre, a toccare una corda profonda che ignorava di avere.

Poi conobbe Kate e lei fece il resto.

9.

Garden City, Zamalek, isola di Gezira, Il Cairo
1948

L'aspettava un po' più in là della casa. Dopo la cena di fidanzamento di Sam e Fanny, ogni mattina Hafez si faceva trovare tra il grande banyan e l'albero di fiamma, all'ombra come un clandestino, un mendicante.

Era quello che si sentiva.

Per la prima volta nella sua vita di uomo ricco e viziato dalle donne come solo un maschio egiziano può essere, aveva bisogno di qualcuno.

Se avesse dovuto supplicarla l'avrebbe fatto, se avesse dovuto elemosinare la sua vicinanza non si sarebbe sottratto. Era stordito da quello che provava, incapace di dare un nome a quel sentimento.

Quando, a casa dei genitori di Sam, Mireille Baranes a fine serata aveva chiamato Kate per accompagnarla a casa, avrebbe voluto urlarle di non interrompere l'incantesimo della terrazza sospesa sul Nilo. Si era trattenuto, ma aveva capito che Mireille aveva udito l'urlo anche se gli era rimasto in gola. Le era bastato uno sguardo.

Dal canto suo Kate non aveva mostrato nessuna emozione. Anche lei come Hafez non avrebbe saputo rivelare agli altri quello che non aveva ancora decifrato per sé stessa.

La mattina dopo la festa aveva fatto colazione presto. Sarah era silenziosa, sembrava studiarla con attenzione. Non chiese della serata e Kate, diversamente dal solito, non fece neanche un commento, sorseggiò il tè nero e mangiucchiò le zwieback muta. C'era il silenzio pesante delle cose che non si possono dire.

In realtà aveva fretta, voleva andare da Fanny per parlare della serata.

Chiuse il cancello di casa dietro di sé e lo vide a pochi passi da lei. Era elegante e ben pettinato; Kate non era nemmeno sicura di aver capito il suo nome.

Dopo che si erano visti quasi tutti i giorni per settimane Kate andò a trovare madame Baranes. Mireille la ricevette all'orientale, in caftano, a piedi nudi, circondata dal profumo di tuberosa, fumando sigarette turche. Aveva appena finito il suo hammam. Le indicò uno dei cuscini in seta turchese sparsi sul pavimento di quello che lei chiamava «mon petit harem» in francese. Le offrì Shai bil Kirfi, il tè libanese alla cannella e alla rosa.

Kate non aveva il solito brio e la sua parlantina divertente.

Mireille, levantina nell'animo, non solo nell'aspetto, capelli nerissimi, occhi leggermente allungati, la pelle bianca che teneva a bada il sole con ferocia, era formidabile nel prendere le cose alla larga, nei giri di parole.

Ecco cos'era Mireille, si disse Kate: un'allumeuse, dava sempre la sensazione di pensare a qualcosa di malizioso e proibito sulla persona con cui stava parlando. Poi si fermava lì, o almeno così sembrava.

Stava per iniziare a sondare Kate quando fu preceduta.

«Che sai di Hafez?» le chiese lei a bruciapelo.

Il giorno prima aveva interrogato Fanny senza nessun risultato interessante. Aveva saputo solo che era stato un compagno di scuola di Sam a cui lui voleva molto bene.

«T'interessa Hafez?» Fanny aveva sgranato gli occhi. Lui e Kate? Una coppia disarmante. «Vuoi che chieda a Sam?»

Kate preferiva di no e aveva cambiato argomento.

Madame Barzel, che aveva sentito pur facendo finta di fare il petit point, l'aveva guardata e le era parso che avesse scosso la testa. Ma no, forse si era sbagliata.

Sarah era una storia a parte. Da giorni evitava di parlarle, di starle troppo vicino. Kate era sicura che sapesse dei suoi incontri con Hafez ma si era chiusa in un silenzio senza spiegazione. Cos'aveva visto, cosa sapeva?

Avrebbe approfondito, ora aveva urgenza di capire meglio chi era lui.

Non le restava che Mireille. Oltre a essere amica della famiglia di Hafez, era l'unica fra le persone che conosceva a darle la sensazione di essere ancora donna, non madre, non moglie come madame Barzel e madame Lubin.

Aveva molti anni più di lei ma Kate era sicura che avrebbe saputo darle i consigli giusti, quelli che servivano per arrivare al cuore di un uomo; non un uomo qualunque ma uno come Hafez, così diverso da lei. A spingerla nella villa di Gezira di Mireille non era stata solo la razionalità. C'era stato qualcosa di più forte, un altro nuovo sentimento provocato dall'incontro con Hafez.

Era stata guidata dalla certezza che Mireille non aveva abdicato alla passione.

Mireille era cresciuta a Beirut, da bambina passava le vacanze in un cottage sotto "l'angolo nero", la montagna più alta del Libano, un posto quasi selvaggio. Aveva vissuto a Londra e a Parigi; figlia di un Paese in bilico tra anime e fedi contrastanti, era maestra nella saggezza e nella finezza delle donne del Medio Oriente.

Grazie alla ricchezza di suo padre, da cui aveva ereditato un patrimonio ingente, dimostrava che dai suoi divani di seta poteva gestire, controllare e manovrare molte storie del Cairo.

E soprattutto, come tutte le donne libanesi di rango, aveva accolto a pieno la logica e la mentalità occidentale, più chiara e meno ambigua, più letterale e meno letteraria di quella orientale.

«Allora? Che sai di Hafez?» la incalzò Kate.

Mireille conosceva sua madre Aida, erano entrambe in un comitato di donne musulmane pie e dedite alla beneficenza per i bambini dei quartieri più poveri del Cairo.

«Proviene da una famiglia perbene e tradizionale, nulla da dire. Tra loro, il personaggio più interessante è lui, Mohammed».

«Interessante?» chiese Kate subito allarmata.

Mireille cercò le parole per spiegare a una giovane donna occidentale cosa rappresentasse uno come Hafez.

«Vedi, Kate, gli uomini egiziani – o forse sarebbe meglio dire mediorientali – sono molto diversi da tuo padre o da quelli che hai conosciuto finora. Hafez ha i vestiti e l'eleganza di un inglese, ma alla resa dei conti è un arabo, affascinante, intelligente e unico maschio di una famiglia di donne. Ha buon cuore, ma è stato cresciuto come fosse un re. Uomini così in questo Paese non fanno sconti alle donne».

«Che vuoi dire?» Kate aveva paura di quello che poteva rivelarle Mireille su Hafez, aveva la tachicardia all'idea di scoprire qualcosa di crudele su di lui. Era ridotta proprio male, pensò.

«Ha lasciato cuori in pena per lui... No, non ti agitare, non ha una fidanzata ufficiale, ma ha avuto molte amanti. È vero che l'Egitto ha il movimento femminista più importante di tutto il Medio Oriente grazie alla sua paladina Huda Shaarawi, ma da noi le donne hanno un ruolo marginale, a parte quella ridicola definizione di "regina della casa". C'è solo un modo per contare e dettare legge: possedere un patrimonio ingente e trovare il modo di non regalarlo al marito».

Mireille si fermò un attimo.

«Non è il tuo caso, vero, Kate?»

Non aspettò neanche la risposta, la conosceva.

«Hafez è... antibritannico?» domandò Kate, sebbene le sembrasse una domanda retorica. Gli inglesi non erano quanto di meglio ci fosse al mondo?

Mireille la rassicurò: né lui né la sua famiglia provavano odio per gli inglesi, tanto che il padre aveva mandato suo figlio a studiare a Oxford.

«Sono molto osservanti? Voglio dire, sono laici oppure...» Kate cercava di capire quanto potessero pesare le loro differenze.

Mireille, con aria dispiaciuta, fece di sì con la testa. «La madre soprattutto è molto devota».

Prese la mano di Kate e la mise tra le sue.

«Ma chère Kate, non conosco bene Hafez, ma ultimamente l'ho trovato cambiato, mi è sembrato più inquieto del solito. Ha sempre avuto un'aria altezzosa ma adesso... Maalesh, mon petit chou, andrà tutto bene».

Si trattenne dall'aggiungere che Kate non aveva molte possibilità di salvarsi con uno come Hafez.

A meno che, s'illuminò rincuorata dal pensiero, non fosse proprio una straniera, una donna diversa da quelle che lo circondavano, a riuscire a coinvolgerlo. A volte sono le cose profondamente sbagliate a farci perdere la testa.

Ritenne più saggio tacere, ripromettendosi di mettere la vita di Hafez nel proprio mirino.

Qualcuno, tempo prima, le aveva raccontato qualcosa d'inaspettato su di lui, ma non riusciva a ricordarsi né chi fosse stato né cosa l'avesse incuriosita.

Abbracciò Kate e le fece promettere di godersi questa nuova fase della sua vita, cercando di non angustiarsi.

C'era Sarah ad aspettarla nell'ingresso della villa.

«Miss Kate, avevi dimenticato il cappello» le disse porgendoglielo con un sorriso, il primo dopo tanti giorni di gelo tra loro. Quel segno di riconciliazione provocò in Kate un senso di pace, proprio come l'incontro con Mireille.

Quella mattina, Sarah aveva interrogato i fondi del caffè sulla storia di Kate e Hafez e aveva visto il cavallo, il cerchio, e la chiave, i segni dell'amore, del successo e della buona sorte. Era la prima volta che i fondi si mostravano benevoli. Non se l'aspettava. Nelle settimane precedenti aveva avuto a tratti lampi di apparizioni agitate in cui Kate piangeva e si disperava. Si era ripromessa di dimenticarle.

Il quadro le era apparso in modo chiaro quando Kate si stava preparando per la festa del fidanzamento di Sam e Fanny. Aveva visto l'arrivo di un uomo importante e poi di una passione inarrestabile. Aveva sperato con tutto il cuore che fosse solo una visione distorta dalla sua preoccupazione per quella che considerava quasi una figlia.

Ora si sentiva molto più sollevata.

Camminarono lungo la Nile Corniche senza parlare. Kate era grata del silenzio di Sarah e della discrezione di Mireille, che non le aveva chiesto nulla, anche se in ogni caso lei non avrebbe saputo cosa confidarle. Hafez era sparito da giorni.

Ignorava che Sarah, da quando lei e Hafez avevano iniziato a vedersi, li aveva sempre seguiti. Kate non si era accorta di nulla.

Sarah era invece quasi certa che Hafez ne fosse consapevole. Un giorno, mentre lui e Kate si sedevano su una panchina del Fish Garden, si era voltato e le era parso che le avesse fatto un sorriso. Al contrario di Kate, Sarah conosceva la mentalità degli uomini egiziani, non avrebbero apprezzato che una ragazza rimanesse sola in compagnia di un uomo adulto. Ma se lei l'avesse scoperta si sarebbe infuriata.

«Sarah! Siamo nel 1948 e Hafez non è un troglodita» immaginava le avrebbe detto Kate. «Tu, invece, hai l'apertura mentale delle tue mummie».

Con Hafez avevano preso a incontrarsi ogni mattina senza che si fossero mai messi d'accordo. Lui le offriva un mazzo di gelsomini, quelli venduti dai ragazzini per strada, a volte un conetto di carta gialla pieno dei pistacchi caldi dei venditori ambulanti all'inizio di Garden City, che lei adorava. Aveva sempre qualcosa per lei.

La prima volta che l'aveva aspettata davanti al cancello, Hafez si era scusato con una voce supplichevole che aveva stupito lui per primo: non l'aveva mai usata prima, non la conosceva.

«So che è sconveniente aspettare di prima mattina davanti alla sua casa una ragazza appena conosciuta. Un egiziano beneducato non lo dovrebbe fare».

Kate aveva fatto un gesto come per bloccarlo.

Lui glielo aveva impedito.

«Ho cercato di resistere, ma non sono riuscito a fermare la forza che mi ha portato qui. È stata inarrestabile».

Kate lo capiva, anche lei sentiva il magnetismo che li aveva avvicinati.

Passeggiarono, quel giorno e gli altri ancora. Hafez le parlava della sua infanzia, delle sue sorelle e di Abdallah Bey, lo zio molto amato da cui passava le estati ad Alessandria.

«Aveva un'indole gaia e buona. Mi ha influenzato più di mio padre, ancora adesso sento la sua presenza e capisco che mi sta indicando la strada giusta».

Era morto da poco e gli aveva lasciato una fortuna, ricchi conti in Svizzera e alla banca Misr. Abdallah lo aveva reso un uomo indipendente, ora poteva scegliere senza problemi la strada adatta alla sua natura. Non era stato semplice individuarla, ma adesso forse l'aveva trovata. Non era un percorso facile ma credeva ne valesse la pena, anche se a dar retta a suo padre la libertà economica l'avrebbe reso ancora più orgoglioso e conscio del suo valore.

«Credo che abbia ragione» commentò a voce bassa.

Kate amava quando Hafez perdeva l'aria altera e mostrava le sue incertezze.

«Dopo tanto cercare, quale strada hai scelto alla fine?» trovò il coraggio di chiedergli.

Hafez si ritrasse e preferì non raccontarle di più sui suoi progetti. «Non ho ancora le idee chiare, ti dirò tutto quando sarò sicuro. Penso che mi sosterrai». Le baciò teneramente la mano destra, la sinistra la teneva stretta alla sua.

Hafez si era innamorato di Kate ed era la prima volta nella sua vita; per lei era diventato perfino sentimentale. Era consapevole che sarebbe stato un incontro perfetto se Kate fosse stata egiziana. Ma lei non lo era, e immaginava che il cammino per stare insieme sarebbe stato ancora molto lungo. Eppure, nonostante tutto e senza nessuna ragionevole certezza, era sicuro che Kate l'avrebbe aspettato.

Desiderava che conoscesse la sua città fuori dai circuiti occidentali. Così scendevano fino agli argini del fiume a bere il tè nelle piccole baracche, seduti su sedie arrugginite e sbilenche, accanto ai fellayn dalle galabeya cenciose.

«È stata Fatima, la nostra balia, a portarmi qui insieme a mio cugino Farid, per farmi conoscere il Nilo e la sua importanza per l'Egitto. Aveva uno zio che possedeva una feluca e quando aveva tempo ci portava verso il Delta, nella terra più fertile del Paese».

Le spiegava le differenze tra le imbarcazioni che passavano sul fiume. Salivano alla cittadella vecchia, dov'erano l'università più antica del mondo arabo e la moschea del sultano Hassom, enorme, monumentale, costruita dai mamelucchi. Oltrepassavano il Khan El Khalili, il bazaar della frutta e delle spezie, le botteghe dei profumi e degli unguenti erotici, dove Hafez veniva salutato con deferenza e Kate con curiosità.

Una mattina, passando davanti al meraviglioso Gezira Sporting Club, dove gli egiziani ammessi non potevano superare il venti per cento dei soci, Hafez di colpo diventò serio.

«Tu conosci solo una parte del Cairo, Kate. Ne vivi la luce ma non l'ombra, la miseria, l'odio verso chi non ha il problema di come nutrire i suoi figli». Parlò con amarezza: «Passeggi nelle strade piene di ville e di giardini e non passi mai nei vicoli bui e lerci dove miserabili, storpi e ciechi dormono sui marciapiedi e mangiano il fango. Vedi anche tu quanti mendicanti ci sono in giro. Parli di condivisione e armonia, ma devi anche vedere la miseria degli ultimi e la violenza della povertà».

Kate sembrava paralizzata dal tono di voce di Hafez, diventato di colpo basso e drammatico.

«Non ti sentire colpevole, è un errore in cui sono caduto anche io». Le prese la mano e gliela baciò.

Fu l'unico momento in cui Hafez mostrò a Kate uno scorcio di quello che stava provando, la rilettura della sua vita e la voglia di riscatto.

La portò nel souk di Al Khayamya, l'antico mercato dei fabbricanti di tende, nei vicoli dove il sole entrava di sbieco e solo il muezzin rompeva il silenzio. Nel caffè turco di Yaman, dietro rue Fouad, le tagliava a pezzetti i lokum alla rosa e al limone, spiegandole la storia dell'impero ottomano. Kate si sentiva immersa in un'inebriante fiaba orientale.

Tra loro non parlavano dell'Egitto, del protettorato britannico e del potere che avevano ancora gli inglesi nel Paese. Lui evitava l'argomento, e a lei sembrava che parlare di politica e di fatti reali potesse rompere l'incantesimo della loro reciproca conoscenza.

A poco a poco e senza che lui parlasse di sé, Kate comprese che Mireille aveva ragione in pieno. Nonostante i suoi abiti da gentiluomo inglese, Hafez era in tutto e per tutto un uomo del Medio Oriente. Senza sapere nulla della trasformazione interiore che Hafez stava avendo, aveva intuito che i suoi vestiti occidentali, le sue macchine e le sue frequentazioni sociali assumevano ora un peso diverso per lui rispetto a quando lo aveva conosciuto. Era come se diventassero sempre di più un sottofondo, vecchie radici messe da parte.

«Voi inglesi avete la pessima abitudine di farci diventare delle vostre buffe copie» le disse con tono amaro, passeggiando lungo il Nilo sulla Corniche El Maadi, in una meravigliosa, tiepida mattina piena dei voli leggeri delle libellule.

Kate si voltò a guardarlo, stupita, ma lui cambiò subito argomento e si mise a parlare di Sam, a cui si era molto affezionato. Lo considerava un uomo intelligente e posato che aveva scelto con cura la moglie giusta per sé.

Si erano incontrati da poco e per caso all'Hotel National. Il posto era divertente, belle donne francesi, gente del Foreign Office, spie che facevano finta di essere turisti.

Sam gli aveva detto di essere preoccupato, dopo le bombe scoppiate ai Grandi Magazzini. Sapeva che Hafez aveva amici e parenti influenti al governo, che amava il potere e anche dimostrare di averlo, di conoscere cose che gli altri non sanno.

Così l'aveva invitato a bere un Martini nella sua nuova casa da scapolo in rue Cherif Pasha.

«Stai tranquillo, Sam, le bombe sono opera dei Fratelli Musulmani, hanno a che fare con il governo. Sono terroristi e saranno presto neutralizzati. Ti prometto che ti terrò al corrente».

Hafez, stupendo persino sé stesso, si era aperto con lui come non aveva fatto con nessuno. «Che siamo diventati, noi egiziani? Viviamo e vestiamo come voi occidentali. Ma non lo siamo, siamo arabi. Abbiamo abbandonato la nostra identità per un'altra che non ci appartiene. Chi può dire che l'una sia migliore dell'altra?» si era sfogato.

Sam l'aveva ascoltato con attenzione, poi aveva commentato: «Non è questo che rende Il Cairo così speciale?»

Dopo aver salutato l'amico, Hafez aveva preparato un altro Martini e si era seduto a rilassarsi sul divano Chesterfield di cuoio marrone che, insieme ad altri mobili, gli aveva mandato sua madre.

Di colpo si era reso conto dell'assurdità della sua vita. Da una parte condivideva il progetto di liberare il suo Paese dal colonialismo inglese e dagli stranieri insieme a militari che combattevano contro Israele. Dall'altra, seduto su un divano inglese, aveva appena eletto come suo confessore un ebreo straniero e si era innamorato di una bellissima donna britannica.

«Well done, Mohammed» si congratulò ironicamente in inglese alzando il bicchiere per brindare a sé stesso.

Una mattina Kate l'aspettò inutilmente.

Il pomeriggio, stremata dall'ansia, cercò di resistere a Fanny e Niní che insistevano per trascinarla all'Auberge des Pyramides. Alla fine cedette. Fu ricompensata. Era seduta al tavolo quando Hafez le toccò la spalla e le chiese di ballare. Il sollievo e la felicità che provò nel vederlo, raccontò poi a Mireille, fu definitivo per accettare il suo sentimento per lui.

Hafez la guardava con avidità, ma non aveva mai tentato di baciarla, cosa che invece Kate desiderava con tutta sé stessa. Soltanto una volta aveva confessato di non pensare che a lei. Anche se spariva per giorni senza spiegazioni, per riapparire senza nessun preavviso mandandole all'aria tutti i programmi.

Kate si detestava quando gliene chiedeva il motivo. A volte cercava anche di essere spiritosa.

«Mi domando se ho una rivale da qualche parte, magari una danzatrice del ventre molto in carne, e tu non hai il coraggio di dirmelo. Vai da lei quando ti eclissi?»

Non c'era nulla da fare, era evasivo, sfuggente.

Giocava con lei o questa era la sua indole?

La paura di sbagliare le impediva di impuntarsi e di pretendere la verità.

Glielo domandò invece Sarah la mattina in cui stavano tornando a Garden City dalla casa di Mireille.

«Kate, quando ti deciderai a confidarti con me?»

10.

Garden City, Gezira Sporting Club, Il Cairo; Suez, Canale di Suez

1948

Sarah divenne la sua prima confidente. Ogni parola, ogni frase pronunciata da Hafez si trasformava in un oggetto d'analisi che aveva bisogno di una o più sedute di approfondimento.

«Vuole farmi conoscere la sua Heliopolis, il quartiere dove è nato e dove ha passato l'infanzia». Era la dichiarazione sottintesa di una futura presentazione ai suoi genitori? Kate chiedeva il parere di Sarah, che non sapeva cosa risponderle.

«Abbiamo passato una serata meravigliosa, ma salutandomi ha detto di essere in partenza. Non ha idea del ritorno. Tu ne sai qualcosa?» Kate sussurrò all'orecchio di Mireille durante un ricevimento al Gezira Sporting Club, attirandola dietro un angolo del fumoir e sottraendola al suo tavolo di amici libanesi e francesi.

«Perché va a Port Said?» La voce di Kate tremava. Nulla del rapporto con lui era normale, nulla rientrava nei ranghi di una storia d'amore classica avviata verso una conclusione tradizionale.

«Spiegami, Mireille. Come funziona il corteggiamento di un uomo egiziano? È quello che Hafez fa da mesi con me? Da voi in Medio Oriente che significato ha un comportamento come il suo, nei confronti di una donna di cui sostiene di essere innamorato sul serio?»

Mireille la guardava con tenerezza e le suggeriva di avere pazienza, non poteva fare altro.

«Ti ama, Kate, gli tremano le mani quando ti vede, è assurdo che un uomo come lui sia così preso da non riuscire a nascondere il suo sentimento, è quasi scandaloso per un arabo. Hafez non ha mai mostrato di avere un temperamento emotivo. Anche per lui è una scoperta, una situazione inaspettata. Ieri sera a casa di Fanny la sua passione è stata chiara a tutti».

Hafez aveva avvertito Kate che Sam l'aveva invitato e lei si era messa in testa di provare a sedurlo. Erano mesi e mesi che si frequentavano, ne aveva abbastanza di aspettare. Il Cairo era pervaso da un'atmosfera di erotismo e sensualità, il sesso senza essere sposati, almeno secondo i racconti delle sue conoscenti, era all'ordine del giorno negli ambienti dell'alta borghesia; molte ragazze di cui si conoscevano i nomi dei precedenti amanti erano convolate a nozze con altri senza nessun problema.

Kate non si era mai sentita in sintonia con quei racconti, ma ora aveva bisogno di sapere cosa sentiva Hafez e l'unico modo per scoprirlo era provare a conquistarlo.

Si preparò con più cura del solito. Dopo il sapone nero all'eucalipto usato negli hammam chiese a Sarah di strigliarla con il guanto di kessa, prima di ungersi con l'olio d'argan. Sarah aveva un'aria torva, come se subodorasse quello che le stava passando per la testa.

Scelse un vestito a fiori bianchi e neri. Voleva avere un aspetto deciso e adulto, basta con la mussola e gli abiti da ragazza. Cercò di arricciare i capelli come quelli di Ingrid Bergman nel film *Casablanca.*

Il giardino della casa dei genitori di Fanny era fiabesco, la cornice ideale per il suo piano di seduzione, illuminato con lanterne e candele disseminate ovunque.

Era stata un'idea di Fanny e sua madre aveva tentato di fermarla.

«Mein got! Bist mshuge! Sei matta? Voi farci arrostire come i polli della rosticceria Faldoum?» Si era quasi messa a piangere, senza riuscire a dissuaderla.

«Misha, dai un calmante a tua figlia, sta sragionando».

Misha non aveva risposto, pensava fosse meglio darlo a sua moglie.

Il caldo soffocante della mattina era scomparso, le signore avevano le spalle coperte da sciarpe di chiffon. Era una di quelle serate amate da Kate, familiari ma piene di persone interessanti e diverse; rappresentavano l'anima del Cairo, la sua ospitalità incondizionata, l'avventura dello scambio nei mondi degli altri.

All'ingresso vicino alla consolle c'era una panchetta su cui Moh, splendente nella galabeya bianca con il gilet rubino, appoggiava i copricapi degli ospiti.

Si alternavano kefiah, bastoni neri, panama avorio, tarboush, fez, una o due kippà, che raramente si toglievano dalla testa e solo quando il clima era rovente. Quella commistione raccontava meglio di qualsiasi altra immagine la diversità e la vicinanza.

Mireille arrivò insieme a Feisal al-Harbi, un saudita dalle grandi relazioni e dall'immenso patrimonio che si era stabilito al Cairo da poco e che le era stato caldeggiato da una cugina espatriata a Londra.

Lo presentò ai padroni di casa, scusandosi per suo marito Ahmed, che era stato trattenuto a Port Said. Misha lo introdusse in una conversazione con Alexandre Skiatos, il padre del miglior amico di Sam, e l'imam Mourad.

Kate stava chiacchierando con Georgette Mousa, una bella ragazza siriana che faceva la traduttrice alla Shell di cui si diceva fosse l'amante del direttore, con Ruth Mosseri, la moglie del rabbino della sinagoga Ben Ezra, e con Niní Baranes quando arrivò Hafez. Si avvicinò al suo gruppetto, Sam gli presentò Georgette facendo l'occhiolino. Kate si irrigidì subito, terrorizzata all'idea che la siriana potesse piacergli. Era carina ed elegante e lo stava guardando con interesse. Ma Hafez le offrì il braccio e si allontanò con lei verso il divano tondo in bambù in fondo al giardino.

La sommerse di complimenti per il vestito e per com'era bella, le riempì il piatto al buffet di kugel e kobeba, cucina yiddish e ricette egiziane.

Kate lo guardava seduttiva, aveva deciso di chiedergli di visitare la sua nuova casa da scapolo in rue Cherif Pasha. Era sul punto di farlo quando d'un tratto Selim, il domestico di Hafez, si materializzò vicino a lui sussurrandogli all'orecchio: «Effendi Farid ha ricevuto una visita di amici. Chiede la sua presenza».

Hafez scattò in piedi.

«Scusami, Kate, devo andare» le disse baciandole la mano e guardando l'ora.

«Ma dove vai a quest'ora della sera? Chi sono questi amici così importanti da farti correre come un soldatino?»

Non riuscì a trattenersi e si odiava per quel timbro di voce da moglie trascurata.

Lui esitò un attimo, poi scosse la testa. Non voleva raccontarle delle bugie, per questo resisteva e preferiva non dare spiegazioni.

Kate aveva gli occhi pieni di lacrime per la frustrazione, era sicura che lui volesse spiegarle, ma c'era qualcosa o qualcuno, pensò con un tuffo al cuore, che glielo impediva.

Mireille lo guardò uscire quasi correndo e vide il dolore di Kate. La raggiunse sul divano portandole un piatto di mahalabiya, crema di latte con riso, fiori d'arancio, cannella e pistacchi, il suo dolce preferito. Kate era pietrificata, tutto il suo piano era andato in fumo, sentiva l'inutilità del suo amore. Non le restava che lasciar fare al destino. Dopo poco tornò a casa.

Mireille non le riferì il commento di madame Barzel, che aveva scoperto da tempo, al contrario di Fanny, il suo amore per Hafez.

«Kate sembra un'altra. Ha perso la certezza britannica di chi si crede superiore a tutti. Ha un'espressione che conosco bene, quella di chi non si sente al sicuro. Facci caso, Mireille. È lo sguardo che abbiamo noi ebrei».

Aveva evitato anche di raccontare a Kate l'incontro all'Hotel Semiramis di qualche giorno prima. Era al compleanno di Irene Papadakis, una matronale signora greca dalle sopracciglione nere e dal décolleté coperto di brillanti, parente per parte materna di Ahmed, il marito di Mireille, egiziano spiantato ma bello come un attore, diventato uno stimato uomo d'affari grazie alle relazioni della moglie.

Era stata appena tagliata la torta gigantesca – a misura della festeggiata, aveva commentato un ospite velenoso –, sfornata dal famoso pasticciere Pastroudis e arrivata in auto da Alessandria avvolta da un cappotto di ghiaccio, che davanti a Mireille si era palesato Hafez al braccio di sua madre Aida.

Si erano salutati e Mireille, arretrando e costringendo lui a fare altrettanto, aveva parlato in francese.

«Qu'est-ce qu'il se passe avec la petite Kate Lambert? Je l'aime beaucoup, Hafez. Ne joue pas avec elle».

Hafez l'aveva guardata stupito. Conosceva da sempre Mireille e non aveva idea che la sua confidenza con Kate fosse tale da permetterle di essere così diretta.

Intuitiva come sempre, lei aveva captato il suo pensiero, ma non aveva avuto altra scelta, era un'opportunità che doveva essere presa al volo. La madre di Hafez lo aspettava pochi passi più avanti e li osservava curiosa.

Hafez aveva risposto usando anche lui il francese: «Si je jouais avec elle, ce serait comme jouer avec mon coeur».

Le aveva fatto il baciamano, aveva sorriso ed era tornato da sua madre.

A Mireille batteva il cuore e non sapeva nemmeno la ragione. Forse era per l'angoscia che stava tormentando Kate, forse perché aveva avvertito sulla pelle la forza del sentimento di Hafez. Entrambi stavano vivendo la stessa situazione inebriante ma sconvolgente, si era detta Mireille mentre le sue pulsazioni ridiventavano normali.

Poi aveva capito la vera ragione di quell'agitazione. Giorni prima alcuni suoi amici giornalisti le avevano raccontato come l'insofferenza del popolo egiziano verso gli inglesi avesse raggiunto un livello pericoloso. Poteva essere la rovina per Kate e Hafez.

Stava montando anche il malcontento verso Farouk e verso la sua cerchia, per non parlare di quello verso il governo.

Doveva chiedere a Feisal al-Harbi, era potente e molto informato. Poteva invitarlo a casa, lui non aveva mai nascosto quanto lei gli piacesse.

L'avrebbe fatto al più presto, avrebbe reso un favore a Kate e allo stesso tempo lei si sarebbe divertita. Amava essere corteggiata, era sempre stata una provocatrice e una donna sensuale.

L'indomani prese appuntamento con Fanny. Voleva spiegarle cosa stava vivendo Kate, aveva capito che ignorava il dolore della sua migliore amica. Mentre si preparava ripensò all'incontro con Hafez, indecisa se parlarne con Kate. Meglio tacere, pensò, e metterlo da parte per usarlo nel momento migliore. In fondo, la sua risposta non aveva svelato nulla di nuovo, solo che teneva moltissimo a Kate, ma questo lei lo sapeva già.

Fanny cadde dalle nuvole. Non aveva mai immaginato che la sua adorata amica e Hafez potessero provare un'attrazione reciproca così forte, non si era accorta di nulla. Provenivano da due mondi così differenti.

«A pensarci bene, il loro amore è il simbolo di quello che a Kate è subito piaciuto in modo incondizionato, Il Cairo che avvicina, condivide e unisce, Il Cairo dell'inclusione pacifica» disse. Era la città che aveva accolto i suoi genitori, arrivati da storie lontane, pieni di terrore, e li aveva riconciliati con la vita e con il prossimo, come non avevano mai osato sperare prima.

Fanny promise a Mireille che le avrebbe parlato e le sarebbe stata vicina.

Nonostante l'ansia e l'insicurezza che Hafez le scatenava, Kate non era mai stata così splendente. Glielo dicevano di continuo, e Mr Lambert faceva gli onori di casa ai numerosi uomini che, colpiti dal fascino di sua figlia, volevano conoscerla meglio, uscire con lei, portarla a ballare all'Auberge.

Ogni tanto Kate accettava, ma solo per la speranza d'incontrare per caso Hafez e riuscire a scoprire chi fossero i suoi amici, chi frequentasse. Solo due volte le era capitato di intravedere la sua vita lontano da lei.

Un pomeriggio l'aveva accompagnata al consolato britannico. Era più tenero del solito con lei, le teneva la mano in pubblico, baciandola più di una volta. Mentre uscivano dal cancello dell'ufficio, un uomo in uniforme militare che stava camminando si era fermato di botto, guardando verso di loro. Era molto alto, con i baffi e un gran nasone.

Hafez le aveva abbandonato di colpo la mano e si era lanciato verso di lui sorridendo. Insieme si erano diretti all'angolo della strada parlando animatamente, perché l'ufficiale pareva adirato. Il colloquio non era durato molto ma, tornato al suo fianco e senza rispondere alla domanda di Kate sull'identità dell'ufficiale, Hafez non sembrava più l'uomo tenero e affascinato di prima. Era diventato nervoso, e arrivati a Garden City l'aveva salutata frettolosamente. Era scomparso di nuovo per giorni.

Un'altra volta, per caso, tornando a casa con Sarah dopo aver comprato le noci con il marzapane al Petit Groppi, passione di suo padre, lo aveva visto entrare quasi di corsa in un locale. Aveva guardato l'insegna: era il Café Riche. Era stata sul punto di seguirlo, poi aveva cambiato idea, Hafez avrebbe potuto pensare che lo stesse controllando.

«Conosci questo posto, Sarah?» aveva domandato. Era curiosa, il café non faceva parte dei circuiti abituali del suo mondo. Aveva chiesto in giro: aveva fama di essere un covo d'intellettuali e rivoluzionari. Strano, aveva pensato, Hafez non ha nulla a che vedere con questo genere di persone.

Kate temeva la notte, il suo sonno era diventato agitato, mai profondo, perché era sempre all'erta per qualcosa che non stava succedendo. Spesso aveva l'aria imbambolata di chi sta pensando intensamente; una volta era la tazza di tè sollevata senza berla, un'altra il giornale aperto tra le mani senza leggerlo, o la mancata risposta a una domanda.

«Kate, riprenditi. Hai visto un fantasma o cosa?» la rimproverava Mr Lambert, immaginando che sua figlia potesse avere i nervi scossi. A causa del caldo capitava a molte donne occidentali; doveva ricordarsi di chiedere spiegazioni a Sarah.

Senza capirlo suo padre aveva visto giusto. Kate conviveva giorno e notte con il fantasma di Hafez, ossessionata dalla speranza che lui si aprisse totalmente con lei, consumandosi nell'attesa infinita di ottenere da lui quello che desiderava con tutte le sue forze: la certezza del suo amore, la sicurezza di un futuro insieme.

Spesso le tornava in mente la frase di Mireille: «Ti capiterà di innamorarti prima o poi, e per donne libere e indipendenti come te è sempre un dramma».

Per l'ennesima volta Mireille era stata profetica. Chissà dov'era Hafez.

Hafez era a casa di Farid. Il maggiore Hakim e Zakaria Mohieddine spiegavano l'urgenza della riunione: «La guerra in Palestina è stata disastrosa, abbiamo visto la nostra gente morire senza avere la possibilità di difendersi, Farouk e i suoi miserabili comandanti ci hanno mandato al massacro. Ne saremo segnati per sempre».

Zakaria abbassò la voce.

«Abbiamo scritto a mano un manifesto in cui chiediamo la fuoruscita delle truppe straniere dal Paese, la fine della corruzione dei politici, l'innalzamento del livello di vita delle classi povere e la riorganizzazione dell'esercito. Chiediamo anche di bloccare la vergognosa compravendita di gradi militari. Mohammed, tu frequenti molta gente, hai già sentito parlare del manifesto?»

Hafez si ricordò che gliene aveva accennato suo padre, ma come di un regolamento di conti all'interno dell'esercito.

«L'abbiamo infilato nelle caselle di posta dello Stato maggiore, dei comandanti dei reparti di fanteria, cavalleria e aeronautica. È scoppiato l'inferno, sappiamo che è stato aperto un dossier *Liberi Ufficiali*. Farouk, fuori di sé dalla rabbia, ha ordinato di scovare, arrestare e torturare i membri dell'associazione».

Hafez si congratulò per l'audacia dell'iniziativa, ma si domandava quale potesse essere il suo ruolo: non aveva contatti con l'esercito.

Farid, che aveva captato la sua incertezza, gli fece cenno di aspettare.

«Adesso possiamo cominciare a contare anche su una parte della polizia, abbiamo contatti con gli studenti e con il sindacato. Sono trapelate delle voci e tre giorni fa Nasser è stato interrogato a lungo. L'hanno portato dal primo ministro Ibrahim Abdel Hadi». Anche il maggiore Hakim aveva abbassato la voce.

«Ha negato di far parte dell'associazione segreta Zobat el-Ahrar, "i Liberi Ufficiali", e risposto con grande abilità a tutte le domande. Gamal è un formidabile giocatore di scacchi, conosce molto bene le mosse dell'attacco e della difesa. Se l'è cavata egregiamente. Ma c'è troppa attenzione su di noi in questo momento, anche gli inglesi hanno drizzato le orecchie. Per un po' di tempo dobbiamo evitare di incontrarci. In caso di necessità, la nostra buca delle lettere sarà il Café Riche. E d'ora in poi il nome in codice di Nasser sarà "Zaghloul", per evitare che sia intercettato e identificato».

«Io che posso fare?» chiese Hafez. Era impressionato dal coraggio e dal patriottismo degli uomini che aveva davanti ed era ansioso di fare la sua parte.

«Dobbiamo sondare Suez. Pare che il malcontento dei nostri militari nei confronti degli inglesi sia alle stelle. La situazione è incandescente. Fai un salto al Canale, e cerca di capire cosa sta per succedere. Devi placare gli animi, promettergli che siamo con loro e che non li abbiamo dimenticati. Bisogna evitare che le cose degenerino troppo presto. So che a Oxford hai conosciuto il colonnello Hampton. Ora è uno dei pezzi grossi a Suez: vallo a trovare».

Hafez ammutolì. Riuscivano perfino a sapere con chi aveva giocato a poker all'università.

Hakim aveva anche un'altra richiesta: quella di frequentare il più possibile il capo di gabinetto del primo ministro, un lontano parente di Aida, la madre di Hafez, per comprendere il grado d'informazioni che avevano su di loro.

Prima di salutarlo il maggiore gli diede un bigliettino con il nome del militare egiziano da incontrare a Suez.

Gli ufficiali si alzarono in piedi, la riunione era finita.

Hafez era già per strada quando Anwar El Sadat si voltò verso gli altri.

«Gamal aveva ragione anche stavolta: quest'uomo ci sarà molto utile. È ambizioso, tiene alla nostra causa e ha appena versato nelle casse dell'associazione un notevole contributo in denaro». I due mesi di stipendio che ognuno di loro doveva donare ai Liberi Ufficiali erano miserrimi rispetto alla potenza economica di Hafez.

Hafez partì la notte stessa. Gli dispiaceva non poter salutare Kate e, soprattutto, spiegarle le ragioni delle sue sparizioni. La scelta obbligata di tenerla al di fuori dal rapporto con i Liberi Ufficiali gli pesava sempre di più.

Amava Kate come non aveva mai amato nessuna donna. Pur essendo straniera e diversa in tutto da lui, gli era complementare, lo definiva nello stesso modo in cui la causa egiziana gli aveva offerto uno scopo nobile, ma non riusciva ancora a fidarsi di lei. Si domandava se Nasser, Farid e gli altri fossero a conoscenza della sua relazione con lei, tuttora platonica e forse per questo ancora più profonda.

Nessuno di loro aveva mai fatto un accenno, ma doveva prepararsi: era prevedibile che qualcuno gli avrebbe posto la domanda.

Kate era inglese, protestante e figlia di un personaggio influente nella comunità britannica, uno che sedeva intorno al tavolo in diretta connessione con Whitehall, dove si prendevano le decisioni più delicate e più brutali per il suo Paese. L'amore tra lui e Kate non era semplice da accettare per nessuna delle reciproche appartenenze.

Si chiedeva come avrebbe reagito Nasser se avesse deciso di vivere il suo amore alla luce del sole. E Kate sarebbe stata dalla sua parte, pronta a ripudiare la sua gente per il bene dell'Egitto?

Forse, se non avesse aderito all'associazione dei Liberi Ufficiali, non avrebbe dovuto affrontare quei problemi e farsi quegli scrupoli. Il Cairo pullulava di unioni miste, ma sapeva bene che Nasser le disapprovava in pieno, per lui era come allearsi con il nemico.

Nonostante tutto non aveva rimpianti. L'incontro con Nasser aveva cambiato la sua vita. Lo aveva liberato della sensazione di dover cercare qualcosa che potesse dargli uno scopo. Lavorare per contribuire a migliorare le sorti del suo Paese, insieme a uomini che ammirava, con i quali condivideva ideali e dottrine, l'aveva fatto sentire per la prima volta intimamente egiziano. Ed era orgoglioso dell'ultimo compito, il più delicato tra quelli che finora gli erano stati affidati.

Il viaggio verso Suez fu piacevole. Selim era un autista di grande classe, guidava con velocità ma tenendo un'andatura morbida. Era diventato l'ombra del suo padrone, per lui avrebbe ucciso senza remore, perché Hafez lo aveva sottratto alla miseria e a un destino di prostituzione, trasformandolo nel suo paladino.

Era l'unico – o almeno così credeva Hafez – che sapesse di Kate. Ma Selim detestava gli inglesi, gli avevano ammazzato la madre in un'imboscata a Ismaila, dove si era trasferita dopo la carestia che aveva devastato le campagne intorno a Khartoum.

Selim si rivolgeva a Kate con grande freddezza, ma avrebbe fatto qualunque cosa per lei, se gliel'avesse chiesto Hafez.

Il sole stava appena sorgendo quando videro in lontananza i minareti delle sette moschee di Suez.

11.

Heliopolis, Garden City, Café Riche, Il Cairo
1948-1949

Sarah aveva visto tutto. Aveva visto le bombe che avrebbero fatto saltare per aria i Grandi Magazzini Cicurel e sentito sulla sua pelle il bruciore delle fiamme. Aveva visto l'arrivo di Hafez, l'amore di Kate per lui, la loro relazione. E si dannava per questo. Presagiva, vedeva come fosse un film quello che stava per accadere, ma non poteva fare nulla per fermare il destino che si palesava davanti a lei; era solo un'informazione, e quasi sempre dolorosa.

Detestava nascondere la verità a Kate, ma non credeva giusto rivelarle i fenomeni che erano dentro di lei a cui nessuno aveva mai saputo dare una spiegazione. D'altra parte – anche se non era mai successo –, poteva sempre sbagliarsi.

Era una tradizione di famiglia. Rebecca, la nonna materna, un'ebrea turca di Smirne, era stata una premonitrice: avvertiva il bene e il male e il loro avanzare. Lei era diversa, era una veggente, invece, qualcosa di più sorprendente e prodigioso.

All'inizio, quando il suo soprannome era diventato di dominio pubblico, molti avevano cercato di sfruttare la sua divinazione per risolvere controversie, pene d'amore, lotte familiari, farsi togliere il "mauvais œil", il malocchio, una vera ossessione in Medio Oriente. Ma il potere che le era stato donato era autonomo, selettivo, capriccioso. Sarah lo subiva, incapace di controllarlo.

C'era stato qualche anno in cui era svanito e l'aveva lasciata in pace; poi, con l'arrivo di Kate, era ritornato in vita. Sarah si domandava se avesse a che fare con le emozioni, i sentimenti, se fosse lei stessa a nutrirlo con le proprie ansie o le proprie affezioni.

Voleva aiutare Kate, soprattutto da quando le aveva aperto il suo cuore raccontandole il dolore, la frustrazione e la sensazione inaspettata di essere sbagliata.

Sarah non riusciva a inquadrare Hafez. Il suo amore per Kate era sincero, ma cosa nascondeva, perché era misterioso e sfuggente?

Così aveva inaugurato una personale caccia alle informazioni, coinvolgendo la vasta cerchia di familiari e amici capaci di venire a sapere quasi tutto quello che serviva. Era saltato fuori che Nazrin, una giovane nipote di sua cugina, lavorava come cameriera di madame Hafez.

«Danken got» aveva sussurrato Sarah ringraziando Nazrin che si era detta pronta a farle qualsiasi favore.

«Cosa?» Nazrin non conosceva l'yiddish.

«Non t'impicciare. Chiedile subito di informarsi se è fidanzato, se i suoi genitori hanno in mente una possibile candidata e se c'è già una predestinata» aveva raccomandato a sua cugina con tono imperativo. Nazrin aveva fatto un mezzo inchino e se l'era svignata. Grazie alla sua fama Sarah incuteva terrore; lei naturalmente lo sapeva e ne gongolava.

Le prime notizie erano consolanti. Kate non aveva nulla da temere, non c'era nessuna ipotetica moglie all'orizzonte.

Selim, l'ombra di Hafez, l'inquietante sudanese dallo sguardo feroce che si occupava di lui, dei suoi vestiti e guidava la sua macchina, era stato più sigillato di un sarcofago, nonostante le domande insistenti di sua zia Nariman, che doveva un favore a Sarah.

Per farsi perdonare da Sarah, Nariman aveva fatto il diavolo a quattro e aveva scoperto che Mustafà, stiratore provetto e parente di Ali, prestava servizio a casa Hafez. Ma era troppo tardi, Mustafà era stato appena cacciato perché madame Hafez – istigata dalla governante, che lo detestava – l'aveva colto in flagrante mentre sputava sugli indumenti da stirare.

«Sei proprio gabbi» Sarah gli dava dello scemo, furibonda per aver perso quella che poteva essere una buona fonte.

«La saliva è molto più efficace dell'amido, ti assicuro» cercava di scusarsi Mustafà. In realtà, anche lei sapeva che la pratica dello sputo era di gran moda tra gli stiratori di alto livello. Almeno Mustafà aveva potuto confermare di non aver mai trovato tracce di rossetto sui colletti di sahib Hafez. E Kate, al contrario di tutte le ragazze, non lo usava perché non ne aveva bisogno.

Al Cairo, la fitta rete di domestici che lavorava nelle case dei ricchi egiziani era più efficiente degli agenti del Mukhabarat. Le parentele vere o false erano elaborate quanto un rompicapo bizantino. Se Kate ci si perdeva, Sarah ci sguazzava.

Alla fine trovò il suo uomo, quello decisivo. Abdul, altamente fidato in quanto cugino primo del cognato di Ali, lavorava al Café Riche. Sarah si era informata sul locale: era un ritrovo d'intellettuali, politici e complottisti e aveva avuto un ruolo importante nella Rivoluzione del 1919 contro i britannici.

Abdul conosceva Hafez, era un frequentatore abituale.

«Arriva sempre in compagnia di uomini in divisa» riferiva seduto nella cucina della casa di Kate con un bricco di caffè, dei biscotti e una caraffa di arak, la bevanda all'anice più amata dagli egiziani.

«Gli ufficiali sono giovani e molto seri, mai una ragazza con loro». Conosceva qualche nome: Hakim, Sadat; quello che aveva l'aria di essere il capo si chiamava Nasser.

Abdul aveva cominciato ad attaccare l'arak e stava diventando loquace.

«Si capisce che stanno lavorando a qualcosa d'importante» sosteneva tra un sorso e l'altro. «Se qualcuno s'avvicina, smettono di parlare. Una sera Nasser, il capo, mi ha allungato una buona mancia per non far sedere nessuno ai tavoli accanto, chiedendomi di non fare i loro nomi a nessun britannico. Si trattava, mi ha detto, di una questione di vita o di morte. Qualche tempo dopo, al café sono entrati degli agenti della sicurezza egiziana. Stavano indagando su di loro, hanno interrogato il direttore e mi hanno fatto mille domande».

Abdul allungò le gambe, si mise più comodo.

«Poi è stata la volta degli ufficiali inglesi, che mi sembravano più informati dei primi. Da allora sahib Hafez e gli altri non si sono fatti più vedere insieme; ogni tanto uno di loro lascia una lettera da ritirare. Credo che qualcuno li abbia avvertiti. Ho scoperto che al piano di sotto del locale ci sono dei tunnel segreti, forse s'incontrano lì».

Ad Abdul cominciavano a chiudersi gli occhi, ma Sarah aveva avuto quello che voleva.

Pensava di aspettare il momento giusto per riferire tutto a Kate, ma fu bruciata dall'incalzare degli avvenimenti. La stessa sera, di ritorno da un cocktail all'ambasciata, Kate arrivò a casa molto turbata. Dal canto suo Mr Lambert aveva l'aria torva. Si erano rinchiusi subito nello studio.

Era cambiato l'ambasciatore. Thompson era tornato in Gran Bretagna ma si era sperticato in tali lodi per Mr Lambert a Whitehall che Lord Skeffington, il nuovo diplomatico, l'aveva quasi supplicato di restare al suo fianco, aumentando l'appannaggio e ufficializzandone il ruolo.

Da quel momento Mr Lambert aveva spiegato a sua figlia che doveva stare attenta a come si comportava, dato che suo padre era ora molto in vista.

«Sembrava una delle classiche serate da ambasciata, rassicuranti nella loro noia». Kate, in stanza da letto, stava raccontando a Sarah. Aveva salutato, distribuito sorrisi, scambiato qualche parola con Feisal, l'amico saudita di Mireille. Era un uomo che conosceva tutti, nei Paesi del Golfo, e l'aveva presentato a suo padre: potevano essere reciprocamente interessati a conoscersi. Mireille, che non perdeva mai un ricevimento, le aveva lanciato un bacio da lontano.

Mentre era al fianco di suo padre si era avvicinato un egiziano vestito all'occidentale in modo impeccabile, con in testa un fez.

Aveva salutato suo padre con affabilità, poi guardato verso Kate aspettando di essere presentato.

«Finalmente conosco sua figlia, Mr Lambert, la famosa Miss Kate».

Che maleducato, aveva pensato suo padre. Se non fosse stato Hag Jamal, uno dei consiglieri più vicini al ministro dell'Interno, gli avrebbe risposto per le rime. Si era limitato a chiedergli con voce fredda: «Famosa?»

«Sì, Mr Lambert, famosa per la sua bellezza, che in realtà supera la sua reputazione, di persona è molto più avvenente. Mi fa piacere incontrarla, Miss Kate, anche per dirle quanto è confortante sapere che lei, al contrario di molte sue connazionali, apprezza la compagnia di giovani uomini egiziani come Mohammed Hafez, un ragazzo di ottima famiglia e di un probabile luminoso avvenire».

Suo padre era ammutolito. Non capiva chi fosse Hafez e cosa volesse dire l'egiziano, ma non gli piaceva quel tono mellifluo. Gli aveva porto frettolosamente la mano per congedarlo.

Mr Lambert era cremisi, non aveva detto una parola ma era infuriato.

«Chi è questo Hafez?» le aveva sibilato, appena chiusa la porta dello studio. Alla fine Kate era riuscita a calmarlo e a convincerlo che Hafez era uno dei giovani che frequentavano il gruppo di Sam e Fanny, forse aveva sentito nominare suo padre Fuad. Non l'aveva convinto del tutto, ma poiché Mr Lambert giudicava Jamal Pasha una biscia insaponata, famosa per le sue malignità, finì per crederle.

Kate si era ritirata in camera sua, molto provata dalla serata e dall'interrogativo che le frullava in testa.

«Mi domando come mai un pezzo grosso del ministero dell'Interno sia al corrente di me e Hafez. Pareva ben informato sul tenore del nostro rapporto. Non capisco. Perché dovrebbe interessargli?»

Sarah allargò le braccia alzando gli occhi al cielo. Ora le premeva che Kate si calmasse e andasse a dormire.

La mattina dopo, quando Kate aveva fatto la sua colazione, le prese la mano e le raccontò per filo e per segno quello che aveva saputo di Hafez. Anche i fondi del suo caffè mattutino avevano confermato l'esistenza di trame, complotti, segreti.

Kate afferrò il cappello e gli occhiali scuri e le disse in tono convulso di lasciarla sola. Aveva bisogno di pensare e camminare.

Che voleva Jamal Pasha? Si chiedeva se il suo era un avvertimento. Per quale motivo il fatto che una ragazza inglese frequentasse un egiziano era così interessante da spingere un alto burocrate a volerla incontrare per complimentarsi – fintamente, certo – con lei?

Non era la prima inglese a uscire con un egiziano, era il sistema di relazioni della società cairota a favorire amori e matrimoni misti. Era proprio di quei giorni la notizia delle nozze tra un giovane Gahli, figlio maggiore della nota famiglia copta, e una bella ragazza ebrea. Ma allora, cosa nascondeva la vita di Hafez e cosa rendeva la loro frequentazione degna di essere tenuta d'occhio?

Era chiaro che lui veniva pedinato. Per quale motivo, per quali misteriosi affari? Hafez lo ignorava o lo sapeva? C'era sempre stato qualcosa d'inafferrabile in lui e nelle sue sparizioni improvvise. Appena tentava di sapere di più, sviava il discorso.

Kate camminava in lungo e in largo per Garden City, senza riuscire a fermarsi, pensando e ripensando alle informazioni che Sarah le aveva appena fornito. Hafez aveva amici misteriosi, militari che chiedevano il segreto sulle loro parole e sui loro incontri.

Chissà se uno di loro era l'ufficiale che avevano incontrato davanti al consolato inglese, quello con cui Hafez aveva dialogato in modo esagitato, evitando di presentarglielo e di dirle la ragione della discussione. Anche i nomi degli altri militari che Sarah aveva citato erano sconosciuti, gente di cui lui non le aveva mai parlato.

Forse Hafez era un poco di buono, uno che aveva una doppia vita, una delle quali inconfessabile. E lei era stata così sciocca da non capirlo. Ma no, non era possibile, Sam e Mireille lo conoscevano da anni, si fidavano di lui e l'avrebbero messa in guardia.

Allora perché tanti misteri? si domandava.

Gli alberi di Garden City dalle foglie brillanti sotto il sole della mattina le apparivano scuri come se si fosse spenta una luce.

Era smarrita, per la prima volta da quando era al Cairo e ne aveva amato l'abbraccio universale si sentiva inadeguata, diversa, emarginata.

Chi era stato a usare una definizione simile a quella che con grande dolore aveva appena scelto per sé stessa?

Alla fine ricordò. Era stata madame Barzel e ora si trovava proprio a due passi dalla sua casa. Suonò il campanello, forse avrebbe potuto aiutarla a ritrovare il suo equilibrio e la sua sicurezza.

«Non prendere questa strada, chérie, non sei tu a essere sbagliata». Dopo averla ascoltata, madame Barzel stette un attimo in silenzio, guardandola con aria triste.

«Non ho detto questo» sussurrò Kate asciugandosi gli occhi.

«So che dentro di te lo pensi. Ti sei innamorata di un uomo – come definirlo? – non adatto a te. Non perché sia egiziano e musulmano – viviamo al Cairo, la città più cosmopolita e mista al mondo –, ma perché è un tipo problematico, uno che farebbe dannare qualunque donna incontrasse nel suo percorso di vita».

«Ho paura che si sia macchiato di qualche brutta azione, se no perché seguirlo?» Kate tentava di asciugarsi le lacrime che scendevano copiose.

«Ahimè, Kate, l'Egitto sta cambiando e in un modo o nell'altro siamo tutti sotto controllo, ormai. Evitiamo persino di parlare per strada, chiunque dietro di noi può essere un agente dei servizi segreti».

Madame Barzel cercava di consolare Kate, rassicurandola rispetto alla sensazione di essere qualcuno che gli altri non volevano.

Le faceva molta pena e capiva quello che provava. Prima di incontrare Hafez, era una bella ragazza inglese, intelligente e sicura della sua posizione privilegiata ai livelli più alti nella società inclusiva e internazionale del Cairo. Ora non era più certa di nulla; si era infilata in una situazione simile alla sua.

Passati i primi anni di totale tranquillità al Cairo, con la nascita di Israele e la guerra arabo-israeliana, madame Barzel cominciava di nuovo a provare la sensazione – o era solo la paura, non era facile capirlo – di essere una persona non gradita, qualcuno che gli altri allontanavano. Una nemica.

In fondo era questo il motivo che aveva spinto Kate ad andare da lei.

«Mi sento rifiutata. Anche se Hafez non ha mai fatto cenno alle nostre differenze... Mi era sembrato un segno positivo, come se non vi desse peso. Oggi mi rendo conto che invece era un problema, per questo non ne parlava». Kate spalancò gli occhi parlando come se avesse visto per la prima volta la situazione con lucidità. «Ho l'impressione di essere sull'orlo di qualcosa che può farmi ancora più male solo per il fatto di essere quello che sono. Come si fa a convivere con questo?»

Se l'era chiesto tante volte tentando di immaginare cosa provavano Fanny e sua madre, Misha, Eleonora Lubin, tutti gli ebrei che aveva conosciuto, sempre in allarme, sempre sull'orlo di un possibile pericolo.

«Come si fa? Siamo abituati, siamo cresciuti con questo». Madame Barzel sorrise. «So cosa stai provando, mein libe Kate. Ti sembra di dover pagare un prezzo per la tua nascita, per la tua religione, per il tuo passaporto, fattori che non hanno nulla a che vedere con la tua integrità, con quello che sei. È ingiusto, ma noi nasciamo con questa tara, con questo terrore. L'abbiamo nel sangue, e non possiamo farci niente. È il nostro destino, ovunque andiamo a rifugiarci».

Kate la guardò e si pentì di aver risvegliato in madame Barzel, a cui voleva veramente bene, i fantasmi di un passato che poteva sempre tornare.

Finì il suo kahwe baida, il caffè bianco ai fiori d'arancio zuccherato con il miele dalle proprietà rilassanti. Si sentiva meglio. Abbracciò con grande affetto la sua ospite senza dirle una parola.

Madame Barzel la guardò andare e sussurrò con voce dolente: «Vattene, Kate, va' via dal Cairo, luzim gayen».

C'erano troppe voci sull'insofferenza degli egiziani nei confronti degli inglesi, che, nonostante il trattato del 1936, non avevano ritirato le truppe dal Paese e continuavano a controllare il Canale di Suez e le sue colossali tasse di transito.

Uscita dal cancello del giardino, Kate si disse che fino a quel momento non aveva capito niente della sua storia con Hafez. O meglio, non aveva voluto capire niente. Quante volte gli aveva detto: «Ho l'impressione che una parte di te mi sfugga e non voglia aprirsi e confidarsi».

Lui non rispondeva mai direttamente.

«Non hai idea di quanto posto tu occupi nel mio cuore e nella mia mente. Non c'è altro che ti possa interessare, credimi». Il tono di Hafez era appassionato, ma il suo sguardo aveva un'espressione che lei non riusciva a decifrare.

«Fammi leggere cosa dicono i tuoi occhi» gli aveva chiesto un giorno, dopo che non aveva saputo più nulla di lui per due, eterne settimane.

«Mi stai ingannando, vero? Non vuoi dirmi cosa fai quando sparisci?»

Lui le aveva preso il mento con la mano sussurrando: «Affari, Kate, solo affari. Ascolta il mio cuore, senti quanto batte, se ti tocco». Anche quello di Kate sembrava stesse per scoppiare, non credeva fosse possibile vivere un'emozione così forte.

Lo amava, era sicura di essere ricambiata, ma non le bastava. Aveva cercato di non pensare alla zona oscura della vita di Hafez, ma il sospetto di essere ingannata ritornava sempre a galla.

Doveva essere finalmente onesta e spietata, anche se faceva male.

Hafez le nascondeva molte cose della sua vita. Anzi, a essere ancora più crudele con sé stessa, la verità era che Hafez nascondeva lei. Al di fuori del loro piccolo cerchio, non l'aveva mai presentata né alla sua famiglia né ai suoi amici.

Per loro non esisteva.

Kate si riscosse, doveva smetterla di vedere tutto nero. Doveva convincersi che Il Cairo dell'accoglienza e dell'unione alla fine avrebbe risolto i nodi dolorosi della sua storia con Hafez. E lui le avrebbe spiegato il motivo delle sue misteriose sparizioni.

12.

Villa Baranes, Garden City, rue Cherif Pasha, Il Cairo
1950

«Aida, habibti, ti presento Kate, una carissima amica di Niní che per me è una seconda figlia. Suo padre è James Lambert». Mireille cercava di mantenere un tono salottiero ma dentro di sé era preoccupata per l'esito dell'incontro.

Madame Hafez, vestita di scuro, pettinata ad arte, con un tratto affabile ma uno sguardo duro, prima tese la mano a Kate, poi la baciò sulla guancia.

«Mr Lambert? Pare sia lui il vero ambasciatore inglese al Cairo, non il diplomatico in carica» disse con un sorriso.

Kate, cercando di sembrare più egiziana possibile, le rispose con il suo migliore accento arabo: «Buonasera, madame Hafez, ho sentito parlare di lei e delle sue opere benefiche. Credo anche di conoscere suo figlio».

La donna s'irrigidì e l'osservò con più attenzione.

«Mohammed? Lo adoro, ma è un ragazzo complicato». Fece un sospiro, poi piantò i suoi occhi neri in quelli di Kate. «Non invidio le donne che se ne innamorano. Spero che, da figlio devoto, trovi una brava ragazza egiziana che piaccia ai suoi genitori e metta la testa a posto».

Kate ammutolì, non si aspettava una risposta così diretta. Anche Mireille, come le capitava di rado, stava facendo fatica a trovare parole adatte a spezzare la tensione. Per fortuna le raggiunse Ghita Mounir, la presidentessa dell'associazione di donne pie che si occupava dei bambini dei quartieri poveri. Aveva bisogno di parlare con Aida, che si allontanò con lei.

Kate e Mireille si scambiarono uno sguardo significativo. Tutt'e due avevano avuto la sensazione che madame Hafez sapesse benissimo chi fosse Kate. Al Cairo non era solo Sarah ad avere gli informatori.

Quando le pie donne – tranne una, pensò Kate con rabbia – lasciarono la casa di Mireille, che aveva organizzato il tè di beneficenza con l'intento di creare l'occasione di un incontro con la madre di Hafez, si sedettero esauste sui divani del piccolo salotto.

«Quel toupet! Bien, Kate ora sai cosa ti aspetta. L'impresa sembra ancora più difficile. La madre è solo une parvenue». Mireille aveva deciso di essere chiara, inutile nutrire false illusioni.

Kate era abbattuta.

«È perché sono inglese, vero?»

Mireille era stupita. Nelle classi elevate non c'era mai stata una chiusura nei confronti dei britannici, anzi: poteva essere motivo di orgoglio un matrimonio tra un egiziano e un'inglese, e se c'era un problema di religione, bene, si poteva sempre cambiare fede. In più né Kate né il ragazzo erano modelli di devozione.

Fuad, il padre di Hafez, aveva le mani in pasta ovunque e manteneva ottimi rapporti con gli esponenti delle varie comunità, che accoglieva spesso nella villa di Heliopolis, affiancato da sua moglie Aida. Forse Kate non lo sapeva, ma Fuad era nella lista degli invitati nei piccoli lunch nella residenza dell'ambasciatore inglese.

Mireille tentò in tutti i modi di consolare Kate, ma era uno sforzo sovrumano persino per lei. Dopo averla salutata, abbracciandola, continuò a rimuginare.

Se Aida Hafez era stata così drastica, voleva dire che il sentimento antibritannico stava conquistando sempre più terreno. Doveva cercare di saperne di più, per amore di Kate. Mandò un biglietto a Feisal al-Harbi; ignorava se fosse al Cairo, a Londra o a Ryad, ma prima o poi le avrebbe risposto.

Le settimane passavano senza che arrivassero notizie di Hafez.

Si erano conosciuti più di un anno prima, pensava con tristezza Kate, ma il loro rapporto non si era mai evoluto.

«Leggimi i fondi, ti prego». Sarah stava diventando più restia a farlo, le risposte erano sempre le stesse.

«Vedo difficoltà, ostacoli, discussioni, non è cambiato nulla da ieri e dall'altro ieri e dall'altro altro ieri ancora». Kate voleva sentirsi dire che il loro amore era sempre forte. I segni che si formavano nella bevanda erano ben definiti.

«Sei nei suoi pensieri e nel suo cuore, Miss Kate, come lui nel tuo».

Proprio la notte prima Sarah aveva avuto una visione. Hafez stava tornando al Cairo. Non aveva voluto dirle nulla. Per fortuna non era successo di giorno e solo Ali aveva raccolto i brividi e le parole rauche che le arrivavano da chissà dove.

Di nuovo la veggente non si era sbagliata.

Hafez stava arrivando da Port Said, aveva concluso la sua missione.

Era andato e venuto dal Canale alla capitale più volte, ma solo per poche ore, senza riuscire a incontrare Kate. Ora che stava tornando da Suez, dove aveva acquisito preziose informazioni e fatto un buon lavoro, aveva l'urgenza di vederla.

Quando l'aveva incontrata, se ne era innamorato all'istante. Kate rappresentava anche un trofeo per un uomo del Medio Oriente di buona famiglia, educato all'occidentale, laureato in Gran Bretagna, uno dei tanti anglo-egiziani che popolavano Il Cairo, ma che avrebbero potuto vivere a Londra senza nessun problema e rimpianto, se non quello della cucina. E se proprio non fossero riusciti ad apprezzare il "cottage pie", si sarebbero fatti mandare una cuoca dall'Egitto.

Ora che per lui molte cose stavano cambiando, la nostalgia di Kate era diventata un'ossessione, un sentimento impossibile da confessare. Nella mentalità egiziana, se un uomo voleva una donna se la prendeva senza tante storie, e se non poteva sposarla se la teneva come amante. Con molte ragazze era andata così, ma non erano Kate.

Purtroppo lei era un'altra cosa.

Kate era nella casa da neosposa di Fanny a Qasr El Nil, a pochi passi dal Qasr Bridge, il suo preferito, il ponte dei leoni che sovrastava il Nilo.

Stava aiutando Fanny a preparare l'hummus e il Kugel, imparato ad arte grazie agli insegnamenti di madame Barzel, che la stava supervisionando.

Sam aveva invitato i suoi amici greci, i due Caralambo, Egyptiadis e Skiatos, Max Perlo e Alberto Marano. Non mancava nemmeno Niní Baranes. Era la loro prima cena da sposati, Fanny ci teneva a fare bella figura, anche se erano tutti intimi. Cuoceva con grande attenzione la salsa di pomodoro per gli spaghetti fatti arrivare dall'Italia.

Le tre amiche erano allegre, la radio accesa come in tutte le cucine del Cairo mandava in onda le canzoni di Edith Piaf. Loro canticchiavano e ridevano degli ultimi pettegolezzi. Finché Fanny non rispose al telefono: era Sam, per avvertire che sarebbe venuto anche Hafez.

Kate, Fanny e madame Barzel si trasformarono in tre statue di sale e, scambiandosi uno sguardo significativo, si tolsero i grembiuli, avvertendo Fawzia che andavano in salotto per riposarsi un momento, avevano bisogno di un tè.

«Hafez?» Kate spalancò gli occhi emozionata e di colpo agitatissima. Si guardò il vestito e i capelli disordinati, si toccò le guance: bruciavano per la vicinanza del forno e per la notizia di quell'arrivo imprevisto e attesissimo.

«Torno all'ora di cena» disse. Si scusò per dover lasciare a metà la preparazione del kugel, azione assai grave che madame Barzel avrebbe segnato nella sua lista nera per la vita, se non si fosse trattato di Kate.

Hafez aveva accettato subito l'invito anche se era stanco morto. Non vedeva l'ora di rivedere Kate.

Nessuno dei due avrebbe ricordato in seguito cosa avessero mangiato e bevuto e di cosa si fosse parlato in quella serata che si sarebbe rivelata indimenticabile.

Tutti sapevano, chi più chi meno, e quindi non avevano nemmeno bisogno di fingere. Si tenevano per mano, si parlavano all'orecchio, e protestarono con Fanny che voleva separarli, distribuendo i posti a tavola.

Kate era bellissima, Fanny le sussurrò: «Hafez ha l'aria di uno che ti vuole mangiare».

Kate era felice.

Ci fu un solo momento in cui la serata sembrò oscurarsi.

Stavano servendo il caffè nero, il caffè bianco e l'infuso d'ibiscus, quando Caralambo Egyptiadis chiese ad Hafez: «Da dove arrivi? Qualcuno mi ha detto di averti incontrato a Port Said o a Suez, non ricordo. Che facevi lì?»

Tutti guardarono Hafez, che si era irrigidito. Lui pensò velocemente cosa rispondere, era meglio non negare.

«Transazioni commerciali. La zona vicino al Canale dalle parti di Ismailia è molto richiesta. Volevo capire se c'erano degli investimenti interessanti. Come sapete, mio zio Abdullah Bey, Allah l'abbia in gloria, mi ha nominato suo erede e ora ho molte responsabilità».

Il suo disagio era evidente.

Kate si riscosse dall'estasi in cui si era rifugiata e ricordò tutti i misteri che circondavano Hafez.

Caralambo insistette.

«Com'è la situazione a Suez? Si dice ci sia molta tensione. Ieri il dottor Ahmed Maloun, consigliere del re per la sicurezza, se ne lamentava con mio padre, a sua volta preoccupato per il transito delle navi nel Canale. C'è il timore di qualche rappresaglia contro inglesi, francesi e israeliani».

Calò un attimo di silenzio, poi Hafez supplicò di non parlare di politica e di problemi coloniali. Era tornato al Cairo e voleva distrarsi con dei veri amici. Propose un brindisi, notando che Kate era pensierosa: non era più lì con lui.

Al momento di salutarsi l'abbracciò con passione e le diede appuntamento per l'indomani mattina.

Non si sarebbe mai immaginato che un'ora dopo Kate si sarebbe presentata a rue Cherif Pasha e avrebbe suonato alla sua porta.

13.

Cadogan Square, Londra
1950

La cugina Julia era stata un tesoro. Era venuta a prenderla in macchina a Tilbury, dove era arrivata in nave, ma guidava come una pazza dopo essere stata al volante delle ambulanze durante la guerra. Kate si era sforzata di non urlare. Non era più abituata alla guida a sinistra, le dava l'impressione che le macchine stessero per venirle addosso.

Le mancava persino la forza di preoccuparsi. Non desiderava altro che riposare, riposare e dimenticare. Chiuse gli occhi.

Nella casa dai mattoni rossi delle sue cugine a Cadogan Square, dormì quasi tutto il giorno per una settimana intera. Le sembrava di non riuscire a farlo da mesi; al Cairo era sempre stata vigile, senza lasciarsi mai andare. Il suo amore per Hafez era stato una malattia, una malattia grave, e ora aveva bisogno della convalescenza.

Julia e Fiona erano in pena anche se Mr Lambert non aveva scritto che Kate aveva problemi di salute.

«Non soffrirà di una di quelle terribili malattie tropicali?» si chiedevano. Ma non avendo la pelle colore del rospo Charlie che viveva in giardino, non vomitando, non tremando, non avendo la febbre – unici sintomi preoccupanti secondo il dottor Graham, che aveva lavorato nelle colonie dell'impero – si erano tranquillizzate.

«È soltanto stanca, povera cara, dev'essere stato infernale vivere al Cairo, tra la polvere e la sabbia e chissà che cibo. Zio James è stato crudele a portarla con sé» deplorava Fiona, che in camera aveva un mappamondo, quindi era l'autorità in fatto di terre lontane.

Dopo sette giorni di letto, Kate recuperò l'energia per guardarsi intorno. Fiona e Julia, cugine di secondo grado – era stato il loro padre a proporre a Mr Lambert il lavoro in Egitto –, erano brave ragazze che amavano uscire e coltivavano molte amicizie. Fiona, la più bella, aveva un viso classico, occhi azzurri, naso greco, una bocca a forma di cuore; vantava uno stuolo di ragazzi che pendevano dalle sue labbra e non apriva un libro nemmeno sotto tortura.

Nessuna delle due era un'intellettuale, per quanto una donna di quell'epoca e di quell'ambiente potesse esserlo – tranne pochi, scandalosi esempi come Nancy Mitford, Vita Sackville-West o Violet Trefusis, aristocratiche scrittrici dalla vita privata peccaminosa.

«Sei infantile a tenere il conto dei tuoi corteggiatori». Julia punzecchiava Fiona per la contabilità sentimentale: aveva un taccuino in cui elencava i nomi dei suoi adoratori, aggiornando di continuo le entrate e le uscite.

«Meglio pensare agli uomini, che a cani e caprifogli» ribatteva la sorella.

Julia non si offendeva, era attraente e aveva un sorriso disarmante, nonostante un viso un po' lungo che ricordava il muso di un pony e uno sguardo languido simile a quello delle pecore Suffolk. La sua passione erano le passeggiate con i suoi basset hound e il lavoro nel piccolo giardino di casa con bignonie, dalie e fucsie che ornavano un orto rettangolare. Poteva vantare due o tre aspiranti alla sua mano, seri, formali, noiosi, tutti con la bombetta nera in testa. Gli ammiratori di Fiona non mettevano mai il cappello.

Entrambe erano quanto di più lontano dalle amiche del cuore che Kate aveva lasciato al Cairo. Per lei era confortante, segnava bene la distanza fra i due mondi, anche se sentiva come una ferita aperta la mancanza di quello che aveva deciso di lasciare.

E Sarah... Sarah che era stata la sua ombra e il suo chiarore l'aveva supplicata di partire insieme a lei per alleviarle il dolore e la lacerazione. Kate non aveva ceduto, sapeva che sarebbe stato ancora più difficile dimenticare, avendo accanto qualcuno che aveva conosciuto tutto.

Ora aveva bisogno di tranquillità e affetto, e le cugine non chiedevano altro che di offrirglieli. I genitori erano morti anni prima e, tranne la zia Prudence che viveva con loro, mezza cieca e vedova di un baronetto, erano sole al mondo. Zia Prudence era l'unica capace di strappare una risata a Kate con quel suo esclamare ogni tanto, e sempre a vanvera, per far capire che anche lei partecipava: «Molto increscioso».

«Mentre dormivi, ti agitavi di continuo, parlavi nel sonno e pronunciavi tanti nomi, quello ricorrente era Hafez, Hafez. Chi è questo Hafez?» le chiese Julia il primo pomeriggio in cui la cugina si alzò dal letto e accettò di prendere il tè con loro.

Kate poggiò la tazza che aveva in mano, la guardò con durezza e fu categorica. Non voleva parlare del Cairo, non ora almeno: era una preghiera, ma anche una condizione.

A poco a poco riprese le sue passeggiate. La prima volta fu Fiona a farle da guida tra le strade di Belgravia, che Kate non aveva riconosciuto. Poi, passando per Sloane Square e giù per Sloane Street fino a Old Brompton Road, iniziò a orientarsi e a ritrovare il tragitto per arrivare alla sua vecchia casa a Earl's Court, che suo padre aveva affittato a un antiquario di Bath.

Era ancora fragile e bastava nulla per farle venire le lacrime agli occhi.

«Come sono cambiata» si diceva camminando nelle stradine di Chelsea, che ora stavano ridiventando familiari. Da adolescente le conosceva passo passo, avendole esplorate con Rose, la sua nanny scozzese.

Londra era diversa da come la ricordava. C'erano fumo e nebbia, e le vie principali mostravano ancora gli scheletri degli edifici distrutti dai bombardamenti nazisti. Agli angoli delle strade si accumulavano rovine; mattoni, pezzi di persiane, vetri rotti si mescolavano a vecchi utensili da cucina che raccontavano di una vita domestica un tempo tranquilla.

Era una città che si stava riprendendo dalla guerra con energia e determinazione. Kate sentiva che lei e Londra stavano vivendo lo stesso momento. Come la sua città, era stata annientata e, per ricostruire le fondamenta di un futuro, doveva liberarsi e pulire le sue macerie. L'unico modo era camminare in avanti e non voltarsi indietro, se non quando le ferite avessero almeno smesso di sanguinare.

Non poteva ancora affrontare il pensiero dell'uomo che aveva amato così disperatamente, non pronunciava il suo nome neanche dentro di sé. Lo aveva chiuso in una parte del cuore e della sua anima. L'aveva internato in una prigione di cui solo lei aveva la chiave.

«Ricordi che a dodici anni volevi diventare una domatrice di leoni? Eri così strana, Kate. Io sognavo il principe delle favole e Julia un giardiniere di bell'aspetto». Dopo cena Fiona le offrì un bicchierino di buon Porto, regalo prezioso di un suo corteggiatore, impossibile da trovare nei negozi. Ogni mattina Mrs Evans, che prima della guerra faceva solo la cuoca e ora era passata a tuttofare, tornava dal mercato borbottando.

«Oggi mancavano le uova e la farina, non so come riuscirò a cucinare». Anche lo zucchero era ancora razionato.

Kate accettò il Porto, le avrebbe regalato un po' di

tepore. Aveva sempre freddo, il suo corpo non smetteva di rimpiangere il calore del Cairo. S'impedì di dolersi della scomparsa della ragazzina che voleva diventare una beduina, pensava di poter domare leoni e dirigere una banda di pirati maschi.

«Oggi non saprei essere neanche una domatrice di formiche». Ebbe pena di sé e le fece rabbia. Si scusò e tornò nella sua camera. Chiuse la porta e, appoggiandosi allo stipite, promise a sé stessa che sarebbe tornata la Kate di una volta e avrebbe smesso di piangersi addosso. Non se lo meritava e Hafez non valeva tutta la sua pena.

Ecco, aveva pronunciato per la prima volta il nome proibito. Lo ricacciò in fondo alla gola pensando che, invece, lui si meritava tutto.

A poco a poco la vita del suo Paese riuscì a coinvolgerla. La Gran Bretagna – e anche lei, alla fine – era eccitata dalla forza d'animo della principessa Elizabeth, la futura regina, così tenace da riuscire a sposare il principe Filippo nonostante l'ostilità della corte e del popolo, che mal digeriva le sue origini tedesche.

Lei ci è riuscita, pensava Kate paragonando la sua sconfitta alla vittoria di Elizabeth. D'altronde non hai ancora il potere di un erede al trono, riuscì persino a scherzare riferendosi ad Hafez, che fino a poco tempo prima non si permetteva nemmeno di evocare.

«Non sai quant'è bello Filippo» diceva Fiona, che aveva partecipato a un ricevimento a Kensington Palace e l'aveva visto da vicino.

Elizabeth e sua sorella Margaret rappresentavano la nuova Gran Bretagna, giovane, piena di fiducia e speranza, il migliore antidoto per allontanare i tragici ricordi del conflitto. Tanto che alle elezioni, il vincitore della guerra, l'eroe Winston Churchill, era stato scalzato dal leader del partito laburista Clement Attlee, molto meno glorioso e brillante di lui ma non identificabile con gli anni della devastazione del conflitto. Mezza aristocrazia si doleva della sconfitta di Winnie, in primis la principessa Elizabeth, che aveva sempre nutrito una vera adorazione per lui.

Con grande stupore delle cugine, Kate si era messa a leggere *The Times.* Ogni volta che lo apriva, sfogliava velocemente tutte le pagine alla ricerca di notizie sull'Egitto, sperando di trovare qualcosa su... neanche lei sapeva cosa desiderava trovare. Ogni tanto scovava un trafiletto su re Farouk, spesso qualcosa che riguardava il Canale.

«Kate, per caso vuoi un sigaro?» la prendeva in giro Fiona: il giornale era una faccenda da uomini.

La sera, dopo cena, Kate spiegava alle sue cugine la politica estera della Gran Bretagna. Julia l'ascoltava attenta, l'altra sbadigliava con ostentazione. «Kate, sei una lagna» cercava di interromperla.

«Molto increscioso» acconsentiva zia Prudence.

Kate invece era felice di aver ripreso una vecchia abitudine e pensava, finalmente senza struggersi troppo, a quando al Cairo leggeva *The Egyptian Gazette.*

«Cosa si mangia oggi?» Dopo essere spaventosamente dimagrita, stava anche recuperando il piacere per il cibo.

Mrs Evans, che non aveva festeggiato l'arrivo di Kate – «Un'altra bocca da sfamare, come farò se manca tutto?» si era lamentata con Julia – rispose di malavoglia: «Ci sarebbe il pasticcio di rognone con carote e cavolo nero». Le verdure provenivano dal piccolo orto coltivato da Julia con l'aiuto di Evans, il marito della cuoca, che all'occorrenza fungeva da giardiniere e anche da autista.

Kate sospirava. Trovava tutto insipido, era stata viziata dal cuoco della casa di Garden City, dalla cucina di madame Barzel e di madame Baranes, dal mondo variegato nei sapori e nei profumi che aveva dovuto lasciare per sopravvivere.

Pensò a come poteva aiutare almeno il proprio palato. Chiese a Mrs Evans di procurarle dello yogurt, lo mescolò a cetrioli e aglio tagliati a pezzetti e lo servì come salsa per le carote bollite che purtroppo non mancavano mai. Lo tzatziki greco entusiasmò le cugine e di colpo sbloccò Kate, che si mise a parlare della meravigliosa gastronomia del Cairo e, anche se non avrebbe voluto, delle persone che aveva amato appassionatamente. Fu come se loro avessero deciso al suo posto di rompere gli argini costruiti da Kate, per dimostrarle che ora poteva farlo senza paura.

Raccontò della kompote di madame Lubin, dell'hummus e del babaganoush di casa Baranes, della lasagna di Fanny, diventata cuoca esperta per amore di Sam, delle torte viennesi, del kugel e del tahdig, il riso croccante allo zafferano, dei piatti del prezioso libro della nonna di madame Barzel, con le ricette della più pura cucina askenazi.

«Sono gli ebrei dell'Europa dell'Est» spiegò Kate a Fiona e Julia, che non conoscevano quel termine.

«Ci sono ancora ebrei?» domandò Fiona.

Kate e Julia le chiesero se fosse impazzita. E per una volta zia Prudence ci azzeccò.

«Molto increscioso» commentò guardandola.

«Certo che ci sono, e per fortuna!» dichiarò Kate.

«Scusatemi, credevo che quel mostro nazista di Hitler li avessi sterminati. Mi fa piacere che siano ancora vivi». Fiona era costernata. «Non ho più seguito le notizie dopo la fine della guerra, avevo bisogno di leggerezza».

Kate disse che la capiva, ma rimpianse le conversazioni di politica internazionale che arricchivano le serate al Cairo dei suoi giovani, appassionati amici.

Fu l'unico momento in cui si rallegrò dell'assenza di madame Barzel, che sarebbe stata annichilita dalla domanda di Fiona. Quanto le mancavano la sua intelligenza e la sua inconsapevole ironia. Le era diventata ancora più cara da quando Hafez l'aveva fatta sentire simile a lei, una persona colpevole solo per la sua nascita, la condizione con cui madame Barzel viveva da sempre, la colpa di essere ebrea. La sua era quella di essere inglese.

Sarebbe stato bello poter condividere con Fanny quelle riflessioni. Si erano volute bene come due sorelle, si erano divertite insieme ed erano sempre state complici fin dai primi giorni in cui si erano conosciute.

Le persone lasciate al Cairo, differenti da lei e diverse tra loro, erano la sua vera famiglia. Era sicura che un giorno si sarebbero ritrovate di nuovo.

Tutti i venerdì all'imbrunire sedeva nella poltrona vicino alla finestra del giardino e cercava di immaginarsi cosa stesse succedendo a Qasr El Nil, a casa di Fanny. Le sembrava di vederla, la sera dello Shabbat, mentre poneva sul tavolo la challah, il pane a forma di treccia appena sfornato da madame Barzel, e preparava le due candele da accendere al tramonto che dovevano poi spegnersi da sole. Quante volte l'avevano fatto insieme, aspettando abbracciate che il sole del Cairo lasciasse il cielo e il buio riempisse la stanza.

Nelle stesse ore Mireille e Niní avrebbero accompagnato Ahmed alla moschea d'alabastro per la preghiera del venerdì, e poi Niní sarebbe corsa a casa di Fanny per andare insieme in sinagoga. Aveva nostalgia del richiamo rauco e dolente del muezzin, la raccolta alla preghiera: la fede non accetta la distrazione.

In genere c'era anche Sarah con loro. Nelle lettere che le mandava suo padre non mancavano mai notizie su di lei e Ali. Da quando era partita, Mr Lambert e Sarah avevano deposto le armi e lui sopportava con abnegazione l'improbabile gusto nel vestire e l'occhio sbilenco della domestica. Kate le aveva proibito di scriverle e di dare a chicchessia il suo indirizzo.

Il venerdì era un giorno difficile per lei, i ricordi tornavano prepotenti e non sempre aveva voglia e forza di respingerli.

Un pomeriggio di fine dicembre Fiona entrò nella sua stanza con un vestito color ciliegia sul braccio. Kate era stesa sul letto e stava leggendo un libro di Evelyn Waugh.

«Non è divino?» le chiese Fiona indicando l'abito e i suoi eleganti ricami scintillanti. «Ti starebbe benissimo. Dai, provalo e mettilo domani sera a casa Cavendish, è quasi Capodanno».

Kate ringraziò, ma non ne aveva voglia.

«Insomma, Kate sei in lutto o cosa?» sbottò Fiona. «Non vuoi spiegarci nulla, ma sembra che tu stia vegliando qualcuno. Chi è il morto? Sei tu o un uomo di cui non vuoi parlare?»

Kate era sbiancata e non sapeva cosa rispondere.

«Provaci, almeno. Se ti annoi o ti senti male ti riporteremo a casa, te lo prometto. Ci sarà la musica e saremo allegri. Non hai voglia di lasciarti alle spalle il dolore che ti tormenta? Per quanto tempo ancora vuoi crogiolarti nella tua sofferenza?»

Fiona prese fiato temendo di aver esagerato.

Kate ebbe un attimo di esitazione.

La cugina ne approfittò per sferrare il colpo finale. «Offriti almeno una chance».

Kate quasi le strappò di mano il vestito, si tolse la sottoveste e l'infilò.

Guardandosi allo specchio le sembrò di vedere la Kate dell'inizio di tutto.

Forse c'era ancora speranza di andare avanti tornando indietro.

14.

Cadogan Square, Strand, The Savoy, Londra
1950

Non dimenticò mai il momento in cui captò la luce, una piccola ma promettente lucina che si stava infilando nel buio della sua infelicità. Era una giornata straordinaria per Londra, c'era il sole e non faceva freddo. Kate aveva preso la sua tazza di pallido caffè e si era seduta nel giardino della casa seguita da Bella e Briston, i due basset hound di Julia. Aveva fame d'aria.

Dopo aver vissuto tanti anni all'aperto faticava a rimanere a lungo al chiuso. Era abituata a sentire ogni giorno sulla pelle i cambiamenti delle stagioni, l'ombra e il calore delle giornate, i venti che arrivavano dal fiume e dal deserto.

Aveva chiuso gli occhi per abbandonarsi al sole inglese, pronta a venire aggredita, come le succedeva sempre quando si rilassava, dalla violenza dei ricordi.

Si sentì invece diversa. Fece un sospiro profondo, era stupita. Non avvertiva il peso familiare dei rimpianti e nemmeno la sensazione che per lei fosse tutto finito.

Non durò molto, ma per la prima volta dopo tanto tempo provò la beatitudine di una mattinata semplice, di una bevanda calda e confortante, della compagnia dolce di due cani che sembravano farle da guardia. Nulla di clamoroso, che l'avrebbe invece spaventata, ma il godimento della tranquillità, dell'essere in pace con sé stessa e di non volere altro.

Capiva di non aver ancora compiuto il grande passo di lasciarsi tutto alle spalle, ma poteva essere un'opzione reale, poteva accadere, e sentì così tanta gioia per questa improvvisa speranza, che si alzò in piedi di colpo, facendo abbaiare i due cani.

«Scusatemi, cari, ma ho deciso di raggiungere Fiona al Savoy. Ha detto che mi avrebbe aspettato fino a mezzogiorno».

Non voleva perdere un minuto, doveva cogliere l'inattesa presenza di uno squarcio di luce che la stava spingendo fuori dal cuneo d'inerzia degli ultimi mesi. Le sembrava di sentire le voci di madame Barzel e di Mireille che le dicevano: «Brava, Kate, vai avanti, goditi il sole, vivi la tua vita, leb deyn lebn, non pensare a noi».

Oltre a essere un albergo di un lusso sfrenato per la Londra del dopoguerra, il Savoy era per la famiglia reale e i personaggi della buona società una sorta di casa, di salotto da sogno dove darsi appuntamento – anche senza consumare, se si era spiantati – per prendere un tè nella grande hall, pranzare o andare la sera al grill o al ristorante arredato con sfarzo quasi francese, dicevano gli inglesi.

Si trovava a Westminster, a due miglia da Buckingham Palace, e tra i suoi innumerevoli successi mondani poteva vantare la primogenitura di una foto scattata in uno dei suoi saloni durante il ricevimento di nozze di una cugina Windsor. L'istantanea mostrava la principessa Elizabeth che guardava rapita il suo cavaliere Filippo di Grecia. Fu così che si seppe che erano fidanzati. L'immagine suscitò scalpore e ancora una volta il nome del Savoy fece il giro del mondo.

Un pomeriggio Kate era stata trascinata a forza.

«Non puoi vivere a Londra e non essere mai stata al Savoy» aveva decretato Fiona, mettendosi uno dei suoi cappelli, numerosi quanto i suoi spasimanti, che sfidavano le leggi dell'aerodinamica, mentre Julia rideva scuotendo la testa.

«Non è mai stata nemmeno al British Museum. Secondo te il Savoy è più importante?»

A Kate era piaciuto, si respirava l'aria cosmopolita che conosceva bene e la rivalità tra il Savoy e l'Hotel Ritz, aperto dal primo direttore del Savoy, le ricordava quella fra lo Shepheard's e il Semiramis al Cairo.

Londra stava diventando eccitante, suo malgrado Kate era costretta ad ammetterlo, seduta nel taxi che la stava portando all'appuntamento con Fiona. All'apparenza c'erano libertà e apertura, le ragazze fumavano, uscivano giorno e notte senza bisogno di chaperon, ballavano cool jazz nei club di Soho senza guanti e senza cappello, con chignon e banane gonfie come soufflé. C'era tutta la vita davanti da godere, la guerra vittoriosa buttata alle spalle aveva insegnato il valore del privilegio di essere vivi e di non avere paura.

Kate e le sue amiche indossavano vestiti con la vita stretta, gonne a palloncino pronte a essere sollevate; i reggiseni Playtex e Maidenform, lanciati dagli yankee oltreoceano, rendevano il seno delle ragazze a punta come razzi preparati a decollare.

Persino Norman Hartnell, nel suo atelier di Bruton Street, tagliava i bustier di Elizabeth simili a quelli di Jane Russell nel film *His Kind of Woman.*

Kate aveva lanciato un urlo quando aveva saputo quanto costavano i vestiti di Hartnell.

«È una follia. Vi assicuro che mademoiselle Anoush Grigoryan, la sartina armena, era geniale: copiava Dior in modo impeccabile e costava meno di un tè al Ritz».

Fiona rideva.

«Come sei pittoresca, cosa vuol dire "armena"? Volevi dire "amena"?»

Arrivando al Savoy Kate ripensava a quella scena. Sua cugina era divertente e ignorante, ma quanta distanza c'era tra il méli-mélo consapevole del Cairo e l'ortodossia ripiegata solo su sé stessa dell'upper class britannica, nonostante il Commonwealth e l'India, colonia inglese fino al 1947.

Quella mattina Fiona l'aspettava con impazienza. Non sapeva se sarebbe mai arrivata, anche se le era sembrata più arrendevole del solito. Voleva presentarla a un gruppo di amici allargato che ormai sospettava che Kate fosse una comoda invenzione quando non aveva voglia di uscire. Aveva in serbo anche una sorpresa: Alma Maroun, la figlia di un diplomatico egiziano in missione in Gran Bretagna, era appena tornata dal Cairo e Fiona pregustava la gioia che avrebbe mostrato Kate nel conoscerla.

Stava quasi per abbandonare le speranze e andare via quando la vide entrare, trafelata. Eccitatissima, cominciò a presentarla, tenendo Alma per ultima.

«Sai chi è lei?» spiegò poi orgogliosa. «È appena tornata dal Cairo, suo padre è un diplomatico egiziano, può raccontarti le novità della città che adori».

Fiona aspettava ansiosa la reazione di felicità di sua cugina.

Kate pensò che era stata punita per aver creduto per un momento di potersi disfare dei suoi ricordi. Questa volta, però, non piantò in asso Fiona, non balbettò per la sorpresa, riuscì a trattenersi, a sorridere ad Alma e a parlare con lei del più e del meno, come avrebbe fatto con una persona tornata da una qualunque altra città.

Fiona, entusiasta della sorpresa riuscita, stava invitando Alma a cena.

«Spero diventiate grandi amiche, a Kate manca molto Il Cairo».

Alma, una bella ragazza bruna dagli occhi nerissimi e dal sorriso contagioso, guardò Kate e pensò che non sembrava entusiasta degli slanci di sua cugina. Da buona egiziana amante dei segreti e dei misteri trovò la situazione interessante.

Prese la mano di Kate e guardandola negli occhi le parlò con dolcezza. Alma era un'ammaliatrice.

«Spero davvero, Kate, che diventeremo intime e non vedo l'ora che mi racconti la tua vita al Cairo. Chissà, forse abbiamo anche degli amici in comune».

Era troppo, Kate si sforzò di sorridere e disse a Fiona che era tempo di tornare a casa. Passò il resto della giornata a domandarsi quanto tempo ci avrebbe messo Alma a sapere tutto di lei.

La sera della cena tanto temuta Alma non venne.

«Mi ha scritto di aver avuto un contrattempo» spiegò Fiona, e Kate si sentì talmente sollevata da scherzare, ridere e divertirsi come non le capitava da anni. Osservò i giovani che affollavano il salotto di Cadogan: ragazzi usciti da Eton e da Cambridge che avrebbero avuto un avvenire nella City o al Foreign Office; ragazze in tweed e tacchi bassi, che amavano la campagna e gli animali come Julia. Alcune più sofisticate come Fiona, che avevano la patente di guida, fumavano con il bocchino e indossavano collane di perle appartenute alla nonna.

Erano tutti simili e affiatati. Pensò che doveva essere confortante aver vissuto le stesse cose nelle stesse case, nelle stesse scuole, e condividere le stesse esperienze e speranze. Probabilmente molti di loro sarebbero stati amici per tutta la vita. Non sarebbero mai stati segnati da storie che non avevano nulla a che fare con la loro origine e il loro destino. Non avrebbero mai sentito l'umiliazione di non essere accettati. Ripensò a Fanny e a sua madre. E a sé stessa fino a poco tempo prima.

Una voce dentro di lei le ricordò come fosse sempre stata diversa. Non era stato Il Cairo a cambiarle la vita, era stata la sua indole a farle cercare altro. In Egitto avrebbe potuto vivere come le tante ragazze della comunità britannica, invece di lasciarsi affascinare da persone speciali, mai del tutto comprensibili per lei. Mentre le sue cugine sognavano l'uomo o il cavallo ideale, lei non desiderava altro che diventare una domatrice di leoni.

Fiona si avvicinò e le toccò il braccio.

«Cos'hai? Hai gli occhi spalancati nel vuoto».

Kate sorrise, abbandonò i suoi pensieri e si concentrò di nuovo sull'ambiente che la circondava. Era meno coinvolgente e arricchente del Cairo, ma quanto più tranquillizzante.

Accettò il bicchiere che le stava offrendo un ragazzo dai capelli rossi e dagli occhi azzurri. E lo trovò attraente.

15.

Isola di Gezira, Heliopolis, Il Cairo
1950

Mireille girava e rigirava tra le mani il biglietto che Selim, l'ombra di Hafez, le aveva consegnato la mattina insieme a un bouquet di tuberose. L'uomo aspettava una risposta. Mireille si decise, gli disse di tornare alle sei del pomeriggio.

Prima telefonò a madame Barzel per informarla che sarebbe passata a salutarla e sperava ci sarebbe stata anche Fanny. Poi prenotò il suo hammam preferito dietro lo Shepheard's Hotel. Aveva bisogno di rilassarsi per prepararsi ad affrontare Hafez.

Immaginava cosa potesse volere.

Le massaggiarono le spalle e la schiena prima di farla accomodare sul marmo della sala piena di vapori dove lanciarle secchiate di acqua calda per aprirle i pori e strigliarla con il guanto di crine.

«Piano, Jasmine» supplicò Mireille. Di turno c'era la curda che aveva mani più forti di un pugile. Jasmine non ebbe pietà, poi le passò il sapone sul corpo e sui capelli con la delicatezza di una piuma, per sciacquarla dopo sotto getti di acqua gelida. Erano sensazioni quasi erotiche.

Mireille ebbe il risultato che cercava. Coperta di asciugamani e stesa su una chaise longue, vicino un vassoio riempito di zenzero, cocco e tè al gelsomino, si sentiva pronta ad affrontare un leone, altro che Hafez.

«Mes chères amies, Mohammed Hafez ha chiesto

d'incontrarmi» annunciò solennemente sedendosi sul divano di chintz di casa Barzel, circondata da una nuvola di profumi esotici. Fanny e Moh, che le stava servendo un caffè turco, starnutirono.

Aveva lanciato la bomba.

«Vorrà sapere...» disse Fanny.

Madame Barzel sussurrò: «Oy vey... Mi domandavo quando sarebbe successo. Hafez è uno schmuck. Pensavo si sarebbe deciso prima».

Le tre donne rimasero un attimo in silenzio.

«Abbiamo promesso» ricordò madame Barzel con nostalgia.

Fanny e Mireille annuirono, esclamando quasi all'unisono: «Quanto ci manca».

Madame Barzel si asciugò gli occhi.

Mireille si alzò soddisfatta, loro tre erano in perfetta sintonia. Amavano Kate, non l'avrebbero mai tradita e avrebbero fatto quello che lei aveva chiesto. Il loro dovere era proteggerla.

Hafez aspettava impaziente la risposta di Mireille.

Non era sicuro che avrebbe accettato di vederlo, l'aveva incontrata due o tre volte in qualche ricevimento e si era mostrata a dir poco fredda. Ma confidava che alla fine la curiosità o la soddisfazione di poter vedere da vicino quanto stava soffrendo – l'ultima volta che si erano incrociati gliel'aveva sussurrato all'orecchio – avrebbero sconfitto qualunque esitazione.

Ogni giorno pensava a Kate. Se non ci fosse stato il suo ricordo a inquinargli l'esistenza, il periodo che stava vivendo gli sarebbe bastato per sentirsi appagato e l'avrebbe riempito di orgoglio.

Il potere che aveva raggiunto lo aveva acquietato, anche perché non era un potere che produceva sensi di colpa – sempre ammesso che lui ne soffrisse –, era un potere con uno scopo positivo, addirittura grandioso, pensava lui.

Dopo la sua spedizione a Suez anche gli altri ufficiali dell'associazione gli avevano accordato totale fiducia, accodandosi a Nasser, che era stato il primo ad avergli dato credito.

Ormai era di casa a Suez e a Ismailia. Era riuscito a entrare nelle grazie di George Erskine, il comandante delle truppe britanniche in Egitto, un militare durissimo con cui aveva conversato amabilmente più volte. Appena arrivava a Suez gli ufficiali di Erskine lo invitavano a piccole cene intime, seguite da impegnative partite di poker. L'aver studiato a Oxford e il suo accento inglese lo avevano reso affidabile ai loro occhi, tanto da lasciarsi andare sempre di più a confidenze, persino sui depositi di armi e munizioni, come quello di Tel El Kebir, fornendogli informazioni preziose per i Liberi Ufficiali.

Era arrivato a un tale punto d'intimità con gli uomini di Erskine da essere costretto a farsi guardingo e a rallentare i contatti con l'esercito egiziano, concentrato in due caserme del governatorato di Ismailia, più lungo la parte nord del Canale che a sud, nel territorio dei Laghi Amari. Ma aveva fatto in tempo a raccogliere l'insofferenza degli ufficiali egiziani, esasperati di eseguire gli ordini dei superiori a loro volta subordinati agli inglesi, ed era riuscito a tranquillizzarli.

«Dovete avere pazienza, la vostra sete di vendetta verrà soddisfatta» aveva promesso.

Mentre le cronache dei giornali riportavano le gesta di Farouk, che perdeva somme multimilionarie nei casinò di Montecarlo e di Sanremo, il sentimento nazionalista misto a quello antibritannico si stava allargando senza controllo nelle caserme come nelle università. Il popolo moriva di fame e di malattie.

«I nostri militari vogliono l'insurrezione, se non la rivoluzione» aveva riportato Hafez, che appena arrivato al Cairo si era precipitato nell'appartamento di Heliopolis. «Ho fatto tutto quel che potevo per calmarli, assicurando che la loro tolleranza verrà ricompensata e l'Egitto tornerà a essere grande e indipendente».

I Liberi Ufficiali lo avevano ascoltato con preoccupazione. Poi gli avevano chiesto di incontrare le associazioni studentesche e quelle dei lavoratori del governatorato di Ismailia.

«Dobbiamo coinvolgere anche loro» aveva detto Hakim.

Nasser si era alzato in piedi, gli aveva stretto la mano e lo aveva ringraziato.

Era tornato a casa accompagnato da un Farid al settimo cielo, che aveva perso l'aria da ragazzo piegato dalla vita e mantenuto dal ramo ricco della sua famiglia, senza nessuna speranza per il futuro. Adesso godeva di considerazione come non gli era mai successo nella vita, aveva un'indipendenza economica grazie al capitale che gli aveva donato suo cugino, trasformandolo quasi in un nababbo, rispetto alle magre paghe degli ufficiali egiziani. E soprattutto era l'uomo che aveva introdotto Hafez tra i Liberi Ufficiali.

«Abdallah Bey sarebbe stato contento di noi» gli disse Hafez quella sera, era un discorso che ripeteva sempre. «Quello che stiamo facendo per il nostro Paese avrebbe riempito di gioia il suo cuore generoso».

Hafez era fiero del suo impegno e consapevole dei rischi che stava correndo, era una sensazione che lo appagava e nutriva l'immagine che aveva di sé. Aveva avuto ragione suo padre Fuad, prevedendo che la ricchezza avrebbe reso suo figlio ancora più orgoglioso, ma non avrebbe mai potuto immaginare a quale causa l'avrebbe poi votata.

«Abdallah Bey sarebbe stato felice anche di quello che hai fatto per me» aggiunse Farid, che non mancava mai di ringraziare suo cugino, di cui era diventato il luogotenente, sempre a disposizione, sempre pronto a offrirgli il suo tempo.

Prima di tornare a Port Said e a Ismailia, Hafez aveva deciso che si sarebbe concesso qualche giorno di riposo. Non sapeva come, ma era risoluto: voleva riavere Kate e riprendersi il suo cuore.

La sera stessa dell'arrivo al Cairo aveva scritto a Mireille. Non gli restava che aspettare la risposta.

Mireille lo aveva tenuto sulla graticola per giorni, facendo tornare due volte Selim inutilmente, poi concesse l'incontro non prima che ne fossero trascorsi altri tre. Hafez era furente, conosceva i giochi delle donne come Mireille, ma non poteva farci niente. Doveva accettare e umiliarsi; era quello che lei voleva, era il prezzo per incontrarla.

Si presentò con una scatola di cioccolatini di Groppi, lei ringraziò e la consegnò al domestico che aveva annunciato Hafez.

L'umiliazione deve continuare, pensò Hafez, facendo finta di non rilevare la maleducazione del gesto.

Che bell'uomo, si disse Mireille.

Lo fece accomodare su una poltrona più bassa del suo divano e cominciò una conversazione che aveva come scopo sottoporlo a un supplizio.

«Mi dicono che vai su e giù per il Canale e che frequenti il ministero dell'Interno. Sai che amo la politica. Dammi qualche informazione. Hai visto quante manifestazioni contro gli inglesi?»

Hafez decise di pagare lo scotto.

«Non ci sono solo manifestazioni, ci sono state anche le rivolte studentesche dell'Università Al-Azhar contro il primo ministro Nahas Pasha e sua moglie Zaynab al-Wakīl. Sai che gli americani approfittando del momento cercano di infilarsi nei nostri affari per contrastare il potere britannico. Uno dei collaboratori dell'ambasciatore Jefferson Caffery mi ha raccontato che, in un dispaccio mandato a Washington, Nahas Pasha è descritto come uno dei politici più ignoranti, stupidi e corrotti di tutta la scena internazionale. La sua nomina è opera di Talbeth, uno dei consiglieri più stretti di Farouk».

«Ah, sì, è uno di quelli che formano "the kitchen cabinet" del re. Hanno davvero così tanto potere?»

«Farouk fa tutto quello che dicono. Sono in quattro: Edmond Galhan è un ex trafficante d'armi, Elias Andraus si occupa degli investimenti reali, Antonio Pulli è il figlio dell'elettricista del defunto re Fuad, suo compagno di giochi dell'infanzia. Poi c'è Talbeth, che ora sta convincendo il re a sposarsi di nuovo per distrarre il popolo dai suoi terribili problemi. Sai come gli egiziani adorino i matrimoni. Il kitchen cabinet porterà l'Egitto dritto dritto al colpo di Stato. Per non parlare della fobia contro gli stranieri, contro gli ebrei...»

Mireille si raddrizzò sul divano.

«Hai detto colpo di Stato?»

Hafez cercò di ridimensionare la frase che gli era sfuggita.

«Era per dire che ci sarà per forza una svolta. Nahas Pasha è il firmatario del trattato anglo-egiziano del 1936, che doveva ridurre le truppe e circoscrivere l'influenza inglese solo a Suez, ma non è andata così. Il popolo non ama più il re, lo disprezza, pensa sia un fannullone multimilionario, uno che non si merita il trono. E quando i popoli non amano più i loro sovrani...»

Mireille avrebbe continuato a oltranza a parlare della situazione politica egiziana, ma non le piacque il tono amichevole che Hafez stava cercando di instaurare, attirandola con le sue notizie.

Era ora di affrontare l'argomento centrale e di far abbassare la cresta da gallo che Hafez aveva alzato, acquisendo sicurezza con le sue informazioni. Aveva accavallato le gambe con un'aria rilassata, stava riprendendo il suo atteggiamento arrogante. No, non andava per niente bene.

Mireille prese un'aria innocente e torcendosi una ciocca di capelli intorno a un dito gli chiese: «Piuttosto, Hafez, per quale ragione desideravi vedermi?»

Hafez captò il cambiamento d'atmosfera e provò la tentazione di urlare contro quella donna che stava prendendosi gioco di lui. Ma rispose con voce quieta, sporgendosi verso di lei: «Mireille, sai bene perché volevo vederti. Ho bisogno di sapere dove si trova Kate, vorrei parlarle».

Mireille non rispose.

Hafez aveva chiuso gli occhi e le stava dicendo con un tono implorante: «Ti prego, Mireille, devo mettermi in contatto con lei, è importante. Lo sai che ne sono pazzamente innamorato».

Mireille drizzò le orecchie e formulò l'unica domanda risolutiva: «Che vuoi dirle, Hafez? Che vuoi sposarla, passare tutta la tua vita con lei?»

Fu come sferrargli un pugno, lui tornò ad appoggiarsi allo schienale della poltrona.

«Non puoi immaginare quanto lo vorrei. Ma ora non posso, voglio impegnarmi per il mio Paese, contribuire a renderlo migliore. Ho guadagnato moltissimo negli ultimi tempi, sto facendo fruttare l'eredità di Abdallah Bey, che Allah l'abbia in gloria, in maniera imprevedibile. E voglio usare i guadagni per aiutare il mio popolo, non posso impegnarmi in un matrimonio… difficile come sarebbe quello con Kate. Non ho energie a sufficienza».

Mireille si disse che Hafez era un incantatore, stava quasi per impietosirsi. Poi si diede della stupida: era un uomo che voleva approfittare di una ragazza che per lei era come una figlia.

«Bene, Hafez. Non farai di Kate la tua amante o la tua concubina, non con il mio aiuto, almeno. Ti dovresti vergognare, è una ragazza adorabile alla quale stai proponendo di rovinarsi la vita. Dimmi la verità, se Kate fosse egiziana la sposeresti?»

Hafez si disse che quella donna era troppo furba persino per un uomo, ma rispose sinceramente: «L'avrei già sposata mille volte».

Mireille era trionfante per averlo portato dove lui non avrebbe voluto.

«Nonostante il tuo esecrabile egoismo maschile, ti voglio bene, Hafez. Proprio per questo ti dico: dimenticati di Kate. Fai quello che vuoi della tua vita, ma non tormentarla ancora. Non sei mai stato sincero con lei».

«Non è vero» rispose Hafez. «Tu non sai tutto».

E cominciò a raccontare la loro ultima e unica notte insieme.

«Ti ricordi, Mireille, la serata a casa di Fanny e Sam, quella in cui sono dovuto andare via di corsa? Rientrando dalla mia riunione alle due di notte ho trovato Kate ad aspettarmi davanti al portone di rue Cherif Pasha. Sarah era con lei. Ho provato a rimandarla a casa, ti giuro, ma non c'è stato verso. Finché ho perso la testa, *abbiamo* perso la testa. Non eravamo mai stati soli in una stanza, di notte».

Mentre parlava, Hafez guardava per terra, Mireille aveva gli occhi spalancati dalla sorpresa.

«Ha voluto spegnere la luce e spalancare la finestra che dà sul giardino di frangipane e gelsomini – sai che li adora – e il profumo ha invaso tutta la camera... Lei era bellissima. Siamo finiti a letto insieme e ha passato tutta la notte tra le mie braccia. Credo di non essere mai stato così in pace in tutta la mia vita. Non avrei voluto, Mireille, per più di un anno ho contrastato la tentazione fortissima che provavamo tutt'e due. Quella notte non siamo riusciti a resistere».

Mireille non sapeva cosa dire. Hafez continuava.

«Sarah non era tornata a casa. Ha aspettato che arrivasse l'alba, con la prima luce ha suonato il campanello. Eravamo comunque svegli, stringevo Kate fra le mie braccia, lei mi diceva: "Qualunque cosa succeda tra noi due, il profumo del gelsomino mi ricorderà sempre la nostra magica notte al Cairo". Poi mi ha fatto la tua stessa domanda sul matrimonio. Non ho potuto che risponderle con le parole che hai appena udito».

«Come ha reagito?»

«Non ha detto molto, aveva le lacrime agli occhi. Aveva sempre saputo, ha mormorato, che alla fine l'avrei lasciata sola, dopo averle spezzato il cuore. Non le restava che parlare con suo padre e tornare in Gran Bretagna. Non sono più riuscito a incontrarla dopo, non ha voluto. So che è partita in nave da Alessandria».

Mireille lo guardò con durezza.

«Non l'hai solo illusa, te la sei anche portata a letto, e immagino che per lei fosse la prima volta. Dovresti vergognarti. Credo non ci sia altro da dire».

La voce di Hafez aveva qualcosa d'infantile.

«Sì, mi vergogno, ma è stato più forte di noi, di me e di lei. Kate non ha voluto che mi fermassi, era un piano che aveva in testa; quella sera aveva deciso di sedurmi, me l'ha confessato. Adesso mi sono reso conto che non riesco a vivere senza vederla. Vorrei poterle assicurare che con il tempo potrò darle quello che desidera, deve avere pazienza. Puoi aiutarmi a farglielo sapere?»

Mireille disse di no con la testa, ma l'abbracciò, comprendendo che stava soffrendo davvero e che per un uomo egiziano, per di più attraente e ricco, supplicarla come aveva fatto, con il tono della passione, era la dimostrazione di quanto amasse Kate, anche se non abbastanza da lottare per lei.

«Peccato, sareste stati una coppia meravigliosa, il simbolo di quel Cairo che unisce, che s'innalza al di sopra delle differenze. Il Cairo che Kate ha amato fin dal primo istante. Spero non ti pentirai di quello che hai perduto. Nell'amore ci vuole coraggio, Hafez».

16.

Cadogan Place, Old Brompton Road, Christie's, King's Street, Strand, The Savoy, Londra
1951

Londra in primavera si faceva perdonare la nebbia, il fumo e il grigiore dell'inverno, pensava Kate ammirando le bordure, i fiori, le composizioni che i giardini esibivano con l'orgoglio di chi ha in serbo sorprese inaspettate.

I mesi invernali erano stati lugubri e adatti al suo stato d'animo, ora con lo stesso tempismo e armonia i mesi della rinascita stavano seguendo il passo del suo cuore.

La guarigione era arrivata come la primavera e come le aveva pronosticato madame Barzel. Ora, nel pronunciare il suo nome, non provava più una stretta al cuore; sapeva che poteva rivederla, anzi che l'avrebbe rivista prima o poi. Pensarci le provocava solo affetto e gioia.

Alla fine il suo Paese, o Londra, o Derek l'avevano salvata e lei pregustava la sorpresa e la felicità di suo padre. Doveva aver ricevuto il suo telegramma, ormai.

Era strano che fosse accaduto davvero, non l'avrebbe mai creduto. Adesso le strade di Mayfair, Belgravia, Chelsea, Sloane erano diventate familiari come quelle di Zamalek, e la loro tranquillità non evocava più l'abbandono e la solitudine in una terra dove era stata costretta a tornare.

Aveva anche perso l'abitudine al sospetto, che al Cairo negli ultimi tempi le aveva fatto compagnia. Ora, quando faceva nuove conoscenze, non aveva timore che le nascondessero qualcosa, era diventata di nuovo fiduciosa.

Non cercava scorpioni negli angoli delle stanze e non ricordava più il sapore del karkadè, del caffè bianco o del tè cotto nella sabbia calda. Erano consuetudini così lontane, le aveva sul serio vissute? E Hafez? Come aveva potuto amare disperatamente un uomo che si era sempre sottratto, tanto da toglierle la gioia di vivere?

Un giorno aveva imboccato Old Brompton Road, per ritrovare il piccolo camposanto dove andava a passeggiare con suo padre. Il suo fascino era tale da essere consacrato parco reale e considerato uno dei cimiteri più belli della Gran Bretagna. Si avviò lungo il viale dagli alti, magnifici alberi. Mr Lambert vi andava quando doveva prendere una decisione importante, la pace che si respirava era sempre stata un'ispirazione.

Si sedette sulla panchina preferita di suo padre, a destra si vedeva bene il grande arco dell'entrata, a sinistra si distinguevano le colonne della cappella. Quella mattina c'era una danza di farfalle e si udiva il canto degli uccelli. In mezzo alle lapidi coperte di muschio erano spuntati i narcisi e i crocus.

I narcisi. Le sembrava di risentire la voce di suo padre. Era stata l'unica volta in cui lui aveva mostrato un lato sentimentale.

«Sono i primi fiori a farsi vedere». Mr Lambert li aveva indicati con la mano. «Sono le sentinelle della primavera. Quando dovrai fare una scelta vitale, spera che sia l'epoca in cui nascono i narcisi. Portano bene e sono un esempio di energia positiva. Pensa quanta ne devono avere per spaccare la terra dura e ricordare che arriva il sole».

A Kate l'episodio era tornato in mente il giorno prima, visitando con Julia il Chelsea Physic Garden, l'orto botanico più antico del Paese. Era la vigilia dell'apertura del Chelsea Flower Show, tutta l'Inghilterra era in subbuglio. L'esposizione era onorata dalla visita dei sovrani e quell'anno avrebbe stupito il mondo inaugurando un nuovo tendone, si diceva il più grande mai costruito.

Anche Julia non stava nella pelle e durante la visita al Physic Garden non parlava d'altro. Kate l'ascoltava attenta – il giardinaggio in Gran Bretagna era un argomento serio –, finché notò un'aiuola di narcisi.

Ecco dove posso capire, ricordò e le sembrò un modo romantico, in sintonia con quello che stava vivendo.

È la scelta giusta? si domandava ora Kate seduta sulla panchina, sperando che il piccolo cimitero le indicasse la strada e benedicesse la sua decisione. Restò concentrata sui suoi pensieri per quasi un'ora, ma quando si alzò, ringraziò i narcisi e non ebbe più dubbi su quello che doveva fare.

Qualche mese dopo, a pochi metri dal cimitero, s'imbatté in Alma, l'amica egiziana di Fiona che quasi un anno prima l'aveva così agitata, temendo potesse scoprire la sua storia proibita. Le era sembrato che il dolore dell'Egitto non finisse mai di inseguirla e che quell'incontro fosse un presagio.

Fu Alma a riconoscerla. Le guardò subito le mani.

«Vedo che sono cambiate molte cose da quando ci siamo viste. È bellissimo, Kate, congratulazioni. Devi venire a trovarmi e raccontarmi tutto. Mi eri sembrata così triste e disorientata quando ci siamo conosciute. Ora sei radiosa».

Kate si disse: Perché no? Magari avrebbe portato anche Derek.

L'aveva conosciuto per caso o per destino. Sarah – la sua cara Sarah – avrebbe optato per la seconda possibilità.

Era successo grazie a uno di quegli orribili cani di Fo di cui Julia era una collezionista appassionata. Incurante del loro aspetto era convinta, come sostenevano i cinesi, che proteggessero la casa dagli spiriti maligni. All'asta di ceramiche e oggetti orientali di Christie's c'erano parecchi esemplari e Julia voleva tentare di acquistarli.

«Il banditore fa il cascamorto con me, qualcuna di voi mi accompagnerebbe? Kate? Se vede che sono in compagnia non oserà invitarmi al Connaught come ha fatto l'altra volta. Sai che detesta la campagna? È proprio un bifolco».

Fu un bel pomeriggio. Julia riuscì ad acquistare due cani di Fo e Kate conobbe Derek Folder. Era con sua madre, una signora elegante che viveva nell'Oxfordshire, e si rivelò essere una vecchia amica della zia Prudence.

Salutò Julia e Kate con grande cordialità

«Come sta "molto increscioso"?»

Lei, Kate e Julia scoppiarono a ridere. Derek rimase interdetto, ma prese subito la situazione in mano.

«Possiamo passare a salutarla domani, che ne dici, Julia? Ci farebbe molto piacere, vero, mamma? All'ora del tè, per esempio?»

Tornando a casa Julia borbottò.

«Ti rendi conto? Neanche ci ha visto e già si è autoinvitato. Anche Mrs Folder-Williams era stupita. Che strazio, vero, Kate? Ora dobbiamo avvisare zia Prudence, ci vorranno ore per farglielo capire. Quasi quasi glielo scrivo...»

Julia era seccata, teneva alle buone maniere e Derek aveva quasi oltrepassato il limite. Inoltre, le sue fosche previsioni si realizzarono. Zia Prudence la fece impazzire. Quando la vecchia signora capì che stava per ricevere una visita, sostenne di non sapere chi fosse Mrs Folder-Williams e che non gradiva prendere il tè con gente sconosciuta, perché le sembrava oltremodo «molto increscioso», dissero in coro le tre ragazze.

Alla fine del «tè più faticoso della mia vita» commentò Julia, al momento dei saluti Derek invitò Kate a cena al Savoy per l'indomani.

Lei accettò con un gran sorriso. Appena lui uscì, Fiona si mise a battere le mani dall'agitazione e anche Julia sembrava eccitata.

Kate era impressionata. Non per l'invito e non perché lui avesse fatto colpo, non ancora, almeno.

Era successo che, guardando la piccola fossetta sul mento di Derek e i capelli biondi arricciati in modo infantile sulla nuca, aveva sentito qualcosa che si faceva largo dentro di lei, qualcosa di indefinibile ma familiare e rincuorante. Qualcosa che, ne era sicura, non le avrebbe fatto del male.

Cos'è stato? si chiedeva per individuarne la natura e per tenerlo presente qualora svanisse, in modo da poterlo cercare di nuovo.

La domanda occupò la notte, la mattina dopo e parte del pomeriggio in cui stava preparandosi per raggiungerlo. Kate aveva voluto che si trovassero al bar del Savoy.

Alla fine le fu chiaro. Derek l'aveva invitata senza preoccuparsi delle buone maniere. A colpirla era stato il fatto che non arretrasse ma avanzasse, non si nascondesse ma dichiarasse con molta chiarezza – persino eccessiva, secondo le regole di Julia – che lui la voleva, e non solo per una cena.

Aveva dato l'impressione di essere indifferente alla prospettiva di un rifiuto o alla possibilità di essere deriso. Sembrava capace di prendersi quello che desiderava senza curarsi di nulla, pronto a giocare davanti agli altri il tutto per tutto.

Era stata questa la sensazione che le aveva trasmesso fin dal primo momento in cui si erano conosciuti da Christie's.

Kate non voleva fare paragoni, si opponeva al confronto con tutta sé stessa, ma dentro la sua anima aveva capito che Derek era quello che cercava. Una sorta di riscatto. E, soprattutto, il contrario di Hafez.

17.

Beaconfield, Oxfordshire; Collingham Gardens, Londra
1951

Derek era nato a Calcutta, terra di tigri. Sua madre sosteneva che la balia lo avesse fatto allattare di nascosto da una tigre reale, perché sapeva essere rapido quanto i felini del Bengala. La sua famiglia aveva offerto alla patria gloriosi ammiragli e contrammiragli, alternati ad agricoltori e pacifici allevatori di pecore altrettanto pacifiche. Il padre di sua madre era stato il medico di riferimento dei britannici a Delhi. Le colonie facevano parte della tradizione di casa.

Derek adorava il curry di Madras, il Garam Masala e il chutney, ma non subiva il fascino dell'esotismo. Era un conservatore inglese nei tratti, nel cuore e nella mente; tutto il resto, secondo lui, poteva servire come materiale per scrittori di operette.

Sosteneva di essere un uomo senza dubbi, pur non essendo testardo. Aveva sempre avuto le idee chiare sulla sua strada: tornare in Inghilterra, studiare a Eton e a Cambridge, approdare in un ufficio del ministero degli Esteri senza desiderare di partire per missioni lontane.

Eppure non si poteva dire che fosse un sedentario, piuttosto uno con i piedi per terra. Credeva nell'«old boys network», il sistema per cui persone che hanno frequentato la stessa scuola o università si aiutano reciprocamente per trovare un buon lavoro o avere altri vantaggi sociali.

Aveva scelto Kate nel tempo della loro prima cena. Sua madre aveva provato a farlo ragionare: «Ma Derek, caro, l'hai vista per meno di due ore, cerca di riflettere».

«Sai bene che non sono un impulsivo» le aveva risposto con calma. «So di volere quello che voglio».

Sua madre aveva sbuffato.

«Le tue solite sciarade. Ma questa volta ne va della tua vita. Che sai di quella ragazza, peraltro adorabile, ne convengo?»

Derek era uno scapolo ambito, un bell'uomo che godeva di una buona rendita fatta di case e di terra. Cos'aveva trovato in Kate, si domandava sua madre, ripensando alle splendide debuttanti che avevano messo gli occhi su di lui senza successo.

Derek stesso non avrebbe saputo spiegarlo, ma era stato affascinato subito, non dalla sua bellezza, indiscutibile, ma dalla palese indifferenza verso quello che la circondava, persino verso uno come lui, abituato da sempre a essere corteggiato.

Kate aveva accettato il suo invito con un sorriso abbagliante, ma senza nessun sentimento, con una sorta di rassegnazione che lo aveva piegato e che gli aveva fatto venire voglia di scuoterla per essere ricompensato da una reazione.

La prima cena insieme gli aveva rivelato che Kate aveva una mente brillante, con uno spiccato senso dell'umorismo e un'incredibile conoscenza di politica estera. Era estasiato. Poi l'aveva portata a ballare. Nonostante l'approccio formale, Derek era un uomo sensuale e aveva avvertito che Kate conosceva la passione. Era solo una questione di tempo, aveva pensato, poi Kate si sarebbe rivelata.

Dopo meno di un mese le aveva chiesto di sposarlo.

A vederli erano la coppia perfetta. Lui voleva una donna speciale, lei cercava un uomo normale.

Kate gli raccontava del Medio Oriente, dell'Egitto, parlava sempre del Cairo e dei suoi amici.

«Piuttosto eterogenei... e mi sembra che tra loro non ci sia nemmeno un inglese» aveva commentato lui.

«Per questo li amo e li ho amati, fanno parte di me, Derek, se mi vuoi dovrai accettarlo».

Derek la voleva e non ebbe nessuna esitazione ad acconsentire.

Kate alzò il tiro e pose altre condizioni: detestava la campagna, non avrebbe mai voluto viverci, la annoiava a morte, aveva bisogno dell'energia delle città e di produttori di sogni come i libri, il cinema e la musica.

E soprattutto non aveva intenzione di rinunciare alla luce del Cairo, voleva passare alcuni mesi dell'anno nella casa di Gezira in cui viveva suo padre. C'era abbastanza spazio per tutti e tre.

«Promettilo, Derek. E vedrai, Mr Lambert ti adorerà» lo adulò, ma lo pensava davvero. Erano entrambi tipici esemplari del grande impero britannico convinti che non ci fosse niente al mondo meglio del loro Paese, nonostante la triste gastronomia e il maledetto clima dell'isoletta.

Derek promise, lei gli chiese qualche giorno per riflettere. Fino alla mattina in cui si diresse al cimitero di Brompton.

Fu la prima volta che si permise di pensare ad Hafez. La proposta di Derek l'aveva emancipata dal suo amore per lui, non aveva più paura del sentimento che aveva provato e della sua forza.

Si ricordò l'ultima sera insieme.

Hafez le aveva chiesto di sedersi sul pavimento a gambe incrociate, alla maniera delle donne arabe del popolo.

Kate l'aveva accontentato, avrebbe fatto tutto quello che le chiedeva, lasciando che lui la guardasse a lungo, seduto su una sedia, osservandola dall'alto, senza parlare e con uno sguardo freddo.

Poi si era infuriata.

«Vorresti che fossi egiziana, vero? Dillo, una volta per tutte! Se non fossi quello che sono mi avresti già sposata. Che vuoi? Che metta anche il velo nero in testa? Che mi converta?» Si era alzata in piedi. «Allora spiegami perché tu invece vivi e ti vesti come un inglese». Era umiliata. Non contava quello che era, contavano il suo luogo di nascita e il Dio che pregava. Non era colpa sua e non poteva farci niente.

Hafez era riuscito a fermarla e fu facile nonostante la rabbia che l'aveva invasa. Era impossibile per Kate resistere ai suoi occhi, al profumo dei gelsomini, all'incanto della luna del Cairo.

In fondo, nonostante il dolore e le ferite, era stato bello. Ma non voleva più soffrire in quel modo e giurò a sé stessa che non sarebbe mai più stata schiava della passione, almeno non a senso unico.

Amava Derek? Non come aveva amato Hafez. Si domandava quale dei due fosse il vero sentimento. Amare con agio senza doversi annullare? O invece amare accettando tutto a ogni costo, lasciandosi inghiottire dalla forza del desiderio? L'aveva provato, ma oggi quel sentimento le sembrava solo follia.

Derek rappresentava la leggerezza della trasparenza, eppure un tempo era così contaminata dalla storia con Hafez da considerare insulso un rapporto sereno. Mentre ora il suo futuro marito simboleggiava la garanzia della sua liberazione, soprattutto se contava di tornare di nuovo al Cairo. Aveva ancora bisogno di uno scudo, ma confidava di potersi liberare presto anche di questo.

Sapeva che arrivare al Cairo al braccio di Derek avrebbe fatto male ad Hafez, ma molto bene a lei.

Tre mesi dopo si sposavano.

Fu una cerimonia intima, ma divertente. La casa di campagna a Beaconfield, nell'Oxfordshire, della famiglia di Derek – mattoni rossi, tralci di vite sulle pareti, dalie color rubino e un tempietto greco vicino al piccolo lago della tenuta – era piena di stanze che potevano ospitare tutti i loro amici.

Fiona e Julia, sue testimoni, l'aiutarono a indossare un abito di raso color crema che era stato di zia Prudence, un tempo alta e snella come lei.

Il buffet fu stravagante come l'aveva voluto Kate: pudding e pie, roast beef e salsa alla menta, scones e gin. Aveva scovato a Soho una bettola egiziana, così unì al tutto hummus, foul e foglie di vite.

La mamma di Derek in cuor suo disapprovava, per non parlare dei «molto increscioso» esclamati a più non posso da zia Prudence.

«Kate, cara, sei sicura che non farai prendere ai tuoi ospiti qualche terribile malattia egiziana?» chiedeva con il maggior tatto possibile sua suocera. «Noi per prudenza a Calcutta cucinavamo tutto in casa». E annusava con aria sospettosa il foul coperto di rondelle di cipolla rossa.

In realtà tutti gli ospiti furono entusiasti del roast beef affogato nell'hummus e del foul accanto allo Yorkshire pudding. Kate era felice di essere riuscita a ricreare nel mezzo della campagna inglese, almeno da un punto di vista gastronomico, la fusione armonica del mondo che aveva lasciato.

«Vedi, Derek, cosa succede al Cairo? Ognuno porta qualcosa della sua storia e tutti la condividono e l'adottano».

Derek assentiva, aveva capito, Kate glielo ripeteva di continuo.

Una mattina – si erano da poco trasferiti nell'appartamento di Collingham Gardens –, dopo aver deposto il *Times* e bevuto due tazze di tè Assam, suo marito le chiese con tono leggero: «Che ne diresti, tesoro, di partire a febbraio per un giro in Francia e in Italia, e poi prendere la nave per tornare al tuo amato Cairo?»

Non aveva neanche finito di dirlo che Kate era volata tra le sue braccia e gli stava coprendo il viso di baci.

«Al Foreign Office la sezione Medio Oriente ha bisogno di un rapporto sulla situazione egiziana fatto da uno di noi sul campo» le spiegò appena Kate smise di squittire dalla gioia. «Abbiamo informazioni preoccupanti e discordanti. Sapendo quanto ci tieni, mi sono fatto avanti».

Quando Derek uscì, Kate si lasciò andare sulla chaise longue. Rivedrò Fanny e madame Barzel e Sarah e Mireille e... tutti.

Era al colmo della gioia.

Devo scrivere subito a Fanny, non sa neppure che mi sono sposata, e si diresse al piccolo scrittoio Regency dove teneva la carta da lettere. Poi si bloccò.

Forse incontrerò Hafez, si disse. Era guarita sul serio, incredibile che non fosse stato lui il suo primo pensiero. Si sentiva sicura e la prospettiva di rivederlo da sposata e indifferente era molto, molto eccitante.

Qualche sera dopo, mentre stavano cenando da Wiltons in Jermyn Street a St James, dove si mangiava il miglior salmone di Londra, Derek le prese la mano. Lei si fece più attenta: era il modo di suo marito di affrontare i discorsi importanti.

«Kate, tesoro, volevo avvertirti che in Egitto la situazione è un po' cambiata da quando sei andata via. Nulla di terribile» si affrettò a tranquillizzarla, vedendo che lei si stava già agitando, «ma le acque sono ben più burrascose, prima di tutto per gli inglesi, ma anche per i francesi e gli ebrei».

«Che vuol dire? Sono in pericolo?» Intendeva i suoi amici. Derek capì.

«È un'atmosfera generalizzata. Farouk, fomentato dal suo kitchen cabinet, i suoi consiglieri... ah, già lo sai... ha annunciato il suo matrimonio con una sedicenne e sta trascorrendo gli ultimi giorni da scapolo in Costa Azzurra, spendendo milioni di dollari. Tutti i giornali del mondo, anche quelli egiziani, riportano le sue follie. Non ha capito che ha i giorni contati».

«Sono anni che al Cairo si dice che Farouk ha i giorni contati». Kate voleva minimizzare.

«Questa volta è diverso, tra l'avanzata di Israele e la corruzione generalizzata del governo. In più, anche gli americani stanno tentando di infilarsi nel malumore antibritannico, tanto che oggi al Cairo girano molti agenti dell'intelligence USA. Ma il vero campanello d'allarme nel sistema egiziano è rappresentato dal fermento nell'esercito, perché è l'unico in grado di sollevare il re e i politici. Alcuni militari profondamente antibritannici hanno un grande seguito».

«La Corona ha paura di perdere influenza in Egitto e i ricchissimi proventi che arrivano da Suez?» Kate non riuscì a evitare un tono ironico.

Derek sorrise, gli piaceva parlare di politica con sua moglie, non l'avrebbe mai immaginato. Lei era sul serio preparata.

«Tesoro, quello che succede in Egitto non è importante solo per noi e per le ragioni che hai appena detto. Medio Oriente e Occidente non sono più mondi separati tra loro come un tempo. Il nostro ambasciatore ha cercato di spiegare agli uomini del re come la situazione possa diventare incandescente, ma non sono sembrati minimamente impressionati. "Farouk è amato dal suo popolo" gli hanno risposto. Le manifestazioni e gli scioperi di protesta dimostrano il contrario, anche perché il popolo di cui parlano a Palazzo 'Abidin muore letteralmente di fame».

Derek fece una pausa, Kate ripensò ai giorni delle bombe ai Grandi Magazzini Cicurel.

«I Fratelli Musulmani contano ancora?»

Derek la guardò incantato, era davvero una donna speciale.

«Apparentemente no, ma crediamo che abbiano stretto un accordo con i militari antiFarouk. Al momento non sta succedendo nulla, ma forse il mondo incantato cui eri legata è in grave pericolo».

Doveva scrivere a Fanny e a Sarah, pensò Kate. Perché non l'aveva ancora fatto? Forse voleva rimanere nella sua bolla da luna di miele e aveva paura che anche solo riprendere i contatti con Il Cairo potesse farla scoppiare.

Era strano che anche loro non le avessero scritto. Suo padre, che aveva avvertito con un telegramma del fidanzamento e delle nozze, doveva aver mantenuto il silenzio come lei aveva chiesto. Kate voleva fare una sorpresa a tutti e godersi la scena.

18.

South Eaton Place, Collingham Gardens, Londra
1951

Nonostante i suoi propositi, Il Cairo continuava a inseguirla.

Erano a un cocktail dietro South Eaton Place, nel mews di George Brown, un amico di Derek che lavorava anche lui al Foreign Office, un altro dell'old boys network.

Suo marito sembrava molto popolare, appena arrivato era stato requisito da un gruppo di uomini. Kate si era messa a guardare i quadri appesi al muro, li aveva notati subito perché erano orientalisti. Stava per richiamare l'attenzione di Derek su un dipinto del Nilo quando il padrone di casa, porgendole un bicchiere di champagne e tenendola gentilmente per un gomito, la scostò da suo marito, che stava chiacchierando con una giornalista francese di *Le Monde.*

«Il vecchio Derek dice mirabilia della sua conoscenza in politica estera, ne va molto orgoglioso» esordì. «So che ha vissuto a lungo al Cairo. È una delle città che preferisco al mondo, apparentemente aperta, ma in realtà piena di misteri».

Kate annuì educata, ma qualcosa nel modo in cui lui pronunciò l'ultima frase la mise a disagio Si voltò in cerca di Derek: parlava ancora fitto fitto con la francese.

George stava elencando i luoghi che amava: Groppi, il Mena House, lo Shepheard's, il Semiramis e il National.

Il National Hotel. Kate rammentò come Hafez lo considerasse il covo di tutte le spie piazzate in Medio Oriente.

L'elenco di George era lungo, comprendeva mercatini, baracche sul Nilo, caffè bui dietro le grandi moschee, hammam dove gli uomini del re incontravano i loro informatori. Voleva farle capire che conosceva Il Cairo come lei e portarla a fidarsi.

Lo osservò. Era un uomo gradevole, dal viso banale e dai lineamenti regolari e facili da dimenticare. Desiderava piacerle, ma c'era qualcosa in lui che la metteva in allerta.

Sentiva che quel qualcosa sarebbe arrivato.

«Ha ancora molti amici in Egitto? So che Mr Lambert è un uomo influente nella nostra ambasciata, immagino avrà conoscenze anche tra gli egiziani. Mi hanno raccontato che Jamal Pasha si è complimentato con suo padre per la sua bellezza, Mrs Folder».

Era stupefatta. Come faceva George a sapere dell'incontro di mesi e mesi prima con il consigliere del ministro dell'Interno, quello che davanti a suo padre aveva citato la sua «amicizia» con Hafez?

Cercò di nascondere la paura che l'aveva invasa, esitava a chiedergli una spiegazione, ma s'impose di aspettare che arrivasse al punto.

«Mi domando se ha mai incontrato Mohammed Hafez. È uomo noto nella comunità internazionale, è dannatamente ricco ma non si sa bene cosa faccia».

Kate si paralizzò. Si sarebbe aspettata tutto, ma non di sentire pronunciare il suo nome nel cuore di Belgravia. Perché George l'aveva nominato? Che sapeva di loro due?

«Certo, ho incontrato Hafez, era compagno di scuola del fidanzato di una mia cara amica. Lo vedevamo abbastanza spesso. Lei lo conosce bene?» Cercò di rispondere con naturalezza.

«Per il Foreign Office sono stato parecchie volte a

Suez, l'ho incrociato lì. È di casa tra gli ufficiali delle nostre truppe al Canale. È un tipo interessante, ma non ho mai capito come sia riuscito a infilarsi tra gli ufficiali del comandante Erskine; in genere non sono accoglienti con gli egiziani».

«Credo si tratti di affari» disse debolmente Kate. Era sconcertata e non sapeva come uscirne.

«È un momento molto delicato per noi inglesi e non credo che Whitehall veda di buon occhio queste strane relazioni. In ogni caso, stanno tenendo d'occhio Hafez, ma non glielo faccia sapere, conto sul suo silenzio di… cittadina britannica».

«Ho sentito bene? State parlando di Mohammed Hafez?»

Kate si voltò e si trovò davanti Alma Maroun, l'amica di Fiona, la figlia dell'ambasciatore egiziano. Le fu grata di aver interrotto quello che sembrava un discorso pieno di sottintesi e di avvertimenti, e la salutò con calore.

Brown pareva stupito.

«Non sapevo vi conosceste» commentò.

«Vedi, George? Non sai sempre proprio tutto» lo canzonò Alma, allontanandosi a braccetto con Kate.

Venne fuori che Alma era un'amica d'infanzia di Hafez, le loro famiglie erano persino imparentate alla lontana, avevano passato festività e vacanze insieme. L'aveva incontrato di recente quando era stata al Cairo.

«Zia Aida – scusa, sua madre – vorrebbe che si sposasse e che sua moglie partorisse tanti bambini, ma lui non ne vuole sapere. Lei sospetta che abbia in testa qualcuno d'impresentabile, una danzatrice del ventre o un'attricetta… Non ha prove ma dice di esserne sicura».

Kate si sentì di colpo al colmo della gioia.

«Come stava? Ti sembra un tipo che s'innamora?»

«Non saprei, non ho il fiuto di sua madre. Lo sanno tutti che Hafez va in giro e miete vittime senza rimanere mai coinvolto». Alma s'interruppe e la fissò. «Non mi dire che ci sei cascata anche tu?»

Kate si mise a ridere e poi aspirò a occhi chiusi il profumo di Alma. Lo conosceva, era la tuberosa libanese usata da Mireille. Glielo chiese, felice di cambiare discorso.

«Brava, proviene da un negozio di Beirut. Mia madre è nata e vive ancora là. I miei genitori non sono mai andati d'accordo».

Derek arrivò al momento propizio. Kate lo amava anche per questo: era puntuale nelle scelte, nelle parole, sapeva esserci quando doveva.

Dopo aver scambiato qualche parola con Alma, disse a Kate che era meglio tornare a casa, l'indomani aveva una riunione all'alba. Lei tirò un sospiro di sollievo e salutò il padrone di casa con freddezza, sperando di non incontrarlo più.

Arrivando a Collingham Gardens si sentì di nuovo al sicuro. Raccontò a Derek del suo colloquio con George e delle domande insistenti che le aveva fatto.

«Un vero interrogatorio sulla mia vita al Cairo, su mio padre, sui miei amici. È stato indiscreto e invadente».

Derek scoppiò a ridere e volle sapere su chi aveva indagato George. «Ha sempre un tipo nel mirino».

«Forse era Mohammed Hafez, questa volta» rispose lei.

Derek le chiese se era un uomo interessante.

«Non particolarmente» rispose. «Invece George è uno schmuck». Non trovava una parola più adatta per definirlo, e Derek si divertiva a sentirla parlare yiddish.

Entrando in casa disse a suo marito di non avere sonno e che avrebbe approfittato per scrivere finalmente a Fanny una lettera da divulgare a tutta la sua "famiglia" del Cairo.

Non le sembrava possibile che si sarebbero riviste tra meno di due mesi. Sarebbe stato meraviglioso.

Ma ora doveva riempire la pagina della carta da lettere di Smythson e non sapeva bene da che parte cominciare a raccontare.

19.

Rue Cherif Pasha, Garden City, Villa Baranes,
isola di Gezira, Qasr El Nil, Il Cairo
1951

Aveva appena terminato la sua colazione con caffè, fichi, pita e miele e stava accendendosi la prima Kyriazi Frères della giornata quando Selim gli porse le lettere da aprire.

Prese la corrispondenza e la mise sul tavolo. Voleva fumare in pace, poi avrebbe aperto le buste, ma fu attirato dalla lettera arrivata via aerea. L'aprì con impazienza, sperando fosse quella che aspettava da tempo.

Lesse rapidamente le poche righe e poi lasciò cadere il foglio per terra. «Era prevedibile» si disse con amarezza, il cuore in gola.

Chiamò Selim.

«Non andare più da Thomas Cook, il viaggio in Gran Bretagna è annullato».

La sera prima Hafez era arrivato tardi a casa. Aveva cenato con Farid, tornato al Cairo dopo mesi passati a Istanbul. Si era sposato con Pinar, una graziosa e giovane ragazza turca che, prima di trasferirsi con lui definitivamente in Egitto, gli aveva chiesto di aiutarla a mettere a posto gli affari lasciati dal padre scomparso da poco e di permetterle di abituarsi all'idea di lasciare la sua città e la madre.

«Pinar è stata furba, in questo periodo mi sono affezionato a sua madre Elif, una donna dolce di origine anatolica, e con sua grande soddisfazione alla fine sono stato io a chiederle di venire a vivere con noi al

Cairo. Grazie a te possiedo una bella casa e abbiamo tutto lo spazio per accogliere lei e una decina di figli, come vuole mia moglie».

Hafez e Farid erano sempre più legati, si dovevano reciprocamente il cambiamento più importante della loro vita. La confidenza era totale, le loro cene liberatorie e nessuno dei due aveva un altro amico con cui essere sé stesso senza ritegno.

Questa volta avevano deciso di mangiare yankee e scelto l'Americain in Soliman Pasha Street, dove avevano ordinato cheeseburger coperti di ketchup, patatine fritte e un enorme banana split, bevendo birra Stella prodotta in Egitto e considerata una gloria nazionale.

Farid era entusiasta della Turchia.

«Dopo la dissoluzione dell'impero ottomano è salito al potere Mustafa Kemal Atatürk, il padre della Repubblica turca. Il suo successore, Ismet Inönü, ha continuato il processo di modernizzazione e ora la Turchia è laica e industrializzata. A maggio ci sono state le prime elezioni libere e sono state vinte da Celâl Bayar, leader del Partito Democratico appena nominato presidente. È un Paese affascinante, in grande evoluzione anche in termini di democrazia. Vorrei che l'Egitto seguisse le orme della Turchia. Non sei mai stato a Istanbul, vero? Devi andare, sul Bosforo soffia il vento della libertà».

Hafez non commentò, era silenzioso. Farid prese fiato e gli fece la domanda: «Mohammed, dov'è Kate?»

Hafez s'irrigidì, non solo per la nostalgia, ma anche perché non amava ammettere le sconfitte.

«Quando se n'è andata, mi ha proibito di seguirla».

L'espressione di Hafez fece male a Farid, anche perché si sentiva responsabile della sua sofferenza. Se non avesse coinvolto Hafez nel suo progetto politico fortemente antibritannico, e soprattutto segreto, forse suo cugino avrebbe ceduto all'amore per Kate e l'avrebbe sposata. In fin dei conti al Cairo erano abbastanza normali i matrimoni fra persone diverse per nazionalità e religione. Dopo l'iniziale malcontento della famiglia, le nozze sarebbero state accettate. E suo padre Fuad avrebbe cominciato a pensare a come far fruttare in termini di affari la parentela con Mr Lambert. Ora era impossibile tornare indietro e Hafez era imprigionato in quello che sembrava essere l'unico scopo della sua vita.

Farid era profondamente dispiaciuto per suo cugino, perché possedeva una sensibilità particolare per i sentimenti. Il fatto di aver perso i genitori e di non avere né fratelli né sorelle lo aveva reso ricettivo al dolore e alla perdita.

Cambiò argomento.

«E i nostri ragazzi?»

Hafez con un cenno della testa indicò Soliman Pasha Street. Avrebbero parlato passeggiando per strada.

Quando furono usciti dal locale, cominciò a informarlo del clima politico.

«Non so quanto tu abbia seguito le notizie egiziane. Saprai che alle ultime elezioni il Wafd non ha più raggiunto la maggioranza assoluta e sono stati eletti una trentina di deputati indipendenti. Alcuni obiettivi sono simili ai nostri: limitazioni della proprietà fondiaria, assicurazioni sociali per gli operai, insegnamento gratuito. La polizia politica di Farouk fruga e indaga dappertutto, il re è furioso, vuole giustiziare chi soffia sul fuoco, anche perché dall'inizio dell'anno ci sono stati più di una quarantina di scioperi».

Farid si guardò intorno e poi chiese a bassa voce: «Che vuole fare Gamal? Attendere ancora? Il piano è pronto».

«Ha l'aria di un cacciatore che aspetta l'arrivo della preda. È in attesa di una miccia, non vuole partire a freddo. Nel frattempo il Paese è scosso dagli scandali. Hai visto il lavoro di denuncia su *La voce dei Liberi*

Ufficiali, il nostro bollettino? Stanno venendo a galla le ingenti mazzette pagate per armi e munizioni così vecchie e difettose da rendere impossibile una difesa decente ai nostri soldati; che come sai, anche per questo, sono morti a migliaia al fronte. Ora lo scandalo ha cominciato a lambire la corte».

«Ma ho saputo che il procuratore generale ha ricevuto direttamente da Farouk l'ordine di bloccare l'inchiesta» replicò Farid.

«Sì, ma la corruzione è tale che non basta. Sta venendo alla luce un altro scandalo, questa volta si tratta di finanza e coinvolge la ricca moglie del primo ministro Nahas Pasha. Madame Zaynab al-Wakīl possiede migliaia di acri di terreno e specula alla borsa del cotone di Alessandria sul prezzo delle piante a scapito dei poveri contadini».

Farid allargò le braccia in segno di sconforto.

Ma Hafez riuscì a dargli una buona notizia.

«Il generale Mohammed Naguib – l'eroe di guerra, uno dei militari più stimati dell'esercito, che sta curandosi le ferite riportate nelle battaglie in Palestina –, dopo le visite di Hakim e poi di Gamal ha accettato di aderire all'associazione. Al momento non è un membro attivo e non conosce che l'identità di pochi affiliati, ma averlo con noi è un grande risultato».

Il viso di Farid si allargò in un sorriso, poi abbracciò felice suo cugino.

Hafez non gli confidò che Naguib li stava già aiutando, denunciando sotto lo pseudonimo «un soldato sconosciuto» la corruzione nei rami dell'esercito sul giornale *Rosa-El-Youssef*.

La mattina in cui Hafez ricevette la lettera per posta aerea, Sarah suonò il campanello della villetta dei Barzel a Garden City.

Le aprì la porta Moh, che sollevò un sopracciglio di riprovazione. Una tata, sia pure istruita ma in fondo solo una domestica, non doveva superare le barriere e presentarsi – sottinteso «senza il suo via libera» – per conferire direttamente con madame.

Sarah aveva capito benissimo cosa stava pensando e gli diede una leggera spinta, come a dire «Vai».

Moh, con una voce d'oltretomba e le labbra piegate all'ingiù, bisbigliò che c'era Sarah all'ingresso. Madame Barzel, che stava ricamando un cuscino a piccolo punto per Niní Baranes, dovette farselo ripetere due volte perché era come se la voce di Moh rifiutasse di annunciare un incontro scandaloso.

Quello che le disse Sarah illuminò il suo pomeriggio. Si alzò in piedi raggiante, battendo le mani, passandosele sul viso, intrecciandole con lo sguardo rivolto verso il cielo.

«Danken got, danken got. Vuol dire che Kate si è ripresa a tal punto dal suo amore infelice per Hafez da essersi sposata con un uomo adorabile. Dev'essere per forza adorabile, è inglese». Lei idolatrava i britannici.

«Cosa saremmo senza Winston e i suoi soldati? Nei forni crematori dei nazisti, ecco dove saremmo» era uno dei suoi refrain più implacabili.

Sarah le stava spiegando che, dopo la luna di miele in giro per l'Europa, Kate e il suo sposo sarebbero arrivati al Cairo, di lì a due mesi al massimo.

«È stata lei a chiedermi di avvertire tutte le persone che le sono care» chiarì passandole un fazzoletto perché dopo aver battuto di nuovo più volte le mani si era messa a piangere per la commozione.

Madame Barzel stava per precipitarsi ad avvertire Fanny, ma Sarah la bloccò.

«Non ce n'è bisogno. Mrs Kate ha mandato una lettera a madame Fanny».

Dopo essersi assicurata che si fosse calmata e che stesse bene, Sarah la salutò. Madame Barzel aveva già telefonato a Eleonora Lubin che, lanciato un urlo di gioia degno di un acuto del suo Dimanche, aveva annunciato il suo arrivo immediato. Fu avvertita anche Sayyeda Muna, che saltò a bordo della sua Jaguar con chauffeur. A Moh fu ordinato di preparare i bicchieri in cristallo di Boemia, piccoli sandwich al cetriolo, liquori dolci fatti in casa e una bottiglia di vino spumeggiante. Come al solito aveva origliato ed era anche lui molto sorridente.

Tutta quell'emotività yiddish aveva affaticato Sarah, che dopo si fermò al White Cottage di Gezira per ristorarsi con una limonade à l'eau de rose. Poi si diresse a Villa Baranes.

Mireille le regalò uno dei suoi sorrisi più fascinosi.

«Elle nous a tellement manqué» disse con un sospiro, stesa su una chaise longue. Aveva sul viso una maschera di argilla del Delta e una ragazza era china sui suoi piedi e le dipingeva le unghie di un rosso rubino scuro.

Fece sedere Sarah su una poltroncina, le offrì caffè e dolci di cacahuetes e sesamo e l'esaminò con attenzione. Sapeva delle sue doti e si era sempre ripromessa di conoscerla meglio. Moh non avrebbe approvato, ma Mireille, da vera libanese, non dava importanza a ceti, posizioni sociali, convenienze, per lei contava soltanto il fatto che una persona fosse interessante o no. E Sarah lo era.

Parlarono del ritorno di Kate e della curiosità di conoscere l'uomo che l'aveva irretita al punto tale da convincerla a sposarlo. Mireille aveva già avuto sue notizie: una sua amica di Beirut che passava del tempo a Londra le aveva raccontato di averla incontrata al braccio di un uomo molto attraente.

«C'è un tarlo nella mia testa. Mi chiedo se è una buona idea tornare al Cairo dopo pochi mesi di matrimonio. Non era meglio consolidare? Forse io sono troppo cerebrale, non perdo l'abitudine di rimuginare. Che ne pensa, cara?» Il tono era leggero, quasi mondano, ma sapeva che non avrebbe ingannato la sua interlocutrice.

Sarah aveva capito benissimo e aveva pensato la stessa cosa quando aveva saputo del ritorno di Kate. Aveva interpellato i fondi del caffè, ma non erano stati chiari; li aveva rifatti varie volte inutilmente, non volevano darle una predizione. Doveva aspettare, si era detta.

Secondo lei i fondi del caffè avevano un'anima e un codice e questa volta avevano deciso di non prevenirla.

Come i fondi di caffè, preferì evitare di rispondere alla domanda di Mireille. Era infastidita dall'attenzione con cui la donna la scrutava senza porsi il problema di nasconderla. Conosceva quel tipo di sguardo: era riservato ai fenomeni da baraccone.

«Sappiamo ambedue che monsieur Hafez non ha dimenticato la nostra Kate» continuava Mireille. «Gli uomini egiziani sono testardi e ammaliatori, ben diversi dagli inglesi, di cui io non subisco il fascino, anche se è evidente che tra i due non ci sia gara».

Poi cambiò tono, passò a quello dell'affetto, e con voce più bassa e guardando Sarah negli occhi espresse qualcosa che si auguravano tutte e due.

«Speriamo che il suo tornare al Cairo non prenda una strada sbagliata».

Sarah fece di sì con la testa, si alzò in piedi, la ringraziò e uscì dal cancello di Villa Baranes con aria preoccupata.

Pensò e ripensò all'incontro tutta la giornata, ma poi concluse che Kate era una donna intelligente e non si sarebbe mai rimessa in un tunnel di dolore e incertezza. Aveva sofferto troppo e non poteva esserselo dimenticata. Kate era al sicuro, non c'era da temere.

Nel momento in cui i timori di Sarah si stavano placando, Hafez ripassò da casa. Aveva dimenticato i documenti che gli servivano per il suo appuntamento al Café Riche. Vide sul tavolino del salotto la lettera ricevuta da Londra che in un impeto di rabbia aveva gettato a terra. Sicuramente Selim, raccogliendola dal pavimento l'aveva letta.

Si sedette sulla poltrona di cuoio davanti al suo scrittoio e la scorse di nuovo. Alma Maroun era stata di parola. Si erano rivisti dopo tanti anni a casa dei suoi genitori per un pranzo organizzato da sua madre Aida.

Forse aveva sperato che Alma e lui riprendessero il flirt avuto da ragazzi, quando durante i falò d'estate sulla spiaggia di Agami o nelle sere di luna piena lungo il parco reale di Montazah, dove passavano le gazzelle, ci s'innamorava di continuo e per poco tempo. Dopo Alma si era invaghito di Suzanne, una francesina d'Algeria, una pied-noir ebrea, e lei di Kōstantinos, un ragazzo greco imparentato con i Pastroudis dell'omonima, famosa pasticceria. Poi si erano rivisti tante volte al Cairo, ma l'attrazione non si era più ripresentata.

Con grande disappunto di sua madre, il giorno del pranzo avevano parlato da amici che si volevano bene. Alma gli aveva raccontato della sua vita a Londra.

E Hafez aveva avuto un'illuminazione.

«Chissà se ti sei imbattuta in un'inglese che ha vissuto molti anni al Cairo. Era molto simpatica. Ora ha lasciato il Paese, e un mio caro amico disperato. Si chiama Kate Lambert» aveva sondato lui con voce calma.

Alma si era concentrata per un attimo poi aveva risposto: «L'ho conosciuta, è una bella ragazza. Me l'hanno presentata le sue cugine, che sono mie buone conoscenti. Mi avevano anche invitato a un party, ma ho avuto un contrattempo». Aveva guardato Hafez con un filo d'ironia prima di aggiungere: «Di' al tuo amico che sembrava una persona tormentata e infelice, anche se si sforzava di mascherarlo, ma abbiamo scambiato solo due parole, niente di più».

«Fammi un grande favore, Alma. Mandami sue notizie quando le avrai. Il mio amico me ne sarà molto grato e io ho bisogno che lui stia dalla mia parte per un affare che abbiamo in corso. Appena saprai qualcosa di più su di lei scrivimi subito, ti prego».

La lettera di Alma non era lunga, ma aveva avuto un effetto devastante su di lui. Kate si era da poco sposata con un inglese, secondo Alma un uomo piacente e simpatico.

Hafez non se lo aspettava. E non si aspettava di essere disperato.

Come aveva potuto pensare che non sarebbe successo?

Aveva davvero creduto che a lei sarebbe bastato il ricordo del loro amore, un amore così forte da tenerla legata per anni?

Era prevedibile che s'innamorasse di un altro uomo, cercava di ragionare Hafez, ma gli sembrava di avere la mente anestetizzata.

Finora la speranza era stata una sorta di conforto nell'attesa che la vita s'incaricasse di riunirli. Credeva sul serio che lui e Kate fossero predestinati.

E adesso si sentiva di colpo solo al mondo.

«Mazel tov, mazel tov. Mabrouk, Mabrouk l'chaim». In giardino madame Barzel, Eleonora Lubin, Sayyeda Muna, Mireille e Niní Baranes e Fanny brindavano, mischiando yiddish e arabo, al matrimonio e al ritorno di Kate. Fantasticavano su Derek, il marito di Kate. Erano sicure che pur essendo un goy gli avrebbero voluto molto bene.

Fanny sorrideva sgranocchiando l'ennesimo canapè di pane azzimo, che aveva rapidamente sostituito i sandwich al cetriolo, su cui Moh aveva spalmato l'hummus alla barbabietola portato da Sayyeda Muna.

«Pane azzimo e hummus» ridacchiava, promettendosi di riproporlo alla sua amica del cuore. «Pane ebraico, cattolico, ortodosso con una salsa che abbraccia tutto il Medio Oriente. Un altro incantesimo della condivisione del Cairo che Kate ama tanto».

20.

Qasr El Nil, isola di Gezira, Garden City, Il Cairo
1951

Derek aveva fatto una buona impressione a Sarah.

Non solo perché l'aveva colmata di complimenti e parole affettuose, avendo capito che il suo parere contava più di quelli di Mr Lambert e Fanny messi insieme, ma soprattutto per aver salvato Kate dal demone di un amore velenoso. Chiunque fosse il vero Derek al di là dell'apparenza di gentleman di bell'aspetto, non avrebbe mai potuto, credeva Sarah, procurare a Kate il dolore che le aveva provocato Hafez.

Purtroppo, se ne rendeva conto, nemmeno le vette della passione.

Sarah era impensierita, pur non essendo stata turbata da nessuna visione premonitrice. Vigilava su Kate e aspettava.

In compenso, Mr Lambert era al colmo della felicità, ancora stupefatto che nonostante i trascorsi sentimentali di sua figlia e l'età avanzata – aveva ormai ventisei anni – avesse trovato un buon partito, un britannico dello stampo migliore, come lui appartenente all'old boys club.

Mr e Mrs Folder erano sbarcati ad Alessandria e Sam e Fanny erano sulla banchina a riceverli, come Kate aveva chiesto espressamente nella lettera. Avevano passato due giorni incantevoli all'Hotel Cecil, passeggiato lungo la Corniche al tramonto, ballato senza sosta nelle boîte de nuits più alla moda. Poi Kate aveva ammesso che Alessandria era sensuale e ammaliante, ma lei non vedeva l'ora di essere di nuovo al Cairo. E di rivedere tutti.

I primi giorni tra Gezira, Garden City e Qasr El Nil erano stati scanditi da lacrime di gioia e manifestazioni di affetto yiddish, quindi drammatiche e viscerali.

Kate aveva ritrovato tutto: il rito della kompote di Eleonora, l'hummus di Muna sul pane azzimo, i pomeriggi da Groppi a bere succo di mango, a mangiare datteri e pasta di mandorle, le serate all'Auberge des Pyramides sotto gli occhi della Sfinge, le cene di madame Barzel e Fanny con gefilte fish e spaghetti, torta di Linz e baklava.

Poi di nuovo le scorribande al mercato di Khan El Khalili, il tè cotto nella sabbia calda, i vicoli bui del Cairo antico, le sinagoghe e le moschee, l'amalgama di anime diverse che riuscivano a diventare complementari e che davano al Medio Oriente sacro e libertino mille facce contigue e unite.

Madame Barzel, Eleonora, Sayyeda Muna, Niní, Mireille dicevano che il ritorno di Kate aveva reso la loro vita più completa.

«Siamo una famiglia, anche se d'elezione» dichiarava madame Barzel, «e non dobbiamo mai dividerci».

Misha, suo marito, alzava le sopracciglia con aria ironica.

«Dividerci da te? Impossibile, meyn teyerer, sei più klepik della seccotine».

Sua moglie non gradiva di essere paragonata alla colla di pesce, ma tutti ridevano.

Derek non capiva bene il linguaggio misto del Cairo, ma si adeguava. Kate riuscì persino a portarlo ad accendere una candela di Hannukah, la festa delle luci ebraica, a casa di Fanny e di Eleonora Lubin, e ad assistere a una funzione alla sinagoga Ben Ezra, nell'antico quartiere copto.

Quando a loro volta le sue amiche li aspettarono fuori dalla cattedrale inglese in Malika Nazli Street, di fronte al Nilo, per far loro gli auguri dopo la funzione natalizia, Kate si rivolse a suo marito: «Hai capito cosa intendevo quando ti parlavo dello scambio generoso di questa città?»

Tutti si complimentavano con lei perché Derek era davvero un boychik.

Nel giro di poche settimane Kate aveva ripreso le vecchie abitudini e si divertiva, a volte anche con Fanny, a fare da guida a Derek in quello che lei chiamava il suo «pellegrinaggio». Le due amiche non avevano ancora avuto il tempo per una delle loro chiacchierate infinite e si ripromettevano sempre di trovarlo. Kate sapeva che l'argomento proibito sarebbe saltato fuori e lei ancora non voleva. Ogni giorno quando usciva dal cancello di casa evitava di posare lo sguardo sul banyan sotto cui Hafez l'aveva aspettata la prima mattina, e poi tante e tante altre mattine dopo la sera del cocktail di fidanzamento di Sam e Fanny in cui si erano conosciuti.

Nessuno lo nominava davanti a lei. Tutti aspettavano che fosse Kate a citare l'ingombrante fantasma che viveva con loro.

«Mi sembra di non essere sincera facendo finta che Hafez non sia esistito» era esplosa un giorno Fanny.

«Ti capisco, ma non sappiamo cosa le passa per la testa. Lasciale decidere se e quando parlarne, è il minimo che le dobbiamo, non credi?» l'aveva calmata Mireille.

Poi era successo. Si erano incontrati.

Dopo un saluto impersonale, si erano scambiati pochissime parole. Ma lui era riuscito a sussurrarle all'orecchio: «Mi manchi. Non posso e non voglio vivere senza di te».

Kate, pallida come la cera, non aveva risposto. Aveva solo scosso la testa in un rifiuto, poi gli aveva voltato le spalle mentre qualcuno presentava Hafez a Derek.

Era desolata e presa alla sprovvista. Non avrebbe

voluto che accadesse così presto, né che lui le dicesse quel genere di frasi. La voce di Hafez tremava e i suoi grandi occhi erano brillanti, come se si fosse commosso.

Il loro primo incontro non poteva andare peggio di così.

Fanny era strabiliata quanto lei. Aveva organizzato il ricevimento con tutti gli amici più cari per presentare Derek. Quando Hafez era entrato in salotto, lei aveva guardato istintivamente verso Kate e quello che aveva visto le era bastato. Era corsa a giurarle di non essere stata lei a invitarlo.

Aveva chiesto spiegazione a suo marito.

«Sam, come mai c'è Hafez?»

«Scusami, chéri, l'ho incontrato per caso al Winter Palace di Luxor e l'ho invitato. Poi, nella fretta del ritorno, ho dimenticato di dirtelo. Mi perdoni? Ma è stata una bella sorpresa, non credi?»

Quella notte fu Kate a chiedere a Derek di fare l'amore. Voleva seppellire la serata e le parole di Hafez. Non avrebbe mai immaginato che potesse ancora farle quell'effetto: la stessa maledetta scossa di elettricità, l'identica onda di attrazione che era riuscita a dimenticare.

Un pomeriggio al Long Bar dello Shepheard's, dove si era incontrata con Fanny e Niní, ebbe la sensazione di vedere qualcuno simile a Selim che le osservava. Appena si voltò, lui scomparve. Un altro giorno, a Zamalek, mentre passeggiava vicino al Fish Garden, si fermò di colpo perché aveva la certezza di essere seguita. Un uomo alle sue spalle cambiò strada, e lei non riuscì a vedergli il viso.

Chiese a Sarah se potesse essere verosimile.

«Perché no?» era stata la risposta sibillina.

Hafez sembrava essere ovunque ci fosse lei. Durante l'intervallo della *Tosca* nel foyer dell'Opera House, si avvicinò per salutare lei e Derek, e senza farsi vedere le toccò la mano. Lei lo guardò furiosa ma, a malincuore, non poté negare a sé stessa la gioia che quel gesto le dava.

A un ricevimento dell'ambasciata britannica, mentre chiacchierava con Mireille, Feisal e un'insegnante italiana appena arrivata da Roma, arrivò Hafez che con aria disinvolta le chiese se poteva parlarle un momento.

«Dimmi, puoi farlo liberamente» gli rispose con voce ferma, facendogli capire di non volersi appartare.

Dopo il primo momento d'imbarazzo, chiese notizie di Mr Lambert, non lo vedeva da un po'.

Feisal non riuscì a nascondere un sorriso. Derek serrò un pugno e l'infilò in tasca con espressione indecifrabile.

Nonostante il rancore e la paura di ricascare nella spirale del suo amore, a Kate fece quasi pena. Lo vide diventare pallido, prima di balbettare qualcosa e avviarsi a salutare altre persone.

Sia lei che Mireille non ne parlarono.

Kate si domandava se Derek avesse notato qualcosa di strano nel comportamento di Hafez, ma lui non fece nessun commento. Tutti facevano finta di niente.

Qualche giorno dopo ci fu una cena a Villa Baranes in onore di Feisal, che si era stabilito al Cairo. Era una serata stellata di dicembre, il vento trasportava il profumo dei gelsomini e dei frangipane.

Mireille aveva imbastito un buffet franco-arabo e assoldato dei musicisti italiani.

Kate aveva appena finito un ballo con suo marito, quando Hafez le chiese di danzare. Era impossibile rifiutare, a meno di non sembrare scortese. Derek la osservava con curiosità. Si sforzò di sorridere con grazia e accettò.

Mireille se ne accorse e andò a cercare Fanny, madame Barzel e Niní, che chiacchieravano sedute.

«Elle dance avec lui. Mon Dieu, la pauvre» disse accennando con la testa alla coppia che ballava concentrata, guardandosi negli occhi. Feisal le si avvicinò e anche lui cominciò a fissare con uno sguardo indecifrabile i due che ballavano.

Kate e Hafez non dissero una parola, non si scambiarono un sorriso, ma quando la musica si fermò e loro si scostarono, lei sentì che le sue mani bruciavano. Il profumo del frangipane e del gelsomino le ricordavano la loro unica serata proibita.

Ballando era stata costretta a guardarlo in viso per la prima volta da quando l'aveva rincontrato. Fino ad allora aveva sempre cercato di osservarlo quasi di sbieco, con gli occhi socchiusi, per non metterlo bene a fuoco, lasciando dentro di sé l'immagine nebulosa di un ricordo.

Ora, riconoscere i suoi occhi, la sua bocca, la sua espressione famelica l'aveva riportato sulla soglia della realtà. Doveva accettare che davanti a lei ci fosse di nuovo lui, l'uomo dalla bellezza animalesca che l'aveva distrutta.

Decise che poteva affrontarlo.

Era quello che voleva Hafez: costringerla almeno per un momento a vedere che tra loro non era cambiato nulla.

Voleva che lei si ricordasse di loro.

La riaccompagnò da Derek che lo ringraziò con aria compita.

Quando si fu allontanato, Derek fece una battuta con tono leggero: «Mi sembra che questo tipo abbia una cotta per te. Ti gira sempre intorno».

«Fa così con tutte, è un "homme à femmes"» e dovette tradurgli l'espressione francese.

I due uomini sembravano avere un rapporto formale, ma gentile. Solo una volta, una sera a casa di Niní, trapelò la tensione che covava tra loro.

A ottobre re Farouk, protagonista delle cronache

internazionali a causa del suo scandaloso train de vie, ma bisognoso di migliorare l'opinione pubblica di cui godeva e di contenere il sentimento antinglese, aveva dato ordine a Nahas Pasha di annullare il trattato anglo-egiziano firmato nel 1936.

Il primo ministro aveva annunciato al parlamento l'abrogazione dell'accordo sulla presenza di basi e truppe britanniche nella zona del Canale di Suez, ricavandone un'ondata di gioia nazionale.

Hafez arrivò nel mezzo della discussione sul significato politico della revoca.

Max Perlo gli andò incontro, mentre sua moglie Niní, prima di salutarlo, aveva lanciato uno sguardo preoccupato a Kate. Madame Barzel, insieme a Fanny, si era avvicinata a Kate come per proteggerla. Mireille era assente per lutto, suo marito Ahmed aveva avuto un infarto mentre parlava d'affari nell'hammam dell'anatolico Ummut.

Hafez era scomparso da quasi un mese, qualcuno aveva detto che fosse partito per Suez. Kate aveva passato ogni minuto di quei trenta giorni a chiedersi quando sarebbe tornato. Quando lo vedeva avvicinarsi a lei provava fastidio, ma quando spariva o la ignorava – capitava, a volte – si sentiva smarrita e priva di gioia di vivere.

«Credi che mi passerà? Un giorno mi sveglierò provando solo indifferenza verso di lui?» chiedeva a Sarah, stremata dalla battaglia che combatteva ogni giorno contro di lui e contro sé stessa.

Quella sera a casa di Niní il padre di Fanny, Misha, aveva dichiarato di essere molto preoccupato. Ogni domenica andava con i suoi amici medici egiziani nei quartieri più miserabili del Cairo per curare il popolo, sempre più povero e malato.

«Per fortuna quasi nessuno sa leggere i giornali che raccontano la vita fastosa del loro re, ma conoscono lo stesso le sue follie e lo considerano ormai un complice degli usurpatori inglesi. Il Cairo è una pentola in ebollizione» raccontava Misha. «Farouk è sempre più accerchiato».

Mentre suo marito parlava, madame Barzel si tormentava le mani con sguardo impaurito. Anche Fanny non sembrava tranquilla.

«Forse la revoca del trattato anglo-egiziano calmerà gli animi. È comunque una presa di distanza dagli "usurpatori"» sosteneva Feisal.

Derek intervenne con voce calma: «Volete sapere come la penso? La revoca del trattato non cambierà niente, è solo un'operazione di facciata».

«Mister Folder, temo che lei si stia sbagliando» disse Hafez con voce alterata.

Derek lo guardò con aria interrogativa.

«C'est un début, les choses vont changer vite» continuò Hafez in francese, sapendo che Derek lo capiva appena. Era un atteggiamento maleducato, per di più abbinato a un'espressione di scherno.

Kate non poté sopportarlo, si avvicinò al marito e lo prese a braccetto, guardando negli occhi Hafez.

«Mi scusi, Mr Hafez, cosa vuol dire?» Derek non abbandonò il suo tono educato.

Hafez sorrise, fece un gesto con le mani e continuò in francese.

«Qui vivra verra».

Nel salotto di Niní era sceso il silenzio. Non tutti sapevano. Ma era chiaro che Derek e Hafez non stavano parlando dei rapporti tra l'Egitto e la Gran Bretagna, ma di qualcosa di più importante per loro e di più personale.

Kate li osservava, ognuno rappresentava un mondo e lei non sapeva più a quale apparteneva.

21.

Ismailia; Garden City, Villa Baranes, isola di Gezira, Il Cairo
1952

Com'era prevedibile fu Suez a far esplodere quella che il padre di Fanny aveva chiamato «una pentola in ebollizione».

Non era prevedibile, invece, immaginare chi si sarebbe preso cura di Kate e Sarah.

Erano sole in casa il sabato di gennaio in cui Il Cairo fu preso d'assalto e una folla inferocita si sparse per le strade, incendiando edifici e assaltando persone inermi senza che la polizia entrasse in campo.

Derek era partito da poco per Londra insieme a Mr Lambert. Il padre di Kate aveva deciso di tornare a vivere in Gran Bretagna. Era stanco e non sopportava che il suo Paese fosse preso di mira, credeva che avesse sempre fatto il bene dell'Egitto.

Kate aveva provato a fargli cambiare idea.

«Non insistere, mia cara, ora c'è Derek al tuo fianco. Posso passare gli ultimi anni della mia vita a Londra. Dovresti capirmi e lasciarmi andare senza osteggiarmi, non dici sempre di amare Il Cairo per la sua libertà di fede e di cultura?» Mr Lambert non perdeva mai la sua ironia.

Anche Sarah non l'aveva presa bene, e dopo la partenza dei due uomini era diventata agitata, sussultava a ogni rumore. Kate la tormentò a tal punto da farla confessare.

«Ho visto un grande fuoco, null'altro, te lo giuro. È

stato un terribile khaloymes» ammise, «ma noi siamo protette. Non so come, ma staremo bene».

Erano chiuse in casa da due giorni – Sarah l'aveva supplicata di non uscire – quando cominciarono a udire le urla e il rumore di un'orda tumultuosa che avanzava, mentre dalle finestre si vedevano colonne di fumo e l'aria era pervasa dall'odore acre della carne che bruciava.

«Gewalt, Mrs Kate, gewalt» ripeteva Sarah terrorizzata, le mani fra i capelli.

A un certo punto il campanello di casa si mise a suonare a più non posso, mentre qualcuno percuoteva furiosamente il cancello. Ali, il marito di Sarah, avanzò a quattro zampe per cercare di vedere dalle fessure chi fosse il furioso visitatore, poi aprì. Le due donne strabuzzarono gli occhi quando dalla porta entrò Selim, l'ombra di Hafez.

«State tranquille, non vi succederà nulla, ma non affacciatevi alla finestra, spegnete la radio e non fate rumore».

«Selim!» esclamò Kate sbalordita. «Che ci fa qui?» Lui non le rispose, e Sarah le fece segno di non parlare, trascinandola dietro al divano. La folla urlante si fermò davanti alla casa. Si udì un parlottare concitato, poi insulti e grida sempre più lontane.

Dopo aver controllato la strada, Selim rientrò. Guardava Kate con un'espressione gelida.

«È passato, non torneranno, comunque non accendete le luci stasera, io rimarrò di guardia. Ali, fammi un thermos di caffè zyada».

Kate e Sarah non chiusero occhio quella notte.

Alla fine Kate pronunciò il nome.

«È stato Hafez. Non avrei mai...»

Sarah finì la frase «... immaginato che si preoccupasse a tal punto per te? Sai quanto io lo disprezzi, ma un egiziano protegge la sua donna».

Il giorno dopo il silenzio era irreale, un silenzio

che non apparteneva alla vita del Cairo neanche in piena notte. Quando aprirono piano piano la porta di casa, Selim se n'era andato.

Ali le portò in macchina a casa di Mireille, che le aspettava. Nel breve tragitto videro la coltre di cenere, i bastoni buttati a terra, le case incendiate o annerite di fuliggine.

Mireille, vestita con un caftano nero e argento e pettinata come Maria Callas, le abbracciò, ma sapeva già che erano state protette. Non volle spiegare come facesse a esserne informata, ma ne diede sfoggio con soddisfazione.

«Si può sapere cos'è successo?» chiese Kate, perché Ali aveva dato spiegazioni confuse e anche la radio trasmetteva versioni edulcorate.

Si alzarono molte voci pronte a parlare, ma alla fine prese la parola Feisal. Lo fece in modo molto autorevole.

Tanti sapevano, ma Feisal aveva una mente ordinata e amava cominciare dal principio.

«Il generale Erskine alle sette del mattino ha circondato la caserma dei Boulouks Nizam, la polizia popolare egiziana di stanza nella caserma di Ismailia. Su ordine del ministro dell'Interno Sarageddine, i Boulouks Nizam hanno provato a resistere, ma il combattimento era impari a causa delle munizioni e delle armi difettose avute in dotazione. Sono morti una cinquantina di soldati e un centinaio è stato gravemente ferito. La notizia del massacro ha scatenato la furia del popolo, affamato e sempre più rabbioso verso il re, i politici corrotti, gli stranieri. I dimostranti, un misto di sindacalisti, Fratelli Musulmani, comunisti, erano armati di taniche di benzina, persino di gin e whisky trafugati nei bar, per dare fuoco alle persone. La gente veniva bastonata a sangue, rincorsa. Le macchine incendiate. Le urla dei feriti erano strazianti».

«Sono stati presi di mira» intervenne Max Perlo

«non solo i luoghi simbolo degli inglesi come il Turf Club, ma anche la catena dei Groppi, proprietà di una famiglia svizzera, il Windsor Hotel posseduto da belgi, il palazzo della TWA e la concessionaria Ford, alcuni grandi magazzini come Cicurel e Chemla. Buona parte degli edifici di Adly Street sono andati a fuoco e il Cecil, il Kursall, i bar più famosi del Cairo non esistono più».

Snocciolava i nomi degli edifici distrutti, era tornato da Alessandria e aveva attraversato la città.

«Solo in un secondo tempo si sono accaniti contro le sinagoghe e i negozi di proprietà di ebrei. L'obiettivo primario era bruciare gli ambienti lussuosi frequentati dagli stranieri, inaccessibili al popolo. In tutto sono stati appiccati centinaia di incendi. La furia era incontenibile, ma la polizia è intervenuta solo a tarda sera. Strano, no?»

«La polizia era in sciopero, come sapeva bene il ministro dell'Interno, e nonostante questo solo a fine giornata è stato richiesto l'intervento dell'esercito» aggiunse Feisal. «Ora l'Egitto è in una posizione internazionale di estrema debolezza».

Kate, gli occhi pieni di terrore e il cuore pesante, chiese a Mireille notizie di Fanny e di tutti gli amici e fu rassicurata. Quando vide Mireille avvicinarsi a Feisal per ringraziarlo dell'intervento, Kate si domandò che rapporto ci fosse tra i due.

Il grandc salotto si stava via via affollando di persone in cerca di conforto e solidarietà. Vicino alla portafinestra del giardino una bella ragazza bruna stava salutando Kate con la mano. Era Alma Maroun, l'amica della cugina Fiona conosciuta a Londra. Le andò incontro e si abbracciarono. La sera in cui si erano incontrate a casa di George Brown, l'amico di Derek, avevano chiacchierato a lungo. Alma le aveva raccontato del miscuglio di sangue che le scorreva nelle vene: il padre era un musulmano nipote del Gran Mufti di Aleppo, trasferito per lavoro in Egitto; la madre

Esmée veniva da una famiglia cristiano-maronita di origine libano-turco-siriana.

«Che bello vederti, Alma. Soprattutto in un momento drammatico come questo. Quanto rimarrai al Cairo?»

«Sono qui... per sempre, Inshallah. Papà è stato richiamato al ministero degli Esteri. E Derek? Dov'è?» chiese Alma guardandosi intorno con un sorriso malizioso.

«È a Londra per affari. Tornerà presto. Mi farebbe piacere che tu conoscessi le mie più care amiche. Vuoi venire a pranzo, la settimana prossima?»

Alma accettò con entusiasmo. Kate stava per salutarla quando le passò per la mente che poteva chiederlo a lei.

«Cara, hai più incontrato Hafez?»

Alma fece di sì con la testa.

«Fammi un favore, ringrazialo da parte mia, è stato molto affettuoso, un vero amico. Lui capirà di cosa parlo. Prometti che lo farai».

Kate si congratulò con sé stessa, si era tolta un peso dal cuore, aveva trovato il modo di comunicare con lui senza doverlo cercare.

Via via che i giorni passavano, trapelavano nuove informazioni inquietanti. Mentre la capitale del suo regno andava in fumo, re Farouk intratteneva ufficiali e poliziotti in un banchetto a Palazzo 'Abidin per festeggiare la nascita del figlio Fuad, il primo ministro era occupato a farsi la manicure e il ministro dell'Interno stava definendo la compravendita di un palazzo.

Non potevano non sapere cosa stava succedendo.

«Al Cairo vivono centomila stranieri e solo diciassette sono stati uccisi, troppo pochi per tanta rabbia». Misha depose il quotidiano sulle gambe e raccontò a sua moglie e a Kate quello che era trapelato dalla sua postazione in farmacia, crocevia di informazioni.

«Molti sostengono che dietro il "sabato nero" ci sia anche la longa manus dei servizi segreti inglesi. E che l'accanimento verso luoghi non prettamente britannici non sia stato un caso».

Sua moglie si avvicinò a lui.

«Credi che questa rabbia si scatenerà anche su di noi?» gli chiese sedendoglisi accanto e prendendogli la mano.

«Lo sappiamo, libe, lo sappiamo che può sempre succedere». Le passò il braccio intorno alla spalla.

Moh annunciò Sayyeda Muna, che entrando aveva sentito la domanda della sua amica. La fece alzare e le stampò due baci sonori sulle guance.

«Habibti, ma ci hai preso per nazisti? Noi egiziani amiamo il souk, e Il Cairo è un souk di anime diverse. Gli ebrei fanno parte del souk e sono al sicuro da noi».

Madame Barzel aveva le lacrime agli occhi.

Le voci si accavallavano, i quotidiani tentavano di ricostruire i retroscena, il ruolo del partito nazionalista Wafd, dei Fratelli Musulmani e del re, che si era rifiutato di far intervenire l'esercito per sostenere i servizi inglesi, decisi a dare alle manifestazioni un tenore razzista e xenofobo, non unicamente antibritannico.

Hafez leggeva i giornali, ascoltava la radio e le conversazioni in città, ma gli pareva che nulla di quello che veniva diffuso si avvicinasse alla realtà. Non era trapelato per esempio il tentativo segreto di Farouk di trovare un accordo con inglesi e americani, dopo aver dimostrato al mondo che l'Egitto era in preda a pericolose turbolenze interne e aveva bisogno di un sostegno occidentale. Non si era saputo nulla della trattativa tra alcuni Ufficiali Liberi e gli uomini del Wafd per un'intesa comune, a patto che il re cambiasse rotta, o ancora meglio abdicasse. Il negoziato non era andato in porto e forse era stata un'ingenuità pensare che il Wafd avrebbe lasciato il potere per affiancarsi a loro.

Hafez continuava a rimuginare sulla situazione mentre raggiungeva Farid e Hakim, che lo aspettavano in un tugurio sulla riva est del Nilo, verso Maadi. Per prudenza non si erano più visti dal sabato nero, solo Hakim aveva incontrato Nasser a casa sua, prendendo tutte le precauzioni per farla sembrare una visita di cortesia. Si era presentato con una vistosa scatola di caramelle per le sue bambine.

Ora, davanti a due tè fumanti e una shandy, birra e gassosa insieme, stava riferendo l'esito dell'incontro con tono salottiero, chiamando Nasser con il suo nome di copertura, Zaghloul, e guardandosi in giro.

«Secondo lui la situazione rischia di andare fuori controllo prima che sia utile per noi. Teme che il re possa anticipare le nostre mosse o scoprirci. Tanto che sta riflettendo sulla possibilità di stringere i tempi. Sapete che l'attuazione del piano messo a punto da Zaghloul nel 1949 era prevista per il 1954. Da allora tutto è cambiato e gli ultimi mesi hanno rivelato una tale corruzione e decadenza, ha detto, da far credere che il Paese sia pronto per un cambiamento». Hakim si fermò per bere, il caldo era soffocante.

«C'è un altro fattore che può aver pesato: il fatto che il generale Naguib sia sempre più al nostro fianco e abbia abbracciato l'idea del nostro intervento. Il generale è un simbolo di serietà e trasparenza, un uomo e un soldato integerrimo».

«È un eroe di guerra amatissimo dal popolo. Naguib è monarchico, ma non ha mai perdonato a Farouk la sua sudditanza di fronte agli inglesi e l'aver mandato allo sbaraglio l'esercito egiziano nel 1948» aggiunse Farid.

Hafez aveva applaudito all'accelerazione del piano, mentre Farid si mostrava dubbioso. La discussione era iniziata da poco quando Selim arrivò di corsa:

aveva un sesto senso che gli faceva capire cosa fosse importante per il suo padrone. Si scusò e con un mezzo inchino gli porse un biglietto di Alma. Era stata di parola e gli aveva scritto, come promesso a Kate.

Hafez fu preso da una furia incontrollabile. Immaginava che dovesse parlargli di Kate, doveva sapere al più presto. Salutò in fretta i suoi amici che lo guardavano stupiti. Ammiravano da sempre la sua flemma e non lo avevano mai visto così agitato.

Ebbe fortuna, trovò Alma a casa.

«Bissalam, cos'hai fatto a Kate per portarla a ringraziarti?»

Hafez non soddisfece la curiosità di Alma, ma le chiese di riferirgli le parole esatte pronunciate da Kate.

«Habibi, mi sembra di parlare con una delle mie amiche... non ti stai comportando da uomo. Dov'è finito il tombeur de femmes di Cairo City?»

Tornando a casa Hafez aveva un'aria allegra. Nonostante la definizione di «amico», era riuscito a suscitare in Kate un sentimento positivo che poteva farsi spazio tra i ricordi odiosi che aveva di lui.

Dopo che Hafez fu uscito, Alma prese una sigaretta, chiese un tè e sollevò la cornetta del telefono.

«Vorrei Londra, Belgravia 778, Mr George Brown».

22.

Garden City, Nile Corniche, rue Cherif Pasha,
Il Cairo
1952

Era stato uno sbaglio, era stato uno sbaglio, era stato uno sbaglio. La frase rimbalzava nella testa di Kate come una fustigazione necessaria, una formula ipnotica per far pesare a sé stessa la scelta di essersi voluta rovinare di nuovo la vita tornando al Cairo.

Era stato uno sbaglio, aveva convenuto anche Sarah, che pure cercava in tutti i modi di proteggerla e di giustificarla, perché sapeva che l'ultima persona a cui Kate avrebbe concesso l'indulgenza sarebbe stata lei stessa.

La frase accompagnava le passeggiate mattutine. Kate usciva da casa alle sei e camminava per capire, per prendere una decisione, per trovare il modo di sfuggire a una situazione che per la seconda volta le stava trafiggendo il cuore, inquinando l'anima e occupando la mente, impedendole di dedicarsi alla costruzione della sua vita.

La Corniche che costeggiava il Nilo riusciva a darle in parte una risposta alla sua ostinazione a non voler cedere alla ragione, che le urlava di stare lontana, il suo matrimonio era ancora troppo fragile, non era ancora tempo.

Oltre ad Hafez e all'orgoglio di dimostrargli che era andata avanti senza rimpianti – a Londra Kate ci aveva creduto – c'era sempre stato in sottofondo il desiderio di tornare al Cairo e di rivedere i suoi colori.

L'oro e il rosa del cielo, il volo dei bulbul e dei sunbird sul fiume, i minareti e le chiese gli uni accanto alle altre, la fusione e l'amalgama dei diversi. Non aveva amato solo Hafez, aveva amato anche la città dove aveva scoperto sentimenti e la forza delle emozioni, il valore dell'amicizia e della comprensione per le vite degli altri, lo spalancare le braccia invece che voltarsi dall'altra parte.

Hafez faceva parte di tutto questo, o forse nella profondità del suo cuore lo rappresentava.

Camminava con determinazione per sottolineare quanto era stata debole, aveva provato a perdonarsi ricordando che non era stata lei a chiedere di tornare. La decisione era arrivata da Derek che gliel'aveva proposto per farle piacere.

Non era stata lei a spingerlo, ma non aveva dato prova di saggezza rifiutando di seguirlo e offrendo al suo matrimonio la chance di sopravvivere a tanta estatica follia.

Di prima mattina l'aria era ancora trasparente. Sul Nilo passavano le prime dahabeya e la Corniche cominciava a poco a poco a popolarsi. Le donne arrivavano dalla campagna con i vasi sulla testa e il velo nero che il vento del deserto sollevava, i fellayn in galabeya portavano manghi, uova e favi di miele per venderli al mercato. Era un viavai di venditori d'acqua e di cocomeri, suonatori di organetto con le scimmie arrampicate sulle spalle, ragazze francesi, inglesi, greche e italiane in direzione delle rispettive scuole, ufficiali britannici e indiani nelle loro divise bianche, con l'aria di aver raggiunto il paradiso.

Kate camminava sperando di convincersi di essere stata pazza a voler tornare, ma otteneva l'effetto contrario.

«Chic, magnifique, sympatique» urlava il venditore di kobeba, polpettine farcite di agnello e cipolla, sorridendo a Kate con aria furba.

Non smetteva di essere affascinata da una città al di sopra della differenza e della diffidenza. Era impossibile stare lontano dopo aver conosciuto il tutto del Cairo.

Si avvicinarono due bambini vestiti di stracci che chiedevano l'elemosina con un sorriso, seguiti da un adolescente senza una gamba, sorretto da una stampella coperta da una stoffa lercia. Kate tirò fuori dalla tasca tutte le piastre che aveva e gliele regalò, dispiaciuta di non avere con sé il portafoglio. Era una scena pietosa. Si ricordò cosa le aveva detto Hafez in una delle loro prime passeggiate: «Tu vedi solo la luce, ma Il Cairo è anche ombra e buio, miseria e malattia».

Una mattina durante una delle sue passeggiate, era quasi arrivata al ponte dei quattro leoni, alla fine di Qasr El Nil, quando vide camminare nella sua direzione Hafez, in compagnia di un altro uomo. Si guardò intorno per cercare di nascondersi, ma lui l'aveva notata e aveva accelerato il passo per raggiungerla.

«Non vuoi lasciarmi in pace, Hafez? Non puoi continuare ad apparire ovunque io sia, che senso ha?» Era arrabbiata, era felice.

«Ti giuro, è stato un caso. Non avevo idea che andassi in giro a quest'ora». Hafez sembrava sincero, per quanto non fosse facile credere alla sua autenticità, si disse Kate.

Erano stati raggiunti dall'uomo che gli camminava al fianco. Le fece un gran sorriso e poi, tendendole la mano, si presentò.

«Lei è Miss Kate, vero? Io sono Farid, il cugino di Mohammed».

Appariva gentile, aveva un viso affettuoso e uno sguardo dolce e sembrava conoscere la sua storia con Hafez. Un cugino di Hafez che sapeva di loro due?

Per qualche minuto chiacchierarono tranquillamente anche se il cuore di Kate batteva così forte da impedirle di pronunciare più di due o tre parole. Farid guardava attento prima lei, poi Hafez, raccontando di come suo cugino gli avesse cambiato la vita e di come fosse stato generoso.

Kate non lo sopportò: a lei Hafez aveva rovinato

la vita. Salutò in fretta, tornando verso casa desolata. Avrebbe dovuto cambiare itinerario, la mattina presto. Hafez era riuscito a contaminare anche la Corniche.

Farid si voltò verso Hafez e l'afferrò per le braccia.

«Raccontale la verità. Lei è pura e terrà il segreto».

Il biglietto arrivò il pomeriggio.

La supplicava di vederlo, quando e dove volesse lei. Aveva deciso di raccontarle tutto, tutto quello che ignorava e che lui aveva avuto paura di confidarle. Era giusto che finalmente sapesse. Sperava che Kate avesse ancora il desiderio di conoscere la verità. In caso contrario, non l'avrebbe più importunata.

Kate non se l'aspettava. Era furiosa per come lui sapeva riattirarla nella sua tela. Mostrò il biglietto a Sarah, che esibiva un'aria rassegnata, perché lo sapeva da tempo e aveva fatto uno sforzo inaudito per impedirsi di metterla in guardia. Tanto quello che doveva compiersi si sarebbe compiuto.

Aveva pregato alla sinagoga Ben Ezra e alla moschea d'alabastro. Non si sapeva mai quale preghiera sarebbe stata più potente, e in ogni caso non voleva inimicarsi né il Dio ebreo né il Dio musulmano. A volte gli dei erano più permalosi degli uomini e Sarah era una donna prudente.

Si era consultata con sua madre e con suo marito Ali. Anche i fondi del caffè avevano confermato le visioni apparse quando Kate aveva cominciato le sue passeggiate all'alba sulla Corniche.

Alla fine, dopo aver pensato e ripensato, Kate scelse come luogo d'incontro la casa di Hafez in rue Cherif Pasha. Era il posto più riservato possibile, il più pericoloso per lei.

Non ebbe bisogno di suonare il campanello. Intravide Selim dietro la porta socchiusa che scomparve non appena lei la spinse in avanti.

Hafez era più pallido di lei. Erano entrambi imbarazzati, era la prima volta da molto tempo che si ritrovavano soli l'uno davanti all'altra. Non sapevano come salutarsi, cosa dirsi.

Due poltroncine Chesterfield erano posizionate sotto il ventilatore a pala. Le veneziane di legno erano socchiuse, su un tavolino basso erano poggiati una caraffa di limonade al profumo di rosa, la preferita di Kate, dei pasticcini che riconobbe essere di Groppi, e delle fette di mango candite. Al muro era addossato un mobile bar con ghiaccio, limone e ogni sorta di liquori. Kate si attardava notando particolari insignificanti, perché pensare a quello che stava vivendo era troppo emozionante.

Non accettò nulla da bere.

Hafez si sedette su un tabouret basso davanti a lei, quasi inginocchiato. Aveva scelto la stessa posizione della sera in cui si erano conosciuti da Sam.

Kate si chiese se l'avesse fatto intenzionalmente.

Lui sperava che lei ricordasse.

Cominciò a parlare a fatica, non riusciva a respirare a fondo. «Quando ero bambino, ogni estate passavo qualche settimana da mio zio Abdallah Bey, che viveva ad Alessandria. Avevo un compagno di giochi, il figlio di un impiegato alle Poste che lo zio aveva aiutato, si chiamava Gamal. Quando arrivavo lui era già là ad aspettarmi. Diventammo grandi amici».

Le prese la mano tra le sue e lei glielo lasciò fare. Capiva che stava per succedere qualcosa d'importante.

Dalle finestre entrò il grido rauco del muezzin che chiamava a raccolta i fedeli per la preghiera del pomeriggio.

Sarah, che aspettava in strada nascosta dietro un albero, si mise a pregare.

Hafez parlava lentamente con il suo inglese di Oxford. La divorava con gli occhi, come la prima sera, ma questa volta sapeva bene cosa Kate significasse per lui.

23.

Garden City, Pyramids Road, Zamalek, Il Cairo
1952

Dopo quasi due mesi di lontananza, Derek tornò con un regalo e una sorpresa. Si congratulò con Kate per come fosse bella e radiosa. Sua moglie lo guardò attenta, come se avesse dimenticato il suo viso, i suoi occhi azzurri, l'espressione diretta, e l'abbracciò con trasporto.

«Hai ragione, l'aria del Cairo ti esalta, sembri una creatura diversa dalla Kate che ho conosciuto a Londra» disse suo marito.

Le aveva portato una collana di perle acquistata da Asprey, e quando le appoggiò le mani intorno al collo per fargliela provare a Kate venne la pelle d'oca.

Pensò che le perle erano l'ultimo suggello, secondo Derek e i suoi simili, per definirla un'inglese per bene, ma, ecco, lei non sentiva di esserlo né avrebbe mai desiderato diventarlo.

Cos'era adesso nemmeno lei era in grado di saperlo.

Derek le annunciò di avere una sorpresa che sarebbe arrivata per cena e sarebbe stata accompagnata.

La sorpresa si rivelò George Brown, il suo collega del Foreign Office che Kate aveva conosciuto una sera a Londra. Lo salutò con calore, anche se ricordava bene la strana conversazione sul Cairo, le domande su Hafez e quel suo sguardo che le aveva fatto venire i brividi. Aveva sperato di non rivederlo più.

In compenso era accompagnato da Alma, con cui

Kate aveva stretto amicizia, introducendola nel suo cerchio di amiche intime. Fanny l'aveva giudicata allegra e interessante, ma il suo carattere fiducioso la spingeva a considerare tutti adorabili. Sua madre l'aveva definita una «schwister», una narcisa, e Mireille si era mostrata diffidente.

«C'est une comédienne. Ha qualcosa di sfuggente, non riesco a catalogarla».

Il suo giudizio sospeso aveva colpito Kate, che tuttavia aveva poi pensato che Mireille era una donna possessiva, e una come Alma eludeva il suo controllo.

Dal canto suo Alma aveva compreso che Mireille non era persona che si potesse raggirare; aveva cercato di tenersene il più possibile alla larga, avvertendo subito la sua diffidenza verso di lei.

Alma era convinta di essere una persona dotata di bontà d'animo, e quando aveva scelto strade non trasparenti si era giustificata dicendosi che era stata la vita a proporgliele, e lei le aveva seguite solo per pareggiare ingiustizie e cattiverie.

Adorava suo padre e temeva sua madre, il primo perché l'amava incondizionatamente, la seconda perché era in grado di leggere la sua inclinazione agli intrighi e alla doppiezza.

Alma incarnava la bellezza mediterranea nei colori della pelle, dorata e curatissima, e dei capelli, ricci e lucidi, trattati con l'henné rosso. Ma gli occhi erano di un verde stupefacente, ereditato secondo i racconti di famiglia da una bisnonna di Costantinopoli. Era scaltra e seducente. Aveva l'aspetto di un'odalisca, la testa di una contabile e amava il denaro più di ogni altra cosa al mondo.

Derek aveva prenotato un tavolo per cenare e per ballare all'Auberge des Pyramides, che aveva mantenuto il ruolo di night club più alla moda del Cairo grazie a orchestre internazionali, artisti e starlette di Hollywood e di Cinecittà. L'Auberge si apriva su un grande cortile con al centro la pista da ballo, all'interno ce n'era un'altra che si sollevava elettricamente, circondata da cascate artificiali.

Farouk lo frequentava abitualmente. Rappresentava un terreno di caccia soddisfacente per individuare nuove ragazze da sedurre, adescate poi dal suo amico Antonio Pulli. Per non trasgredire ai divieti musulmani, teneva alla sua fama di devoto, faceva versare vino e liquori nelle bottigliette di Coca-Cola.

Il re veniva annunciato da una telefonata e il maître d'hotel avvertiva discretamente i clienti del suo arrivo, per evitare che fossero presi alla sprovvista se la loro dama fosse stata scelta dal sovrano per continuare la serata a Palazzo 'Abidin.

«Due sere fa» raccontò George, «è stato affascinato dalla bella fidanzata del nuovo attaché militaire dell'ambasciata di Francia. Il diplomatico si è presentato al tavolo di Farouk piuttosto seccato e per un soffio si è evitata una crisi diplomatica. La signorina oggetto della galanteria del re, per sua disgrazia, era anche parente del presidente della Repubblica francese Vincent Auriol».

Il racconto di Brown fece ridere tutti. Era un bravo narratore, brillante e informato, e le storie e gli aneddoti sul locale abbondavano, molti matrimoni, divorzi e adulteri avevano avuto l'Auberge come cornice. Il Cairo era una città pettegola, se qualcuno s'infilava in un letto con qualcun altro, nel giro di pochissimo si veniva a sapere.

Per Kate, che a vent'anni aveva frequentato l'Auberge dei tè danzanti del pomeriggio, costituiva un posto speciale, teatro del cosmopolitismo del Cairo incastonato in un'atmosfera esotica, con il deserto occidentale, le Piramidi e la Sfinge sullo sfondo.

«All'Auberge c'è sempre la luna piena» diceva Fanny. Era lì che aveva conosciuto Sam e lui si era dichiarato.

Quando iniziarono le prime note di *Isn't It Romantic*, suonata da un'orchestra italiana e cantata da un'artista greca, Derek invitò sua moglie a ballare.

La teneva stretta contro di sé, voleva farle sentire che aveva patito la sua mancanza, non vedeva l'ora di ritrovarsi a letto con lei. Glielo disse, Kate rise e si strinse ancora più vicino a lui. Anche lei ne aveva voglia, nonostante tutto.

Colse lo sguardo di Alma che l'osservava con un'aria stupita.

Oy vey! Perché mi fissa in quel modo? si domandò Kate. Siamo troppo espliciti? Ma Derek è mio marito e non pensavo che Alma fosse una conformista. In ogni caso si allontanò appena da Derek.

Alma e George le sorrisero. Ebbe la sensazione che avessero appena smesso di parlare di lei.

Si ricordò dello scetticismo di Mireille nei confronti di Alma. L'aveva sempre difesa, ma questa volta ebbe la netta impressione che l'amica avesse ragione. Lo sguardo che le aveva lanciato era di ghiaccio, e il sorrisetto era ancora più inquietante. Alma di colpo diventò qualcuno di cui Kate doveva diffidare e da cui guardarsi. Anche per il legame che aveva con Hafez.

Dopo la partenza di Derek per la prima volta nella sua vita aveva vissuto in totale libertà – c'era sempre stato qualcuno accanto a lei a sorvegliarla – ed era stato meraviglioso. Adesso lui era tornato, ma Kate aveva deciso di non porsi più interrogativi sul futuro, voleva lasciarsi semplicemente vivere.

Non siamo nati per questo? si rincuorava.

Con Sarah il rapporto si era incrinato. Avevano discusso un paio di volte, ora si parlavano a malapena, e Kate non aveva più la pazienza di supplicarla di fare pace. In fin dei conti c'era in palio la sua vita, Sarah non poteva pretendere di condurla per mano come una bambina su strade che non condivideva. E non importava che i consiglieri di Sarah fossero creature paranormali, divinità onnipotenti, forze sovrannaturali.

«Ne sanno più di te, Mrs Kate, e s'infuriano se non le ascoltiamo» l'aveva supplicata Sarah con aria impaurita, mentre bruciava strane spezie mischiate a incensi africani.

Kate aveva alzato le spalle con aria impavida, non sentiva la necessità, e ne era orgogliosa, di confronti e confidenze. Non aveva bisogno di nessuno.

Sono finalmente adulta? si domandava, e la prospettiva la appagava.

Mazel tov, avrebbe detto madame Barzel.

A parte l'obbligo – secondo Derek – delle serate all'ambasciata britannica, che Kate detestava, per il resto suo marito si era inserito con disinvoltura nel cerchio degli amici di Kate. Aveva molta simpatia per Sam, il marito di Fanny, mentre George Brown, che lui aveva introdotto nel petit comité di sua moglie, si divertiva a conversare con madame Barzel e non mancava mai di interrogare suo marito, che dal banco della farmacia Sinclair veniva a sapere tutto quello che succedeva al Cairo.

«Misha è più informato del direttore dell'*Al-Ahram*, e non è da meno di Joe Scialom, il barman dello Shepheard's Hotel».

Una sera Feisal, dopo avervi conversato a lungo, chiese a Derek chi fosse Brown e cosa facesse nella vita.

«Eravamo a scuola insieme, Eton e Cambridge. Lavora al Foreign Office come me nel dipartimento Medio Oriente».

Feisal sorrise con aria furba.

«Ah, la vecchia storia inglese dell'old boys club... Siete tutte spie, non è vero?»

Derek esplose in una risata che fece voltare i presenti nel salotto di Eleonora Lubin.

«Non tutti, Mr al-Harbi».

Brown si diresse verso Alma, che stava arrivando.

La prese a braccetto e la condusse nel cerchio formato da Sam, Derek e Feisal.

L'argomento ora era il Canale di Suez, dove la situazione era sempre incandescente. Nessuno aveva nuove informazioni, se non che continuavano le scaramucce tra i soldati inglesi e gli egiziani, mentre la politica era sempre più turbolenta.

Derek chiedeva a Sam aggiornamenti sul governo.

«È più instabile che mai. Il re caccia uno dopo l'altro i primi ministri che non obbediscono ai suoi ordini. Vorrebbe sottomettere anche l'esercito, senza capire che i militari sono più forti della corona. Nessuno, né a corte né al governo, si preoccupa della situazione dei fellayin, sfruttati senza pietà nelle campagne dai latifondisti».

«Avete incontrato recentemente Mohammed Hafez?» chiese Feisal. «Credo sia un habitué di Suez, ma non l'ho più visto. Eppure tempo fa non mancava un cocktail, lo trovavo ovunque».

Kate sentì gli occhi di Alma e Brown piantarsi sul suo viso, di nuovo in quel modo allarmante. Non sapeva se stesse avvampando. Derek le chiese in tono scherzoso: «Sembrava molto preso da te. Gli è passata, ora?»

Kate non riuscì a trovare una risposta spiritosa, solo qualche parola smozzicata.

Il marito la guardò incupito. Ad Alma venne da sorridere. Mireille salvò la situazione prendendo Kate sottobraccio.

«La pauvre. Non farti prendere in giro, tutte noi abbiamo un corteggiatore» e la portò via.

«Non so come stiano le cose, Kate, ma devi essere pronta a controbattere se non vuoi essere sbranata» le suggerì.

«Ricorda, libe, che Derek è un boychik, un tesoro». Madame Barzel le accarezzò le spalle con aria affettuosa.

Kate la guardò e non disse nulla. Fanny era meravigliata. In genere, quando qualcuno dimostrava di volerle bene, la sua amica del cuore si sperticava in ringraziamenti.

Ma Kate stava pensando alla lezione di francese che l'aspettava l'indomani.

Quasi tutti i pomeriggi si avviava verso una piccolissima traversa di Adly Pasha Street, dove si trovava la scuola di mademoiselle Janine Dupont, una parigina nubile dal naso lungo e dal décolleté rotondo arrivata in Egitto al seguito di Kamal, un attore sudanese conosciuto vicino a Bordeaux dove lei faceva i bagni e lui una parte di second'ordine in un vaudeville. Se n'era innamorata e nonostante le sue proteste l'aveva seguito in Egitto, dove nel giro di qualche settimana aveva perso le sue tracce.

Quando raccontava la sua storia – e lo faceva volentieri – inondava di lacrime il malaugurato interlocutore, che dentro di sé comprendeva l'abbandono di Kamal, vista l'instabilità emotiva di mademoiselle.

Janine non era voluta tornare in patria e aveva aperto una scuola di francese, prima in una stanza, poi ampliandosi fino a occupare un intero appartamento al piano terra, circondato da un piccolo giardino di buganvillee e gelsomini arabi, in una traversa senza nome di Sharia El Marashly a Zamalek. Aveva avuto successo grazie alle buone credenziali delle famiglie dove, nei primi anni al Cairo, aveva lavorato come istitutrice.

Kate parlava un francese arrangiato e aveva deciso che, in assenza di Derek, avrebbe impiegato il tempo libero a migliorarlo.

Suo marito aveva applaudito alla sua buona intenzione. Derek era felice con Kate anche per le numerose qualità che difficilmente convivevano in una donna. Non era soltanto bella, ma continuava a rappresentare, com'era stato la prima sera in cui erano usciti insieme, un interlocutore informato e acuto di politica estera, che ogni inglese seguiva con interesse, vista la vastità dell'impero.

Aveva una moglie con cui poteva parlare come a un amico. Sua madre aveva avuto torto nel giudicare male la sua fretta di sposarla e si sarebbe stupita di sentirgli dire che amava profondamente Kate, che pensava a lei di continuo e che la desiderava ogni giorno di più.

«Derek, mio Dio» gli avrebbe detto orripilata, «parli come un francese».

Era venuto al Cairo per accontentarla, credeva che sarebbe bastato un soggiorno di due o tre mesi e poi sarebbero tornati alla loro vita londinese. Non aveva immaginato di farsi incantare anche lui da quella città. Eppure non era una società perfetta come tendeva a descriverla Kate: la miseria e le disuguaglianze non accennavano a diminuire e molti stranieri cominciavano ad avere paura che il loro sogno di integrazione stesse per vacillare. Aveva avuto una lunga conversazione con il docteur Misha sui bagliori di antisemitismo sempre più preoccupanti.

«Gli egiziani non sono mai stati contro di noi, ci hanno sempre considerato fratelli, abbiamo goduto di una sensazione di sicurezza e di pace che ora non ritroviamo più» gli aveva detto. «E non sappiamo cosa fare».

Nonostante le parole del padre di Fanny, e facendo un paragone con la severa divisione delle classi sociali in Gran Bretagna, Derek continuava a considerare l'Egitto un universo senza confini di pregiudizi e fanatismi.

Era stato conquistato dal carattere degli egiziani, accogliente, affettuoso e pacifico, e si deliziava nell'apprendere certe sfumature. Il titolo onorifico di origine turca Effendi, o Pasha, era di rango inferiore a quello di Bey, e i khawaga erano persone nate in Egitto ma di origine e religione straniere. Per strada si fermava a guardare i mangiatori di fuoco, i venditori di beccafichi, i mangialame. Per Derek era teatro, ma anche un modo per tornare alla sua infanzia indiana.

Gli era stato persino difficile decidersi a ripartire per Londra, come gli aveva chiesto il Foreign Office. Non solo perché avrebbe avuto nostalgia di Kate, ma perché Il Cairo lo aveva incatenato alla sua fertile terra.

«Quando torno» aveva detto a Kate «verrò anch'io a lezione da mademoiselle Janine». Si era stupito di sé stesso: non poneva nemmeno più un limite di tempo al loro soggiorno e non si prefiggeva a breve un ritorno definitivo a casa.

«C'est l'effet de l'Egypte, my dear» gli diceva sua moglie quando le confessava di essere stato catturato anche lui.

Ora capiva che era difficile rinunciare al sole.

A Sarah l'improvviso interesse per il francese di Kate non era piaciuto.

«Strano, non sei portata per le lingue, lo sappiamo». Quella frase sembrava un commento come un altro, ma la voce con cui l'aveva pronunciata era concitata e trattenuta, come se avesse voluto dire altro.

Kate l'aveva fissata con ostilità e aveva iniziato la prima lezione.

24.

Piramide di Saqqara, Garden City, Il Cairo
1952

Alma aveva organizzato un picnic nel deserto, una cortesia nei confronti di Derek, che ne aveva espresso il desiderio, e anche un modo per sfuggire per qualche ora alla calura soffocante del Cairo.

L'appuntamento era davanti alla piramide a gradoni di Saqqara – a pochi chilometri da Giza –, la più antica e più piccola, che grazie alla luce della luna e al riverbero della sabbia sembrava costruita in oro zecchino.

Perfino chi ci era già stato altre volte era colpito dalla serata.

Derek era incredulo che non ci fosse qualche marchingegno dietro lo spettacolo straordinario a cui assisteva. Parlava a voce bassa, come fosse in chiesa.

Alma aveva scelto una notte di plenilunio perché conosceva l'effetto di Saqqara e del deserto sotto i raggi della grande luna egiziana.

Era stata montata una sewan, una tenda, c'erano tavolini e sedie, sulla sabbia erano poggiate delle stuoie in paglia sahariana. Il cibo era stato trasportato dai suffragi di madame Barzel, di Mireille e di Alma; anche Sarah preparava i piatti di portata. I servitori di Feisal si muovevano felpati, vestiti con le galabeya bianche: sembravano spettri.

Derek e Kate se ne stavano in disparte abbracciati e guardavano l'immensità della distesa di sabbia.

Alma raccontava a George Brown come, un tempo, vicino a Saqqara sorgesse l'antica città di Menfi.

Aveva invitato una ventina di persone: amici greci, turchi, francesi e americani, che vivevano al Cairo ma non erano mai usciti dalla città, tranne che per qualche giorno di vacanza ad Alessandria. Non si erano inoltrati più lontano del Mena House Hotel, davanti a Giza.

Feisal, che era figlio del deserto arabico, si godeva la vista degli occidentali davanti alla magnetica visione della sabbia senza confini.

A un certo punto tutti scelsero il silenzio per ascoltare il rumore del deserto, il suono del vento, il canto delle dune.

Erano un'ipnosi e un monito rispetto alla potenza della natura.

Durante la cena la conversazione era ripresa vivace, ma sempre a voce contenuta, come se un tono troppo alto potesse far sparire la bellezza e indispettire Seth, la vendicativa divinità del deserto.

Fu Kate a rompere l'incantesimo.

Captò un pezzo di conversazione tra Feisal, Brown e Alma, seduti vicini. Feisal stava comunicando la preoccupazione dei sauditi e del re Abd al-Aziz per il comportamento scandaloso e depravato di Farouk.

«Fa vergognare i musulmani» spiegava. «Esaspera non solo il suo popolo, ma anche tutti i Paesi arabi».

Kate prese la parola quasi sovrappensiero.

«Non c'è da preoccuparsi, tra poco Farouk perderà il suo regno».

Tutti smisero di mangiare e di parlare e la guardarono stupiti.

«Da dove ti arriva questa certezza, cara?» le chiese con dolcezza Derek.

Kate si sentì gelare. Questa volta trovò la presenza di spirito per trarsi d'impaccio.

«Nulla di nuovo. Mi sembra che ovunque al Cairo non si parli d'altro» e riprese a mangiare come se nulla fosse.

Qualcuno fece una risatina, Derek le sorrise con indulgenza, ma George Brown la fissò a lungo prima di mettersi a parlottare con Alma.

La mattina dopo Sarah la prese da parte con la scusa di mostrarle l'orlo scucito di una gonna. Il suo occhio sbilenco vibrava per l'agitazione.

«Ho sentito quello che hai detto ieri sera, Kate. Sarebbe meglio che tenessi le informazioni riservate che hai solo per te» e sparì verso la lavanderia.

Due settimane dopo Derek partì per Suez. Contava di stare via non più di due settimane.

Un pomeriggio Kate arrivò a casa tardi dalla lezione di francese. Il sole era già tramontato. Era allegra, aveva passato un meraviglioso pomeriggio; quando Derek non c'era si sentiva di nuovo una ragazza con in mano il potere della libertà.

Sarah annunciò che Mr Brown l'aspettava nella veranda.

Gli avevano offerto un caffè syada e una caraffa di limonade.

Kate lo accolse con un sorriso.

«Buonasera, George. Derek è partito stamattina per Suez, dovrebbe tornare tra dieci giorni».

«Lo so, ma non cercavo lui, volevo parlare con te» le rispose serio, indicandole la sedia di midollino accanto alla sua.

Il tono di Brown era strano, di colpo Kate ebbe paura. Si sedette guardandolo con aria interrogativa. Faceva molto caldo, d'un tratto.

«Non mi perderò in giri di parole. La sera del picnic mi ha impressionato la sicurezza con cui hai detto che Farouk perderà il suo regno. Non credo che da Groppi o al Gezira Club o nelle case delle tue amiche abbiano questo genere di notizie. Ho chiesto a Derek se sapeva o aveva sentito qualcosa da te, ma lui ha negato. E allora mi domando: chi ti ha comunicato la certezza dell'uscita di scena di Farouk? Da chi hai preso questa informazione?»

Kate provò a interromperlo. Ma lui andò avanti.

«Era da un po' che volevo parlarti da solo, il tuo comportamento mi aveva incuriosito già altre volte. Hai l'aria spaventata, Kate, ma non devi preoccuparti, siamo tutt'e due inglesi, siamo dalla stessa parte, no? Sono qui solo per chiederti la gentilezza di tenermi informato quando vieni a sapere questioni importanti e segnalarmi chi sono gli informatori che ti tengono al corrente. Sarebbe un favore che faresti a un tuo connazionale e non lo saprebbe nessuno, proprio nessuno».

Kate respirava a malapena. Guardò George: aveva l'aria di un gatto maligno. Tentò di scherzare.

«Non capisco dove tu voglia arrivare. Forse hai frainteso, non sono una Mata Hari in contatto con chissà quali fonti, sai quanto si chiacchiera al Cairo sul re e sulle sue follie...»

Ora capiva quello che intendevano le persone dicendo che Il Cairo era pieno d'intrighi e di segreti e non tutti erano quello che sembravano.

Brown voltò la testa e sembrò osservare il giardino.

«Mi domando, Kate, quali siano i tuoi sentimenti verso il nostro Paese. Non credi che, potendo, sia apprezzabile aiutarlo? Soprattutto ora che in Egitto c'è un aumento massiccio dell'ostilità verso la Gran Bretagna».

Kate aveva la testa in fiamme e desiderava chiudere al più presto quel colloquio.

Si alzò con calma e gli porse la mano per salutarlo.

«Mi stai facendo strani discorsi, come quella sera a Londra a casa tua. Non ho idea di cosa tu abbia in testa e francamente non m'interessa. Per favore, non tendermi più questi agguati, dirò a Sarah e ad Ali di non farti entrare in casa in assenza di Derek».

Brown la guardò con antipatia, pensò che non gli era mai piaciuta.

La sua espressione divenne dura. Si diresse verso la porta d'ingresso, ma poi tornò indietro.

«Hai otto giorni di tempo per riflettere. Dopo tornerà Derek e, se non avrai riscoperto una briciola di patriottismo, rivelerò a tuo marito tutti i particolari della tua relazione con Mohammed Hafez. Ti auguro una buona serata».

25.

Sharia El Marashly, rue Cherif Pasha, Garden City, Il Cairo
1952

Si erano visti tutti i giorni per settimane.

Quando Derek era partito e quando Derek era tornato.

Non aveva avvertito il minimo senso di colpa, eppure se lo sarebbe aspettato. Era come se fosse una prerogativa naturale trascorrere ore della sua giornata, della sua vita, con Hafez; una sensazione talmente decisa da permetterle di credere che non fosse tradimento, cattiva azione, inganno, ma semplicemente qualcosa che non si poteva combattere o eliminare.

Sapeva che sarebbe successo quando aveva accettato di andare da lui a Cherif Pasha, ma non avrebbe mai immaginato che le sue sparizioni e le sue reticenze fossero dovute a un compito così grande, al tributo verso il suo popolo che soffriva; una scelta che comportava anche un rischio personale: il servizio segreto era sguinzagliato e non avrebbe fatto salva la vita a nessuno che avesse rapporti con i cospiratori.

La causa di Hafez gli dava diritto al suo perdono e alla sua fiducia.

Era stata una partita tra lei e lui, qualcosa che non aveva a che fare con nessun altro, nemmeno con Derek. Le spiegazioni di Hafez avevano innalzato di grado la loro relazione: non era stato solo amore folle, era stato anche sacrificio a un immenso progetto politico.

«Capisci, habibti, perché non potevo dirti nulla?»

aveva spiegato Hafez accarezzandole il viso. «Non volevo metterti in pericolo informandoti di quello che stavamo programmando». Aveva evitato di sottolineare che lei era pur sempre un'inglese e gli inglesi erano quelli da combattere e cacciare. Kate l'aveva percepito, ma non erano ancora così coraggiosi da parlarne, la loro nuova intesa era fragile. Ma fu l'unica volta in cui tralasciarono di essere sinceri l'uno con l'altra.

Il cuore di Kate aveva ripudiato l'amarezza dei giorni lontano da Hafez, sostituendola ora con la forza del rispetto.

L'amore con lui era carnale, misterioso, pericoloso.

Kate non voleva e non ricordava altro.

«Dobbiamo trovare un altro posto, darling. Usare Cherif Pasha è troppo imprudente» l'aveva avvertita lui un pomeriggio, e le aveva esposto il piano. Mademoiselle Janine Dupont era stata l'insegnante di francese a casa Hafez. Aveva un debole per Mohammed, quando lui andava al Lycée Français lo aiutava a fare i compiti ed erano rimasti in contatto anche al tempo in cui lui studiava in Inghilterra. Poi le aveva dato una mano per aprire la sua scuola.

Quando Hafez le aveva chiesto di aiutarlo per il suo «petit problème d'amour», mademoiselle, che da buona francese era molto sensibile all'argomento e sapeva anche fiutare le buone azioni che rendevano bene, gli aveva proposto una soluzione ideale.

Come ringraziamento Hafez aveva devoluto un rilevante contributo alla scuola, mandato un cesto di rose e gelsomini colmo di cioccolatini e frutta secca di Groppi e fatto un elegante baciamano a Janine, che era quasi svenuta per la cifra che aveva letto sull'assegno.

Kate si era iscritta alla scuola di mademoiselle. Ogni pomeriggio suonava alla porta d'ingresso.

«Bonjour, Sayyeda Kate, allez-vous bien?» l'accoglievano accompagnandola all'uscita di servizio.

Hafez aveva affittato il pied-à-terre dirimpetto alla

scuola che un diplomatico turco con il vizio del gioco usava come garçonnière. Mademoiselle Janine gli aveva suggerito di pagargli i debiti contratti giocando a chemin de fer e monsieur Serkan aveva ceduto volentieri il piccolo alloggio.

Ad accoglierli, c'erano sempre un vasetto di gelsomini, le lenzuola di cotone egiziano Makò – il più pregiato – appena lavate e stirate, il vassoio con i datteri e le noci, i semit, gli anelli di pane tenero cosparsi di sesamo, e una caraffa con la kompote, secondo la ricetta di Eleonora Lubin. Hafez sapeva quanto l'amasse e che significato aveva per lei.

Selim era invisibile, ma eseguiva alla lettera gli ordini del suo padrone.

La prima volta che Kate aveva visto la kompote si era messa a piangere per la commozione.

Il pied-à-terre rappresentava per lei la terra promessa della libertà nella congiura. Custodiva la loro condizione di amanti clandestini senza che si sentissero profani.

«La geometria del nostro amore è definita» sussurrava Kate. «I love you».

«Bahibek» rispondeva Hafez.

Era l'amore ma in due lingue nemiche.

Il giorno dopo la conversazione con Brown, Kate uscì di casa all'alba. Aveva trascorso la notte in piedi, combattendo con la nausea, il cuore in gola, la testa che girava. Aveva rifiutato di cenare, si sentiva la febbre, aveva detto a Sarah, sempre più fosca.

Come aveva potuto essere così imprudente e sciocca da lasciarsi sfuggire la frase su Farouk la sera della cena a Saqqara?

Sapeva che il regno aveva i giorni contati, Hafez le raccontava tutto: i dubbi, le scelte di Nasser e l'attesa del via libera del capo da parte dei Liberi Ufficiali. Aveva avuto totale fiducia in lei e adesso...

Doveva avvertirlo. Come avrebbe reagito? Forse l'avrebbe lasciata, non meritava il suo amore e la sua confidenza.

Kate era scoraggiata da sé stessa. Che fine avevano fatto l'intelligenza e l'acume di cui era sempre stata così fiera?

Fermò un taxi, anche se non l'aveva mai preso da quando era arrivata al Cairo. La macchina sobbalzava a ogni buca, l'autista con un sorriso buono sotto un turbante che un tempo era stato bianco correva senza mai frenare, suonando a più non posso il clacson, anche se non c'era traffico. Il caldo torrido di luglio si faceva sentire già di prima mattina, dal finestrino aperto entravano e uscivano le mosche.

Ma la città era sempre meravigliosa anche con la polvere e il cielo giallo.

Trovò un biglietto di Hafez nella tasca della giacca. Gliel'aveva lasciato l'ultima volta che si erano visti, senza che se ne accorgesse. L'amava, le scriveva, e non poteva e non voleva vivere senza di lei. La stessa frase sussurrata all'orecchio quando, appena arrivata da Londra, si erano rivisti a casa di Fanny.

L'amore di un uomo del Medio Oriente era inebriante, pensava Kate leggendo e rileggendo il biglietto, era un amore quasi femminile nel saper intuire di cosa aveva bisogno e cosa sognava una donna occidentale.

Lo nascose nella borsa, ma immaginò che Sarah, mettendo a posto i suoi vestiti, l'avesse già letto.

Arrivò davanti a casa di Hafez, suonò quattro, cinque volte, ma a rue Cherif Pasha non rispondeva nessuno. Poi ricordò. Hafez le aveva detto che era una settimana cruciale, non si sarebbero visti, lui le avrebbe fatto sapere quando incontrarsi di nuovo.

Forse era davvero arrivato il momento della fine del regno, come si era lasciata sfuggire a Saqqara.

Tutto Il Cairo sapeva che c'era un braccio di ferro

tra gli ufficiali, che chiedevano la nomina del generale Naguib a ministro della Guerra, e il re, che aveva invece candidato il generale Sirry Amer, «un uomo corrotto e coinvolto negli scandali delle armi scadenti vendute anche a Israele» le aveva raccontato disgustato Hafez. «Il governo del Paese non è più nelle mani dei ministri ma in quelle dei consiglieri del re. È il kitchen cabinet che decide nomine, opere pubbliche e grandi affari. Uno di loro, il pilota d'aereo Hassan Akef, ha il compito di portare in Europa decine di lingotti d'oro per volta per ordine del sovrano, intestatario – lo sanno tutti – di numerosi conti cifrati in Svizzera».

Anche i giornali sentivano che la reggenza di Farouk era in bilico e ogni giorno sparavano titoli sensazionalisti contro la sua corte.

«Il re crede di controllare gli ufficiali e s'illude di poter contare sul sostegno degli americani. È così ottuso da non capire che nominare Naguib sarebbe la sua salvezza: per il popolo e per l'esercito è un eroe, con l'autorevolezza necessaria per bloccare corruzione e nepotismi» aveva continuato Hafez. «Siamo arrivati al punto di rottura tra il re, l'esercito e l'opinione pubblica».

Seduta al White Cottage di Gezira, mentre sul Nilo si alzava un sole pallido che si sarebbe presto infuocato, Kate, dopo aver fatto colazione con un croissant francese e un café au lait freddo, ripensava alle parole di Hafez. A poco a poco stava riprendendo lucidità.

L'incontro con Brown era stato uno choc, ma doveva riflettere bene su quale strada intraprendere.

Cominciò a camminare per ragionare meglio. Arrivò ai giardini di Ezbekiyya, disegnati come un parco francese, con laghi, ponti e grotte, da Jean-Pierre Barillet-Deschamps, l'architetto paesaggista del Bois de Boulogne e del Parco del Valentino. L'aveva ingaggiato il khedivè Ismail, invaghito della Parigi di Haussmann, perché creasse in occasione dell'apertura del Canale di Suez una vasta area verde al centro della città e sull'isola di Gezira, e zone ombrose su ciascun lato della passeggiata verso le Piramidi.

Era uno dei luoghi delle meraviglie di Kate. Si sedette su una panchina in stile parigino sotto un fitto gruppo di sicomori, acacie e banyan, davanti alla pagoda giapponese, guardando il padiglione della musica. Aveva bisogno di riposare l'anima e le gambe.

Ma non era possibile riflettere in pace. «Shalom» la salutò il rabbino Mosseri, habitué di casa Barzel. Ketty Mardikian e Mary Adamantides, le inseparabili amiche armene di madame Barzel, le più pettegole di tutto Il Cairo, si fermarono davanti a lei: «Sireli, bonjour». Mescolavano sempre l'armeno al francese. Passarono Max Perlo, il genero di Mireille, diretto al suo ufficio, Caralambo Skiatos, il miglior amico di Sam, che aveva un appuntamento da Groppi, e anche l'attaché culturale britannico James Vaughn, che le fece inchino e baciamano. Arrivò persino Sayyeda Muna. Aveva appuntamento dall'estetista più brava del Cairo, Jasmine Harid, una turca di Smirne con la fama di avere una mano fatata.

«Qu'est-ce che tu fais assise ici à Ezbekiyya? Stai bene, habibti?» Muna le accarezzò il viso accaldato, guardandola fisso negli occhi. Le egiziane erano maestre nel decifrare il linguaggio dello sguardo.

Tutti sembravano stupiti di incontrarla così di buon mattino e con l'espressione smarrita, i vestiti stropicciati. Aveva sudato per aver camminato in fretta, l'afa incombeva nonostante l'ombra degli alberi e non si era messa il cappello.

Era meglio andare verso casa. Passò davanti ai caffè pieni di gente, mentre pensava e ripensava alle possibilità che aveva davanti. Poi girò verso il ponte di Bulac che portava a Zamalek, alla quiete dei suoi viali ombrosi, dei suoi alberi dai tronchi larghi come tavoli.

Se avesse accettato la proposta di Brown avrebbe dovuto tradire Hafez e Derek, visto che avrebbe dovuto passare informazioni confidenziali, trasformandosi in una spia come lui, evidentemente. Se lei e Hafez erano sotto osservazione del Foreign Office – anzi, dell'MI6 –, forse erano anche nel mirino della polizia di Farouk. Significava che erano in pericolo?

Ma se avesse ceduto al ricatto di Brown, chissà cos'altro avrebbe potuto chiederle un individuo del genere.

L'alternativa era confessare a Derek il suo amore, la relazione e il ricatto, spuntando le armi di Brown ma tradendo Hafez politicamente e sentimentalmente.

Via via che rifletteva si rendeva conto che in realtà per lei esisteva una condizione non negoziabile: non tradire Hafez.

Era inutile girarci in tondo. Dentro di lei la decisione era già presa.

Se il prezzo da pagare era perdere Derek, l'avrebbe pagato, anche se ora capiva di tenere a suo marito più di quanto avesse creduto.

La situazione l'atterriva, di ora in ora cambiava idea, escludeva una scelta e ne considerava un'altra.

S'immaginava mentre raccontava tutto a Derek, vedeva il suo sguardo sincero incupirsi, l'amore che le aveva dimostrato andare in frantumi, dopo aver cercato di fare suo un mondo che non gli apparteneva e che non avrebbe mai capito fino in fondo.

Si chiedeva, per l'ennesima volta, se Hafez meritasse il suo sacrificio, ma lui impersonava la passione pura e totalizzante che non ammetteva domande o ripensamenti. Si sentiva dannata ma anche miracolata dal suo sentimento.

Aveva provato a liberarsene, ma era servito solo ad allungare la strada per arrivare a lui. Derek era un uomo ragguardevole, ma non era riuscita a strapparsi Hafez dal cuore.

Si trovava a un bivio senza ritorno, un bivio che comprometteva il suo avvenire.

Dopo giorni di tormento e un'inutile visita ad Alma, nella speranza di incontrare Brown e provare a fargli cambiare idea, capì che non poteva far nulla senza l'aiuto di Sarah. Si augurava che sapesse già quello che stava passando.

Come sempre, l'atteggiamento di Sarah la sorprese. Nonostante i timori di Kate, non la rimproverò, ma comprese, invece. La sua aria fosca – come la definiva Kate – era dipesa dal fatto che non era stata sincera con lei.

«Nessuno può sconfiggere l'ineluttabilità della passione. È il tuo gurl, chérie» le disse. «Né io né tu abbiamo la possibilità di ostacolare il tuo destino».

Il sostegno di Sarah riuscì a placare la sua ansia. Non era sola, adesso, aveva qualcuno con cui confrontarsi e che poteva impedire le sue azioni sconsiderate. Ormai non si fidava più di sé stessa.

Si chiedeva cosa le avrebbe consigliato Hafez. La lontananza da lui la tormentava.

Finalmente arrivò Farid, sempre affettuoso con lei e con un biglietto di Hafez, pieno d'amore e spiegazioni. Era tornato a vivere momentaneamente a Heliopolis, a casa dei suoi genitori, dopo che una macchina nera aveva stazionato vari giorni e varie ore della sera davanti a Cherif Pasha.

Anche lui soffriva di nostalgia, aveva bisogno di lei e le prometteva che si sarebbero visti presto, nei primi giorni di agosto. Non le scrisse che il colpo di Stato era previsto il 5 agosto, così i soldati avrebbero ricevuto gli stipendi e la tredicesima fanteria sarebbe ritornata dalla Palestina.

Poi tutto precipitò.

Derek tornò un giorno prima del previsto, il 22 luglio. Era stanchissimo, non vedeva l'ora di chiudere gli occhi e dormire.

Disse che aveva incontrato Brown all'aeroporto, che correva a prendere l'aereo della British per Londra.

Kate e Sarah si guardarono stupite. Brown era partito?

Kate, che aveva deciso di parlare a Derek, non sapeva più come comportarsi.

L'ultimatum era scaduto da ventiquattr'ore, ma Brown aveva lasciato Il Cairo senza contattarla. Che significava?

Sarah consigliò di non fare nulla.

«Yallah, Mrs Kate, aspettiamo».

La mattina del giorno dopo, il 23 luglio, alle prime ore del mattino la voce del colonnello Anwar El Sadat, uno dei Liberi Ufficiali più vicini a Nasser, irruppe dalla radio in tutte le case del Paese. Era l'annuncio del colpo di Stato.

La storia dell'Egitto era cambiata e anche la vita di Kate.

Il grido della Rivoluzione, «Thaura, thaura», invase come un tuono le strade del Cairo.

26.

Garden City, Jamalia Street, Zamalek, Il Cairo
1952

Erano i primi giorni di agosto e il caldo era più insopportabile di sempre.

Riconobbe Selim da lontano, nonostante fosse di spalle e vestito all'occidentale. Kate stava andando di prima mattina a trovare Fanny in partenza per Alessandria. Gli passò accanto quasi sfiorandolo e lui le infilò nella mano il biglietto di Hafez, come un prestigiatore. Voleva incontrarla alla solita ora per la lezione di francese nella piccola strada senza nome.

Il cuore di Kate cominciò a battere più veloce. Non lo vedeva da un mese, dentro di lei la gioia si alternava alla paura. Doveva dirgli di Brown? Doveva ammettere di essere stata sciocca e imprudente? Hafez avrebbe mai più avuto fiducia in lei? Le domande si accavallavano. Cominciava a essere stanca di vivere in preda all'angoscia e all'indecisione, senza sapere mai dove stava andando la sua vita.

Quando s'incontrarono, Hafez l'abbracciò e la baciò con il solito trasporto, ma non le chiese nulla di quella che era stata la sua vita senza di lui, non le domandò nemmeno di Derek.

Si dedicò solo al racconto dettagliato del colpo di Stato, come se avesse bisogno di una platea per descrivere un'impresa storica a cui aveva contribuito.

«È stato un miracolo, Kate, come una trama ordita da qualcosa di superiore. Nasser ha dimostrato di esser dotato di un sangue freddo formidabile».

Le spiegò che il piano era stato anticipato di una settimana, dopo che il 20 luglio Abdel Aboul Fath, giornalista del quotidiano *Al Misri*, aveva informato suo cognato, il colonnello Okacha, di aver avuto notizie allarmanti da fonti del Palazzo Montazah, la residenza reale ad Alessandria: non solo il primo ministro aveva dato in segreto le dimissioni, e il terribile generale Sirry Amer sarebbe stato nominato ministro della Guerra, ma era partito l'ordine di arrestare quattordici Liberi Ufficiali le cui attività ormai erano state scoperte.

Il colonnello Okacha si era precipitato a casa di Nasser, che pullulava di ufficiali, per avvertirlo dei progetti di Farouk.

«Non c'era un attimo da perdere. Gamal con altri quattro di noi è corso a Koubeh, nella villa del generale Naguib, per dirgli di tenersi pronto. Il Paese era senza governo, i politici in vacanza, il re e la corte trasferiti come ogni anno ad Alessandria. Non poteva esserci momento più propizio per prendere il potere e uscire finalmente da decenni di umiliazioni e frustrazioni».

Poi la doccia fredda. Dopo aver avuto una soffiata sul complotto, il capo di Stato maggiore dell'esercito aveva convocato un consiglio straordinario. Mentre gli ufficiali si disperavano, Nasser senza scomporsi aveva commentato beffardo: «Bene, così li prenderemo tutti insieme».

«A bordo della sua piccola Austin, Gamal è andato da una parte all'altra del Cairo per avvertire tutti. Non c'era stata nessuna avvisaglia e nessuna preparazione, tanto che Sadat era al cinema con i suoi bambini e Nasser non ha potuto fare altro che lasciargli un biglietto dal portiere».

Hafez le parlava e via via sembrava infiammarsi del suo stesso racconto.

«È stato un concorso di circostanze fortunate, l'anno della Rivoluzione spostato dal 1955 al 1952, il giorno del piano cambiato, dal 5 agosto al 22 luglio, l'appuntamento agli ufficiali dato alle undici invece che a mezzanotte com'era stato convenuto. Fatto sta che, quando Abdel Hakim e Ahmed Chawki sono entrati con la pistola in mano nello studio del capo di Stato maggiore, gli ufficiali e i soldati si sono schierati con loro. Tutto è passato liscio come l'olio, la presa del controllo aereo, dei blindati, della cavalleria, della centrale del telefono e della radio. Eppure sarebbe bastato un minuto di troppo, o uno di meno, per far saltare la preparazione di un piano studiato per anni».

La voce di Hafez era diventata enfatica, guardava al di là di lei, come se avvistasse qualcosa di divino che Kate non poteva vedere.

D'un tratto lei era passata in secondo piano, insieme all'energia della passione che aveva sempre avvertito tra loro.

In quel momento Hafez l'aveva scartata.

Kate cercava con disperazione i suoi occhi e lui finalmente sembrò accorgersene.

«È stato un miracolo» ripeté prendendole la mano «Alhamdhulillah, Takbīr».

Era la prima volta che usava un'espressione religiosa musulmana e ringraziava Allah, e Kate non seppe cosa rispondergli. Si sentiva fuori posto perché Hafez stava percorrendo da solo un territorio sconosciuto che le sarebbe stato sempre proibito.

Non ebbe il coraggio di dirgli di Brown, non per la paura che lui la giudicasse una sventata, ma perché rispetto al racconto epico di Hafez tutto sembrava mediocre. Era intontita dalla sua indifferenza verso le difficoltà che affrontava per riuscire a stare con lui. Come se non contassero nulla.

Ma non aveva tempo per crogiolarsi in quest'altra delusione, doveva tornare al più presto a casa, in fretta: Derek la stava aspettando.

Erano invitati a cena da Alma a Zamalek, dietro Jamalia Street, a due passi da Grotto Gardens – il giardino acquatico –, dall'Opera House e dall'ex sede dei servizi segreti britannici. Zamalek, a nord dell'isola di Gezira, era un eden botanico affascinante e silenzioso, in certe ore l'unico rumore era il fruscio delle foglie degli alberi secolari sotto il venticello che arrivava dal fiume e dal Sahara.

Il giardino della casa di Alma era illuminato appena, per mettere in risalto la vegetazione, alte palme e flamboyant.

Tutte le signore vestivano abiti bianchi in tessuti leggeri, chiffon e plumetis, gli uomini giacche di lino scuro, i suffragi avevano galabeya inamidate con gilet e fez rossi.

Alma accolse i suoi ospiti a braccetto con un uomo alto, prestante e sconosciuto. Kate pensò che doveva arrivare da oltreoceano, il suo taglio di capelli era inconfondibile.

«Benvenuti. Chérie, sei bellissima, finalmente ti rivedo». Le baciò le guance. «Vi presento Dick Rogers, viene dall'America e non poteva scegliere momento più interessante per vivere in Egitto, vero, Derek?»

Rogers sembrava simpatico. Parlare con lui sarebbe stato interessante perché negli ambienti politici si diceva che solo grazie all'appoggio degli americani i Liberi Ufficiali erano riusciti a far abdicare Farouk. Si venne poi a sapere che pochi giorni prima del 23 luglio, a un cocktail dell'addetto navale dell'ambasciata USA, alcuni ufficiali avevano interrogato i loro colleghi americani sulle possibili reazioni di Washington di fronte a un colpo di Stato militare. E mentre la notte del golpe i congiurati a mezzanotte occupavano l'ufficio del capo di Stato maggiore, la principessa Fawzia ballava al cabaret Romance in compagnia di Mr Simpson, il segretario dell'ambasciatore degli Stati Uniti.

Roger era stato di certo messo al corrente e Derek aveva iniziato subito una conversazione con lui sull'esilio in Italia dell'ex sovrano e sulla nomina a re del figlio Fuad, di appena sei mesi. Kate avrebbe voluto partecipare e parlare del ruolo del generale Naguib, in procinto – si diceva – di diventare il prossimo primo ministro. Ma venne trascinata via da Alma.

Non si alzava un filo d'aria, il caldo era torrido nonostante l'ora. Molte signore avevano i capelli raccolti in chignon fatti da Elena Yorgis, la parrucchiera greca che Fanny aveva scoperto e passato a tutte le amiche raccomandando la prudenza: si diceva fosse l'amante di un ufficiale egiziano sposato.

Al Cairo era il momento delle ragazze greche. Arrivavano a ondate. Prima giungevano "les exploratrices", madame Barzel le chiamava così. In genere erano in due, massimo in tre; poi, se la ricognizione era positiva, la comunità si espandeva a decine.

Le serate da Alma, nonostante la scenografia accurata, non erano mai formali e il linguaggio babelico del Cairo, il gioco magico dell'identità condivisa, l'arabo, il francese, il greco, l'italiano, l'inglese e il turco, lo yiddish e il tedesco, erano il cuore delle conversazioni. Tutti conoscevano qualche parola straniera e le mescolavano alla propria lingua d'origine con la naturalezza del pensiero.

Derek si avvicinò con due bicchieri pieni di ghiaccio.

«Succo di mango o gin tonic?» Kate scelse l'alcol e lui bevve d'un fiato il succo. Adorava il mango, era il sapore della sua infanzia a Calcutta.

«Questa città è incredibile» osservò guardandosi intorno, «arabi che usano parole di yiddish, turchi che parlano con greci... Nel resto del mondo sono nemici ma al Cairo questo sembra non contare niente. Pronunciano termini di lingue che non conoscono ma che sono entrati nel lessico quotidiano. Nessuno è in grado di andare oltre pochi vocaboli ma, avevi ragione, la giostra di parole è un ponte di raccordo verso gli altri».

Solo poco tempo prima Kate avrebbe gioito all'osservazione di Derek, ora non le importava.

Si era seduta nel portico bianco, sotto le pale di legno dei ventilatori, ma era stanca e sudatissima e lo diventò ancora di più quando vide arrivare Hafez.

Prese un cubetto di ghiaccio da una delle caraffe e se lo passò sulle tempie e dietro il collo. Si accorse che Derek si era voltato a guardarla. Stava controllando che effetto le faceva Hafez?

«Il suo gioco con il cubetto è molto intrigante. Ha in mente di sedurre qualcuno?» Vicino a lei si era seduto l'americano.

Notò che Dick Rogers aveva molta confidenza con i suoi amici, sembrava conoscere tutti. Possibile che lei fosse rimasta così a lungo lontana da non averlo saputo? Ecco Sam che gli dava un'amichevole pacca sulle spalle.

Aveva trascorso le ultime settimane come una reclusa, dapprima per non lasciar scolorire i ricordi dei pomeriggi con Hafez nella strada senza nome, dopo, invece, per trovare una soluzione al ricatto di Brown.

«Lo conosce?» chiese Rogers indicando Hafez.

«Lo conosco, lo conosciamo tutti».

«A me piace» commentò Rogers, ma con l'aria di chi voleva sentire la sua opinione. «È un uomo che ama la libertà proprio come noi americani».

Alma arrivò a braccetto con Hafez e posò una mano su una spalla di Rogers con un fare noncurante, ma si capiva che era un gesto di possesso. Kate l'invidiò, avrebbe dato qualunque cosa per poter fare la stessa cosa ad Hafez.

Fu invasa da un desiderio fortissimo. Lui la guardava fisso.

«Kate! Stai bene?» Mireille, che era appena arrivata – era una tifosa delle entrate a effetto – si chinò su di lei con aria preoccupata. «Hai l'affanno».

Kate ammise di non sentirsi bene.

Tornando a casa Derek le disse che il clima era troppo torrido per due inglesi come loro.

«Domani telefono a Cook e andiamo qualche giorno ad Alessandria, almeno finché non si placa questo caldo».

A Kate la prospettiva sembrò una grazia dal cielo.

27.

Hotel Cecil, Alessandria d'Egitto; rue Fouad, Garden City, Il Cairo
1952-1953

Kate conosceva Alessandria, con Derek vi aveva trascorso qualche giorno appena sbarcati dall'Inghilterra. La città che aveva guardato a malapena, innamorata com'era del Cairo, questa volta intercettò il suo stato d'animo ed esaudì il suo desiderio di sospensione.

Era più luminosa del Cairo, spalancata sul mare, le spalle all'Egitto, la baia larga, le spiagge lunghe, chiese, moschee e sinagoghe, pronta ad accogliere i popoli del Levante.

«È una città scaltra» osservava Kate seduta vicino a Derek nel giardino del Cecil Hotel a Zaad Zaglouk, un albergo in stile eclettico-moresco dove avevano dormito Al Capone, Agatha Christie e Somerset Maugham. «Alessandria si piega ai sentimenti dei suoi visitatori diventando quello di cui hanno bisogno e mettendo in secondo piano la sua natura».

Proprio come sto facendo io per Hafez, aggiungeva dentro di sé con amarezza.

Le giornate erano pigre e Kate si rendeva conto che la sua mente desiderava l'inerzia. Il vento che arrivava dal mare spazzava i sensi di colpa verso Derek, che l'amava, e il desiderio gonfio di passione verso Hafez.

Facevano il bagno di pomeriggio a Stanley Beach e ad Agami, la spiaggia bianca dalla sabbia fina, sedevano al Grand Trianon, da Tornazaki, e da Pastroudis, dove Winston Churchill amava prendere il tè e Lawrence Durrell scriveva fitto fitto. Passeggiavano al mattino presto tra cervi e caprioli nel parco vicino a Montazah, la residenza reale. Mangiavano a Le scarabée bleu, al Santo Stefano, a Le monsigneur, che aveva un'orchestra francese; giocavano al casinò e chiudevano le serate nei dancing dietro la Petite Corniche facendo l'alba. Derek le circondava la vita con il braccio e la baciava piano mentre il sole si alzava dal mare.

«Honeymoon?» chiedevano gli alessandrini per strada, sempre attenti ai piaceri esibiti dell'amore, e loro ridevano, contenti di sembrare teneri e in luna di miele. Derek le faceva fare una piroetta e l'abbracciava di nuovo.

Aveva bisogno di appoggiarsi a lui, di avvertire che suo marito l'amava e voleva che fosse felice. Derek lo capiva in modo istintivo: era bravo a farle sentire che il centro del mondo era lei e che era quello il suo posto. Kate lo baciava e lo ringraziava: lo ringraziava di non essere come Hafez.

«L'esilio di Farouk è partito da qui. Il giorno del colpo di Stato era a Montazah, al Palazzo Ras El Tin, dove il nuovo primo ministro Aly Maher Pasha, con l'ambasciatore americano Jefferson Caffery, è venuto a chiedergli di abdicare e lasciare il Paese».

Dopo la cena stavano prendendo un caffè bianco con monsieur Giorgio, il direttore del Cecil, che amava Alessandria più di sua madre Concetta che viveva con lui. Derek teneva la mano di Kate e, quando lei tentava di sfilarla, gliela stringeva di più, e si mettevano a ridere sommessamente come stupidi cercando di non darlo a vedere.

«Mi domando cos'abbiano in mente i militari. La famiglia Metzger, proprietaria dell'albergo, è di religione ebraica ed è preoccupata. Il futuro è incerto, speriamo che Alessandria non perda il suo carattere e la sua vitalità di accoglienza universale».

Monsieur Giorgio accavallò le gambe intrecciando le mani sulle ginocchia, segno che aveva intenzione di parlare a lungo. Kate e Derek si scambiarono uno sguardo disperato, anche se lui aveva sempre delle storie interessanti.

«Ogni pietra di Alessandria racconta lo spirito del suo amalgama. Anche quest'albergo. È stato disegnato da Alessandro Loria, architetto ebreo italo-egiziano nato a Mansoura, che ha costruito – tra le sue varie opere – l'ospedale italiano e quello ebraico, e la Banca Nazionale dell'Egitto. Il Cecil Hotel è nato da un progetto di Albert Metzger, uomo d'affari alsaziano diventato cittadino britannico nella Seconda guerra mondiale. Migliaia di greci, francesi, turchi, italiani ed esuli dell'Europa dell'Est, ebrei, musulmani, copti, drusi sono arrivati qui e hanno arricchito la cultura poliglotta e cosmopolita della città, antica sede della biblioteca e del grande faro che illuminava il Mediterraneo. I militari proteggeranno questa cultura ibrida e preziosa o vorranno imporre la loro visione monocratica e nazionalista?»

Kate non avrebbe voluto ma non riuscì a trattenersi.

«Non credo che i militari abbiano intenti sanguinari, neanche riguardo alla cultura» osservò con calma.

Derek, imbarazzato, si guardò le mani e monsieur Giorgio le sorrise con aria gentile.

«Dopo un colpo di Stato c'è sempre una rivoluzione, e le rivoluzioni non hanno remore per nessuno» rispose, e a lei sembrò che il cielo pieno di stelle si oscurasse di colpo.

«Monsieur Giorgio è drammatico come tutti i latini, ma credo sia un bene aver lasciato Il Cairo in questo momento» le disse Derek prima di addormentarsi. «Se regna l'incertezza in una città senza illusioni e timori come questa, posso immaginare gli umori a Zamalek o a Garden City».

Poi si sporse a baciarla. «Non è divertente sembrare due giovani innamorati?»

Kate si domandava se Hafez valesse la perdita di tutto questo.

Il Cecil era stato edificato davanti alla spettacolare Grande Corniche. Quando si giungeva dal Cairo, dopo il viaggio lungo la Desert Road – dove c'era solo la Rest House per bere un sorso di caffè –, il vento di Alessandria arrivava in faccia quasi schiaffeggiando il viso, come per dare una scossa ai visitatori e avvertire dell'arrivo in un posto unico al mondo. Il vento aveva il sapore forte della città, sporcizia e purezza, lussuria e raffinatezza, era salato e dolce, profumato di sole, conchiglie e maree lontane.

Kate lo respirava avida, sperando che la purificasse e le indicasse la strada. In tutta la sua vita non dimenticò mai quel senso di chiarezza e di violenta pulizia mentale legate al vento della Corniche, che dalla Mesopotamia e dalla penisola arabica arrivava fino a Levante.

Un pomeriggio, per caso, bevendo da Pastroudis il tè delle cinque – Derek sull'orario e la bevanda era irremovibile –, conobbero Hassan Bey. Era seduto a un tavolo vicino e fu lui ad attaccare discorso per primo. Aveva un grande senso estetico e la bellezza di Kate e di suo marito lo avevano intrigato.

Era un aristocratico decaduto che sapeva di filosofia e di poesia, di arte come di storia. Viveva in un palazzetto in cui non era rimasto un centimetro quadrato libero. «Chez moi c'est un bazaar» era solito dire ridendo, mostrando la sua collezione di scarabei rari e specificando che in casa sua si mangiava solo cucina francese: «Une cuisine française d'Alexandrie» e rideva.

Tutto nella città di Alessandro Magno – il cibo, la lingua, le usanze, la moda, l'amore e il sesso – era alla maniera «d'Alexandrie», c'erano l'accoglienza ma anche la trasformazione e la metamorfosi.

Alessandria era meticcia come i suoi abitanti.

Hassan Bey teneva all'educazione e anche alla sua incurabile distrazione; lo divertiva perché contribuiva alla sua fama di uomo eccentrico. Sbagliava i funerali, «Mi ritrovo a piangere persone che non conosco» e fuori dalle moschee, immerso nei suoi pensieri, gli succedeva spesso di infilarsi le scarpe di altri al posto delle sue.

Le sue giacche di lino confezionate da Marcel, un turcomanno che aveva lavorato a Londra in Savile Row, erano segnate da piccoli crateri, i buchi dei lapilli del sigaro cubano: «C'est plus chic». Aveva baffetti più curati delle sopracciglia delle alessandrine, che le consideravano un culto.

Hassan li accompagnò nelle boîtes de nuit dei marsigliesi e agli spettacoli di danza del ventre. Una delle ballerine era stata la sua amante; si chiamava Odile, aveva un ombelico gigante e la risata di una bambina.

Era impossibile trascinare Hassan o Odile a fare i bagni nel mare acquamarina di Alessandria. «Quoi? Aller à la plage tous les jours? Mais jamais de la vie». Hassan era felice invece di scortarli nei souk, dove era popolare pur non essendo più ricco. Si vantava di essere un esperto di artigianato egiziano. «Allons, madame Kate, c'est eunsur muzayaf, è un falso» la rimproverava; non poteva sopportare che una donna raffinata come lei venisse raggirata.

Hassan Bey amava filosofi e poeti – il suo più grande amico era Akam, un curdo che componeva sonetti sulla bellezza di Alessandria – e detestava i militari.

«Non hanno cultura, anche quando sono fuori dalle caserme non camminano, marciano. Il suono dei loro tacchi è volgare» decretava sprezzante.

Derek rideva ma l'avvertiva: «Hassan, sono i nuovi padroni dell'Egitto».

Quando arrivarono Fanny e Sam, che avevano lasciato dai nonni la loro primogenita Raymonde con la tata Fawzia, la vita diventò ancora più spensierata.

Derek e Kate, insieme a Fanny e Sam, Hassan, Odile e Akam e ad altri bon vivants, facevano l'alba tra i caffè, i ristoranti sul lungomare e sulla rue Fouad. Via via che scendeva la notte, uno dopo l'altro chiudevano i bar eleganti e rimanevano aperti quelli più modesti e malfamati. La loro piccola banda arrivava all'alba allegra per il troppo vino e mentre il sole si alzava, seduti sulle sedie di ferro sgangherate dei locali vicino al porto, bevevano tè turco pieno di zucchero con i cornetti francesi appena sfornati dal forno della famosa pasticceria Delices e portati da Fedo, il suffragi di Hassan. Glieli consegnava di nascosto il cugino, che vi lavorava come garçon. Hassan era orgoglioso: «Ce sont des croissants volés».

Una mattina il cugino era stato scoperto dal proprietario, monsieur Hostakas, che gli aveva estorto il nome di Hassan Bey, suo vecchio amico e ottimo cliente. Così gli aveva dato il via libera facendo giurare il garçon di non dirlo a Fedo.

I croissant "rubati", pensava il pasticciere filosofo noto per la sua sagacia, sono più buoni di quelli comprati.

Quando poi Hassan Bey ordinava torte e petit fours da Delices, il conto veniva gonfiato con il debito mai pagato dei croissants volés. Hassan Bey se ne accorgeva e tutt'e due erano contenti di come si erano amichevolmente truffati e risarciti.

«Elle ne l'aime pas» sussurrò una sera Esmé, una principessa turca in là negli anni, un tempo bellissima amante di Hassan Bey, indicando Kate e Derek.

Lui annuì ma le rispose: «C'est toujours mieux, tu ne trouves pas, chérie?»

Ad Alessandria Kate era rinata e si sentiva forte di poter fare la scelta giusta. Era stata bene con Derek, non era l'amour fou di Hafez, ma era l'amore che serviva.

Fece per l'ultima volta il giro della Grande Corniche e giurò a sé stessa che sarebbe tornata. Ora che l'aveva conosciuta non avrebbe potuto fare a meno dell'energia della città, diversa da quella del Cairo ma altrettanto vivificante.

Non tornò ad Alessandria e arrivò persino a dimenticarla.

A settembre inoltrato partirono per Il Cairo.

Nelle sue lettere Sarah, attraverso frasi concordate, l'aveva informata che Selim passava a Garden City ogni due, tre giorni per avere notizie del suo ritorno. Con il suffragi di Hafez aveva stabilito un buon rapporto, lui non la guardava più come se volesse morderla e Sarah gli preparava il caffè personalmente con aria condiscendente, senza considerarlo più un nemico.

Il giorno dopo il suo arrivo, Kate si precipitò da Fanny a Qasr El Nil Street, nella sua nuova e bella casa che portava la firma di Prinzivalli, un permalosissimo ma talentuoso architetto che se ne andava in giro con Jolanda – una scimmietta vestita di rosa – sulla spalla. Per darle un tono sosteneva si nutrisse solo di petits choux à la crème di Groppi.

Una dopo l'altra le raggiunsero tutte le amiche, tranne Alma, appena partita per Beirut.

«Mangiamo sans-façon» aveva avvertito Fanny.

Kate aveva deciso di lasciare per un momento Hafez e il pensiero di lui fuori dalla sua vita. Nonostante il suo amore inalterato non aveva voglia di rientrare subito nella zona d'ombra dei suoi dilemmi, aveva ancora bisogno di tempo; non troppo, ma un poco.

Mangiando con avidità il lokshen – nella versione askenazita con gli spaghetti all'uovo, piatto della cucina yiddish preferito di Kate – portato in gran fretta da Moh, i torshi – sottaceti marinati – e la halawa con i pistacchi, si fece raccontare gli ultimi pettegolezzi del Cairo. Il chirurgo estetico Albert Levy, uno yekke, un ebreo tedesco, stava trasformando i nasi alla Nefertiti del Cairo in nasi alla Grace Kelly e aveva appena cambiato modello della Rolls-Royce con cui faceva riportare a casa le pazienti.

La bisca per sole donne gestita da madame Bettina in piazza Tahrir era stata chiusa e lei era fuggita con il direttore italo-egiziano della banca.

«Spero per lei che il banchiere si sia portato via la cassa» scherzava madame Barzel. Fanny faceva gli scongiuri: suo marito aveva il conto corrente nell'istituto del fuggitivo.

Il docteur François Basmajan, un armeno dal fascino irresistibile – «Ah, le petit Caucasó» commentava Eleonora sognante –, era stato scoperto dalla moglie mezzo nudo con una signora con molte carie. Un vero schmo, lo giudicarono all'unisono Eleonora e Fanny, ma continuava ad avere lo studio più affollato di una prima all'Opéra.

Kate bloccò il fiume di aneddoti: «Ditemi dei Liberi Ufficiali».

L'uomo del momento era il generale Naguib, appena nominato presidente del Consiglio del Comando della Rivoluzione, primo ministro e ministro della Guerra della monarchia di Fuad, il figlio neonato di Farouk.

E Nasser? si chiese Kate, stupita che non fosse citato.

Si parlava solo del generale, uomo moderato, nato in Sudan da una buona famiglia egiziana, capace di parlare inglese, francese, tedesco e italiano, un eroe di guerra senza l'aria da ufficiale crudele. Molti erano rimasti impressionati dal fatto che si fosse precipitato a bordo di una jeep a salutare, con evidente rispetto, l'ex sovrano imbarcato sullo yacht El Mahrousa, in procinto di andare in esilio in Italia, ricordandogli che era sempre rimasto fedele alla monarchia.

«Chissà, forse Naguib sarà una guida migliore di Farouk e della sua corte corrotta» disse Mireille, sempre tacciata di essere troppo ottimista.

«Non fare la balabusta» la rimproverò madame Barzel: intendeva che stava facendo osservazioni da casalinga.

Mireille, indispettita, chiese a Kate: «Che significa "balabusta"? Pourquoi elle parle en yiddish avec nous?»

Eleonora e Fanny scoppiarono a ridere.

Kate si domandò come poteva aver rinunciato a tutto quello per così tanto tempo.

28.

Garden City, rue Cherif Pasha, Zamalek, Soliman Pasha Street, Il Cairo
1952-1953

La sera del suo ritorno al Cairo, Sarah le consegnò un pacchetto di lettere che Hafez aveva scritto senza osare mandargliele ad Alessandria.

Kate aspettò che Derek si fosse addormentato, indossò il suo burnus e andò a sedersi sotto il portico in giardino, per cominciare a leggerle.

La sorpresero. Erano messaggi di nostalgia e possessività, sentimenti che Hafez sembrava aver tenuto a freno da quando avevano ricominciato a vedersi. Oppure, aveva pensato Kate, era stato così preso dal colpo di Stato da non aver trovato spazio per la loro storia. Invece chi aveva scritto quelle lettere appassionate sembrava incapace di sopravvivere senza la persona amata, gli era necessaria quanto l'acqua.

Hafez le aveva sempre ripetuto che non voleva e non poteva vivere senza di lei, ma i fogli in mano a Kate dimostravano un passo in più, per le parole sincere, poetiche quasi non da lui, che era tutto meno che un uomo romantico e sentimentale.

Forse c'era un'altra spiegazione ancora. Kate si soffermò sul pensiero che il nuovo ardore fosse dovuto alla gelosia, al fatto che lei fosse andata ad Alessandria in compagnia di Derek, alimentando in Hafez il sospetto che Derek le bastasse.

Era la verità, Kate si era sentita molto vicina a suo marito – e non l'avrebbe mai immaginato.

Poggiò le lettere sul divano in paglia di palma e

chiuse gli occhi, lasciandosi andare al vento fresco della sera, alle voci lontane del Nilo, al parlottio degli animali notturni sugli alberi e soprattutto allo stupore. Adesso sembrava fosse Hafez ad amarla di più.

Era la prima volta che succedeva, e proprio quando lei non aveva fatto nulla per provocarlo. Com'era possibile che in una stessa relazione l'amore potesse scambiare ruoli, pesi, contrappesi da una persona all'altra? Non avrebbe mai creduto che potesse accadere e men che meno a lei e ad Hafez, che impersonavano parti designate e precise.

Quando finalmente s'incontrarono, Hafez era furioso. Tentava di trattenersi ma non riusciva.

Alla fine sbottò: «Maledizione, Kate. Non farmi mai più uno scherzo come questo». Aveva ragione, se n'era andata senza avvertirlo.

Le disse che era quasi impazzito, che si era immaginato fosse partita con Derek per tornare per sempre in Inghilterra, perché per giorni quella testa di mulo di Sarah non aveva voluto rivelare a Selim dove fosse andata.

«Gliel'ho dovuto chiedere io, ti rendi conto? Ho supplicato una domestica che osava rifiutare il mio denaro. Capisci in che stato mi hai ridotto? Proprio adesso che abbiamo conquistato il Paese e avevo bisogno di tutta la mia concentrazione».

La mente di Kate era presa d'assalto da un vortice di pensieri, tra tutti di nuovo la sensazione provocata dalle lettere di Hafez, quella di un imprevisto scambio di ruoli: era sempre stata lei a supplicare e a minacciare, non lui. Kate era allibita e non le piaceva. Rivoleva indietro Hafez e il suo orgoglio, persino il suo modo condiscendente di permetterle di amarlo.

Lui se ne accorse e cercò di calmarsi, ma capiva di aver fatto un passo falso. Kate si era presa del potere in più.

Non trovò altro modo che portarla a letto e dimostrarle ancora una volta quanto fosse dipendente da lui, almeno nella passione.

Kate tornò a casa in tutti gli stati, con i pensieri in disordine, senza riuscire a metterli a posto.

Derek l'aspettava in piedi davanti al portico.

«Dove sei stata?» L'affrontò senza nemmeno salutarla. «Alla scuola non ti hanno visto».

«Che succede?»

«Sarah è stata molto male, abbiamo chiamato Misha. Ora sembra stia bene, ma gridava, aveva gli occhi... voglio dire, l'occhio aperto ma non rispondeva».

Kate corse da lei mentre Derek borbottava.

«Non mi hai detto dove sei stata».

Devo stare attenta, Derek sembra strano, pensava Kate confusamente mentre abbracciava Sarah.

«Hai avuto una delle tue visioni, vero?»

Sarah le sorrise, era ancora pallida.

«Devi essere più accorta, Mrs Kate». Come al solito sembrava le avesse letto nel pensiero, poi si addormentò sfinita senza dirle cosa aveva "visto". Kate corse a dormire per non affrontare Derek.

La mattina dopo lui non le chiese più nulla.

La vita riprese il suo ritmo e Hafez si rimise l'armatura di bell'uomo egiziano ricco e potente, dalle idee ben chiare sui rapporti di dominio tra i sessi. Eppure era stato incauto nel mostrarle cosa ci fosse dietro l'armatura. Vederlo le faceva sempre tremare le gambe, ma la loro storia sembrava essersi raddrizzata e averli messi sullo stesso piano.

Ai primi di dicembre tornò anche Alma, che a Beirut si era molto divertita. Diede un pranzo al Semiramis Hotel per raccontare il soggiorno libanese.

«La mattina si va a sciare e il pomeriggio puoi farti il bagno in mare, la città è meravigliosa e più gaudente del Cairo e l'aria che si respira è eccitante. C'est la Suisse del Mediterraneo».

Mireille fece una smorfia appena Alma si alzò per salutare una coppia di amici.

«Continua a non piacermi, ha qualcosa di falso».

Fanny cercò di difenderla ma Mireille era irremovibile.

«Elle est cachottière, c'est évident. Elle fiche le nez partout».

«Non capisco, dillo in inglese».

Mireille la fissò.

«Mi sbaglio o è quasi un anno che vai a lezione per migliorare il tuo francese? Le mie erano frasi elementari. Credo sia meglio cambiare insegnante, non vedo molti progressi».

Si alzò con aria dispiaciuta. Kate guardò le altre: per fortuna stavano ammirando i piatti elaborati che i suffragi stavano mettendo sul buffet. Cos'aveva Mireille contro di lei? Era diventata sgarbata, tanto che sospettava l'avesse fatto apposta a usare un'espressione complicata in francese.

Il pomeriggio dopo ne parlò ad Hafez. Avevano tempo perché Derek era andato in giornata a Port Said. Lui minimizzò.

«Maalesh, non ti preoccupare, si sa che non sei portata per le lingue, come tutti gli inglesi, del resto». Lei gli diede un pizzicotto per la sua battuta.

«Quel che conta è che ti fai capire. Mireille è libanese e tu fai lezione con insegnanti nate in Francia. Non è lo stesso. Dille che è il suo francese a essere incomprensibile: s'infurierà ma ti lascerà in pace».

Kate lo baciò, sollevata. Gli chiese di Nasser e di Naguib.

«Dopo il colpo di Stato c'è stato il brusco risveglio. Nasser e gli ufficiali credevano che, controllato l'esercito, non avrebbero dovuto occuparsi di politica. Immaginavano che avrebbero trovato uomini capaci di cambiare il Paese, invece si sono resi conto che tocca a loro rivestire quel ruolo e scegliere il percorso politico».

Kate lo guardò con aria stupita. «Era ingenuo pensare che dal nulla sarebbe spuntata una generazione di politici puri e preparati».

«Sono militari, Kate, sono cresciuti combattendo e hanno un'idea del comando e della gestione diversa da quella della vita civile. Ora, per fortuna, stiamo mettendo a punto una bozza di programma. Non è facile, perché tra gli ufficiali ci sono varie fazioni».

«Immagino ce ne sia una che vuole annientare gli inglesi e gli ebrei». Kate aveva un tono amaro.

Hafez per un momento stette zitto, poi scelse la verità.

«Sì, c'è una fazione che auspica una svolta autoritaria, religiosa, antistranieri e antiebrei, e l'arresto di tutta la vecchia classe politica. Un'altra invece punta a una strada moderata. Credo che intraprenderemo la seconda, almeno per il momento».

Kate gli pose la domanda che si facevano tutti: «Molti conoscono il potere di Nasser e si domandano perché non se ne senta parlare. Non è chiara la ragione del suo stare nell'ombra».

«Vuole avere il tempo e la calma per studiare la situazione e decidere. Usa Naguib, più anziano e più conosciuto di lui, per rassicurare capitalisti, latifondisti e la comunità internazionale. Secondo me Naguib andrebbe eliminato. È sempre stato un fervente monarchico e da autorevole rappresentante della Rivoluzione poteva evitare di rendere omaggio ad Alessandria a quel farabutto di Farouk. In ogni caso è Nasser che governa, che firma revoche, trasferimenti, nomine. È l'ideologo di tutto, l'unico leader in grado di infiammare le folle, l'uomo che sta studiando come il colpo di Stato possa diventare una rivoluzione».

Anni dopo Kate avrebbe letto una intervista di Sadat sul problema. Sosteneva che tutte le rivoluzioni seguono due fasi: nella prima sono gli uomini che guidano la rivoluzione, nella seconda è la rivoluzione che guida gli uomini.

«Nasser detesta davvero inglesi ed ebrei?»

Hafez prese tempo per scegliere le parole.

«Sì, sono la sua ossessione. In realtà odia gli stranieri, ai quali imputa la povertà e l'arretratezza dell'Egitto; sugli ebrei invece pesa la questione della Palestina e di Israele. Per lui sono usurpatori e sfruttatori del popolo. Gamal è un socialista e un fervente nazionalista. Adora la sua famiglia e i suoi bambini, ma non lo definirei un uomo buono, piuttosto un uomo designato che in nome del suo destino può diventare feroce».

«Sai, Hafez mi piacerebbe conoscere Nasser. Potresti organizzarlo? Immagino che saprà di noi».

Hafez la guardò come se lei fosse una minaccia, o fosse impazzita.

Kate stava per interloquire, ma lui le tappò la bocca con la mano, cercando di nascondere il disagio.

«Ora basta, habibti, sei una donna, e le donne in Egitto non si occupano di politica».

Sorrideva ma il suo sguardo era freddo.

Le prime volte, le affermazioni di Hafez sul ruolo femminile nella società l'avevano infastidita, poi aveva conosciuto sua madre Aida, un'egiziana tradizionale e devota agli ordini del marito, e non si era più stupita delle considerazioni che gli sfuggivano ogni tanto.

Un pomeriggio le aveva confessato con aria irata che sua madre non parlava da giorni con sua figlia. «Mia sorella Amina è impazzita, vorrebbe sposarsi per amore e non con il ragazzo scelto dai nostri genitori».

Kate aveva fatto l'errore di sostenere Amina: la discussione era stata lunga e deprimente. Da allora Kate lasciava correre. Sperava che sarebbe arrivato un tempo in cui avrebbe potuto convincerlo, ma non poteva fare a meno di confrontarlo con Derek, che considerava la sua conoscenza e curiosità verso la politica estera una formidabile risorsa.

A pensarci bene, era curioso che l'egiziano Hafez avesse la stessa mentalità delle sue cugine londinesi. «La politica e i giornali sono per gli uomini» diceva sbadigliando Julia. Invece le sue amiche del Cairo erano come lei e seguivano con interesse la vita pubblica del Paese in cui vivevano. Accadeva perché erano donne speciali o perché l'atmosfera del Cairo, la molteplicità delle origini dei suoi abitanti e la precarietà di alcuni erano potenti catalizzatori della vita pubblica?

Quel pomeriggio si ritrovarono da Groppi a prendere il tè con gli éclairs au chocolat e à la crème. Negli ultimi mesi Naguib aveva dato il via alla riforma agraria, abrogato la costituzione e approvato un piano quinquennale di sviluppo. Proprio il giorno prima, il 23 gennaio 1953, aveva pronunciato un discorso trionfale. Alla sua destra c'era il colonnello Nasser.

Madame Barzel aprì la conversazione.

«Naguib è una persona perbene, sta facendo il giro delle comunità straniere per tranquillizzare tutti. Avete visto? Ieri sera, durante il discorso, ha voluto accanto a sé i capi delle organizzazioni religiose, il rettore dell'Università Al-Azhar, il patriarca copto ortodosso e il gran rabbino».

Eleonora era molto più sulla difensiva.

«Sembra che stiano arrestando centinaia di persone, vecchi politici, cortigiani, dissidenti. Aspetterei, prima di cantare vittoria».

Madame Barzel trattenne un moto di stizza.

«Ma chère Eleonora, intanto Naguib ha scelto come consigliere uno yed, Ibrahim Farhi, nato in una delle grandi famiglie della borghesia ebraica». Mentre parlava le brillavano gli occhi. «Il nonno era stato uno dei Giovani Turchi, i rivoluzionari che costrinsero il sultano Abdul Hamid a reintegrare la costituzione. Suo padre è un Pasha, con lui parlava francese e con la madre l'arabo. È uno di noi».

Fanny le prese la mano, era felice di vedere sua madre finalmente serena, dopo tanti mesi di preoccupazione.

«Quando papà l'ha saputo ha detto di avere il cuore che esplodeva di sollievo. Un ebreo consigliere del primo ministro egiziano, uno degli autori del colpo di Stato? Vi rendete conto?»

Naturalmente Mireille conosceva Farhi.

«L'ho incontrato spesso, scriveva sul quotidiano *Al-Ahram*. Ha una visione della politica equilibrata, tanto che è stato consigliere ufficiale per gli affari europei di Cheik Moustafa Abdel Razeq, lo sceicco della moschea Al-Azhar. Il generale ha fatto una buona scelta». Fece una pausa e poi riprese: «Non sottovaluterei la prudenza di Eleonora: con i militari non si sa mai quali strade prendano».

Kate ricordò quello che le aveva detto Hafez: «Prima o poi Naguib andrà eliminato» e le si strinse il cuore pensando a quello che probabilmente avrebbero dovuto passare di nuovo centinaia, forse migliaia di persone come le sue amiche più care.

«Si è anche presentato per la festa di Yom Kippur alla sinagoga Sha'ar Hashamaym a fianco del rabbino capo Chai Nahum Effendi, l'ex rabbino capo dell'impero ottomano diventato da poco completamente cieco, che l'ha accolto con grande affetto». Madame Barzel, rincuorata come non era da tempo, continuava a cantare le lodi di Naguib. Quelle notizie la ricompensavano di tanti segnali che opprimevano il suo cuore. L'essere servita per ultima nei negozi dove la conoscevano da sempre, dopo gli egiziani, anche se era la prima della fila, gli insulti sussurrati a mezza bocca al mercato Khan El Khalili, che Abdul, il suffragi che aveva sostituito Moh, cercava di non farle sentire. I racconti di Misha con le lacrime agli occhi sul fatto che più volte dei clienti egiziani della farmacia avevano fatto capire di preferire essere serviti dai commessi indigeni piuttosto che da un impuro «dottore ebreo».

Nel sentire la crudeltà di quei racconti Kate tratteneva il pianto. Ma cercava di essere positiva sul futuro. Nonostante i pessimi rapporti con lo Stato di Israele, la scelta del generale e le sue prime azioni non potevano che riaffermare il principio di unicità e pluralità del Cairo.

Questo era quello che contava.

Un mese dopo, Naguib, con la sua aria rassicurante da vecchio zio che amava giocare a ping pong e rosicchiare la pipa, dettò le regole del suo governo di transizione. Garantiva, tra l'altro, libertà individuali, d'espressione e di religione purché nei limiti della legge.

Qual era la legge e qual era il limite?

«Ecco la scappatoia» aveva commentato Eleonora.

Quando Kate aveva confidato ad Hafez di essere stata rallegrata dalle parole del generale, lui aveva fatto una smorfia enigmatica. Non c'era stato verso di fargli confessare il motivo, l'aveva presa in giro sulle note di *God Save the Queen* e alla fine, per farla smettere di parlare, l'aveva baciata lasciandola senza fiato.

Era stato un bel pomeriggio, era raro che lui fosse di buon umore e non tenebroso come sempre.

Arrivò a casa al crepuscolo. Notò che era tutta al buio, tranne il portico.

Derek era seduto in poltrona, il viso nascosto dall'ombra, sembrava stesse aspettandola.

Lei avanzò sorridendo.

Lui la fermò con un braccio.

A Kate bastò guardarlo.

29.

Heliopolis, Il Cairo
1953

Seduto su una poltrona in fondo alla stanza Hafez guardava gli ufficiali che circondavano Nasser qualche metro più avanti di lui in un cerchio scomposto.

Erano giovani, avevano creduto in una causa valorosa per cui avevano rischiato la vita, molti provenivano da famiglie modeste e percepivano paghe ridicole.

Fumavano una sigaretta dopo l'altra, Nasser più di tutti; l'atmosfera della stanza ricordava ad Hafez la fitta nebbia delle mattine londinesi.

Si era affezionato ai fedelissimi di Gamal, uomini che godevano della sua totale fiducia.

Abdel Hakim Amer era stato tre anni in Sudan con Nasser nel terzo battaglione di fanteria, condividendo il tormento e la rabbia di far parte di un esercito egiziano comandato in realtà dagli inglesi.

Poco prima del colpo di Stato i Liberi Ufficiali s'incontravano a casa Amer, facendo credere di partecipare a delle sedute spiritiche, molto praticate al Cairo in tutti gli ambienti.

Tanto Amer era riflessivo quanto Anwar El Sadat era impulsivo, un cerino sempre pronto ad accendersi, finito in un campo d'internamento da cui era riuscito a fuggire facendosi poi cacciare dall'esercito. Ex terrorista, malato di anglofobia, era un esploratore di alleanze: prima con i tedeschi in Libia al tempo della Seconda guerra mondiale, poi con i Fratelli Musulmani e con il Wafd. Beneficiava di un carattere allegro, al contrario dei cugini Zakaria e Khaled Mohieddine, sempre con un viso da fine del mondo. Il primo era addetto alla sicurezza, il secondo possedeva il dono della sintesi e della propaganda; a detta di tutti, i suoi volantini erano molto efficaci.

Farid notò che Hafez li stava osservando.

«Hai visto come guardano Nasser?» disse. «Ammirazione, rispetto, deferenza, quasi venerazione. Gli hanno messo in mano la loro vita e il loro Paese senza sapere bene cosa ne avrebbe fatto. Una volta Nasser ha confidato a Sadat – me l'ha raccontato lui – di sentirsi oppresso dalla responsabilità delle loro vite» continuò Farid. «Aveva chiaro in mente il percorso, ma non sapeva se la mano di Dio lo avrebbe accompagnato».

Nasser aveva cambiato anche la vita di Hafez, offrendogli un'esistenza esaltante, anche se al momento segreta. Il suo ruolo operativo e finanziario era confinato nell'ombra, ma lui non era impaziente e non se ne doleva; tuttavia sarebbe stato orgoglioso se e quando la sua posizione tra i Liberi Ufficiali fosse diventata pubblica. Finalmente sentiva di non essere nato invano e grazie a Nasser aveva potuto offrire a Kate una spiegazione straordinaria: se un tempo l'aveva sacrificata, era stato per la salvezza dell'Egitto.

Si riscosse dai suoi pensieri vedendo Hakim e Zakaria, ultimi ad andarsene, in procinto di uscire. Stavano salutando Nasser, che rimase solo davanti alla scrivania piena di carte.

Era evidente quanto fosse diverso dai suoi compagni. Il tono calmo della voce e il modo in cui parlava rivelavano la determinazione e l'attitudine al comando, coltivata in anni passati a studiare testi sulla costruzione della leadership e la comunicazione in pubblico, come il famoso libro dell'americano Dale Carnegie, *How to Win Friends and Influence People.*

Sapeva a memoria i testi sull'arte della guerra, da quelli del generale Norman MacMullen a quelli dell'inglese Basil Liddell Hart, storico e studioso di strategia militare.

Era capace di parlare come un profeta ma anche di usare lo spirito e la vena comica popolare egiziana come il più povero dei fellayn.

Aveva alleggerito il suo carattere fosco con il matrimonio. Solo allora aveva cominciato a ridere e a prendere in giro il prossimo, arrivando a capire il potere politico e democratico dell'umorismo e della risata. Nasser parlava e rideva come il suo popolo.

Era un uomo di ferro che poteva spezzare chi provava a intralciarlo.

Ora stava aspettando il momento giusto per prendersi il ruolo che gli spettava di diritto. Naguib era stato una scelta obbligata, ma gli dava sui nervi con quella pipa da inglese sempre tra bocca e mani e il desiderio occulto, che lui conosceva bene, di un regno d'Egitto e non di una repubblica. Sapeva di dovere aspettare: il generale era amato dal popolo e solo il popolo poteva portare Nasser alla luce.

Con il suo largo sorriso congedò Hafez e Farid.

«Hafez» lo chiamò, poi di colpo mosse la mano, come a dire che non importava. Aveva cambiato idea.

I due cugini si fermarono al Café Americain, ordinarono una granita e una pêche Melba.

Hafez era taciturno.

Ripensava agli ufficiali coinvolti nel colpo di Stato, non solo quelli del cerchio intimo di Nasser, ma anche tutti gli altri che cominciavano a godere dei privilegi della nuova posizione di comando.

Sarebbero stati immuni dalle lusinghe del potere? Sarebbero stati capaci di dimostrarsi diversi dall'odiosa classe politica che stavano cacciando? Quanto li avrebbe cambiati il potere? Il potere cambia, nessuno sfugge, non di certo in Egitto.

«Quando Gamal manderà a casa Naguib – lo sappiamo tutti che è questo il piano, tutti meno Naguib, naturalmente – e diventerà il presidente dell'Egitto, credi che la forza del suo potere lo contaminerà e perderà compassione e comprensione?»

Farid trattenne un sorriso e pensò che Hafez ogni tanto mostrava dei lati infantili, forse perché la vita era sempre stata benevola con lui.

«Certo che sarà contaminato, la leadership si nutre della sua onnipotenza. Non hai notato che è già cambiato? Non si comporta più da semplice tenente colonnello ma da uomo del destino. Guarda oltre noi, punta molto più in alto dell'Egitto, pensa all'unione degli arabi. Arriva a sostenere di essere un pacifista persino nei riguardi di Israele».

Hafez finì la sua pêche Melba e ripensò al commento di Sam, che non credeva a una parola di Nasser quando parlava degli ebrei. «È solo ipocrisia e furbizia, chissà cos'ha in testa, probabilmente tutto il contrario».

Non ribatté a Farid, ma spostò i suoi pensieri su di sé, domandandosi come il nuovo status che Nasser gli aveva promesso avrebbe alimentato il suo orgoglio e quale prezzo avrebbe dovuto pagare per passare alla storia del suo Paese.

Non vedeva davanti a sé ostacoli capaci di bloccare il successo della sua ambizione.

Tranne – non voleva ammetterlo – Kate.

Era sicuro che Nasser sapesse della sua storia con lei, il passato e il presente dei suoi uomini era controllato senza pietà, ma né lui né gli altri ufficiali vi avevano mai accennato.

Aveva posto la domanda a Farid.

«Certo che sa di te e Kate. La vita di tutti noi è passata al setaccio dal suo servizio segreto, Nasser non può permettersi che scoppi uno scandalo a causa del comportamento di uno dei suoi ufficiali. È un tradizionalista che crede nella famiglia, un asceta per cui conta il potere e che disprezza la spregiudicatezza nei costumi; sai quanto è attaccato a sua moglie e ai suoi figli. Quindi se non ti ha mai messo in guardia vuol dire che gli sta bene. E poi, scusa, non ne hai parlato ad Anwar?»

Hafez annuì. Un pomeriggio si era lasciato andare e gli aveva raccontato di Kate. Dopo si era chiesto la ragione della sua improvvisa confessione a qualcuno che conosceva superficialmente dal punto di vista umano. Forse era stata la speranza che Anwar ne parlasse a Nasser, un modo per prepararlo al momento in cui lui avrebbe dovuto avvertirlo.

«Come ha reagito?»

«Si è irrigidito e ha predetto che Nasser mi avrebbe chiesto di troncare e di trovare una brava ragazza egiziana. Avere una storia con un'inglese è una sorta di provocazione. Ho cercato di capire se era un modo trasversale di comunicarmi il giudizio definito di Nasser su Kate, ma Anwar non l'ha confermato».

Farid stette zitto e non gli disse che Anwar, come Hakim, considerava il suo legame con Kate il capriccio di un uomo facoltoso e sentimentalmente annoiato.

Hafez cercò di cambiare argomento.

Adesso era inutile pensare a Kate, era lontana, era tornata a Londra. Ne sentiva la mancanza ogni secondo, non poteva accettare che non respirasse la sua stessa aria, non vedesse lo stesso cielo.

Aveva tentato di fermarla, ma lei era stata decisa. Per costruire un futuro insieme doveva prima lasciarlo. Non sapeva fino a quando. E non era detto che loro due avrebbero avuto un futuro.

30.

Mena House Hotel, Villa Baranes, Il Cairo; porto di Alessandria, Alessandria d'Egitto
1953

Fanny scelse un tavolino appartato sotto la veranda del Mena House Hotel; fece spostare due sedie in direzione della grande piramide di Giza e della Sfinge, panorama che dopo tanti anni riusciva ancora a meravigliarla. Il calcare delle pietre delle piramidi assorbiva l'oro del sole e il rosa dei tramonti, trasformando il paesaggio in una visione incantata.

Era un posto che annullava le sensazioni avverse, i pensieri negativi, i vizi capitali, come se la bellezza del deserto e del giardino suscitassero più terrore dei diavoli.

Aveva appuntamento con Mireille, che aveva chiamato d'urgenza appena ricevuta la lettera di Kate. Era agitata, apriva e chiudeva la borsetta che conteneva la busta. Si guardava intorno: tutto sembrava in ordine e a posto, i monumenti, l'albergo, le siepi tagliate ad arte, ma era il palcoscenico di un teatro; dietro al palco il suo mondo stava cambiando giorno dopo giorno in un modo subdolo che faceva ancora più paura.

E ora la lettera di Kate.

Di lì a due giorni sarebbe sbarcata ad Alessandria con Sarah, che l'aveva seguita in Gran Bretagna. Aveva preferito la nave all'aereo per cercare di mettere una pausa tra il soggiorno inglese e il ritorno in Egitto.

Piano piano l'ansia di Fanny sembrò attenuarsi, l'atmosfera dell'hotel e del suo giardino famoso in tutto il mondo stava facendo effetto.

«Chérie, che succede?» La voce di Mireille fece sobbalzare Fanny che si era soffermata a osservare come l'arredamento dell'albergo fosse una fusione armonica tra l'esotismo mediorientale, lo stile coloniale anglosassone e il lascito parigino del barone Haussmann.

Era il miscuglio caratteristico del Cairo proiettato anche sull'architettura.

Fanny le porse la lettera. Kate raccontava di aver provato con tutta l'anima a ricostruire una vita con Derek, cercando di essere assolta per il tradimento che lui aveva scoperto in modo così crudele. Qualcuno, ma non aveva voluto svelare il nome, lo aveva messo di fronte alla verità. Kate aveva pensato e ripensato e l'unica persona che avrebbe potuto farlo era Alma, ma era troppo orribile persino immaginarlo.

Derek non l'aveva perdonata. «Non riesco, Kate, non riesco» ammetteva con le lacrime agli occhi, ma vacillava.

«Ricominciamo solo se tu puoi. Lo ami ancora?»

Lei non aveva più potuto mentire.

Hafez era dentro di lei come un'erba cattiva con le radici così in profondità che estirparla voleva dire spezzarsi per sempre. Era inutile illudersi di poterlo non amare, sarebbe stato come chiederle di respirare con le mani o guardare il mondo a testa in giù: qualcosa di disumano e inaccettabile.

Era stato un periodo penoso, scriveva, non solo per il fallimento del suo rapporto con Derek, ma anche perché due mesi dopo il loro ritorno Mr Lambert si era ammalato. Non era più abituato al freddo e all'umido londinese e non era riuscito a salvarsi.

Sarah, che all'inizio lo aveva disprezzato per la presunzione da inglese padrone del mondo, aveva avuto poi il tempo e il modo di apprezzare la rettitudine e l'ironia con cui guardava alla vita.

«Era un signore per bene e ti amava molto, anche se non sapeva dimostrarlo».

Kate aveva dovuto seppellire due morti: suo padre e il suo matrimonio.

Non aveva più avuto nessun contatto con Hafez, non aveva voluto, convinta di doversi disintossicare per poter riprendere la sua storia con Derek. Alla fine si era resa conto che era uno strazio immaginare la sua vita senza Derek ma era ancor più impensabile immaginarla senza Hafez. Ora, tornando al Cairo alla sua famiglia, alla sua città d'elezione e al suo amore, finalmente libera da sotterfugi e menzogne, sostenuta da una rendita che le aveva lasciato suo padre, voleva fargli una sorpresa.

«Mia cara Fanny, tu, Mireille, Eleonora, Niní e madame Barzel siete le mie sorelle, le mie madri, le mie compagne. Organizzatela voi» aveva scritto.

Mireille piegò la lettera e la ridiede a Fanny.

«Horreur! Una sorpresa, cosa mi tocca sentire. Kate non ha ancora capito che le sorprese si organizzano solo ai bambini? E adesso che facciamo?» Si fermò e chiese un tè nero freddo, zyada, molto zuccherato. «Ho bisogno di riflettere».

Da due mesi Hafez usciva con Arlette Gemayel, una bella sunnita mezzo turca e mezzo libanese che Alma, sua cugina per parte materna, gli aveva presentato durante una cena all'Auberge. Era successo davanti a Mireille, che se avesse potuto avrebbe tagliuzzato Hafez a pezzettini e Alma a fettine.

Da allora si presentavano insieme ovunque. Aida, la madre di Hafez, era stata vista mangiare al Gezira Sporting Club in compagnia di Alma e di Arlette, alla quale riservava sorrisi e carezze.

Mireille si era pavoneggiata davanti alle altre amiche.

«Avevo subito compreso di che pasta fosse Alma. Elle se croit sortie de la cuisse de Jupiter». Era una delle sue espressioni preferite, significava "sentirsi una divinità".

Fanny, pur augurando ad Alma di diventare come madame Papadakis, che pesava più di un quintale, e brufolosa come Jacques, il figlioccio di Mireille, aveva cercato in qualche modo di difendere Hafez.

«Kate è sparita e potrebbe essersi riconciliata con Derek e non tornare mai più al Cairo. Hafez non ne ha saputo più nulla». Fanny era sempre la più conciliante.

Mireille aveva alzato le spalle e sbuffato.

«Non hai imparato niente dalla vita, ma chère. Non lo sai che bisogna sempre, dico sempre, stare dalla parte delle donne? Tranne che... dalla parte di Alma».

Alma la irritava. La osservava mentre cercava di accreditarsi presso i nuovi potenti. Non perdeva una cerimonia in cui ci fossero il generale Naguib, o Amer o qualunque militare che facesse parte della cerchia dei Liberi Ufficiali, e non mancava occasione per informare che sua cugina Arlette aveva un legame di parentela con la famiglia di Zakaria e Khaled Mohieddine. Ora, dopo la lettera di Kate e il sospetto che fosse stata lei ad avvertire Derek della relazione con Hafez, la disprezzava.

Piano piano, cominciavano a venire allo scoperto sia i legami dei militari con gli esponenti della società civile che li avevano sostenuti, sia la gerarchia all'interno dell'organizzazione, sia il ruolo di Nasser, nominato ministro dell'Interno, sempre più esposto e popolare. Era trapelata la sua vecchia amicizia con Hafez, rendendo quest'ultimo celebre e riverito, e Alma assai soddisfatta della sua frequentazione con Arlette.

Di colpo al Cairo era sbarcata una nutrita comunità di americani. Dick Rogers, il simpatico amico di Alma, l'uomo che aveva fatto da apripista ai suoi connazionali, compariva dappertutto, vestiva molto bene e distribuiva mance generose. Tutti sapevano che il colpo di Stato aveva avuto il tacito benestare di Washington, pronta a sostituirsi o ad affiancare gli inglesi nell'area di Suez e a bloccare tentativi di intrusione da parte dell'URSS.

Il tè nero stava dando i suoi frutti e Mireille aveva ripreso la sua energia.

«Darò a Mustafà, il mio autista, un generoso bakshish e, raccomandandogli il massimo riserbo – non accetterò nessuna scusa o maalesh o Inshallah, pena il licenziamento in tronco – lo manderò a prendere Kate e Sarah ad Alessandria. Verranno a stare da me, dovremo essere vicino a lei quando saremo costrette a raccontarle di Arlette».

Fanny non si trattenne.

«Glielo vuoi dire appena arriva? Mireille, pensiamoci bene. Mi domandavo se una buona occasione per la sorpresa – sempre che Kate insista – potesse essere la cena di beneficenza al Semiramis. È tra cinque giorni, so che Alma ha un tavolo e ha invitato anche Arlette e Hafez».

Mireille socchiuse gli occhi e sibilò: «Quelle salope... Non contate su di me per sorprese disastrose. Speriamo che Sarah con i suoi poteri divinatori sappia già e dissuada Kate».

Sbarcando dalla nave, Kate e Sarah, senza capirne la ragione, furono coperte da cappelli e scialli che Mustafà aveva consegnato loro sussurrando: «C'est pour la surprise, madame».

Seduta nella Cadillac di Mireille, Kate guardava dal finestrino lo snodarsi della Corniche prima e poi la Desert Road, i luoghi che aveva percorso tante volte e con tanti stati d'animo differenti negli anni passati.

Durante il viaggio in nave era riuscita a sedare il senso di colpa per aver rovinato la vita a Derek e per esser stata così sciocca da credere che un grande amore come quello con Hafez potesse placarsi senza essersi esaurito. Derek non l'aveva fatto, ma lei era riuscita finalmente a perdonarsi.

Aveva interrogato Sarah sul futuro.

«Mi dispiace, Kate, non "sento" Hafez, è come se mi sfuggisse».

«È un bene?» chiedeva Kate.

«Non lo so, ma temo di no». Sarah pensava che non era più tempo di proteggere Kate.

A bordo, Kate aveva incontrato Lucien, un libanese di origine egiziana, aria levantina e sguardo intelligente e misterioso tipico di quella parte di Mediterraneo che su di lei aveva un fascino ipnotico. Naturalmente conosceva Mireille.

Le era sembrato che fra loro due ci fosse stato un momento di attrazione, ma Kate si era tirata indietro e lui non aveva insistito. I conti da regolare erano molti e lei aveva imparato che prima di spalancare nuove porte bisognava chiudere per sempre quelle già aperte.

Ogni tanto capitava al Cairo, le aveva detto Lucien.

«Efsher» aveva riposto lei, con una parola yiddish che madame Barzel le aveva insegnato. Voleva dire molte cose – come tutte le parole in yiddish aveva mille sfumature –, ma in quel caso significava «non si sa mai».

L'autista di Mireille guidava bene sulla strada di sabbia battuta. Di colpo a Sarah sembrò di vedere da lontano, in mezzo alla polvere gialla del deserto, la sagoma della piramide di Cheope. Kate le prese la mano tra le sue e chiuse gli occhi con un sospiro, ricordando per la milionesima volta lo sguardo febbrile di Hafez che sembrava voler incendiare quello che amava e che voleva.

Forse, pensò Kate, sta per cominciare la vita che ho sempre sognato.

31.

Heliopolis, Qasr El Nil, Il Cairo
1953

Alma perse l'aria allegra che aveva di solito, il suo viso prese un'espressione arcigna.

«Non mi rispondi?» lo incalzò.

Hafez la guardò con attenzione, come se non credesse a quello a cui stava assistendo. «Immagino tu stia scherzando. In caso contrario vorrà dire che mi hai teso una trappola».

Erano nella casa di Heliopolis, reduci dal pranzo per il fidanzamento di Amina, la sorella di Hafez: una bella riunione di famiglia con Aida al settimo cielo per la scelta di sua figlia, un ragazzo d'oro nel vero senso della parola, per carattere e patrimonio.

«Ora tocca a te, Mohammed» aveva brindato, «non farci aspettare ancora a lungo». A suo figlio era parso che lanciasse un'occhiata ad Alma, che poco dopo gli aveva chiesto di appartarsi con lui.

«Che intenzioni hai nei confronti di Arlette?» insistette.

«Nessuna intenzione, Alma».

«Non puoi andare in giro con una ragazza per quasi due mesi e non avere intenzioni. Un egiziano non si comporta così con una del nostro mondo».

Hafez si alzò, era molto infastidito.

«Non sono affari tuoi e sono convinto che lei non sappia delle tue trame. In ogni caso Arlette mi piace, è una cara ragazza, divertente e simpatica. Hai fatto bene a parlarmene. Al momento non ho altro da dire». Le voltò le spalle, ma poi si fermò per aggiungere: «Potresti per favore riferire questo colloquio a mia madre? Così forse la smetterà di fare gli occhi dolci ad Arlette».

«Hai ancora in testa quell'inglese, vero? Peccato che se ne sia andata». Alma si era avvicinata. «Nel nuovo corso dell'Egitto non sarà mai accettata, credimi».

Lo guardò andare via.

Dai tempo al tempo, habibi, disse tra sé.

Hafez fece un cenno all'autista, voleva camminare. Si accese una Kyriazi Frères, si guardò intorno, si accorse di un caffè nuovo che non conosceva; sembrava decente, non era pieno di gente che urlava giocando a Tawulah, aveva comode poltroncine con accanto la shisha lucida e pulita.

Ordinò un tè alla menta ben zuccherato.

Avrebbe voluto avere qualcuno con cui confidarsi, le riunioni familiari lo spossavano sempre: suo padre ansioso di conoscere i suoi successi, sua madre che cercava di spiare i piani del suo avvenire – matrimoniale, ovviamente. Purtroppo Farid era a Istanbul e Sam, con cui aveva preso un aperitivo proprio la sera prima, era partito per Port Said.

Forse non sarebbe stato il compagno giusto per migliorare il suo umore. Sam era dotato di un carattere positivo e fiducioso che adesso sembrava scomparso, cancellato dalla preoccupazione per il clima d'intolleranza non dichiarato, quasi trattenuto ma evidente, verso ebrei e stranieri.

La stella del generale Naguib, presidente della Repubblica che aveva tranquillizzato la comunità internazionale, stava appannandosi, i giornali erano pieni di cronache sui dissapori e sulle differenze politiche sorte tra lui e il leader in pectore Nasser, che era sempre più potente.

Naguib era propenso al parlamentarismo e a trattare con il Wafd e i Fratelli Musulmani, ripristinando uno status quo che Nasser disprezzava pubblicamente, mentre all'interno del gruppo originale dei Liberi Ufficiali si stavano definendo posizioni contrastanti. Hafez aveva tentato di rassicurare Sam, ma non aveva avuto fortuna.

«I Cicurel, i Cattaui, gli Alhadeff, le grandi famiglie tenute da sempre in considerazione hanno lanciato l'allarme del cambiamento di clima verso le comunità straniere ed ebraiche. Eppure molti di loro hanno sostenuto i Liberi Ufficiali, si considerano egiziani a tutti gli effetti, erano a El Alamein a combattere al fianco dell'esercito del Paese. Dick Rogers mi ha confermato la preoccupazione dell'amministrazione USA per l'avvicinamento di Naguib ai Fratelli Musulmani. Comincio a temere per la mia famiglia».

Molti amici di Sam erano scappati subito dopo il colpo di Stato, poi c'era stata una pausa e ora la fuga verso occidente e Israele aveva ripreso con grande vigore. Nuclei familiari in Egitto da generazioni – italiani, francesi, greci – avevano richiesto per prudenza il passaporto egiziano. Un tempo l'avrebbero ottenuto in un attimo, adesso la risposta era sempre negativa. Quelli che decidevano di andarsene erano costretti in lacrime a firmare una lettera di non ritorno.

Una legge dopo l'altra, si riduceva l'area di manovra degli stranieri. L'ultima appena varata decretava il divieto di possedere la quota di maggioranza delle proprie attività; valeva per i piccoli negozi come per le grandi aziende.

Sam aveva già venduto il cinquantun percento della sua società al suo amico Caralambo Egyptiadis, che aveva la nazionalità egiziana.

«Ringrazio il cielo che mio padre non ci sia più. Lui e mio nonno hanno importato al Cairo il marmo più bello dell'Italia e hanno lasciato il loro Paese travolti dall'amore verso l'Egitto».

Stavano assistendo a episodi umilianti, aveva aggiunto Sam. Suo suocero Misha era una delle vittime, gliel'aveva raccontato con le lacrime agli occhi.

«I clienti della farmacia non vogliono essere serviti da lui perché sanno che è francese e di religione ebraica. Per Misha è stato un dolore cocente, affiancato alla paura del ritorno di un passato orribile e indimenticabile. Non avrebbe mai immaginato di assistere di nuovo a questo genere di cose. Nemmeno io».

Hafez l'aveva rassicurato con passione.

«Non ti preoccupare, per qualunque cosa, che si tratti di lavoro o d'altri problemi, puoi contare su di me, sempre. Dillo a Fanny e anche ai tuoi suoceri. Nessuno oserà mai farvi del male».

Sam l'aveva guardato quasi con commiserazione, come si guarda chi non ha capito la situazione.

«Te ne sono grato, Hafez, ma quando succedono certe cose bisogna essere molto, molto potenti per proteggere gli amici. E poi fino a quando, fino a che punto?»

Hafez non aveva risposto. Sam non era il primo dei compagni di scuola ad avergli chiesto consiglio. Non si era mai reso conto di quanti ebrei ci fossero nella sua classe; nessuno ci faceva caso a quel tempo, nessuno si domandava di che religione fossero i propri compagni, non importava.

Parlando con Sam gli era venuta in mente la frase di Farid su Nasser e su come il potere l'avrebbe cambiato. Era vero, era già diventato più duro, più intransigente, anche più animoso negli ordini che dava. Un tempo aveva bloccato qualsiasi proposta che avesse a che fare con il terrorismo e la violenza, allora predicava l'arma del dialogo al posto dei fucili. Adesso impartiva l'ordine di giustiziare decine di nemici ed esponenti del vecchio regime con la stessa voce calma con cui chiedeva il suo caffè.

Arrivò il tè alla menta, era scuro e ben zuccherato. Si sentì meglio. E la domanda di Alma cominciò a girargli in testa.

Il Gamal di oggi accetterebbe un mio legame con Kate? O lo considererebbe un affronto come ha detto Sadat? si chiese, rammaricandosi per l'ennesima volta che non ci fosse nessuna Kate da presentare a Nasser e ai suoi amici militari, perché, come gli aveva detto con livore Alma, Kate se n'era andata, l'aveva lasciato solo e senza notizie di sé.

Cominciava a pensare che avessero ragione lei e sua madre: era arrivato il momento di pensare al matrimonio e a una famiglia. Tutti i suoi amici erano già sposati, Nasser spingeva i suoi uomini ad avere una vita domestica. In realtà era inutile aspettare Kate, anche se, ancora adesso, il solo pensarla rendeva tutto più vivido: i suoi sensi, il mondo intorno, il significato della vita. Kate era riuscita a farlo uscire da sé stesso, per la prima volta c'era una persona che l'aveva distolto dal suo egoismo, costringendolo a fare un passo indietro, perché Kate era più importante di lui.

Ma si trattava di considerazioni sterili. Forse Arlette era arrivata al momento giusto. Non era una donna qualunque, ma una persona particolare, sensibile e persino divertente. Sentiva di essere attratto fisicamente da lei.

Di lì a due giorni si sarebbero incontrati alla cena di beneficenza al Semiramis, seduti al tavolo che aveva prenotato Alma.

D'ora in avanti avrebbe cercato di guardarla in modo diverso, cancellando l'ombra di Kate che continuava a oscurare la sua vita.

32.

Villa Baranes, isola di Gezira, Auberge des Pyramides, rue Cherif Pasha, Garden City, Il Cairo
1953

Kate scese le scale per raggiungere Mireille, che l'aspettava in salotto per andare insieme all'Auberge des Pyramides. Sentiva lo stomaco contratto e la gola secca, ma stranamente il cuore batteva in maniera normale. Era come se fosse divisa in due, l'emozione da una parte, l'anestesia della determinazione dall'altra. Erano sentimenti che non si combattevano tra loro ma si sostenevano, e comunque Kate non poteva permettersi di provare qualcosa di diverso.

Mireille lodò tutto, il vestito chiaro e argento, le spalle scoperte, la pettinatura raccolta e l'aria di chi è pronta a tutto.

«Sei pallida, ma chère, ma sei bellissima».

Non era stato facile mettere d'accordo le amiche sulla maniera di raccontare a Kate la frequentazione assidua di Hafez con Arlette.

Prima di tutto era stato necessario placare il coro di perfidie su Alma.

«Smettetela, porta solo le mauvais œil» aveva troncato madame Barzel. Il malocchio era il terrore di tutto Il Cairo, dei locali e degli stranieri, e lei ne era una convinta seguace. Non diceva mai che andava tutto bene, assumeva un'aria modesta e sussurrava che le cose procedevano così così. Misha l'accusava di essere una troglodita, non un'askenazita colta. Fanny ne rideva, ma da quando l'atmosfera era diventata più minacciosa, sua madre era ancora più superstiziosa.

«Arriviamo al punto» aveva suggerito.

Madame Barzel aveva messo un dito sulla bocca.

«Les domestiques» aveva avvertito, stava arrivando la nosh, la merenda, con tè e la konafa al pistacchio, la halawa e i biscottini ripieni di noci cotti a casa Barzel.

Niní si era riproposta di non dire nulla a Kate.

«Sappiamo che Arlette e Hafez arrivano insieme ai ricevimenti, questo non vuol dire nulla, non ho sentito nessuna voce su un loro ipotetico rapporto sentimentale».

Fanny scuoteva la testa.

«C'est schmuck, è stupido voler sempre nascondere alle donne il lato brutto della vita, come se fossimo deboli o sciocche. Sono sicura che Kate saprà affrontare quest'altra prova. Conoscere lo stato delle cose è un potere in più, non lasciamolo solo agli uomini». Madame Barzel aveva guardato sua figlia con un misto di disapprovazione e di orgoglio.

Eleonora e Mireille avevano sospirato all'unisono. Secondo loro bisognava lasciare che le cose accadessero senza forzarle.

«Non sappiamo quale sia lo stato d'animo di Kate. Aspettiamo che ci interroghi prima di ordire strategie».

Alla fine glielo avevano detto il giorno seguente al suo arrivo in Egitto, dopo che aveva divorato manghi e hummus, il gefilte fish preparato da madame Barzel, bevuto litri della kompote di Eleonora e dormito nelle meravigliose lenzuola di Porthault, che non mancavano mai nei corredi delle ricche libanesi.

Avevano avuto anche il benestare di Sarah.

«Ha la forza necessaria per affrontare la situazione, ha bisogno di chiarezza come non mai. Sarà un bene per lei e per Hafez Bey».

Successe quando, dopo pranzo, erano sedute nel salotto prugna e turchese di Mireille a bere caffè e Shai bil Kirfi, il té alla cannella e alla rosa, e stavano informando Kate delle novità del Cairo.

La prima a parlare della questione fu Fanny.

Kate l'ascoltò con attenzione senza interromperla o subissarla di domande.

Eleonora volle precisare la situazione.

«Nessuno ha mai detto che sono fidanzati o che c'è qualcosa di romantico tra loro. Arlette è la cugina di Alma, potrebbe trattarsi solo di amicizia, di simpatia».

Kate guardò Mireille. «Non dubiterò mai più del tuo intuito. Credevo che Alma fosse un'amica, un'alleata, fino alla sera in cui ho sentito che non era sincera e mi sono resa conto che solo lei poteva avermi tradito raccontando a Derek della mia storia con Hafez».

«Cosa farai, ma petite?» chiese madame Barzel.

Kate credeva di conoscersi, ma si rese conto che non era così, non più come prima, almeno. Non fu sorpresa dal racconto delle sue amiche, era ovvio che Hafez fosse desiderabile – era bello, intrigante e ricco – e che non si fosse rinchiuso in un monastero. A stupirla era la propria reazione. Non soffriva, non provava l'impulso di precipitarsi a Cherif Pasha per incontrarlo e farsi rassicurare sul suo amore. Sapeva che Hafez l'amava, non ne dubitava più. La preoccupava invece quello che lei e Arlette impersonavano: due mondi che stavano andando lentamente verso un conflitto sempre più ampio, politico e culturale, ben al di là della loro storia.

Tanto tempo prima Derek l'aveva avvisata che la magica alchimia di cui parlava con Fanny stava svanendo. Era ancora più doloroso accettarlo ora, le aveva spiegato madame Barzel raccontandole il cambiamento, un lento divenire, una sorta di supplizio impalpabile ma inesorabile.

Non conosceva Arlette ma la immaginava: una brava e bella ragazza egiziana che non sarebbe mai uscita dai binari della sua educazione mediorientale, fatta di obbedienza e tradizione. Tutto quello che non era lei.

Forse era diventata fatalista o forse si sentiva sicura delle previsioni di Sarah, che le avevano garantito l'amore di Hafez, ma non aveva paura.

Con lui era sempre stata una battaglia, era stato così dall'inizio. Poi aveva creduto alla resa incondizionata, al fatto che entrambi avessero deposto le armi. Si trattava solo di una tregua. Ora ricominciava il combattimento. Hafez aveva sconfitto Derek e il suo mondo, ora toccava a lei mettere da parte Arlette. Non temeva di perdere il suo amore, sapeva che in ballo c'era qualcosa di più importante, qualcosa che aveva già prodotto una frattura tra loro quando non aveva avuto fiducia in lei e non le aveva raccontato il suo impegno con i Liberi Ufficiali. In mezzo a lei e ad Arlette premevano l'avvenire di Hafez, la sua ambizione e il suo ruolo nel nuovo Paese. E Kate rappresentava una complicazione.

Era stata una mabrouka, una fortuna, che la cena di beneficenza fosse prevista due giorni dopo il suo arrivo, pensava ora Kate, seduta al fianco di Mireille nell'auto che le portava all'Auberge des Pyramides. Il ritorno che aveva immaginato lento e godurioso, qualcosa da gustare, riprendendo piano piano il possesso della città, dei suoi ritmi e dei suoi profumi, era stato frenetico e denso di emozioni. Forse era quello che Il Cairo rappresentava per lei: la passione pura che non lasciava spazio a nessun altro sentimento.

Il poco tempo era stato provvidenziale, le aveva impedito di agire d'impulso, come invece avrebbe fatto prima, quando lei e Hafez sembravano far parte dello stesso mondo meraviglioso.

Secondo le istruzioni di Mireille, Mustafà fermò la macchina nel punto più buio del parcheggio dell'Auberge, spense i fari e si diresse in perlustrazione. Doveva controllare che Hafez fosse già arrivato e seduto al tavolo e che Sam e Fanny, Niní e Max Perlo fossero installati ai loro posti. Sam aveva invitato anche Dick Rogers, che si era conquistato le simpatie di tutti gli amici.

Fanny aveva notato con tristezza che mancavano molte persone che un tempo erano le colonne di quel genere di serate e che ora – alcune diventate povere come mendicanti – erano state costrette ad andarsene, benedicendo la fortuna di non essere state arrestate e mandate in qualche campo d'internamento.

Mustafà tornò quasi subito, accese il motore portando la macchina all'ingresso e aprì le portiere.

Mireille e Kate entrarono quando stava per cominciare la cena.

Kate chiuse gli occhi un attimo per assaporare il caldo della sera, i profumi dei gelsomini e del frangipane. Quanto aveva sognato le notti del Cairo, la luna sulle Piramidi e il canto degli animali notturni. Qualunque cosa stesse per accadere, era tornata dove voleva stare.

Sam e Dick Rogers si alzarono in piedi con galanteria, entrambi colpiti dalla bellezza di Kate. Hafez era seduto di spalle, parlava a una magnifica donna dai lunghi capelli neri, molto vicina e molto sorridente, che gli teneva la mano sul braccio.

Kate pensò di essere stata troppo baldanzosa. Ora che lo vedeva cominciava a temere di non sopportare la tensione – o l'emozione, non sapeva più nemmeno lei. Notò confusamente che al suo tavolo sedevano solo egiziani, nessun amico occidentale come capitava un tempo.

Irrigidì i muscoli del collo. Lo guardava con gli occhi sbarrati e non riusciva a sedersi. Forse si era sbagliata, forse ora lui amava un'altra.

Mireille le disse qualcosa, ma furono l'espressione

attonita di Alma e di Arlette – che la guardava allarmata – e il silenzio che seguì a far voltare Hafez.

Temette di avere delle allucinazioni. Spalancò gli occhi come per mettere meglio a fuoco, poi non riuscì a trattenersi. Si alzò in piedi di colpo, scostò la sedia quasi con rabbia e, più che andare verso di lei, sembrò sul punto di correrle incontro.

Kate era immobile, lo stava solo aspettando. Un senso di pace coprì la tensione, capì che aveva avuto ragione a non provare paura e che Sarah, ancora una volta, non aveva sbagliato.

Hafez le baciò la mano, mormorò appena il suo nome e fece un cenno ad Alma.

Insieme si diressero verso il giardino. I suoi occhi neri immersi in quelli azzurri di Kate sembravano carboni ardenti.

Sarah era a casa di Mireille, beveva come sempre il suo karkadè tiepido della sera, guardando nel vuoto.

Era sorridente, sapeva cosa stava succedendo all'Auberge des Pyramides.

33.

Chez Ali, Villa Baranes Gezira, Ambasciata UK, Palazzo 'Abidin, Il Cairo
1954

La prima volta fu la più spiacevole. Aida aveva acconsentito a incontrare Kate solo dopo che suo figlio l'aveva sollecitata più volte.

«Ha avuto il coraggio di dirmi che l'inglese è la donna della sua vita. Non l'ho mai visto così umile, sembrava fosse una questione di vita o di morte» riferì a suo marito in tono rabbioso. Alla fine aveva accettato, ma alle sue condizioni: l'incontro non poteva essere organizzato a casa, che scegliesse lui un ristorante qualunque. Voleva al tavolo anche Alma e Arlette. Sperava che di fronte a due ragazze del suo mondo Hafez sarebbe giunto a conclusioni più ragionevoli.

Suo figlio aveva rilanciato.

«Allora invitiamo anche Mireille Baranes».

Kate era stata preparata, non doveva aspettarsi un'accoglienza calorosa, ma dopo le parole pronunciate da Hafez la sera all'Auberge al suo ritorno da Londra non c'era nulla che potesse negargli.

L'emozione provata da entrambi nel rivedersi era stata così forte da spingere Kate a tentare una frase ironica per cercare di riprendere un po' di lucidità.

«Non hai sentito molto la mia mancanza» aveva sorriso, alludendo al fatto che Arlette era seduta incollata a lui e gli appoggiava la mano sul braccio in modo possessivo.

Hafez le stringeva le mani facendole quasi male. Non aveva sorriso alla sua battuta. Aveva una ruga sulla fronte tra le sopracciglia; era concentrato per riuscire a dire quello che sentiva.

«Senza di te io non sono vivo, Kate, te l'ho ripetuto mille volte e non posso farci niente».

La sua voce era rauca per l'emozione ma teneva gli occhi bassi. Kate aveva sperato che non si stesse vergognando di confessare il suo sentimento.

Di colpo Hafez l'aveva serrata a sé con violenza, come se temesse che potesse scomparire di nuovo.

«Kate, non ti lascerò mai».

Era amore, era anche rabbia.

Kate riusciva a stento a respirare.

L'indomani, alla fine della riunione giornaliera, Hakim Amer si era avvicinato a Nasser per sussurrargli qualcosa.

«L'inglese di Hafez è tornata».

Nasser non aveva risposto ma aveva scosso la testa, sul volto un'espressione feroce.

Nonostante i presupposti la cena con i genitori di Hafez non fu disastrosa. Kate era felice e poteva permettersi di essere deliziosa sia con Alma sia con Arlette.

«Mi è piaciuta, è una donna trasparente tanto quanto sua cugina è finta» commentò a fine serata. Era perfino rattristata per lei, si capiva che teneva ad Hafez. Non cercò l'approvazione di Aida, verso cui ebbe un atteggiamento rispettoso. Conosceva quel genere di donna: se fosse stata troppo riguardosa nei suoi confronti lei l'avrebbe disprezzata ancora di più. In compenso sedusse Fuad, il padre di Hafez, che le sedeva al fianco.

Erano Chez Ali, un ristorante sulla Corniche circondato da un giardino all'italiana che serviva cucina francese rimaneggiata all'egiziana. Tra gli eucalipti si scorgevano le luci dell'altra sponda riflesse sul Nilo. Disseminati tra gli alberi c'erano candele e bracieri che bruciavano incenso dal profumo leggero. Kate era incantata, non esisteva un momento più magico di una notte d'estate al Cairo e lei, pensava, non sarebbe mai riuscita a farci l'abitudine. Chez Ali era molto in voga, Hafez l'aveva scelto per quello, per far dispetto a sua madre.

Aida, che conosceva suo figlio e che in quanto a furbizia levantina poteva vincere il Nobel, l'aveva previsto e proprio per quello aveva chiesto di invitare Arlette e Alma, così sarebbe sembrata una normale cena in compagnia delle amiche di famiglia, non la presentazione ufficiale della fidanzata – anzi, dell'amante – di Hafez.

Mireille, appena tornata da Beirut con un abito che arrivava da Parigi, chiacchierò con Fuad, prese in giro Hafez, trovò frasi gentili persino per Alma, che detestava con zelo. Tutti quelli che entravano nel ristorante – molti turchi di Istanbul, una coppia di francesi, una famiglia greca – si fermavano a salutarla, ma subito dopo lei intratteneva il suo tavolo con i pettegolezzi più divertenti su quelli che aveva appena abbracciato come fratelli. Fu l'anima della serata e la salvò. Alla fine della cena sussurrò ridendo a Kate, che la ringraziava: «Chérie, nonostante la presenza della mummia Aida e della vipera Alma, quello che ho fatto per te stasera vale per i prossimi anni come regalo di Natale, di compleanno, di matrimonio e di nascita di bebè, se ne avrai».

L'indomani Hafez le mandò un favoloso bouquet di tuberose.

A metà cena Kate si guardò intorno; non vedeva l'austerità predicata dal nuovo corso. Fuad, a cui aveva fatto l'osservazione, si mise a ridere.

«Nasser ha fama di essere onnipotente, ma non sarà capace di cambiare l'animo e il carattere del genere umano. Gli egiziani continueranno ad amare e a desiderare la bella vita, le belle cose, le belle donne».

Hafez s'irritò.

«Credo che dovremo avere tutti molto rispetto per un uomo che sta sacrificando la sua vita per il bene dell'Egitto».

«Mohammed, figlio mio, stai diventando lirico. Attento a non essere accecato dalla luce di un altro, ti potresti bruciare e avere delle brutte sorprese. Ricordati che la libertà si può perdere in un attimo, e molto spesso per il delirio di qualcun altro».

Sul tavolo scese il silenzio. Alma guardava Hafez con un sorriso ironico, Arlette sembrava dispiaciuta del dialogo tra padre e figlio. Aida osservava il vestito color melograno di Kate, doveva ammettere a malincuore che era una donna affascinante. C'era un cameriere che si aggirava troppo spesso vicino al tavolo.

Kate propose un brindisi.

«All'Egitto e al Cairo, meravigliosa città» e riscaldò di nuovo l'atmosfera.

Prima di andarsene, Hafez prese da parte suo padre.

«Non parlare in giro come hai fatto stasera. Metti tuo figlio in imbarazzo e te stesso nei guai. Hai visto come ascoltava quel cameriere? Il servizio segreto è nelle mani di Nasser, ormai, e con loro non si scherza. Credimi, lui sta dedicando la sua vita al bene del Paese» ripeté ancora una volta.

Fuad mise una mano sulla spalla del figlio, guardandolo con affetto.

«Mohammed, sono più vecchio e ho più esperienza. Ascoltami bene, Nasser non è Gandhi» e si voltò a fare il baciamano a Kate.

Il giorno dopo Mireille fece il resoconto della serata a madame Barzel e a Fanny, imitando il tono brusco di Aida e quello mieloso di Alma. Era vitale e gioiosa più del solito, l'incarnazione della bellezza di quel pezzo di Mediterraneo: occhi allungati e neri, la pelle bianca come quella di una gardenia. Non lo confessava ancora, ma era innamorata.

«Non credo di essere mai stata così felice nella mia

vita» affermò Kate quando Mireille prese fiato per concedersi un sorso di limonade e un canapè con la marmellata di noce di cocco fatta in casa.

Fanny e sua madre non dissero nulla per non rovinare la sua gioia, le volevano troppo bene, ma erano molto preoccupate, non si fidavano di Hafez.

Kate conduceva una vita eccitante con un uomo che adorava, in una città che amava alla follia. Un'equazione perfetta che le permetteva anche di vivere dall'interno, quasi in prima persona, la politica reale, quella a cui le persone normali non avevano accesso, quella che le interessava da sempre. Aveva saputo molto prima che succedesse quanto la durata da presidente di Naguib fosse precaria, quanto i suoi ufficiali più stretti disapprovassero la sua contrarietà sempre più evidente rispetto ai passi successivi di una rivoluzione. Naguib era per indole e per convinzione un uomo della restaurazione.

«Nasser ha altre idee, vuole cambiare la costituzione, organizzare un partito unico e preparare una campagna elettorale per diventare in un primo momento il capo indiscusso del Paese, degli arabi in seguito» le spiegava Hafez quando arrivava dopo le riunioni informali con gli ufficiali, molti dei quali ormai erano diventati ministri.

Kate lo ascoltava più incantata di quanto lo sarebbe stata di fronte a delle declamazioni d'amore. Hafez desiderava distrarsi, aveva fame e non vedeva l'ora di finire a letto con lei, ma Kate voleva sapere tutto.

«Va bene, poi smettiamo di parlare di politica. Naguib non serve più. Il Paese ormai conosce Nasser ed è maturo per accettarlo. Adesso dammi un bacio, Kate».

Nonostante gli studi francesi e britannici Hafez era un egiziano maschilista. La conoscenza e la voglia di partecipazione di Kate alla politica non gli piaceva, anzi lo imbarazzava. Non osava dirglielo e lo spaventava che si dimostrasse così informata davanti ai suoi amici. Lei ne era consapevole e ripensava con nostalgia a Derek e alle loro conversazioni illuminanti sulla politica e sullo stato del mondo mediorientale.

Ma quello che le aveva confidato Hafez si realizzò puntualmente.

L'improvviso colpo di mano di Nasser fu d'occupare la carica di primo ministro al posto di Naguib, a causa della vicinanza sempre più stretta del presidente con i Fratelli Musulmani. Un tempo erano stati gli alleati di Nasser e dei Liberi Ufficiali nella battaglia contro Farouk. Poi la loro visione islamica del potere era diventata troppo distante dalla concezione laica di Nasser.

La comunità internazionale e buona parte dell'opinione pubblica non apprezzarono le mosse del neoprimo ministro. Era chiaro che anticipavano la presa del Paese da parte di Nasser. Cominciarono scioperi e dimostrazioni in sostegno di Naguib: non tutti si fidavano di Nasser come credeva Hafez.

«Che ha in testa? Insieme agli inglesi l'abbiamo aiutato a spodestare Farouk, ma ora temiamo una sua deriva nazionalista e autarchica» confidò Dick Rogers a Kate durante uno degli interminabili pranzi all'ambasciata britannica, dove andava da sola. Hafez avrebbe preferito che declinasse gli inviti, ma a lei sembrava fosse un dovere partecipare in nome della memoria del padre.

Qualcosa nel tono di Rogers l'incuriosì, le ricordò qualcuno, ma chi? Si arrovellò tutto il giorno, poi finalmente arrivò il lampo della memoria. Ecco, Rogers aveva parlato come George Brown. Forse anche lui, come Brown con l'MI6, lavorava per l'intelligence americana, per questo era al Cairo e ogni tanto correva a Suez. Non aveva mai chiarito i motivi del suo soggiorno, si trattava solo di un viaggio di piacere, aveva detto. Ma sapeva troppe cose e gliene interessavano altrettante. Se anche Rogers aveva rapporti con lo spionaggio, diventava molto più affascinante.

Kate si tenne per sé quella sensazione e non confidò le considerazioni di Rogers su Nasser. Hafez appoggiava il neo-primo ministro in tutto. Continuava a foraggiare i suoi progetti con donazioni molto generose e a considerarlo un uomo che aveva a cuore solo la condizione miserabile degli egiziani, il suo popolo finito in preda a malattie e miseria, e la volontà di costruire per loro una vita migliore.

Un pomeriggio andò a trovarlo a Gezira, nella tranquillità del suo appartamento in un anonimo immobile appollaiato sopra il Nilo, di fronte all'Hotel Semiramis, dove lavorava lontano dai palazzi del potere. Aveva deciso di parlargli del suo amore inglese, anche se immaginava che ne fosse da tempo al corrente. Lo fece in modo impacciato, mentre Nasser stava scrivendo qualcosa seduto alla scrivania. Lo fece perché Kate ne aveva bisogno, quel gesto era diventato importante per lei.

«Voglio che lo sappia» lo tormentava.

«Perché? Che cambierà?»

«Voglio sapere che l'ha accettato».

Con un gesto affabile Nasser gli indicò la sedia davanti a sé e sembrava pronto ad ascoltarlo. Ma appena Hafez cominciò a parlare di Kate, venne fermato da un gesto della mano.

«Mio caro amico, non c'è bisogno di dire altro. Se è questo che ti ha portato da me, non perdere tempo. Piuttosto, fa' capire in giro che Naguib poteva solo riportarci indietro».

Fece una pausa, i suoi occhi sembravano guardare lontano.

«L'Egitto, Inshallah, ha bisogno di futuro, Hafez. La nostra è una battaglia messianica, siamo i redentori del mondo arabo e della sua coscienza».

Abbozzò un sorriso e gli fece cenno di andare.

Nasser aveva sorvolato sulla questione, ma il suo silenzio bastò ad Hafez. Per Kate fu una sorta di liberazione.

Pochi giorni dopo, mentre stava facendo colazione con la sua insalata di frutta profumata all'acqua di rose, Sarah le portò un plico arrivato per via aerea. Erano i documenti del suo divorzio da Derek. Non era stato complicato ottenerlo in Inghilterra, dove esisteva dalla fine dell'Ottocento. Alla gioia della libertà si sovrappose la malinconia della fine del legame con un uomo che aveva amato e che per un po' aveva creduto potesse essere la persona capace di sconfiggere il drago Hafez.

Sarah bloccò i rimorsi e i rimpianti.

«Non sei stata onesta con lui, habibti, e Derek non si meritava questo, ma ormai è accaduto, ora prenditi di nuovo il lusso di perdonarti e di godere dell'amore con Hafez Bey. Yallah yallah, Kate».

Pensò che Sarah aveva ragione. Lei e Hafez erano liberi, avevano conquistato la leggerezza di uscire alla luce del sole. Il rais sapeva e non lo considerava un haram, un peccato.

Nonostante le parole di Nasser, Sarah non riusciva a essere del tutto tranquilla. Osservava Hafez con tutta l'attenzione che le permetteva il suo occhio sbilenco. Constatava quanto l'amore per Kate illuminasse il suo bel volto e quanto lui si comportasse come un adolescente. Era questo a inquietarla. La passione le faceva paura, avrebbe voluto che avessero un rapporto meno incendiario, per poter poi durare insieme. Erano entrambi così presi da non capire quanto avrebbero dovuto lavorare su loro stessi per avvicinarsi davvero.

Fu il tempo migliore che venne loro concesso.

Quando Hafez era occupato dai suoi impegni politici, Kate si rifugiava a casa di Fanny o di Mireille. Non avevano una dimora fissa, non dormivano quasi mai nella stessa casa, Cherif Pasha era spesso vuota; per lui era una questione di sicurezza.

Il Cairo era nella morsa di decine e decine di scioperi e di manifestazioni di protesta: migliaia di egiziani sobillati dai Fratelli Musulmani, dalle organizzazioni dei sindacati e dei lavoratori contro la politica di Nasser e contro la destituzione di Naguib. Kate si stupì nello scoprire che tra gli oppositori spiccava la presenza di Khaled Mohieddine, un tempo uno degli intimi amici di Nasser, un Libero Ufficiale della prim'ora.

Gli scontri dei manifestanti con la polizia erano all'ordine del giorno, la città era una cacofonia di clacson, sirene, ambulanze, slogan urlati che si facevano largo tra i richiami del muezzin e le radio che trasmettevano le interminabili canzoni di Oum Kalthoum, la cantante preferita di Nasser.

A volte Hafez non rientrava nemmeno a dormire, e Kate detestava rimanere sola nella vecchia casa di suo padre a Garden City. Sarah non la lasciava un attimo. Più che una tata e un'amica, era diventata la sua guardiana.

Quando ebbe la notizia, Kate si precipitò da Fanny a Qasr El Nil. Parlava a fatica.

«Durante il comizio ad Alessandria in piazza El Manshia hanno tentato di assassinare Nasser che parlava dal terrazzo della Borsa. Si ignora se sia ancora vivo».

Sarah sapeva che sarebbe stato l'inizio di tutto.

34.

Manshiyat al-Bakri, Qasr El Nil, Villa Baranes, isola di Gezira, Il Cairo
1954-1955

Di colpo le strade del Cairo furono invase dalla folla che temeva per la vita di Nasser. Nelle piazze gli altoparlanti diffondevano la notizia dell'attentato, le urla delle preghiere riempivano l'aria.

La casa di Fanny accolse uno dopo l'altro i vicini: i Rossano, i Mosseri, i Makthoum, i Graves, i Di Marco, il colonnello Forsyth, gli Haji, il dottor Basmajan; italiani, francesi, siriani, sudafricani, armeni, egiziani. Una volta Kate era capitata a un tè organizzato da Fanny per gli amici che abitavano nel suo palazzo. Nonostante conoscesse bene il miscuglio del Cairo si era stupita.

«Cos'è? Una succursale delle Nazioni Unite?»

Arrivò Selim con il messaggio che Nasser era vivo e illeso e stava tornando al Cairo. Hafez sarebbe stato impegnato al quartier generale, non aveva idea per quanto sarebbe stato trattenuto.

La notizia fu commentata in modo tiepido. Non si sapeva cosa sarebbe stato meglio, il ritorno di Naguib, uomo all'apparenza moderato che stava stringendo un forte legame con i Fratelli Musulmani, o la totale presa del potere da parte di Nasser, che rappresentava ancora un'incognita?

«Il Paese ha appena ripreso credibilità internazionale, chissà quali saranno adesso le conseguenze dell'attentato». A porre l'interrogativo era Dick Rogers, arrivato insieme a Sam. Kate immaginò che sperasse di trovare anche Hafez.

Tutti si guardavano angosciati, auspicando di avere dagli altri la risposta giusta. Arrivarono i genitori di Fanny con il viso tirato e Mireille con le notizie più aggiornate. L'attentatore, a quanto pareva, era un associato dei Fratelli; aveva sparato otto proiettili senza neppure sfiorare Nasser. Dalle strade i cori si facevano sempre più forti, si gridava al miracolo: Nasser era stato salvato da Allah, era l'uomo della Provvidenza.

Mireille portò via Kate – sebbene lei non volesse – e Sarah.

«Corriamo, sarà una notte di tregenda. Dormite da me, sarà meglio».

Kate non chiuse occhio. Cosa avrebbe significato questa svolta per lei e Hafez? Li avrebbe uniti o li avrebbe allontanati per volere di un Nasser sempre più potente e inflessibile?

Mireille aveva avuto ragione. L'indomani si seppe che durante la notte erano state arrestate tremila persone, buona parte delle quali appartenenti ai Fratelli Musulmani; poi centoquaranta ufficiali legati a Naguib e centinaia di comunisti. L'ex presidente Naguib, accusato di collusione, era stato messo agli arresti domiciliari in una villa alla periferia del Cairo appartenuta alla facoltosa moglie dell'ex primo ministro Nahas Pasha, presidente del Wafd.

L'Egitto aveva voltato pagina.

Kate trascorreva il tempo tra casa di Fanny e casa di Mireille, ricevendo solo scarne notizie da Hafez. Era turbata dalla repressione feroce di Nasser. Era questo il prezzo, si domandava, per il sogno di Hafez di un Egitto libero e migliore? Repressione e sangue? La città era in fiamme, scossa da manifestazioni sempre più accese, sedate da una polizia sempre più violenta che bloccava di colpo strade e piazze, rendendo la vita di giorno in giorno più complicata.

Lei se ne stava in silenzio, aspettando inutilmente

Hafez, assistendo al crollo della città e al naufragio del suo splendore.

Se Sam aveva il minimo ritardo, Fanny si metteva a piangere immaginando terribili scenari. Sua madre, madame Barzel, pregava di continuo in yiddish che «le bon Dieu» la portasse via e le risparmiasse altri orrori, facendo infuriare Misha.

«Ecco il nostro quarto d'ora di melò». Poi l'abbracciava per calmarla, ma era preoccupato anche lui, sapeva bene cosa succedeva se un uomo sceglieva una deriva autoritaria.

Il dottor Basmajan offriva l'Armeniaski cognac, un liquore armeno che detestavano tutti e che bevevano turandosi il naso non appena lui voltava le spalle. A ogni suono di sirena Abdul e Fatma si buttavano per terra e invocavano Allah. Tante Clara e Tante Rose, le zie di Misha, arrivate in visita, eleganti e con spettacolari sciarpe con muso di volpe intorno al collo, rimasero sconvolte dallo spettacolo tragicomico.

«Mein Gott, siamo in pieno *Helzapoppin*». Il riferimento era a una commedia hollywoodiana di grande successo, spassosa e con scene assurde. Le zie divoravano riviste come *Life* e *Variety*.

Madame Barzel si indispettì.

«Persone che vanno in giro per Il Cairo con musi di animali non dovrebbero parlare». Tante Clara trattenne la sorella che, offesa, voleva andarsene.

Il nervosismo nell'aria aveva mille ragioni.

L'unica che sembrava fiorire di giorno in giorno era Mireille. Tutte sapevano che aveva una relazione con Feisal, ma facevano finta di nulla. Se non era lei a confidarsi, loro avrebbero giurato davanti a un tribunale su una pila di Bibbie e Talmud che non ne erano al corrente.

Feisal era un saudita generoso e influente, figlio di una grande famiglia tribale. I sauditi, sunniti come gli egiziani, erano preoccupati per quello che stava succedendo in Egitto e re Saud, pur diffidando di Nasser, aveva provato a fare da paciere tra lui e Naguib, ma inutilmente.

Feisal confidò a Mireille di avere rapporti con tutte le intelligence presenti al Cairo, e non erano poche. Quel che accadeva in Medio Oriente era diventato centrale per la politica mondiale.

Mireille, che aveva promesso il silenzio a Feisal, lo disse a Fanny, che assicurò il mutismo e poi lo disse subito a Kate.

«Quante letture, quanti misteri, quante facce offre Il Cairo?» Finalmente Kate aveva aperto gli occhi, ma la città le sembrava ancora più fascinosa.

I mesi che seguirono l'attentato furono tumultuosi.

Durante una delle manifestazioni politiche, Misha, andando a trovare i suoi amici della farmacia inglese, si trovò nel mezzo di uno scontro con la polizia. Nel sentire le grida e le minacce il suo cuore non resse e si accasciò a terra a pochi metri dall'Hotel Shepheard's, dove aveva fatto la dichiarazione d'amore a sua moglie, chiudendo gli occhi per sempre.

Fanny e tutta la sua famiglia, con madame Barzel annichilita dal dolore, si trasferirono per qualche settimana ad Alessandria. Kate gli aveva voluto bene, aveva sempre apprezzato la sua bontà nel curare gli egiziani bisognosi e il suo senso dell'umorismo. Avrebbe desiderato accompagnarli, ma erano troppi i ricordi nella città dove era stata felice con Derek, e in ogni caso non voleva lasciare solo Hafez.

«Mi sei mancata ogni momento, ogni secondo. Non riesco a stare lontano da te nemmeno per qualche ora, hai stregato il mio cuore e la mia anima» le disse la prima sera in cui riuscì a tornare a casa. Era dimagrito, lo sguardo più brillante del solito; la osservava come se avesse la febbre. Non si stancava mai di stare con lei e di fare l'amore con lei, non era mai stato così preso da un essere umano.

Anche Hafez era un incantesimo per Kate.

Lui cercò di introdurla nel suo mondo. Sua madre li ricevette a casa e fu gentile.

«Non ti aspettare che l'accolga come una figlia come avrei fatto se tu avessi fatto la scelta giusta» lo aveva avvisato.

Le sorelle di Hafez la trattarono come un'ospite qualunque.

Hafez cambiò obiettivo. All'interno del cerchio intimo di Nasser aveva acquisito più influenza grazie alle donazioni, ma anche alla sincera devozione verso il progetto politico a cui stavano lavorando.

«Ti sono grato per tutto quello che stai facendo. Diventerò il primo vero presidente della Repubblica dell'Egitto e sarà anche grazie agli uomini che mi hanno aiutato quando non ero nessuno, uomini come te». Nasser glielo disse ricevendolo nella sua casa a Manshiyat al-Bakri, un sobborgo del Cairo, un onore riservato a pochi. Gli presentò Tahia, la sua riservatissima moglie, e i suoi cinque figli. Prima di salutarlo l'informò che stava per nominarlo responsabile di tutti gli appalti e i lavori pubblici del Paese.

«Non ringraziarmi, Hafez, abbiamo lo stesso obiettivo e lo stesso orgoglio. E presto tutto il mondo guarderà all'Egitto, la luce del nostro Paese illuminerà il Medio Oriente e il Mediterraneo».

«È il periodo più straordinario della mia vita, non ho più nulla da desiderare» disse a Kate quella sera, cenando a lume di candela e regalandole un meraviglioso braccialetto di diamanti. Lei cercò di nascondere la delusione: si aspettava un altro tipo di gioiello.

Il suo desiderio disatteso la fece diventare più attenta. Hafez usciva da solo quando c'erano occasioni ufficiali, sostenendo che si trattava di riunioni di soli uomini. Poi Kate vedeva sulle riviste le foto delle mogli di Sadat o di Hakim, o di Zakaria che avevano partecipato ai ricevimenti. Hafez l'aveva presentata ai suoi amici ma solo di sfuggita, non li aveva mai invitati a cena a casa.

Hafez evitò di dirle che aveva proposto a Nasser di incontrarla.

«Amico mio, è meglio per tutti evitarlo, almeno per il momento» era stata la sua risposta. Hafez non aveva saputo cosa controbattere. Era ben conscio che Nasser teneva a lui e ai suoi finanziamenti, fu stupito che non lo volesse accontentare. Per la prima volta vide la loro situazione con chiarezza. Davvero Kate era così ingombrante?

Nasser annunciò che avrebbe girato tutto il Paese per farsi conoscere e che d'ora in avanti avrebbe imposto severi controlli sulla stampa. Cominciò a parlare sempre più spesso di nazionalismo arabo e di terra araba.

Una sera Hakim Amer suonò il campanello di Cherif Pasha, salutò con freddezza Kate e si chiuse in salotto con Hafez. Gli annunciò che gli israeliani avevano attaccato la striscia di Gaza controllata dagli egiziani per bloccare le incursioni dei fedayn palestinesi. L'anno prima Nasser, in gran segreto, aveva provato a trovare un'intesa di pace con Israele, ma alla fine aveva rinunciato, si era rivelata un'impresa impossibile.

Amer era molto agitato.

«Nasser non vuole rispondere all'attacco israeliano perché il nostro esercito non è all'altezza. Prova a parlargliene anche tu. Il popolo non approverà questa scelta».

Lo supplicarono tutti, ma non servì. Si limitò ad aumentare il blocco delle navi israeliane attraverso lo stretto di Tiran e a comprare armi più moderne dalla Cecoslovacchia e dai Paesi del blocco sovietico.

I suoi progetti si stavano delineando. Stava per indire un referendum per una nuova costituzione concedendo il voto alle donne, proibendo la discriminazione tra sessi, creando un sistema di protezione per le donne nel mondo del lavoro. Voleva eliminare i partiti puntando a un sistema monopartitico, il Nu, e a un'unica religione, l'Islam. E in più, lanciava la sua candidatura a presidente della Repubblica per le prossime elezioni.

Mireille lo giudicava un uomo moderno.

«Sui diritti delle donne hai ragione. Cosa mi dici invece della censura alla stampa, del partito unico, della religione unica e del fatto che sarà il solo candidato alle elezioni?» obiettava Fanny. «Dov'è finita la libertà di cui noi al Cairo eravamo così orgogliosi? Non ha spiegato come si comporterà la sua Repubblica verso chi è di una fede diversa dall'Islam. Questa volta ci fucileranno o ci impiccheranno?» attaccava. «È facile parlare per te, non hai mai avuto un destino da perseguitata».

Mireille si tratteneva, non voleva risponderle male ma la guardava con rabbia.

Kate cercava di calmarle.

«Questi sono proclami, Fanny. Hafez sostiene che non li applicherà, è campagna elettorale».

Mireille e Fanny risposero all'unisono, cambiando il destinatario della loro irritazione.

«Hafez, eh?» Non avevano digerito che lui la tenesse nell'ombra e non le avesse ancora fatto delle proposte serie.

Nasser iniziò il suo giro annunciando di aver dato il via alla costruzione della grande diga di Assuan. Stava acquisendo una dimensione e un'autorevolezza che avevano sorpassato i confini dell'Egitto.

Kate approfittò della sua assenza per tormentare Hafez.

«Non ho ancora capito se ti vergogni del nostro amore o se Nasser ti ha proibito di farti vedere con me. Se non è così, permettimi di organizzare una piccola cena con Sadat, Hakim, Zakaria e le loro mogli, ti prego».

Hafez, che non sapeva resisterle, l'accontentò.

Una prima volta, a poche ore dall'incontro la cena fu annullata per improrogabili impegni degli invitati.

La seconda volta si presentarono Sadat e Zakaria senza mogli e, nonostante fosse una serata allegra con un ottimo cibo, era difficile combattere l'imbarazzo.

Non ci fu una terza volta.

Kate non ebbe il tempo di rammaricarsene. Pochi giorni dopo quella cena fece una scoperta che cambiò tutte le carte sul tavolo.

35.

Hôpital Français, Garden City, rue Cherif Pasha, Il Cairo
Maggio 1956

All'inizio, quando se ne accorse, non lo disse a nessuno. Aveva un segreto bellissimo e non voleva condividerlo perché temeva di perderne una parte. Non lo confessò nemmeno ad Hafez.

Se lo godette da sola fin quando fu possibile ed era ancora incerto.

«Scendi dalle nuvole» la esortò una mattina Fanny, stupita dalla sua espressione vacua. Kate si riscosse, e poi si ricordò di un nome; aveva sentito madame Barzel parlarne bene, non era così ordinario che accadesse.

Sarah non diceva nulla come al solito, ma sembrava sconvolta.

«Cos'hai?» chiese Kate.

Sibillina, la donna rispose come sempre con un'altra domanda.

«Cos'hai tu, piuttosto?» Kate avrebbe scommesso che lo sapeva già, ma non aprì bocca.

Andò dal professor Malatre un giorno che il cielo e l'aria del Cairo erano di nuovo tranquilli e leggeri come lei. Il professore, un uomo rassicurante lungo come un lampione, glielo confermò con l'espressione da medico felice.

Kate era incinta. Chissà perché non aveva mai pensato alla possibilità che succedesse, come se vedesse sé stessa solo come una donna votata all'amore per un uomo e nessun altro.

Le sembrava impossibile che fosse successo, impossibile e naturale, e non riusciva a congiungere due sensazioni così divergenti.

Ignorava come Hafez avrebbe preso la notizia. Era spaventata, sapeva che gli egiziani amavano i bambini ma non si sarebbe mai aspettata la reazione che ebbe quando glielo disse.

Sembrava invasato dalla gioia, guardava con amore Kate e la sua piccolissima pancia, che accarezzava di continuo.

«Tesoro mio, non avresti potuto farmi un regalo più straordinario» le disse piano, con gli occhi lucidi. «Cosa c'è di più meraviglioso che avere un bimbo dalla donna che adori?»

«Un bimbo? Forse sarà una bambina». In Medio Oriente c'era la mistica del figlio maschio.

Il giorno dopo, prima di uscire, Hafez l'avvertì: «Bisognerà che lo dica a Nasser e ai ragazzi» e a lei parve di vedere un'ombra sul suo viso.

Fanny, Mireille e madame Barzel lanciarono grida entusiaste, pretendendo subito un brindisi e chiamando a raccolta Niní ed Eleonora. Madame Barzel si precipitò ad accendere, come suo solito, una cartina del Papier d'Armenie come augurio di fortuna.

Nessuno glielo aveva chiesto ma era come se la domanda fosse stata formulata.

«Hafez ha detto che non appena troverà il momento adatto informerà Nasser» le tranquillizzò, ma Kate vide la stessa ombra che aveva notato su di lui soffermarsi sui visi sorridenti delle sue amiche più care.

Quando Kate andò via, madame Barzel si mise a scuotere la testa con le lacrime agli occhi. «Nebekh teyerer», povera cara, diceva, tenendo la mano di sua figlia. «Mabrouk»: le augurava buona fortuna ma aveva il cuore pesante. Non riponeva nessuna fiducia in Hafez.

«Che fine ha fatto Muna?» chiese un giorno Kate non avendola più vista. Fanny e Mireille si guardarono, poi le spiegarono che aveva annunciato di dover allentare i rapporti con ebrei e stranieri, suo marito voleva così.

«Spero che il clima cambi presto, Inshallah» si era augurata Muna dispiaciuta, e non ne avevano saputo più nulla. Per Kate fu un colpo e anche un segno forte della virata del Cairo. La virata aveva il nome di Nasser.

Questo era l'Egitto per cui Hafez aveva combattuto e rischiato di perderla e che anche lei aveva sostenuto? continuava a domandarsi Kate. L'Egitto della Rivoluzione stava rivoltandosi contro il nucleo ideale del Paese, pensava, abbandonando le persone arrivate da tutto il mondo, accolte come fratelli e libere di essere insieme senza timore. Non era un Paese migliore, anzi, si configurava come un tradimento, un distacco crudele dall'unione tra le diversità, un drammatico passo indietro dalla terra della tolleranza e dell'ospitalità.

Kate allontanava i pensieri dolorosi per non avvelenare il suo momento di gioia e meraviglia, ma affioravano sempre più spesso. Si sforzava di non affrontare il discorso con Hafez. Come avrebbe reagito se lui avesse mostrato indifferenza di fronte alla sorte di migliaia di persone che avevano portato famiglie, investimenti e speranze in un Paese che ora aveva in animo di distruggerli? Hafez non poteva negare di far parte anche lui dell'ambiente cosmopolita dell'Egitto. Aveva studiato in un liceo francese e si era laureato in Gran Bretagna, laddove veniva educata la più alta classe dirigente inglese, aveva come migliore amico un italiano di religione ebraica e come amante una divorziata nata a Londra.

Era l'emblema del Cairo contro il quale sembrava combattere. Lottare contro questo mondo era lottare contro una parte di sé.

Se ne rendeva conto?

Kate non aveva la forza di intavolare ora una discussione così profonda da poter portare a rivelazioni pericolose. Faceva fatica ad allontanarsi dai suoi principi di armonia e libertà e dalla preoccupazione per il destino di tanta gente a cui voleva bene, ma tentava di concentrarsi sul significato di quello che stava succedendo nel suo corpo.

Una notte si svegliò in preda alla confusione: stava davvero aspettando un bambino? Non era un sogno, allora. Era questo il senso del suo amore per Hafez? si domandava. Un legame eterno, la fine del valore di sé perché, come diceva madame Barzel, è possibile rescindere qualunque altro legame, quello con un figlio mai. Forse neanche quello con il padre del figlio.

Hafez l'aveva compreso fino in fondo? Kate ne dubitava, non era nemmeno riuscito ad annunciarlo a Nasser e ai suoi amici; non avrebbe dovuto dirlo invece con orgoglio e a ogni costo?

Passavano i giorni, le settimane.

«Non ho trovato il momento giusto per dirlo a Gamal, è un periodo delicato, in ballo ci sono eventi importantissimi. Abbi pazienza, amore, tutto andrà per il meglio». Hafez le rispondeva così e, anche se era tenero e affettuoso, l'ombra sul suo viso si allargava un poco di più.

Lei non glielo chiese un'altra volta.

Madame Barzel l'accompagnava dal professor Malatre, la esortava a bere molto latte, la obbligava a mangiare tre volte al giorno. Fanny e Mireille non la lasciavano mai sola, tutte insieme cercavano di infonderle la sicurezza che non le arrivava da Hafez.

«Deve sposarla, questo deve fare Hafez se non è un yun gatch, un salaud. Sono tutt'e due liberi, cosa aspetta? Kate è ancora snella, ma tra poco non potrà più nascondere la gravidanza». Madame Barzel non si rassegnava e pregava per lei tutti i giorni alla sinagoga Ben Ezra.

Hafez tornava sempre meno a Cherif Pasha o a Garden City, la casa di Kate. «Non posso rivelarti quello a cui stiamo lavorando, lo saprai presto, ma devo lasciarti sola per un po' di tempo, amore mio».

Una sera Sarah la sorprese mentre stava piangendo.

Senza dirle nulla l'abbracciò, cullandola come fosse una bambina. Le sue visioni non l'abbandonavano mai, erano sempre le stesse, tentava di cacciarle ma erano dispettose e testarde.

«Che volete?» chiedeva battendosi la testa. «Ho capito, cosa volete ancora da me?»

Grazie al suo abbraccio Kate si sentì sollevata, temeva le sue reazioni dopo un periodo di freddo con lei. Era sicura che sapesse della gravidanza. Chissà, forse l'aveva saputo anche prima di lei, ma più passavano i giorni del silenzio più diventava difficile romperlo. Si domandava perché glielo avesse nascosto, lo sapevano tutte le sue amiche. Forse era solo perché temeva la sua disapprovazione sapendo quanto Sarah non comprendesse il suo amore per Hafez. Fin quando, ancora una volta, fu la sua tata a colmare la distanza.

Sarah aveva scoperto molte cose grazie a Selim. Adesso le era totalmente devoto e grato – come solo un misantropo poteva esserlo – per aver trovato un lavoro ben retribuito a una nipote orfana a cui voleva molto bene.

Era stato lui a raccontarle la reazione della madre di Hafez appena avuta la notizia della gravidanza di Kate.

Era fuori di sé, suo figlio non l'aveva mai vista così furiosa.

«L'inglese è incinta? Non ti riconosco più» aveva inveito a voce alta, e tutta la casa aveva sentito. «Ti stai rovinando la vita. Non dirmi più nulla di questa storia».

Una sera arrivò l'invito di una cena a casa di Farid. Hafez aveva chiesto il favore a suo cugino. «Non vediamo mai nessuno che faccia parte della mia vita, né gli amici dell'entourage di Nasser, né mia madre o le mie sorelle. Kate non dice nulla, ma so che ne soffre. Organizza qualcosa almeno tu, che sei parte della mia famiglia».

Kate chiese se potevano unirsi anche Fanny e suo marito. Non conosceva la moglie di Farid e la sua mamma, non voleva sentirsi a disagio, la sua dose di sopportazione era arrivata al limite.

Farid e Pinar accolsero gli ospiti con calore, avevano invitato anche due libanesi; uno era Lucien Mousa, un uomo interessante che Kate aveva conosciuto sulla nave tornando da Londra. Le baciò la mano dicendole quanto era felice di rivederla.

«Ci conosciamo» spiegò a Farid. Hafez lo guardava con l'aria di volerlo incenerire, mettendo Kate di ottimo umore.

Farid fece amicizia con Sam. Hafez l'aveva avvertito, la voce incerta: «È un mio caro amico, ma è ebreo». Farid aveva alzato le spalle: «E allora?» Conversò con lui tutta la sera.

Fanny e Kate amarono fin dal primo istante Pinar e sua madre Elif, erano dolci, donne delicate dallo sguardo indulgente.

Fanny guardava Kate mangiare con gusto per la prima volta da quando aveva scoperto di essere incinta. Il cibo turco era speziato e nuovo, alternava crêpes francesi a sigara Böregi e poi baklava e lukum. «La felicità aumenta il desiderio di mangiare» le sussurrò all'orecchio.

Al momento del commiato, mentre Elif e Pinar abbracciavano Kate e Fanny, Farid prese da parte suo cugino.

«Domani vado a Suez, la tensione sta montando». Si fermò e lanciò uno sguardo a Kate. «Ti avverto appena torno, anche perché devo parlarti». Hafez l'ascoltò appena, non vedeva l'ora di farsi spiegare la ragione della conoscenza di Kate con quel Lucien. Lui l'aveva salutata augurandosi di rivederla presto, magari a Beirut.

«Come si è permesso! Addirittura di fronte a me». Hafez era infuriato, le disse che una donna perbene egiziana non avrebbe permesso quelle frasi maliziose.

«Non sono egiziana, Hafez» si limitò a ricordargli Kate, senza dirgli che, a parte gli amici intimi e i pettegoli del Cairo, non c'era nulla di ufficiale a sancire che loro erano una coppia e lei era sua.

L'espressione "donna egiziana" continuò a girarle nella testa per giorni. C'era sempre questo paragone ad aleggiare – una donna egiziana non farebbe mai questo e nemmeno quest'altro –, sottintendendo che un'inglese invece poteva comportarsi in modo sconveniente. Era sempre quello il punto, dentro di lui Kate restava una straniera.

Soltanto qualche anno prima il suo passaporto non avrebbe contato.

Eleonora Lubin venne a salutarla nel momento sbagliato. Kate aveva creduto che sarebbe stato uno dei loro soliti incontri amichevoli, ma si trattava di un addio.

«Perché? Che ti prende, perché in America poi, così lontano da noi?» Kate si disperò abbracciando Eleonora, la prima amica che avesse avuto al Cairo – dopo Sarah –, l'adorabile polacca che aveva rotto la solitudine in cui viveva fin dall'infanzia, introducendola in un viaggio e in mondi fantastici e differenti, lontani da convenzioni e pregiudizi.

«Ce ne andiamo per Carmen, per nostra figlia, mein teyerer». Eleonora le teneva la mano. «Quale avvenire possiamo immaginare per lei? Non c'è più posto per gente come noi nel nuovo Egitto che sta nascendo e che sta mostrando quali saranno le sue caratteristiche. Hanno annullato i contratti che Dimanche aveva con l'Opera del Cairo e di Alessandria, preferiscono cantanti egiziani, gli hanno spiegato. La proprietaria del nostro appartamento a Heliopolis mi ha comunicato di aver bisogno della casa, ma so che non è vero. Ha confidato a una comune amica che vuole affittare solo a musulmani. Ogni volta che proviamo ad aprire una porta viene richiusa. Hai saputo di Muna, vero? Eravamo intime amiche ma suo marito, forse anche lei, non ha voluto più saperne di noi. Eppure non abbiamo fatto del male a nessuno».

Sia Kate che Eleonora avevano il viso bagnato di lacrime.

«Aspetta, posso parlare ad Hafez, lui può trovare nuovi contratti per Dimanche e anche un'altra bella casa per voi. Ti prego, aspetta».

Eleonora era sul punto di dirle di non farsi illusioni, che il nuovo Egitto era quello di Hafez, che la situazione sarebbe diventata ancora più dura e che, in ogni caso, se bastava un solo uomo a provocare razzismo, antisemitismo, fanatismo religioso, diffidenza, non bastava un solo uomo a bloccarli. Non lo fece, e compianse Kate che non aveva ancora capito.

«Kate cara, guardati intorno, centinaia di stranieri vengono arrestati e messi nei campi d'internamento con le scuse più ignobili, centinaia partono lasciando tutti i loro averi, costretti dalla legge. E siamo solo all'inizio».

«Lo fanno per la sicurezza della Rivoluzione, pensa agli orrori della Rivoluzione francese» cercava di ribattere Kate, disperata.

«No, cara, non è così. In ogni caso non rimarremo al Cairo. Abbiamo i biglietti per la nave che ci porterà a New York, dove vivono i miei cugini, che hanno una buona posizione e ci potranno aiutare. E dopo verrai a trovarci, vero, cara bambina?». Eleonora stava per aggiungere che se non avesse avuto una relazione con Hafez anche lei sarebbe stata costretta ad andarsene, ma poi preferì tacere, se Kate non l'aveva ancora capito non sarebbe stata lei a infliggerle un ulteriore dolore.

Kate chiamò Sarah per avvertirla. Rimasero insieme a rimpiangere il passato non sapendo immaginare il futuro. Prima Muna, ora Eleonora: il suo mondo stava sul serio crollando. Per la prima volta nel suo cuore s'insinuò l'ombra della paura. Un'ombra simile a quella apparsa sul viso di Hafez.

«Ti ricordi quando mi hai soccorso lungo la Corniche?» disse Eleonora. «È stata la prima volta che ci siamo viste e tu mi hai stupito parlando in yiddish, la mia lingua. Eri splendida, curiosa, vibrante. Così sono iniziati i nostri pomeriggi luminosi a bere la kompote e a suonare i *Notturni* di Chopin. Com'era bella la vita allora, proprio bella, vero, Kate?»

36.

Alessandria d'Egitto; Hôpital Français, Villa Baranes, Garden City, Il Cairo
Luglio 1956

Quando accadde, si trovava dal professor Malatre per la visita di controllo all'Hôpital Français accompagnata da madame Barzel, che non si fidava di lasciarla andare da sola.

«Hai sempre la testa tra le nuvole e i marciapiedi del Cairo sono pieni di buche e di radici. È meglio che venga con te». Per madame Barzel ogni azione era rischiosa, imprudente, pericolosa. Fu un bene, Kate non ascoltò la radio e madame Barzel fece di tutto per evitare che qualcuno la informasse.

Nell'incredulità del mondo intero, dopo aver riflettuto poco più di ventiquattr'ore, durante un comizio ad Alessandria Nasser aveva annunciato di aver nazionalizzato il Canale di Suez. Gli inglesi e i francesi erano fuori, considerati definitivamente nemici. Per le strade di tutto il Paese s'inneggiava al rais e alla fine del colonialismo, alla grandezza dell'uomo che aveva reso liberi gli egiziani dagli sfruttatori stranieri, che restituiva fierezza e dignità alle masse popolari di tutto il Terzo Mondo.

Dopo aver preso il controllo dell'esercito e della burocrazia, con la sfida lanciata a Francia e Regno Unito Nasser era arrivato in cima.

Quando Kate entrò a Villa Baranes, dove l'aspettavano per conoscere l'esito della visita, Mireille e Fanny spensero la radio, la fecero stendere sulla dormeuse del boudoir, le portarono la limonata zyada e glielo dissero.

Non riuscirono a fermarla. Nonostante il caldo, Kate volle correre a Cherif Pasha.

Madame Barzel si coprì il viso con le mani, dondolandosi e gemendo: «Mein God, mein teyerer». Fanny corse dietro a Kate facendo cadere il vassoio di deliziose meze portate da Betty, la cameriera sudanese, mentre Mireille dietro di lei urlava a Mustafà «Yalla, yalla», affinché bloccasse Kate e mettesse a disposizione una macchina per portarla ovunque volesse.

Fanny tornò nella stanza e si mise a singhiozzare per la rabbia, mentre la cameriera ripeteva il tipico ritornello arabo «Maalesh maalesh», come a dire nessun problema, nessun danno, quasi sincronizzata con il «Mein God» di madame Barzel.

Mireille, che non perdeva mai il senso dell'umorismo, allargò le braccia e alzò gli occhi al cielo esclamando «Questo è il Middle East».

Kate era corsa via perché aveva un presentimento.

Davanti alla porta di casa trovò Sarah ad aspettarla. Hafez stava facendo le valigie.

«Ho appena mandato Selim a prenderti da Mireille» le disse. «Hai saputo?» L'abbracciava, ma Kate tremava.

«Che significa per noi?» gli chiese.

Hafez la guardava impietrito, come se solo in quel momento realizzasse quanto la scelta di Nasser potesse ricadere sulla loro storia.

«Kate, habibti, cosa c'entra con noi? Quella è politica».

A poco a poco lei riuscì a calmarsi, ma aveva paura. Hafez mandò Selim ad avvertire il ministro della Difesa Hakim Amer che sarebbe arrivato a Suez non prima dell'indomani mattina. Kate aveva bisogno di lui, capì che non poteva sottrarsi e, soprattutto, non lo voleva.

Pian piano Kate riprese forza e colore. Mangiò seduta vicino ad Hafez, che l'imboccava con amore e le accarezzava i capelli. C'era un silenzio irreale, anche se le finestre erano aperte e il profumo intenso del gelsomino a quattro petali invadeva la stanza.

Arrivò Farid e di colpo tutto sembrò rientrare nella normalità, era quello di cui Kate aveva bisogno. Hafez non la lasciò andare via, la tenne allacciata a sé facendole ascoltare il racconto di suo cugino, appena tornato proprio da Suez.

Kate si stupì. Doveva essere rimasto molto impressionato dalla sua reazione alla notizia di Suez, per permettere a una donna straniera di assistere a un discorso tra due uomini egiziani, per di più su argomenti di politica interna ed estera. Gli sorrise per fargli capire che lo apprezzava.

«Cos'è successo?» chiese Hafez.

«Se permetti, cugino, faccio un riassunto per Kate. Dopo la partecipazione alla conferenza di Bandung e le varie tappe in Asia, gli incontri con il premier indiano Nehru e il cinese Chou En-Lai, il presidente ha potuto sondare quanto la sua popolarità e la sua autorevolezza siano riconosciuti in tutto il Terzo Mondo. Si è reso conto che la questione delle armi è diventata centrale, dopo l'umiliazione subita dagli israeliani nel 1955. Pur essendo un governo di militari, la nostra capacità di difesa è minima. Così ha chiesto all'URSS e agli USA di vendergli le armi. Eisenhower ha risposto che gliele avrebbe vendute ma non credeva che l'Egitto avesse i soldi per pagarle, invece l'ambasciatore russo Daniel Solod ha fatto sapere che l'URSS era disponibile perfino a essere remunerata in cotone e riso».

«Nulla di nuovo, Farid, Nasser ha annunciato ufficialmente il suo accordo con il blocco sovietico» intervenne Hafez, spazientito.

Kate aveva mille domande da fare, ma saggiamente rimase al suo posto, o meglio, al posto dove Hafez voleva che lei stesse.

«Sì, ma pochi giorni fa il segretario di Stato americano John Foster Dulles ha annunciato di voler ritirare i finanziamenti per la diga di Assuan, imitato subito dopo dalla Gran Bretagna. La scusa ufficiale è che l'Egitto non sarebbe in grado di sopportare il debito, ma secondo i nostri diplomatici non hanno gradito il rapporto commerciale con la Russia. È stato uno sbaglio enorme dettato dall'arroganza occidentale, ora hanno gettato l'Egitto tra le braccia della Russia».

Farid d'un tratto si fermò. Scattò in piedi e aprì di colpo la porta del salotto, ma dietro non c'era nessuno.

Si risedette, mise un dito davanti alla bocca chiusa e cambiando argomento riprese la conversazione come se nulla fosse.

«Hafez, si può avere ancora un po' di quest'ottimo shai alla menta? Alla tunisina con i pinoli, mi raccomando». Il suffragi di Hafez era entrato e uscito silenziosamente a piedi nudi e poi aveva portato il tè.

Farid riprese a parlare.

«Vi stavo dicendo che la mamma di Pinar si è trovata molto bene qui da noi, credo che non tornerà più in Turchia. Ora sono costretto a salutarvi: credo che a casa mi diano per disperso. Salam Alaikum, pace a voi, Kate, Tisbah ala Khair, buonanotte».

Hafez l'accompagnò fino al portone. Farid, dopo averlo salutato ad alta voce, gli parlò all'orecchio «Fa' attenzione a quello che le dici, quando siete a casa. Per noi è Kate ma per gli altri è un'inglese».

Kate non chiuse occhio quella notte, si alzò e passeggiò in lungo e in largo nel salotto illuminato dai raggi della luna.

Immaginava cosa stesse accadendo a Whitehall e a Buckingham Palace, l'orgoglio e il prestigio britannico oltraggiati da un militare egiziano senza arte né parte. Come aveva osato? si domandavano senza dubbio il premier, Sir Anthony Eden, i suoi ministri e la regina Elisabetta II, così attenta all'onore della Corona.

Nasser aveva davvero considerato la potenza della

RAF, la Royal Air Force, che era stata capace di difendere l'Inghilterra dal piano di invasione di Hitler e di bombardare, radendola al suolo, mezza Germania? Gli Stati Uniti avrebbero accettato l'affronto fatto a un alleato di sempre? Per non parlare di quanto era importante per il traffico mercantile mondiale il Canale di Suez.

Nasser aveva studiato l'arte della guerra fin da ragazzo, le aveva raccontato Hafez, ma la sua era solo teoria e finora l'Egitto era sempre stato sconfitto militarmente e in maniera oltremodo umiliante.

Kate, questo non è affar tuo, sei una donna e non devi immischiarti nelle strategie politiche e militari degli uomini, si rimproverava, e rientrava nei ranghi che le erano concessi.

Che succederà? Com'è possibile che Hafez non si renda conto che questa storia inciderà sul nostro rapporto? Forse non accadrebbe in un mondo illuminato, ma nel suo sicuramente sì.

Si sdraiò sul divano, si sentiva stanca come una centenaria.

Derek! Kate si domandava cosa stesse pensando seduto nel suo studio di Collingham Gardens, a Londra. Sorrideva per come il destino la stava punendo – o la compiangeva pietosamente?

Il piano di Nasser era palese, per lui la rivoluzione aveva come obiettivo cambiare la base stessa della società egiziana, il suo cosmopolitismo, la simmetria variabile e preziosa dell'inclusione.

Hafez la trovò addormentata in salotto e la svegliò per salutarla.

«Non so quando potrò tornare, ma ti penserò sempre, e appena possibile ti farò avere mie notizie. Stai tranquilla, habibti, e pensa al nostro bambino».

«Riesco solo a temere le conseguenze per noi dello scontro tra l'Egitto e la Gran Bretagna». La esasperava che lui negasse la questione.

Hafez scosse la testa con un sorriso e la baciò.

«Nessuno può farci del male o allontanarci. Il nostro amore è più forte di tutto, ricordatelo. Uhibbuki, ti amo. Pensa a te e a nostro figlio».

Kate rispose al suo bacio e in modo confuso registrò che Hafez continuava a non prendere in considerazione l'eventualità che il loro bambino potesse essere una femmina. Gliel'aveva fatto notare, ma lui era sicuro che fosse un maschio.

Seduta nella cucina di Hafez, Sarah rovesciò la tazza di caffè che aveva appena bevuto. La figura che si andava formando, la stessa da giorni – non era possibile sbagliarsi – era un coltello. Il significato era chiaro.

37.

Villa Baranes, Heliopolis, Qasr El Nil, Il Cairo
1956

Mademoiselle Anoush Grigoryan accennò un sorriso. Si era complimentata con Kate per com'era bella, ma doveva essere ingrassata, perché il vestito che stava provando tirava sui fianchi. Prese il metro, controllò le misure di Kate, che vestiva da quando aveva diciott'anni, e assunse un'aria complice.

«Monsieur Dior lo diceva sempre. "La vita è la prima ad andarsene"». All'inizio della sua carriera mademoiselle Anoush si era inventata un apprendistato a Parigi, poi via via che il tempo passava, secondo i suoi racconti, era diventata l'assistente numero uno del grande sarto francese. Kate ne rideva con Mireille chiedendosi quando mademoiselle Anoush avrebbe confidato in gran segreto che in realtà Dior era lei.

«Félicitations, shnorhavor, Mrs Kate». Mademoiselle si congratulò in francese e in armeno senza avere risposta, ma solo un sorriso affettuoso.

La pancia aumentava in maniera impercettibile e la moda piena di pieghe intorno alla vita aiutava Kate a confondere le idee. Ogni volta che s'incontravano, l'occhio implacabile di madame Barzel trafiggeva i suoi fianchi, ma finora quello che vedeva la tranquillizzava.

«Sappiamo come succede, di colpo la pancia esplode e tutti capiscono» diceva a madame Baranes. «Che deciderà di fare, allora? Il comportamento di Hafez è scandaloso, dobbiamo fare qualcosa. Forse tu, Mireille, potresti parlare con lui». Si dannava a cercare il modo di aiutare Kate. Mireille era disponibile, ma credeva che non sarebbe servito a nulla.

Nonostante fosse un periodo teso, marcato da inquietudine e segnali sempre più desolanti sulla nuova politica dell'Egitto, Kate era felice.

Si rendeva conto che il mondo intorno a lei stava tramontando e che la sua famiglia sentimentale soffriva per l'incertezza politica, aspettando la reazione delle potenze occidentali allo schiaffo di Nasser su Suez, ma stava vivendo l'esperienza di un nuovo mondo in crescita: per lei c'era la nascita, invece della fine.

Il caldo di agosto era torrido più di sempre, ma nessuno si decideva a lasciare Il Cairo, come se ci fosse la paura che, al ritorno, tutto potesse essere cambiato. Rimanere voleva dire fare da sentinella alle cose più care e assicurarsi che nessuno le portasse via.

A Kate bastava che Hafez riuscisse a tornare a casa per qualche ora, per qualche giorno. Era sempre più esaltato e infatuato di Nasser.

«È stato capace di giocare le sue carte in una maniera straordinaria. Noi egiziani, popolo di cui nessuno si è mai preoccupato e che non ha mai contato nulla se non per essere saccheggiato, siamo riusciti a tenere sotto scacco il Regno Unito, la Francia e anche l'America. Non è incredibile?»

Hafez parlava a casa di Fanny e Sam, dalla parte opposta della stanza madame Barzel lo guardava con aria torva. Viveva con la figlia e il genero, dopo che suo marito Misha era morto – per un infarto, secondo i medici, ma secondo lei per non aver retto al dolore di vedere di nuovo l'odio invadere gli animi degli uomini.

Del nucleo stretto degli amici erano entrati a far parte anche Farid, Pinar ed Elif, la mamma di lei, che ora sedeva vicino a madame Barzel, a cui era piaciuta fin dal primo istante.

Erano le serate più amate da Kate, contenta che

adesso ne facessero parte anche affascinanti anime bizantine. Sembrava tutto come prima.

«È stato abile» ammise diplomaticamente Sam, «ha messo con le spalle al muro gli inglesi. Come possono attaccarlo sulla nazionalizzazione di Suez quando sono stati loro a farlo per primi? Il governo laburista di Sir Anthony Eden si è appropriato delle ferrovie, delle miniere di carbone, dell'industria del gas e del ferro, dell'elettricità, per citare solo quelle che mi sono venute in mente adesso».

«In Francia, invece, infuria una violenta campagna contro l'Egitto a causa della falsa promessa fatta da Nasser al ministro degli Esteri socialista Christian Pineau di non sostenere le rivendicazioni d'indipendenza dell'Algeria» aggiunse Farid. «Monsieur Pineau non ha affatto gradito di essere menato per il naso da un "dittatore". Vuole annientarlo ed è deciso a bloccare i fondi sia francesi che inglesi per la diga di Assuan. È volato a Washington per convincere l'amministrazione Eisenhower che l'Egitto è inaffidabile».

Scegliendo con cura le parole Sam espose un'analisi che non piacque a nessuno, né da una parte né dall'altra.

«Purtroppo Nasser li ha pubblicamente umiliati e questo è un passo falso in diplomazia e in qualunque trattativa. Risponderanno sulle note dell'orgoglio e non della razionalità della realpolitik. Anche l'Occidente ha fatto un errore, annullando gli accordi per i fondi destinati alla costruzione della diga di Assuan. In questo modo ha gettato Nasser nelle braccia dell'Unione Sovietica di Nikita Chruščëv. Speriamo non sia il preludio a un'altra guerra».

Le parole di Sam fecero calare un silenzio preoccupato. Proprio in quel momento arrivarono Fatma e Abdul, il suffragi di madame Barzel, a portare bevande fresche e tisane bollenti, e furono accolti con il sollievo di tutti.

Non restava che aspettare le reazioni dell'Europa e dell'America.

Hafez partì per Londra e Parigi per sondare il clima delle cancellerie.

Prima di correre all'aeroporto passò da casa a salutare Kate. Aveva una bella notizia da darle.

«L'ho detto a Nasser! Dapprima è rimasto impassibile, poi mi ha stretto la mano pregandomi di trasmetterti il suo mabrouk».

Non solo Kate, anche Hafez era raggiante. Non sapeva che un attimo dopo la sua uscita dalla stanza Nasser si era voltato verso Amer, scuotendo la testa con aria preoccupata.

Chiunque altro avesse avuto una relazione seria con un'inglese sarebbe stato immediatamente allontanato. Non Hafez, che Nasser conosceva fino in fondo dall'infanzia, non Hafez, che firmava cospicui assegni senza esitazione, non Hafez, l'unico che, per educazione e censo, poteva andare in missione a parlare con i francesi e con gli inglesi, molti dei quali erano stati a scuola e all'università con lui.

Dopo la sua partenza, Kate si rassegnò a raggiungere Fanny e madame Barzel ad Alessandria. Hafez l'aveva convinta ad andare. L'avrebbe accompagnata Mustafà: Mireille aveva insistito, non era il caso che si sottoponesse a un viaggio in treno.

«A una condizione, prima di partire vieni a salutarmi».

Kate intuì che c'era dell'altro, Mireille voleva parlarle. Non immaginava la sua proposta.

Madame Baranes era un'incantatrice vanitosa e consapevole di esserlo. Prima confidò a Kate che l'affaire tra lei e Feisal era così intenso da considerare perfino un legame ufficiale.

«Che ne pensi, habibti, c'est pas ridicule à mon age?»

Dopo aver ascoltato le rassicurazioni di rito di Kate, di cui non aveva nessun bisogno, ed essere riuscita a distrarla e a farla rilassare proprio come voleva, la colse di sorpresa.

«Chérie, sai quanto io ti ami, per me sei come Niní, una figlia. Non ho il diritto di intromettermi nella tua vita, ma vorrei proporti una soluzione non definitiva, fin quando la situazione con Hafez non si chiarirà. Mi domando se non ti farebbe bene lasciare per un periodo più lungo Il Cairo. Cambiare aria è sempre positivo, per esempio potresti stare qualche settimana a Beirut, a casa mia. Che ne pensi?»

Kate si domandò se Mireille fosse impazzita.

«Sono incinta, forse lo hai dimenticato. Perché me ne dovrei andare? Secondo te Hafez sarebbe d'accordo? Come ti viene in mente?»

Bene, Mireille tirò un sospiro di soddisfazione, aveva lanciato la bomba e Kate non aveva fatto una scenata isterica. La risposta di oggi non contava e forse la sua proposta sarebbe rimasta per sempre tale, ma aveva dato a Kate la possibilità di pensare a una via di fuga per evitare la claustrofobia di una situazione senza via di uscita.

Si abbracciarono, Kate si stupì di non provare rabbia verso Mireille, ma riconoscenza. Si preoccupava per lei come una madre, ma non aveva ancora capito quanto l'amore che legava lei e Hafez fosse profondo. Eppure non resistette a una piccola vendetta. Le raccontò che Hafez aveva informato Nasser e che Nasser le aveva mandato le sue congratulazioni.

Kate tornò al Cairo quando Hafez arrivò dal suo lungo viaggio in Europa. Ad Alessandria non era riuscita ad apprezzare di nuovo com'era accaduto al tempo di Derek la sua atmosfera epicurea, che incitava al piacere fino alla dissoluzione.

Aveva incontrato per caso Hassan Bey, ma non aveva accettato i suoi inviti: le ricordava un tempo amaro in cui era fuggita da Hafez.

Ora non desiderava fare sforzi di nessun genere, si era adattata al ritmo estenuato dall'attesa di Fanny e della sua famiglia: ognuno aspettava qualcosa di diverso dagli altri.

Fu Sam a dirle che Hafez era tornato. Da qualche settimana Kate non ne aveva più notizie. L'amico l'aveva incrociato per caso al Café Riche.

Era appena arrivato, era stato a Parigi e a Londra, aveva raccontato a Sam, incontrando ambasciatori e capi di gabinetto del Quai d'Orsay, di Whitehall e del Foreign Office, aveva interloquito con gli uomini di monsieur Guy Mollet, il primo ministro francese, di Christian Pineau e di Sir Anthony Eden. In realtà non ne aveva ricavato molto, l'incredulità per l'affronto di Nasser non aveva ancora ceduto a una decisione. Anche perché né il presidente Eisenhower né le Nazioni Unite si erano espresse chiaramente.

Hafez mandò un telegramma a Kate, avvertendola che Selim sarebbe andato a prenderla l'indomani per portarla a Cherif Pasha, dove l'aspettava già Sarah.

Avava bisogno di un giorno senza di lei per poter parlare con Hakim Amer. Nelle settimane passate lontano non aveva fatto altro che pensare a Kate e alla loro situazione. Non poteva più procrastinare una decisione, qualunque essa fosse – anche se non ne vedeva che una sola.

Amer era uno dei suoi due amici intimi nel nucleo originario dei Liberi Ufficiali, l'altro era Zakaria Mohieddine, diventato ministro dell'Interno. Amer era il potentissimo ministro della Guerra e anche l'uomo più vicino a Nasser, l'interprete fedele del suo pensiero, la sua voce quando non voleva esporsi.

Doveva parlare con lui di Kate.

38.

Nile Corniche, Ezbekiyya Gardens, Villa Baranes,
Qasr El Nil, Il Cairo
1956

S'incontrarono nell'appartamento sulla Nile Corniche, di fronte all'Hotel Semiramis, che avevano usato quando non erano ancora al potere e la presidenza era toccata al generale Naguib. Il contratto di affitto non era mai stato disdetto, serviva un posto discreto per gli appuntamenti fuori dalle mura dei palazzi governativi.

Il generale Hakim Amer era in camicia bianca e pantaloni militari, sembrava rilassato e stava bevendo una birra Stella ghiacciata. Aveva l'aria di chi sta per fare una piacevole chiacchierata con un caro amico, lontano dai grattacapi del ministero.

Nonostante il reciproco affetto, Hafez non era tranquillo, l'argomento che gli stava a cuore lo metteva in uno stato d'ansia che non conosceva sosta, allo stesso tempo gli dispiaceva perché non voleva che l'amore per Kate gli desse altro che gioia.

Appena cominciò a parlare vide l'espressione di Hakim cambiare. Era scomparso il sorriso delle prime battute, sostituito da una strana aria che non aveva mai visto sul viso dell'amico, sembrava provasse qualcosa di simile all'imbarazzo. Hafez era deciso a confidarsi, anche lui era a disagio, non erano discorsi che si facevano tra uomini, tantomeno con quelli come Hakim, ma non si fermò. Raccontò l'amore di anni, le difficoltà e l'incapacità di fare a meno l'uno dell'altra, l'ostracismo di sua madre e delle sue sorelle, il dolore del perdersi e la completezza nel ritrovarsi una volta per sempre.

«Ho provato ma non sono riuscito a dimenticarla, a vivere senza di lei. Tu sei egiziano come me, Hakim, sai bene in che modo concepiamo i rapporti tra donne e uomini, ma non ho potuto applicare questo modello a Kate. Sono stato travolto, non so se ti è mai capitato ma, credimi, quando succede non puoi fare nulla».

Anche se Hakim era posato e razionale, diverso da lui, fu colpito dal tono e dalla passione che le parole di Hafez gli stavano comunicando. Si domandava cosa potesse dirgli, come potesse rispondergli – come fosse suo dovere rispondergli.

«Hafez, amico mio, io non so...»

Non ebbe il tempo di parlare.

«Kate è incinta, aspetta un bambino».

Hakim lo guardò stralunato, come se lo vedesse per la prima volta, poi fu sopraffatto dal dispiacere al pensiero di quello che Hafez avrebbe dovuto affrontare.

«Mabrouk, mabrouk, amico mio, ogni nuova vita è una sorgente di luce, Inshallah».

«Grazie, habibi, ma ho bisogno di un consiglio da te. Sei un uomo saggio e ti chiedo: cosa dovrei fare?»

Hakim si alzò in piedi e si avvicinò alla finestra che dava sul Nilo. Guardava il largo letto del fiume verde attraversato da feluche, yacht, navi da crociera, dahabeya, gusci di noce con le vele lerce, domandandosi cosa poteva rispondere ad Hafez e se la strada della sincerità era abbastanza per lui.

Quando si voltò e tornò a sedersi sulla poltrona di cuoio, Hafez capì che la sua risposta non gli sarebbe piaciuta.

«Amico mio, tu sei un idealista milionario, io un povero militare. Noi militari obbediamo agli ordini anche se non ci piacciono. Abbiamo obbedito agli inglesi che ci trattavano come burattini, abbiamo obbedito ai nostri generali collusi con gli inglesi, siamo addestrati a fare un passo indietro e a battere i tacchi per le disposizioni che ci vengono date, e non importa se ora abbiamo raggiunto il potere, rimaniamo sempre tali. Io posso darti il consiglio di un soldato».

Hafez non rispose.

Hakim si alzò, si mise le mani in tasca, cominciò a passeggiare in lungo e in largo nella stanza. Il problema era che voleva bene ad Hafez.

«Mohammed aziz, sono costretto a parlarti francamente, considerando fattori che non hanno nulla a che fare con l'amore che hai per la tua Kate e con l'affetto che ho per te. Per noi gli inglesi sono acerrimi nemici, sai bene che sono l'ossessione di Nasser fin da quando era giovane. Ora li abbiamo umiliati e stanno certamente preparando la rappresaglia. Kate è figlia di un uomo che insieme all'ambasciatore britannico ha lavorato per sfruttare l'Egitto, è stata sposata con qualcuno che operava per il Foreign Office ed era amico di un agente dell'intelligence britannica. Intorno a lei e al suo mondo ruotano americani i cui motivi per stare in Egitto sono oscuri – quel Dick Rogers che tu hai conosciuto lavora per Washington e ora fa la spola tra Il Cairo e Beirut. Metti insieme tutti questi elementi e domandati: come possiamo essere sicuri che anche lei non sia legata all'MI6?»

Hafez fece per protestare, ma Hakim gli chiese di lasciarlo finire.

«Probabilmente non è così, ma il dubbio c'è, e c'è in tutti noi. Il fatto che aspetti un bambino rende tutto più bello, ma più complicato per te. Ma a noi – e quando intendo noi sai bene che intendo anche Nasser – la situazione non piace, non ci sentiamo più tranquilli nel parlare con te come facevamo un tempo. Mi dispiace, habibi, molto».

Hakim gli batté un colpo sulla spalla e allungò la mano per la stretta di saluto. Hafez gliela rifiutò e si congedò con evidente freddezza.

Disse a Selim di aspettarlo e scese lungo il fiume per riprendersi dallo choc per le parole di Hakim. Non si sarebbe mai aspettato che i suoi amici potessero sospettare di Kate, lei non aveva mai fatto parola ad anima viva di quello che lui le raccontava. Era una donna trasparente, incapace di bugie e di sotterfugi.

Dentro di lui si fece però strada una voce. Gli ricordò che ne era stata capace, invece, non aveva ingannato prima suo padre, poi suo marito, nascondendo la loro storia? Lo aveva fatto per anni.

Hafez si fece orrore per aver concepito dentro di sé un'insinuazione di questo genere, ma gli tornò in mente la frase di Farid, che pure amava molto Kate: «Ricordati che lei è sempre una straniera».

Si sedette su una delle panchine vicino all'acqua e accese una sigaretta. Non poteva credere che Kate fosse una spia, avrebbe scommesso tutto il suo patrimonio che era innocente. Amava l'Egitto e il suo popolo più di molti degli egiziani che conosceva.

Le parole di Hakim lo avevano sconvolto. In realtà non gli aveva consigliato nulla, ma era stato molto chiaro, con Kate al fianco Hafez diventava inaffidabile.

«Come puoi pensare che le nostre mogli desiderino partecipare a una cena insieme alla tua amante, per di più cittadina di un Paese che ha sfruttato il loro?» aveva aggiunto l'amico. «Sai bene che questa è la ragione per cui non sono mai venute a casa vostra. Puoi immaginare cosa potrebbe succedere se sapessero che Kate aspetta un bambino da te in una situazione irregolare. Darei molto per non doverti dire io tutto questo, e sai quanto Nasser sia puritano con questo genere di storie, ma, Hafez, qualcuno doveva avvertirti prima o poi».

Stimava Hakim, un uomo di valore con cui aveva condiviso tanto. Aveva ragione da vendere. Com'era possibile che non avesse capito, che non avesse dato significato politico a un amore come il loro?

C'era una sola spiegazione, il fatto che fosse nato in un momento in cui Il Cairo rappresentava una metropoli cosmopolita dove la condivisione e l'unione delle diversità erano non solo normali, ma addirittura auspicabili.

La Storia ora aveva voltato pagina, l'Egitto era un altro Paese, si respirava un altro spirito dei tempi. C'era stata una rivoluzione in mezzo. E quello che lo feriva di più, pensando all'amore per Kate, era che lui era stato uno dei protagonisti del cambiamento.

Kate si era dimostrata molto più perspicace di lui, mille volte gli aveva confidato la paura che la politica potesse condizionare il futuro del loro rapporto. Lui non aveva mai compreso che il pericolo c'era ed era addirittura imminente.

Si prese la testa fra le mani, pensando che non c'erano molte soluzioni. Continuava a negare l'evidenza, ma sapeva bene che esistevano solo due strade da poter percorrere.

Il sole stava cominciando a tramontare rendendo il Nilo un fiume rosa. Hafez guardò le awamat, le affascinanti case galleggianti, rammentò che una volta, passeggiando sulla Corniche, Kate gli aveva fatto promettere che un giorno anche loro ne avrebbero avuta una.

Allontanò dalla sua mente il ricordo di quella giornata felice.

Doveva prendere al più presto una decisione. Ma aveva ancora un'altra persona da interpellare.

Kate lo aspettava a casa. Aveva saputo da Selim che si era incontrato con Hakim.

«Avete parlato di noi?»

«Un accenno appena. Purtroppo in questo momento gli inglesi non godono di buona reputazione». Hafez era stanco, non voleva raccontare la verità a Kate per non farle del male, ma si rifiutava di inventare una bugia.

Cercò di farla ridere. Lei cercò di ridere.

Non furono sinceri l'uno con l'altra, erano entrambi spinti dall'amore, ma fu melanconico doverlo accettare. E non passò inosservato a nessuno dei due.

Il giorno dopo Mireille tornò da Beirut, migliorando l'umore di Kate. Precettò tutte le amiche per una colazione libanese a Villa Baranes, era tornata carica di cibi e dolci tipici, e voleva brindare a una bella notizia, lei e Feisal stavano pensando di sposarsi, lui le aveva fatto la proposta, materializzata in un abbagliante diamante rosa.

«Spaventosamente volgare e nouveau riche, come sono i sauditi del resto, no?» Mireille preferiva giocare d'anticipo e non perdeva mai il gusto della battuta.

Madame Barzel alzò gli occhi al cielo, raccomandandole di non andare in giro con un tale patrimonio per non eccitare le mauvais œil e, tanto per non sbagliare, si precipitò a prendere dalla sua borsa una cartina del Papier d'Armenie antimalocchio.

Com'era consuetudine dopo il pranzo, Fanny, sua madre e Niní si riposarono nelle stanze messe a disposizione.

Kate preferì rimanere con Mireille

«Hafez l'ha detto a Nasser?» le chiese lei senza perdere tempo.

La risposta di Kate fu sbrigativa.

Chiacchierarono senza sosta per quasi un'ora fin quando Mireille si alzò in piedi, disse che era stanca e che voleva riposare anche lei.

«Scusa, habibti, ti ho snervata, e sei appena arrivata da Beirut, grazie come sempre, sei una grande amica». Kate l'abbracciò. «Ho solo un ultimo favore da chiederti».

Mireille si risedette sul divano di seta.

Due sere dopo Kate e Mireille parteciparono al ricevimento annuale dell'ambasciata libanese nella sontuosa villa di Zamalek, circondata da un giardino botanico famoso in tutto il Medio Oriente.

L'ambasciatore, esponente di una famiglia di banchieri che avevano fatto fortuna con l'Arabia Saudita, sembrava incantato da Kate, vestita con un abito longuette blu notte più austero rispetto al suo solito stile, pallida e truccata appena.

Mireille si guardava intorno. Il giardino era affollato di ospiti in abiti militari e in un angolo un'orchestra suonava musica egiziana. Il consigliere d'ambasciata era stato fermo: bandite le canzoni francesi o inglesi, sarebbero state il presupposto di un clamoroso incidente diplomatico.

Finalmente Mireille lo vide. Era circondato da molte persone e capì che bisognava agire subito, quel genere di personaggi presenziavano per qualche minuto e poi andavano via. Corse ad avvertire Kate, che riuscì ad arrivare vicino a lui. «Buonasera, ministro. Sono Kate Lambert. Posso parlarle? Ci vorranno pochi minuti».

Hakim Amer fu cortese, ma era furibondo all'idea che lo vedessero appartarsi con una cittadina inglese, per di più bella come Kate.

«Forse una signora egiziana non farebbe quello che io sto facendo. Mi perdonerà, ma ho bisogno di sapere cosa ha detto a Mohammed Hafez. So che vi siete visti e so che non è andata bene per noi».

Era difficile resistere a Kate e alla sua voce che tremava. Hakim decise che le avrebbe detto la verità: sia lei che Hafez avevano il diritto di essere messi al corrente della loro situazione, dopo avrebbero potuto decidere senza remore e senza sorprese.

«Mrs Lambert, non ho molto tempo e dato il momento non posso intrattenermi a lungo con lei. Come ho già detto ad Hafez, io sono un militare, obbedisco agli ordini, e ora gli ordini indicano che qualunque inglese è un nemico. Nasser è l'uomo più popolare del Medio Oriente, gli arabi guardano a lui come il liberatore, colui che li ha riscattatati dopo decenni di soprusi degli inglesi. In tutto il mondo arabo non si contano i bambini che si chiamano con il suo nome e lui sta lavorando per l'unione di tutti gli arabi. L'odio per l'Occidente e per gli inglesi è ormai incancrenito nella nostra pelle. Capisco Hafez, lei è una donna incantevole e lui la ama moltissimo, ma per noi è impossibile accettare la vostra unione, dovremo chiedergli di andarsene dall'Egitto e chiudere i rapporti con noi. Mi dispiace, Mrs Lambert. Le auguro una bella serata e una buona fortuna».

Un secondo dopo il congedo freddo di Amer, Mireille prese sottobraccio Kate e senza salutare nessuno la riportò a casa. Faceva caldo ma Kate tremava come fosse stata in una ghiacciaia.

Quando si fu riscaldata con gli scialli di shatoush di Mireille e con due tazze di tè libanese, chiuse gli occhi e fece una richiesta con un filo di voce: «Raccontami com'è Beirut».

Quella sera non tornò a casa, rimase a dormire da Mireille.

Da settimane Hafez era sparito, era partito per Suez con Farid senza più dare notizie. La stava lasciando dopo aver parlato con Hakim? Di nuovo il destino dell'Egitto li avrebbe separati? Il cuore di Kate batteva forte in gola dalla mattina quando si svegliava fino alla sera quando andava a letto.

Fanny la portò dal professor Malatre, che le tranquillizzò: la gravidanza stava procedendo bene.

Anche Hafez era tormentato, non sapeva cosa fare e cosa decidere. Immaginava che lei si stesse domandando perché lui fosse scomparso. Era cosciente che Kate stava soffrendo. Ma aveva bisogno di capire cosa voleva veramente.

Era disposto a rinunciare alla sua vita, al suo Paese, alla sua famiglia, ai suoi amici rivoluzionari, a Nasser e a tutto quello che significava?

Stare con Kate offriva una sola prospettiva: l'esilio.

Farid l'osservava e capiva che aveva perso il suo equilibrio di vita e stava cercando da solo di ritrovarne uno che desse significato alla sua scelta. Non gli disse nulla, non cercò di farlo sfogare, era giusto che fosse lui a chiedergli aiuto.

Hafez lo fece pochi giorni prima di tornare al Cairo.

«Farid, cugino mio, mi sei sempre stato vicino, mi hai introdotto alla Rivoluzione e hai conosciuto Kate. Sono arrivato a una svolta, chiedo anche a te un consiglio, forse puoi vedere meglio di me la realtà».

Farid comprese che si stava prendendo una responsabilità di non poco conto, ma gli disse quello che pensava. Hafez gli aveva raccontato del colloquio con Hakim.

«Sposala, Hafez, non c'è altro da dire. La ami profondamente, aspetta un figlio da te, sposala. Se non lo farai, lo rimpiangerai tutta la vita. Per i primi tempi sarai costretto ad andartene dal Paese, ma poi, come sai, tutto si trasforma, nulla è eterno, muteranno anche le condizioni in Egitto e potrai ritornare».

Hafez l'abbracciò con le lacrime agli occhi, Farid aveva ragione.

Mandò un biglietto a Sam avvertendolo di volergli fare visita e chiedendogli di poter incontrare Kate a casa sua a Qasr El Nil. Si fidava di lui.

Appena tornato al Cairo passò dal gioielliere De Marco. Non aveva voluto chiedere il diamante di famiglia a sua madre, non le parlava più da quando lei aveva inveito contro di lui alla notizia che Kate era incinta. Scelse un brillante taglio marquise purissimo e lo mise nella tasca della giacca prima di andare a casa di Sam.

Arrivò a Qasr El Nil emozionato. Parlò a lungo con Sam, lo rassicurò di nuovo sulla politica di Nasser, sulla sua sincera amicizia e sul fatto che l'avrebbe avvertito immediatamente se la situazione fosse diventata pericolosa. Poi la porta si aprì ed entrò Kate. Si meravigliò ancora una volta per come sentisse di amarla.

La strinse forte, avrebbe voluto fondersi con lei e non dover più pensare a niente. Notò che la sua pancia era aumentata, l'accarezzò mentre le copriva il viso di baci. Kate piangeva.

Si sedettero vicini sul divano, lui mise la mano nella tasca della giacca per prendere l'astuccio con l'anello.

Kate si asciugò le lacrime e cominciò a parlare.

«Mireille mi ha offerto un'opportunità e mi sembra sia la strada migliore per tutt'e due, amore mio. Con il suo aiuto ho già organizzato tutto. Tra pochi giorni partirò per Beirut per trasferirmi a casa sua, partorirò là, lontano dal Cairo e da noi».

Hafez tolse la mano dalla tasca. Venne invaso da un'ondata di sollievo così grande da dargli il capogiro.

Allora comprese che era questo che voleva e che sperava, non essere lui a prendere una decisione. Non riuscì a dire nulla che la potesse dissuadere perché non avrebbe saputo trovare le parole.

Kate aveva smesso di parlare per aspettare la sua reazione. Ma capì, Beirut era la liberazione per lui.

Era così affranta da non soffrire nemmeno. Si alzò in piedi.

«Amore mio, non ho mai voluto rovinarti l'esistenza» gli disse e si avviò verso la porta. Prima di aprirla si voltò a guardarlo per un attimo.

Hafez non si mosse, non tentò di fermarla, la guardò uscire dalla sua vita ancorato al divano da una forza invincibile. Un attimo dopo che la porta si chiuse dietro a Kate, provò rimpianto per quello che non aveva fatto, ma un'immensa riconoscenza per quello che aveva fatto Kate.

39.

The Connaught, Carlos Place, Londra; rue Sursock, Beirut; Shūf, Monte Libano
1957-1961

Non vedeva la cugina Fiona da anni. Aveva sposato un americano di Boston, capelli rossi a spazzola e occhi azzurri tondi come biglie, un wasp con antenati arrivati in America con il *Mayflower* più snob del duca di Gloucester. Fiona lo prendeva in giro ma disse a Kate che amava Bob e tutto quello che lo riguardava, soprattutto la vita sensazionale che le offriva.

Era stata Julia a dirle di Kate e del suo ritorno a Londra. Non che Julia avesse ricevuto un miglior trattamento. L'aveva intravista a Kensington Park, ma tutte le volte Kate era stata più veloce ed era riuscita a nascondersi. Fin quando Julia le era arrivata alle spalle. E Kate non aveva saputo far altro che piangere, per poi presentarle la piccola Aida Anne – tenuta per mano da Sarah –, una copia bruna di Kate, occhi brillanti e neri come quelli più tormentati di suo padre.

Aveva giurato che non sarebbe successo anche con Fiona ma l'aveva avvertita: «Sono ancora molto emotiva». Aveva scelto l'Hotel Connaught per l'incontro, uno dei suoi posti preferiti della vecchia Inghilterra, lontano dai fermenti della swinging London nascente, rassicurante, silenzioso oltre che solenne.

Guardando l'espressione affettuosa sul bel viso di Fiona, Kate si chiese la ragione per cui non aveva voluto rivedere le cugine, che l'avevano accolta in un momento molto doloroso della sua vita, tanto da ospitarla e accudirla come una sorella. Forse era stato proprio per quello, si sentiva umiliata nel farsi trovare ancora una volta sconfitta e rifiutata, come una sorta di personaggio tragico segnato dal suo eterno amore impossibile. Ma era stata egoista, doveva pensare ad Aida Anne. Sia Julia che Fiona avevano avuto dei bambini e a sua figlia avrebbe fatto bene avere qualcuno che le ricordasse una parte delle sue radici. Le altre, purtroppo, le aveva perse per sempre.

Fiona era sempre stata spiritosa, al contrario di Julia che prendeva tutto sul serio, e bastò poco perché il loro pranzo diventasse divertente grazie ai commenti di sua cugina sugli altri ospiti del ristorante.

«Guarda Lord Henry, non somiglia a un peperone? Ha sposato Nancy, te la ricordi? Lei ha l'aria di una cipolla, li chiamano "la coppia ratatouille", sembrano una caponata».

Il potere del riso è sempre taumaturgico, pensò Kate che si sentiva rilassata e ben disposta come non le capitava da tempo immemorabile. E cominciò a raccontare.

«Ho vissuto qualche anno a Beirut, Aida Anne è nata all'Hôpital Americain, vantava una delle nursery più avanzate già dai primi del Novecento. Non ricordo molto dei primi mesi, credo di essere rimasta immobile in una specie di terra sconosciuta, protetta dal resto del mondo da un muro di ovatta, aspettavo solo che l'evento che mi aveva strappato da Hafez avesse luogo. Capisci, l'evento era mia figlia, il peso da cui distaccarmi era Aida Anne. Faccio orrore, vero? Ma ero così sopraffatta da non capire a pieno quello che stavo vivendo.

Nel mio mondo c'erano solo Sarah e Mireille, che ci ospitava nella sua affascinante casa in cima a rue Sursock. Hafez era venuto a trovarmi due volte, la prima quasi non lo avevo riconosciuto, nel mio mondo di ovatta lui non esisteva. La seconda gli ho chiesto di non tornare se non dopo la nascita di mia figlia, non sono mai riuscita a dire “nostra”. In effetti non lo è mai stata. Ma gli occhi di Aida Anne hanno la stessa intensità di quelli di suo padre.

Quando è nata e mi hanno detto che era una bambina, ho capito che per lui non sarebbe stata niente, perché gli egiziani aspettano solo di avere il maschio, l’erede, la creatura che porterà il loro nome. In fondo non sono molto diversi dagli inglesi e dalla crudeltà della primogenitura.

Amo Aida Anne ma non ho mai avuto un istinto materno spiccato come quello di Fanny. Ti ricordi la mia migliore amica al Cairo? Una vera yiddish mama.

In quei mesi non riuscivo ad allontanarmi dalla casa di Mireille, percorrevo solo qualche decina di metri e poi dovevo rientrare a casa. Non mi sentivo sicura fuori, ero impaurita e stanca, e la nostalgia di quello che avevo lasciato bloccava la curiosità per quello che stavo vivendo di nuovo. Avevo scelto di non tornare più al Cairo e rimanere a Beirut, ma non sapevo quasi nulla della nuova città in cui mi trovavo.

Nel giardino di Mireille c’erano immensi cedri del Libano e io restavo seduta per ore sotto l’ombra del più grande, c’era la pace della natura, ma dentro di me la guerra infuriava, la nostalgia mi divorava e stava divorando anche il mio amore per Hafez.

Supplicai Mireille – che è una forza della natura – di lasciarmi tranquilla, non volevo uscire né conoscere nessuno. Ad Hafez invece chiesi di aiutarmi a rivedere Fanny e madame Barzel, mi mancavano le loro pantomime yiddish, il loro affetto ansioso. Volevo riavere indietro il mio mondo, anche solo per qualche giorno.

Hafez mi accontentò, lo faceva sempre, ma rivederle e stare di nuovo con loro fu ancora più doloroso. Imparai che non bisogna riaprire ferite che si debbono poi richiudere, rischiano di cicatrizzarsi male e non rimarginarsi mai del tutto».

Fiona la interruppe.

«Dopo la nascita di Aida Anne, Hafez non si è dannato per riaverti?»

«Non mi lasciava in pace, era ossessionato, credo fosse tormentato dal rimpianto di non avermi tenuta con sé. È stato allora che ho cominciato ad amarlo meno. Arrivava di notte all'improvviso e lo trovavo nel mio letto. A volte mandava Selim a prendermi con una macchina del governo, mi portava in montagna allo Shūf sulla via di Damasco quando Hafez aveva degli incontri con i notabili e i politici siriani. Nasser, insieme al presidente siriano Sukrī al-Quwwatlī, aveva fuso Egitto e Siria fondando la Repubblica Araba Unita, il sogno della sua postrivoluzione.

Lo Shūf è il centro della comunità drusa – i musulmani sciiti ismailiti –, un posto incantato con il Jabal Baruk, il monte Benedetto, la più grande foresta di cedri del Libano, e una vista indimenticabile sul Mediterraneo. Hafez faceva piantare una grande tenda da deserto con tappeti, stuoie e un ampio letto, fuori il suo suffragi, il suo maggiordomo, accendeva un fuoco profumato di cedro nel buio totale della montagna.

Mi abbracciava quasi bloccandomi il respiro, raccontandomi del Cairo e delle persone che amavo. Era come se dovesse alimentare il mio legame con il suo Paese e con lui per sentirsi sicuro di me. Ha una bella voce, e quando parlava davanti al fuoco ero come ipnotizzata. Non ho più ritrovato la mia identità inglese. Il passaporto del cuore e la mia famiglia d'elezione sono rimasti sul Nilo, anche se siamo tutti lontani e dispersi. Sono un'estranea nel mio Paese natale».

Fiona aveva ordinato il tè, che al Connaught era una cerimonia. Kate si lasciò andare contro lo schienale della poltrona bergère dove era seduta. Da quando era a Londra non aveva parlato più con nessuno di quegli anni, aveva passato il tempo a metterli da parte, là nell'angolo più nascosto della memoria. Ma era grata a Fiona, aveva compreso che adesso raccontare era una terapia.

Mentre il maître, compito come un sacerdote, completava il rito del tè e arrivavano scones caldi, panna, burro, muffin e sandwich, Kate si domandava se avrebbe mai più assaporato la kompote di Eleonora, i biscotti al cocco di madame Barzel, les éclairs au chocolat di Groppi.

Quante volte nella sua vita, pensava, le consuetudini erano diventate ricordi, poi erano tornate a far parte della sua quotidianità per scomparire di nuovo e trasformarsi in rimpianti?

Fiona era attenta, la osservava, notava che era sempre bella, più magra e più intrigante, emanava l'aria attraente di chi non vuole darsi del tutto e nasconde un mistero. Il suo modo di parlare aveva un'inflessione straniera e anche la sua maniera di vestire rifuggiva dai tweed e dallo shetland, dava sempre la sensazione che fosse vestita di seta. E, al contrario delle inglesi, amava e usava i colori.

Con la tazza di Assam in mano Kate continuò a raccontare.

«Quando Hafez arrivava, ero avida di sentire cosa stava succedendo in Egitto, se il Paese stava ricevendo quello che secondo i Liberi Ufficiali non aveva avuto a causa degli usurpatori inglesi. Hafez non era loquace sull'argomento, ma dai racconti di Sarah e di Mireille sapevo già che Nasser era diventato un dittatore. Aveva varato alcune riforme, abolito i latifondi, aperto l'istruzione a tutti, ma le disuguaglianze non erano state colmate e la corruzione non era stata sconfitta. La nascita di Israele aveva sconvolto gli equilibri dei Paesi arabi e, quando Nasser aveva nazionalizzato il Canale di Suez, Israele aveva attaccato l'Egitto insieme a Francia e Gran Bretagna. Dopo la guerra di Suez, Nasser aveva completato l'espulsione di migliaia di stranieri e di egiziani ebrei, spogliandoli di tutti i loro beni. Il sogno del rais idolatrato in tutto il mondo arabo e guardato a vista con diffidenza da quello occidentale aveva virato obiettivo: ora era il panarabismo, ribadito giorno e notte attraverso il controllo delle radio e dei giornali.

"Noi due che ci amavamo tanto ci siamo persi per questo?" ho chiesto desolata ad Hafez dopo aver letto uno dei tanti articoli di propaganda di *Al-Ahram*. Per un attimo mi ha guardato con tanto odio che ho temuto mi avrebbe picchiata. Ho capito che lui pensava la stessa cosa, avevo letto nel suo pensiero».

Fiona represse uno sbadiglio, pensò che la cugina Kate era sensuale come una sirena, ma non aveva perso la sua noiosissima fissazione per la politica. Era meglio bloccarla, una volta aveva sfiancato lei e Julia con la storia di certi Mammelucchi o Mamma i Lucchi, forse dei mammiferi arabi, se non ricordava male.

«Dimmi di Beirut, tesoro, pare sia affascinante».

«È una città vibrante, opulenta e bizantina poggiata davanti a un mare di smeraldo, l'avamposto del Medio Oriente immerso in una cultura dai retaggi ottomani, dall'influenza francese e dalla finanza svizzera e saudita. Ti piacerebbe, Fiona, devi visitarla.

Diversa dal Cairo, basata su un sistema feudale fatto di clan, vive una complicata simmetria tra cristiano-maroniti, sciiti e sunniti. Quando ci abitavo era laica e tollerante, tanto che il giorno di Yom Kippur, la celebrazione ebraica dell'espiazione, il Lycée Français era chiuso per rispetto. Beirut rappresenta la belle vie, più mediterranea che orientale, più libertina che liberale: donne affascinanti e bellissime, ricchezze incalcolabili e una vita culturale e sessuale intense».

Fiona guardava Kate con gli occhi sgranati, era un racconto ammaliante.

«Quando ho deciso di aver sofferto abbastanza e quando Hafez ha superato ancora una volta il limite, allora mi sono molto divertita in Libano. Avevo un amico, era un professore che sapeva a memoria le poesie di Charles Baudelaire ed Emily Dickinson, ma anche le storie più licenziose di Beirut, è stato lui a introdurmi dappertutto.

Con Mireille e i suoi amici andavo al bar dell'Hotel Saint George, sulla spiaggia davanti alla Corniche, che era il centro della vitalità internazionale e mondana della città. La gente arrivava da tutta Europa e dall'America per partecipare ai ricevimenti sontuosi nelle ville sulle colline. Alcune padrone di casa sono entrate nella leggenda, come lady Yvonne Cochrane Sursock, bellissima, colta e impegnata a migliorare le condizioni sociali nei villaggi rurali e a conservare il patrimonio culturale libanese. Donne sublimi, dalle relazioni inimmaginabili con presidenti, premier, gran maestri della Massoneria, sceicchi, marajà, premi Nobel e vincitori del Goncourt. La vita intellettuale è effervescente, la cultura francese filtrata dal Levante.

Quando le grandi dame offrivano un ricevimento facevano arrivare elefanti dall'India, che passeggiavano nei salotti, bardati di gioielli e ostriche da Saint-Malo. Gli ospiti si presentavano a centinaia e il paradosso era che il censo non contava, e nemmeno la religione, purché si fosse interessanti, colti o stravaganti.

Beirut ha in comune qualcosa con la spudoratezza e l'edonismo di Alessandria d'Egitto. Forse è più intricata e meno comprensibile del Cairo, ma nonostante tutto non è riuscita a sostituirlo nel mio cuore».

Fiona era ipnotizzata, l'avrebbe ascoltata per ore e ore, ma Kate si era alzata.

«Non ho più voce, cara, e Aida Anne mi aspetta. Sarah sarà fuori di sé per il ritardo, anche se non avrà avuto nessuna premonizione di cattiva sorte».

«Chi è Sarah?» chiese Fiona.

Kate le promise che glielo avrebbe detto la prossima volta che si sarebbero viste e corse a casa.

Si sentiva più leggera. Qualunque potesse essere il suo futuro, parlando con Fiona si era resa conto di aver comunque vissuto qualcosa di straordinario.

40.

Sanayeh Garden, rue Sursock, Hotel Saint George, Beirut
1957

Fu Aida Anne a individuarlo. Era solo una bambina ma mostrava la capacità di intercettare le persone migliori, le più interessanti, le più buone – al contrario di sua madre, pensava con amarezza Kate. Era arrivata al parco Sanayeh dove andavano quasi tutte le mattine e vide sua figlia che interloquiva a gesti, risatine e monosillabi con un signore anziano seduto su una panchina sotto un gruppo di ulivi e pini. Vicino aveva una pila di libri.

Sarah le spiegò che era il nuovo compagno di giochi di sua figlia. Era stato un professore e doveva conoscere tutti perché chiunque passasse lo salutava.

Kate si presentò, lui aveva uno sguardo intelligente e un sorriso malizioso, vestiva con eleganza anche se con indumenti – completo di lino, un panama floscio – vistosamente usurati. Kate non sapeva che stava facendo la conoscenza di quello che sarebbe diventato il suo migliore amico.

Michel Tabet – un métèque, padre di Sidone, madre di Tolosa – era stato il professore di letteratura francese al Collège Lycée de Beirut, una scuola privata femminile a Badaro, tra viale Pierre Gemayel e l'ippodromo, dove venivano istruite le ragazze della buona e alta borghesia e non si insegnava l'arabo, ma solo il francese.

Kate scoprì che anche Mireille era stata un'allieva del professor Tabet; non una delle migliori, era scoppiato a ridere lui. Ma tutte le sue allieve lo avevano amato e finita la scuola non avevano smesso di vederlo. Alcune, pur essendo in là con gli anni, l'avevano eletto confidente perché era simpatico, coltissimo ma non saccente, un intrattenitore nato.

«È un amico a cui poter raccontare tutte le nostre petites trasgressioni, chérie» le spiegò Mireille con aria sagace. «Michel è soprattutto un uomo comprensivo e privo di pregiudizi».

Grazie a lui Kate si riaprì alla vita. Aveva passato i primi due anni rinchiusa nel dolore della perdita di Hafez, impietrita dalla nostalgia del Cairo, incapace di trovare l'energia per conoscere una nuova realtà.

Beirut era una città dai sentimenti forti, Il Cairo era dolce, subdolo nel suo incanto.

Hafez andava e veniva, ma l'uomo che ogni tanto compariva nel suo letto non aveva più molto a che vedere con l'amante fascinoso che lei aveva adorato e voluto a tutti i costi. Era diventato qualcuno di imperdonabile che non aveva voluto sceglierla. Il rapporto di Hafez con Aida Anne – i nomi delle due nonne – era inesistente, qualche abbraccio e qualche ninna nanna, ma lei capiva che la bambina non toccava il suo cuore.

Per lui contava solo Kate.

Glielo ripeteva di continuo e lei era così stanca da non ribattere più che al momento culminante della loro storia lui si era tirato indietro. Tra loro non parlavano molto, c'era la passione, una passione che nonostante tutto non si placava.

Hafez era sempre all'erta, pronto a proteggerla. Arrivò immediatamente quando nel 1958 scoppiarono i primi disordini in Libano, poi sfociati nella guerra civile tra il presidente cristiano maronita Camille Chamoun, il socialista Kamal Jumblatt, leader dei drusi, e il primo ministro musulmano sunnita Rashid Karame, filo-Nasser e favorevole all'ingresso del Libano nella RAU, la Repubblica Araba Unita. Fece sorvegliare la casa di Mireille da una decina di sue guardie del corpo, fino a quando, grazie all'intervento americano sollecitato da Chamoun, il clima si placò. Il presidente diede le dimissioni e venne sostituito dal generale Fuad Shihab.

Una mattina Kate si sedette vicino a Michel con una domanda urgente.

«Sento continuamente parlare del Patto Nazionale. Cos'è, Michel?» gli chiese. Con altri non aveva avuto il coraggio di confessare la sua ignoranza.

«Ma chérie, la politica del Libano è molto complessa, tanto da aver avuto bisogno di una ripartizione precisa. Per questo è stato creato il Patto Nazionale, per mettere ordine e giustizia nelle tante anime del Paese, una maggioranza di cristiani maroniti e greci ortodossi, una minoranza di musulmani divisi tra sciiti e sunniti, oltre a drusi e armeni. Il Patto prevede che il presidente della Repubblica sia sempre maronita, il primo ministro sunnita, il presidente dell'Assemblea Nazionale sciita, il vicepresidente greco ortodosso. Nell'equilibrio generale va considerato che, dopo la partecipazione a fianco degli arabi alla guerra del 1948 contro Israele, il Libano ha accettato di ospitare centocinquantamila palestinesi».

Kate ascoltava con attenzione, voleva capire una volta per tutte le anime politiche del Paese dove viveva.

«Una realtà articolata, vero?» concluse Michel. «Nonostante la spensierata gaiezza, il Libano è una polveriera. Ma dimmi, ma belle chérie, perché vuoi rattristarti con queste faccende?»

Era contenta di avergli chiesto spiegazioni, non aveva idea che il Libano fosse politicamente così interessante e variegato. Ma si divertì a confessargli che la sua «belle chérie» aveva una vecchia passione, la politica estera, e a vedere poi l'espressione sbalordita di Michel.

Mireille arrivò con una lettera di Fanny e una di madame Barzel. Kate s'immerse nella lettura, Qasr El Nil, Groppi, Zamalek, il Mena House, gli amici più cari, Sam, Caralambo, Niní e Max, il rabbino Mosseri, la chiesa protestante, la Corniche, le frasi in yiddish.

Madame Barzel aveva riempito un'intera pagina di raccomandazioni e allegato un pugno di Papier d'Armenie contro il malocchio. Annusò il papier all'odore d'incenso e, con sua grande rabbia, cominciò a piangere silenziosamente. Maledetto Hafez, pensò, che l'aveva costretta a rinunciare al mondo che amava.

Sarah la sentì e si avventò sulle lettere.

«Kate, adesso basta, habibti. È passato troppo tempo, la tua autocommiserazione è fuori posto, ormai». Si era seduta di fronte a lei e la stava fissando con l'occhio sano, come per inculcarle quello che le stava dicendo. «Stai diventando ridicola. Dov'è la ragazza coraggiosa che ho conosciuto? Devi dimenticare Il Cairo e tutto quello che è successo. Guarda avanti e buttati alle spalle il passato, la vita ha da offrirti ancora molto».

Kate sapeva che Sarah aveva ragione e si domandò se avesse avuto delle rassicurazioni sul suo futuro da una delle sue visioni.

«So quello che dico, habibti». Sarah aveva capito al volo, Kate aveva bisogno di immaginare che le sue parole fossero il frutto di rivelazioni sovrannaturali. E lei glielo lasciò credere.

Il giorno dopo Kate mandò un biglietto a Michel. Gli dava appuntamento al Café Younus in rue Hamra, soprannominata la "Champs-Élysées di Beirut". Era il centro culturale della città, pieno di bar, ristoranti, teatri e librerie e punto d'incontro degli intellettuali libanesi e stranieri. Aveva deciso che gli avrebbe raccontato tutto, era l'unico modo perché lui potesse aiutarla.

Arrivò in ritardo, da rue Sursock si snodava un traffico intenso, clacson, biciclette, limousine, grida, sirene, nulla da invidiare alla sarabanda del Cairo, ma in mezzo al caos del centro della città si infiltrava il buon profumo salato del Mediterraneo.

Non fu una buona idea, il café era gremito e quasi tutti si fermavano a salutare e a scherzare con Michel. Allora lui propose il bar sul tetto dell'Hotel Bristol, aveva una delle terrazze più belle di Beirut.

Riuscirono a trovare un tavolino tranquillo, dando le spalle al pubblico elegante che arrivava per l'aperitivo. Michel la guardava incoraggiante.

Riuscì a raccontargli i suoi anni al Cairo, quello che la città aveva significato per lei, la scoperta dei sentimenti e la magia dell'amore, la poesia della confidenza e dell'amicizia.

«Ora tutto questo è bruciato. È sopravvissuto nel mio cuore, ma nel presente non ho più nulla. Vivo in una condizione di aridità affettiva dolorosa e ne ho paura. Ma non so da dove ricominciare». Aveva deciso di mostrarsi com'era, senza difese, davanti a Michel.

Si domandò perché l'avesse fatto. Cosa l'aveva spinta? Si rese conto che era stata la necessità di togliere la parte di fascinazione, la custodia dell'incantesimo e del vincolo del segreto che aveva reso la sua storia con Hafez ancora più speciale.

Raccontare il suo amore tormentato a un uomo che conosceva tutto sommato poco, incontrato sulla panchina di un giardino, che poteva farne un pettegolezzo, una storia mondana da salotto, lo aveva spogliato d'importanza, fatto scendere di livello, trasformandolo in qualcosa di comune che poteva succedere a tutti. Rendendola, sperava, di nuovo libera.

Michel si comportò come lei aveva sperato, non la consolò, non la giudicò, le disse soltanto: «Grazie di aver scelto me».

Ordinò due coppe di champagne e la esortò a

brindare alla bella vita di Beirut, offrendosi di farle da esploratore.

Kate guardò lo spettacolare panorama di Beirut, la folla allegra, i ristoranti e i bar sugli altri tetti, e quello che vide le piacque molto.

«Ça va, Michel, fammi esplorare la giungla».

41.

Les Caves du Roy, la Corniche, Beirut; Shemlan, Monte Libano
1957-1961

Riuscì a ricostruire la sua vita pensando a quante volte l'aveva dovuto fare da quando, appena adolescente, era arrivata al Cairo con suo padre.

Piano piano compose anche una nuova famiglia. Al nucleo di Aida Anne e Sarah e alla presenza fondamentale di Mireille, che andava e veniva dal Cairo e da Ryad, città di suo marito Feisal, si aggiunse Michel in modo del tutto naturale.

Una sera al bar del Saint George, dove la densità di persone interessanti era pari alla folla dei souk di Karachi, Kate rincontrò Lucien Mousa. L'aveva conosciuto sulla nave tornando al Cairo dopo il divorzio da Derek e aveva creduto – erroneamente, scoprì dopo – che volesse corteggiarla. Ricordò di come al Cairo fosse apparso una sera a casa di Farid, suscitando la gelosia di Hafez.

Si abbracciarono, senza saperlo e senza dirselo si riconobbero, erano due naufraghi alla ricerca della terra ferma. Dopo poco entrò anche lui nella nuova famiglia di Kate.

Via via che riprendeva a respirare non più con l'affanno dell'amore e dell'ansia, Kate imparò a voler bene a sua figlia indipendentemente e nonostante suo padre. L'ombra di Hafez che aveva sempre intravisto dietro Aida Anne sbiadì a poco a poco, allontanandosi sempre più in fretta, perdendo colore e connotati.

Anche il ruolo di Sarah era cambiato. Non più solo amatissima tata-chaperon, per Kate era diventata una sorella, un punto di riferimento imprescindibile della sua vita, la persona con cui aveva condiviso tutto.

Una sera le chiese di non consumare più i pasti per conto suo in cucina, ma di sedersi a tavola insieme a lei.

Non ci fu nulla da fare, Sarah rifiutò. Non aveva senso, le disse, cambiare abitudini dopo tanti anni, e poi adorava mangiare da sola. In realtà era stata una scelta fatta in tributo al padre di Kate, al quale aveva voluto bene e che aveva sempre tenuto in gran considerazione la forma.

«È la decisione giusta, non è vero, Mr Lambert?» disse guardando con l'occhio sano lassù, verso il cielo.

Su un punto Kate non cedette, al ristorante e fuori casa Sarah sarebbe stata al suo fianco, non più dietro e neppure un po' discosta, quel che bastava per non apparirle accanto.

Riprese anche le consuetudini del Cairo. Tutte le mattine camminava verso la Corniche, a volte si spingeva fino a Raouché, si sedeva in un caffè per ammirare la bellezza dei Pigeon Rocks, i due faraglioni che sorgevano dal mare.

Il vento che soffiava dal Mediterraneo depurava anche la sua anima.

Partiva da rue Sursock –, la casa di Mireille era in cima, accanto all'arcivescovado ortodosso, – oltrepassava le incantevoli ville dei Sursock immerse in un'oasi di alberi simile alle strade di Zamalek. Era più forte di lei, il paragone con Il Cairo era diventato una seconda natura, un riflesso incondizionato. Scendendo arrivava a piazza Tabaris, dove la vitalità di Beirut l'accoglieva in tutta la sua violenza, come per dirle che la vita andava affrontata di petto e goduta fino in fondo, senza tirarsi mai indietro.

«È una città che ti prende per i capelli, non credi,

Michel? O sono io così apatica da avvertirla in questo modo?»

Michel si mise a ridere.

«Incredibile come a volte siamo ignoranti proprio di noi stessi. Tu apatica? Forse ne hai l'aria, ma la tua forza è quella di una tigre».

Grazie a Mireille e a Michel stava inserendosi nella vita di Beirut, imparando a conoscerne la storia di città fenicia, romana, ottomana, europea, multireligiosa come Il Cairo.

Era un luogo dell'antimateria cresciuto con i traffici di mercanti, poi diventati costruttori, banchieri, multimiliardari imparentati con duchi italiani, viscontesse francesi, principi arabi. La ricchezza trasudava dappertutto e riusciva a lambire anche chi non la possedeva. Beirut era eccessiva ma molto generosa.

Passeggiando sulla spiaggia di Saint Simon o davanti alla statua della Madonna del Libano o tra le rovine di Byblos, Michel diventava la sua guida turistica e spirituale.

«Chérie, devi saperlo, Beirut è voluttuosa in modo quasi incestuoso, sa perdonare tutto purché sia ricco di stile» le spiegava, e Kate adorava il suo modo di raccontare mai didascalico, era un maestro nel dire il contrario di quello che ci si aspettava.

Lucien Mousa, che scriveva sui giornali *Le Jour* e *L'Orient* e aveva un'autorevolezza politica riconosciuta dall'intellighenzia del Paese, le parlava di un'altra Beirut. Quella degli intellettuali che avevano combattuto per l'indipendenza dalla Francia, quella che temeva la presenza dei campi profughi palestinesi e, soprattutto, l'entrata in gioco in Libano di personalità religiose iraniane in zone musulmane rurali e disagiate.

«Sono in molti a soffiare sul fuoco di questa situazione, i leader cristiano-maroniti da un lato, ma anche Teheran sta facendo la sua parte. Lo Scià viene in visita molto spesso e cominciano a emergere elementi radicali nella comunità sciita, non tanto nella capitale, quanto nelle aree del Libano meridionale. Agli ayatollah si stanno affiancando filosofi e religiosi iraniani come Moussa al-Sadr. Cosa vengono a fare se non a mettere in piedi un piano, per esempio creare un avamposto di controllo e forse di attacco, vista la posizione del Libano tra Israele, Siria e mare Mediterraneo?»

Kate cercava di non ascoltare Lucien, accorgendosi che il suo vecchio interesse per la politica e per la giustizia sociale stava riaccendendosi. S'imponeva di cambiare argomento, erano discorsi che le facevano male, la riportavano indietro al suo amore per Hafez e al prezzo che aveva dovuto pagare in nome della Rivoluzione.

Lucien la introdusse a casa di Aimée Kettaneh, la presidente del Festival internazionale di Baalbek, che si svolgeva tra le rovine degli antichi templi romani. Come tante libanesi facoltose, staccava assegni sensazionali pur di portare nel suo Paese i poeti, gli scrittori, gli artisti più importanti del mondo. Sotto l'egida del presidente Chamoun, il festival diventò un appuntamento imperdibile per la fama di Beirut, in grado di nutrire lo spirito, non solo il piacere.

In certe giornate, quando Lucien notava che Kate cadeva preda della malinconia, la trascinava davanti ai suoi armadi, le sceglieva un bel vestito da sera e le intimava: «Stasera si va a Les Caves du Roy, dove la porta è sbarrata alla tristezza».

Era una boîte de nuit di proprietà di Jean Prosper Gay-Para, nota in tutto il jet set e ritrovo di star, miliardari, donne belle da togliere il fiato, gran dame e prostitute d'alto bordo, così famosa che tempo dopo il suo proprietario ne aprì un'altra a Saint-Tropez.

Kate si sentiva affine a Lucien, un disadattato quanto lei. Non gli piacevano le donne, ma non accettava ancora la sua inclinazione per gli uomini. Proprio come lei, che non era in grado di chiudere la storia con Hafez e si trovava ancora in mezzo al guado, non voleva né avanzare né tornare indietro. Gli aveva chiesto una tregua, di stare lontano da Beirut e da lei per tre mesi almeno, doveva lasciarla vivere senza di lui e accettare che questo potesse anche essere per sempre.

«Non riuscirai a convincermi, non mi eliminerai come hai fatto con Derek» le rispondeva Hafez con un tono insolente.

Kate sentiva un calore crescere dentro di sé, era una furia spinta da una forza che non aveva mai provato.

«Sei tu che mi hai eliminato, Hafez, vattene e continua a vivere con questa colpa».

Una sera al bar del Saint George fu accostata da un uomo bellissimo dal sorriso scintillante.

«Êtes-vous anglaise comme moi?» Parlava con l'accento dell'upper class. Le offrì un gin tonic, esibiva una fede al dito ed era un esemplare maschile notevole; tutto quel biondo, dopo Hafez così bruno, era abbagliante per Kate.

Cominciarono a parlare. Lui viveva a Beirut da qualche anno ed era il corrispondente per il Medio Oriente di *The Economist*. Salutava tutti quelli che passavano. Kate era ipnotizzata da lui e da quello che le stava raccontando del Libano, fin quando Lucien si materializzò di colpo, la prese per un braccio, salutò freddamente lo sconosciuto e la portò via.

«Non è gente per te, tesoro. Quello è Kim Philby, e fa parte di un gruppo di finti giornalisti e analisti in odore di spionaggio, vivono qua e ci controllano, e Dio solo sa cosa scrivono nei loro rapporti e quanta gente rovinano. Stanne lontana».

Anni dopo Kate sarebbe venuta a sapere che Philby, assoldato dall'MI6, era un doppiogiochista che passava informazioni sensibili all'Unione Sovietica.

«Era uno degli uomini più attraenti che avessi mai

incontrato» raccontò a Mireille, e per un momento pensò che con lui avrebbe potuto vendicarsi di Hafez. Per la prima volta si rese conto di essere una donna libera, emancipata dal suo amore per lui che aveva finalmente relegato in un angolo.

Mireille confermò quello che aveva detto Lucien. Il bar del Saint George pullulava di gente assoldata dalle varie intelligence, MI6, CIA, Mossad, KGB, tutta Beirut era infiltrata di spie, solo Tangeri poteva gareggiare con lei in questo.

Tornando in città dopo una gita a Sidone, passarono vicino al villaggio di Shemlan. Lucien le indicò dei palazzi.

«Sono la sede del MECAS, il Middle East Centre for Arab Studies. Secondo Kamal Jumblatt, il politico socialista druso, è una scuola di spionaggio dove lavora gente della CIA e del Foreign Office».

Poche settimane prima, le raccontò ancora Lucien, Miss Toll, l'istitutrice inglese di una delle famiglie più in vista, era stata scoperta a passare informazioni a un uomo del Mossad in uno dei bagni del Saint George.

Lucien sperava di aver spaventato Kate. Lei invece ne fu elettrizzata. Al confronto George Brown e il ricatto che le aveva fatto al Cairo diventavano uno squallido ricordo, anche se era stato un incubo per lei.

Appariva tutto così nuovo e diverso dall'atmosfera del Cairo che il rimpianto e i ricordi non riuscivano più a trovare il posto e il tempo per tormentarla. Soltanto Sarah cominciava a chiederle un piano, un progetto, un obiettivo per il suo – il loro – futuro.

«È troppo presto per me, non so davvero» la bloccò Kate. Cominciò a desiderare una casa sua, le piacevano le costruzioni della vecchia Beirut con i tetti a mattoni rossi, le arcate del periodo ottomano.

Mireille s'infuriò e minacciò di vendere la sua villa, se Kate avesse continuato con l'idea di trasferirsi.

In fondo a Kate fece piacere, non avrebbe potuto trovare una casa più bella di quella di Mireille e non aveva la forza di affrontare un trasloco. Stava ancora facendo i conti con quello all'interno del suo cuore.

42.

Rue Cherif Pasha, Il Cairo; rue Sursock, Beirut;
Grand Sofar Hotel, Sofar
1959

Hafez non rispettò la tregua dei tre mesi di Kate. La nostalgia e la mancanza lo perseguitavano. Era diventato un personaggio importante, qualunque progetto, qualunque decisione economica e finanziaria da presentare ai vari ministeri e al rais doveva avere la sua approvazione.

Era così importante che persino sua madre Aida gli aveva chiesto perdono per come aveva accolto la sua storia con Kate.

Ma era così importante da rendere ancora più scandaloso un legame ufficiale con lei.

Si trovava in una morsa. Aveva acquisito il potere all'ennesimo livello, come aveva sempre desiderato e come aveva voluto per lui suo padre Fuad, che aveva fatto in tempo a gioire della sua posizione prima di morire. Eppure non era soddisfatto come si sarebbe aspettato di essere.

Forse perché la Rivoluzione non aveva sortito i suoi effetti. Lo stesso rais sembrava avere più a cuore rafforzare il ruolo e il peso politico del Paese nel mondo orientale e occidentale che occuparsi dei problemi dell'Egitto.

Forse perché all'interno del gruppo storico dei Liberi Ufficiali erano arrivate delusioni e allontanamenti.

Hakim Amer, dopo aver guidato l'esercito egiziano durante la guerra di Suez, aveva incolpato Nasser di aver provocato un conflitto non necessario. Khaled

Mohieddine, dopo essere stato accusato da Nasser di aver sostenuto il suo nemico Abdul-Karim Qasim, presidente dell'Iraq, era stato arrestato e giaceva in prigione. Farid, l'uomo che aveva spinto Hafez a credere nel colpo di Stato e a riannodare l'antico legame con Nasser, si era allontanato a causa della trasformazione dittatoriale nasseriana e della sua indifferenza verso i diritti civili. Abbandonata la politica, era stato nominato capo di un Istituto di cultura araba.

Ma ad abbattere il morale di Hafez era altro, affondava in qualcosa di più sentimentale, e come sempre si vergognava di ammetterlo.

Quello che aveva raggiunto era privo di senso se non aveva accanto la donna che amava.

Sapeva che Kate era lacerata dal rimpianto del Cairo, ma la città che aveva amato si stava piano piano eclissando.

Cambiava tutto, ma non il suo amore per Kate.

Nessun'altra era in grado di farlo sentire potente e realizzato, nemmeno la sua autorevolezza così a lungo desiderata lo appagava quanto godere a letto con lei. A volte si domandava se, più che amore, fosse un incantesimo. Nessun amico egiziano gli aveva mai parlato di un sentimento come il suo, era un amore femminile, non degno di un maschio.

Nel periodo di lontananza che gli aveva imposto Kate non fece che pensare a come riunirsi a lei e a sua figlia, a come escogitare qualcosa che potesse eliminare il suo dolore. Nonostante tutto, non riusciva a prendere in considerazione la più ovvia delle soluzioni, vivere alla luce del sole l'amore della sua vita, usare il suo potere per questo.

«È davvero una macchia imperdonabile nella tua reputazione di egiziano amare Kate? Possibile che un uomo come te non trovi il coraggio di accettarlo? Hai avuto il potere, ora lo conosci ma non sei felice, e allora a cosa ti serve?» lo sfidò ancora una volta Farid.

Ma Hafez era inchiodato alla sua educazione basata sul principio che una donna doveva obbedire ai voleri del marito, non mostrare, come faceva Kate, indipendenza e libertà e soprattutto non essere una straniera anticonformista.

Dopo aver salutato suo cugino tornò a casa e passò una notte insonne, ma il mattino seguente aveva trovato un piano. A Kate non sarebbe piaciuto, ma lui era sicuro di riuscire a convincerla.

Kate ricevette il telegramma portato dal domestico di Mireille mentre usciva dalla piccola sinagoga in stile marocchino Maghen Abraham, dove aveva accompagnato Sarah. Le piaceva assistere al rito e ascoltare il suono quasi musicale delle preghiere, le ricordava la sinagoga Ben Ezra del Cairo.

Aveva scoperto che Beirut aveva molte sinagoghe, qualcuno le aveva detto sedici, e che il Paese accoglieva una quantità di religioni diverse e sconosciute.

«Vuoi sapere quali? Tesoro, l'elenco è lungo».

Michel aveva cominciato a elencare. «Abbiamo la chiesa melchita, la greca ortodossa, la melchita-greco-cattolica, l'armeno-apostolica, l'armeno-cattolica, la siriaco-ortodossa, la siriaco-cattolica, la copta, la protestante, l'assira, la caldea. E poi ci sono i sunniti, gli sciiti, gli ismailiti, gli aluiti, i drusi. E gli ebrei. Anch'io lo sono un po' da parte di padre».

«Che dici, Michel! Non si può essere un pochino ebreo».

«Chérie, in Medio Oriente e nel Levante il sangue ebreo è dappertutto, nessuno sfugge».

Era stata una conversazione interessante che le aveva spalancato una visione diversa di Beirut. Non in modo profondo come l'Egitto, ma anche il Libano sembrava aperto, multireligioso e senza pregiudizi.

Qual era la differenza allora, cominciò a domandarsi, dato che dal punto di vista dell'inclusione erano società molto simili? Lo aveva chiesto a Sarah, che non aveva saputo replicare. Lo aveva chiesto a Mireille, che aveva dovuto pensarci e poi aveva trovato la risposta.

«Credo che dipenda dal modo in cui si ha la coscienza del sentimento. Al Cairo più forti di tutto sono la condivisione e l'armonia, a Beirut il rispetto e la libertà individuale».

Poi era arrivato il telegramma di Hafez.

Le chiedeva di incontrarsi al Grand Sofar Hotel, nello Shūf, da lì a una settimana avrebbe mandato Selim e una scorta a prenderla.

Dopo poco Sarah fu colta di colpo dai brividi.

«Dimmi cos'hai, ti prego» la implorava Kate, mentre Sarah, stesa sul letto sommersa da coperte, gli occhi spalancati, cercava di contrastare i tremori. Era tanto tempo che non era scossa da premonizioni e avvertimenti.

«È per Hafez, vero?» continuava Kate.

Quando Sarah si riprese, scosse la testa.

«Non ho visto nulla, non ho visto pericolo, ma solo sofferenza» e non seppe aggiungere altro.

Nonostante le proteste e la contrarietà di Sarah e Mireille, Kate decise di andare all'appuntamento. Nel telegramma Hafez aveva sottolineato che si trattava di un incontro vitale.

Doveva sapere, si convinceva Kate con il cuore in gola. Di nuovo. Passavano gli anni ma si ritrovava sempre in quello stato quando si trattava di lui. Sperava, nonostante tutto, che potesse accadere il miracolo di qualcosa di bello.

Partì nel pomeriggio, con Selim alla guida di una limousine scura con le bandierine dell'Egitto, era il segnale della presenza di un ospite importante. La seguiva un'altra automobile, i cui passeggeri erano uomini dagli occhialoni neri.

L'albergo costruito dalla famiglia Sursock nell'Ottocento era un edificio romantico con all'interno un piccolo casinò. In uno dei suoi saloni si era svolta la prima riunione della Lega Araba nel 1947. Si trovava nella terra dei drusi, piccoli feudi dominati da uomini dagli occhi azzurri e dai baffoni con in testa i tarboush. L'hotel sembrava uscito da una favola: circondato da montagne alte tremila metri, una leggera foschia, alberi lussureggianti, da una parte si vedeva il mare, dall'altra la strada per la Siria. Si sentiva parlare solo francese.

Kate ordinò un tè al Monkey Bar e aspettò. Aveva un buon presentimento.

Hafez non le fece finire il tè, la scaraventò sul grande letto di una delle stanze più lussuose del secondo piano e si gettò su di lei senza dirle una parola. Mentre fuori calava la notte, le sussurrava «Ti amo, ti amo, ti amo», ma per la prima volta glielo diceva con ostinazione solo in arabo.

Andò avanti fino all'alba, poi ordinò la prima colazione.

Kate era stravolta, ma d'un tratto aveva paura di quello che sarebbe seguito a una notte così furiosa e selvaggia.

Divorarono croissant caldi e bevvero caffè turco, poi lui l'abbracciò e la tirò sulle sue ginocchia.

«Kate, noi ci amiamo, vero? Io ti amo disperatamente e non riesco a vivere senza di te. A quanto pare tu ci riesci meglio».

Kate tentò di protestare, pensò che lui continuava a farla sorvegliare anche a Beirut.

«Sono qui per parlarti di futuro. Io ti voglio e ho pensato che possiamo trovare il modo per vivere insieme».

Kate spalancò gli occhi, sentendo una scarica di felicità e di adrenalina riempirle il cuore.

Le espose il piano e lei a poco a poco sentì la felicità cedere al calore della rabbia cieca. Credette di non aver capito bene e gli chiese di ripetere la sua proposta. Lui lo fece con calma, come si parla a una bambina o a una persona poco intelligente.

«Ascoltami, Kate, tutto sarebbe più semplice per noi se tu rinunciassi alla tua nazionalità inglese. Grazie ai miei rapporti politici posso farti prendere un passaporto libanese e cambiarti il nome in uno arabo. Puoi sceglierlo tu. Gli occhi azzurri e i capelli biondi non sono un problema, li hanno i drusi e persino alcuni sciiti, ma sarebbe meglio se ti tingessi i capelli di bruno. Se al Cairo qualcuno ti riconoscesse, potresti sempre dire che ti sei convertita, sarebbe la verità, perché ti dovrai convertire. Affideremo Aida Anne alla figlia della mia vecchia tata, che se ne occuperà fino a quando il clamore della nostra unione si placherà. Ma saremo finalmente insieme alla luce del sole».

Kate era diventata di ghiaccio e riuscì solo a dirgli: «Davvero, Hafez, mi stai proponendo di diventare un'altra? Di nascondermi da me stessa? Ancora una volta. Non ti vergogni? Hai un cuore, una coscienza, dei sentimenti al di là del tuo egoismo?»

Lo allontanò da sé.

«Non mi hai mai accettata e ancora adesso, dopo tutto quello che abbiamo passato, dopo la nascita di una figlia meravigliosa che tu non degni di uno sguardo e che vuoi nascondere, mi chiedi addirittura di travestirmi?»

Non riusciva a credere che glielo avesse proposto.

«Non ho mai voluto che tu diventassi un altro, né che cambiassi il tuo nome, la tua religione, il colore dei capelli. Ti ho amato per quello che sei nel bene e nel male. Ma forse tu credi di essere perfetto, un arabo, un egiziano e quindi un essere superiore, al di sopra di me e delle persone diverse da te. Sono quelli come te a provocare le guerre, nella pretesa che gli altri si assoggettino a quello che sono loro. Capisci qual è la differenza tra te e me?»

Lui la supplicava di ascoltarlo, tentando di abbracciarla, ma lei si vestì alla cieca uscendo dalla stanza e gridandogli di chiamare Selim, voleva tornare a Beirut.

Si voltò solo per dirgli, urlando perché tutto l'albergo lo udisse, perché anche lui si sentisse umiliato: «Non voglio vederti mai più. Da adesso sei fuori dalla mia vita».

Era intontita dalla sofferenza. Sarah ancora una volta aveva visto quello che sarebbe accaduto.

Passò tutto il tragitto del ritorno a singhiozzare, ma sapeva che adesso era definitivamente guarita.

Qualche mese dopo Mireille le annunciò guardinga che Hafez si era sposato con Arlette. Kate sorrise commentando: «Ha fatto bene, è una brava ragazza».

43.

Collingham Gardens, Mayfair, Kensington Gardens, Londra
1964

Non amò più nessuno come lui. Era come se avesse ricevuto e messo da parte una tale quantità di emozioni da poter vivere di rendita ed essere appagata dal ricordo di quel passato tumultuoso e di passione. Ogni tanto si era domandata se fosse stata lei invece ad aver peccato di vanità e onnipotenza, chiedendo a un uomo come Hafez di accettare imposizioni intollerabili. In fondo non le era mai importato di essere inglese, e si sarebbe tinta i capelli anche di blu, se lui glielo avesse chiesto in un altro modo, se l'avesse pregata di aiutarlo a trovare una maniera di stare insieme accettabile per tutt'e due. Ecco, se solo avesse condiviso, non imposto il suo volere. Invece l'aveva trattata come un oggetto, una schiava, una donna da serraglio.

Se avesse accettato la sistemazione che lui le offriva, il primo a giudicarla e a stancarsi di lei sarebbe stato Hafez, Kate lo conosceva più di sé stessa, lui l'amava perché lei gli teneva testa e lo faceva soffrire. Hafez era un rapace nel prendere, un serpente dal sangue freddo quando si trattava di dare.

Aveva saputo che il suo matrimonio con Arlette non andava bene. Anche lei gli aveva dato una bambina, non il maschio che desiderava. Secondo Mireille circolavano molte voci, si diceva che tradisse la moglie, si diceva che non l'amasse, si dicevano tante cose… Le malelingue del Cairo erano sempre pronte a spargere veleno.

Kate cercava di allontanare dalla mente quelle storie ma una deplorevole parte del suo cuore ne traeva soddisfazione, chissà se anche lui ora era incapace di amare come era accaduto a lei.

Non era stata solo segnata dall'amore per Hafez, ma anche dall'amicizia e dall'affetto conosciuti al Cairo con la sua famiglia d'elezione. Nessuno avrebbe mai potuto competere e sostenere un confronto con Fanny, o con sua madre e con le altre che le avevano insegnato la gioia dello scambio alla pari di tradizioni e sentimenti, senza nessuna doppiezza o retropensiero.

Aveva provato a cercare un'altra città altrettanto coinvolgente dove vivere. Dopo essere tornata a Londra da Beirut, quando il Patto Nazionale stava cominciando a scricchiolare sotto le tensioni sempre più aspre dovute alle differenze religiose, alla presenza dei palestinesi e agli scontri di frontiera con Israele, aveva deciso di viaggiare per trovare un altro luogo che potesse colmarla com'era successo al Cairo.

Con Sarah e Aida Anne avevano visitato Madrid e Barcellona, Roma e Parigi, città bellissime, ma l'atmosfera che aveva nella sua memoria come modello sembrava introvabile. In un piccolo negozio polveroso di rue du Bac a Parigi aveva scovato il Papier d'Armenie che usava madame Barzel. Lo aveva comprato in blocco e quando aveva bisogno di commiserarsi ne accendeva un pezzetto e il profumo la riportava al salotto di casa Barzel a Garden City dai mobili coloniali e divani in chintz dove era iniziato tutto.

Forse era riuscita a dimenticare Hafez, non il Cairo e la sua luce.

Alla fine era tornata ad abitare a Collingham Gardens. Derek era felice con la sua seconda moglie e i suoi due figli, viveva in campagna in pianta stabile e aveva generosamente donato la casa di Londra a Kate. Si volevano bene e ogni tanto, davanti a un bicchiere di Sherry, ripensavano agli anni del Medio Oriente. Tra loro non c'erano più né astio né rimpianto.

Grazie all'eredità paterna e alla vendita della casa del Cairo, Kate possedeva una discreta rendita. Hafez mandava regolarmente i soldi per il mantenimento di Aida Anne sul conto di Mireille. Kate aveva voluto un tramite e Mireille stava mettendo da parte quello che sarebbe stato un giorno un piccolo tesoro per la figlia di Hafez.

Poi le cugine la scovarono, il loro incontro la costrinse a cambiare vita.

La prima volta che Julia venne in visita a casa ci mancò poco che svenisse. La vista di Sarah, che non aveva perso la sua mancanza di gusto nel vestire – abbinata allo sguardo sempre più sbilenco –, fu un trauma per l'estetica da gentildonna della cugina di Kate.

«Mia cara, quell'occhio che non si sa cosa stia guardando è a dir poco inquietante» rabbrividiva Julia.

Fiona invece ne era innamorata.

«È divina, quello sguardo sbieco è così esotico» diceva, e passava con lei tutto il tempo possibile, costringendola a leggerle i fondi del caffè per qualsiasi questione.

Una volta portò anche Bob, suo marito, perché Sarah interrogasse gli oracoli sul successo di un certo affare in Ohio che, come predisse il caffè, andò in porto. Bob, assai turbato da Sarah e dalla bevanda piena di polvere di caffè che era stato costretto a bere, si rifiutò di tornare altre volte.

Ogni tanto Kate le imponeva di leggere i fondi anche a lei, ma Sarah voltava e rivoltava la tazzina senza mai dirle granché.

«Sei la solita mistificatrice, vedi qualcosa ma non

vuoi avvertirmi» s'infuriava Kate, notando com'era esauriente invece con Fiona.

In realtà, si domandava la ragione della propria curiosità. Quale predizione sperava di avere da Sarah? Un nuovo amore, o che Hafez la venisse a cercare? Ancora Hafez? Lui avrebbe continuato la loro storia, era lei a non aver accettato le sue condizioni. Ora invece l'avrebbe fatto? Dopo tanti anni il prezzo di un grande amore disperato valeva di più della solitudine e della tranquillità?

Preferiva non rispondersi e cercava di trovare l'equilibrio leggendo le favole a sua figlia.

Spesso arrivavano a giocare con Aida Anne i figli delle due cugine e la casa perdeva quel non so che di «luttuoso», come l'aveva chiamato Fiona la prima volta che ci aveva messo piede.

Grazie alle cugine Kate ricominciò a uscire, a riprendere vecchie amicizie, a partecipare all'atmosfera della Londra effervescente dei primi anni Sessanta.

La Gran Bretagna guidata dal premier Harold Macmillan s'avviava a entrare nella CEE e cominciava a concedere l'indipendenza a molte delle sue colonie africane. *L'amante di Lady Chatterley*, il romanzo scandaloso che fino ad allora era stato messo al bando, adesso circolava liberamente. La stilista Mary Quant, una ragazza un po' svitata, forbici in mano, ghigliottinava le gonne mentre la principessa Margaret, con il benestare di sua sorella la regina, diventava moglie di un fotografo, un commoner. Il baricentro di Londra si era spostato da Knightsbridge e Mayfair a King's Road.

Tutto sembrava possibile. Il Medio Oriente era in fiamme, ma l'Occidente aveva ritrovato la pace.

Ogni tanto arrivava Mireille, che si fermava a dormire una sola notte a casa di Kate, per chiacchierare insieme fino all'alba; poi l'indomani traslocava al Savoy o al Ritz, dove le riservavano una sontuosa suite.

«Non me ne volere, cara, adoro i miei piccoli lussi».

Fanny aveva quasi smesso di mandare notizie. Sam lavorava molto e lei e sua madre avevano tanto da fare a Roma, una città nuova dove si parlava una lingua sconosciuta, tre bambine, Raymonde, Denise e Jocelyne, da crescere e una vita da ricreare dal nulla.

«Ti pensiamo tutti i giorni, Kate, ricordatelo sempre» le scrivevano.

Era arrivata anche una lettera di Eleonora da New York; stava bene.

«Ti aspettiamo, vieni a trovarci, sei nel nostro cuore».

Erano tutte così lontane ormai.

Per fortuna Mireille portò con sé una buona notizia.

«Compreremo una casa a Mayfair». Le disse che Feisal aveva bisogno di una base londinese per i suoi affari. I sauditi stavano venendo allo scoperto, comprando palate di case dalle colonne bianche.

Kate batté le mani dalla gioia.

Del vecchio mondo le era rimasta accanto solo lei.

Cominciò a uscire con Mireille e suo marito, lanciati nella vita mondana di Londra. Feisal l'aveva riempita di complimenti.

«Sei ancora più bella di quando ti ho conosciuto».

Kate aveva accorciato le gonne, mostrava belle gambe e un sedere sodo, usava i toupet e le ciglia finte.

Con Feisal parlava di politica estera e di Nasser, anche se lui aveva l'accortezza – come promesso a Mireille – di non nominare mai il fedifrago Hafez.

«Nasser è stato abile, ha mantenuto rapporti con l'Unione Sovietica pur avendo una posizione anticomunista e prendendo le distanze dalla costruzione del muro che nel 1961 ha diviso Berlino Ovest da Berlino Est per evitare l'esodo verso occidente. Ha saputo ricucire quelli con gli USA, anche se la sua dottrina del panarabismo non piace affatto agli americani. Per questo, e per controbilanciare il suo potere nel mondo arabo, il presidente Dwight Eisenhower è venuto da noi – da re Saud, che diffida di Nasser – a proporre affari e buone relazioni. Il mondo comincia a riconoscere la potenza dell'Arabia Saudita». In effetti Kate aveva sentito parlare del fatto che nella City si stava facendo strada un saudita di nome Adnan Khashoggi, un mediatore di grandi affari tra l'Occidente e il suo Paese natale.

«Nasser è sempre popolare? E i suoi fedelissimi gli sono sempre fedeli?» Kate non riuscì a non chiederlo.

Mireille la guardò improvvisamente attenta. Kate non toccava l'argomento da anni, aveva fatto davvero i conti con il passato, allora.

«Per il suo popolo il rais continua a essere un eroe. Ma credo che l'arabizzazione che auspica per l'Egitto fallirà. Gli egiziani non si sentono arabi, hanno la convinzione e l'orgoglio di essere egiziani, di essere qualcosa di molto più grande».

Londra era diventata più internazionale, oltre agli indiani e agli altri ex sudditi che avevano fatto parte dell'impero britannico, stava aprendo le braccia a imprenditori e brasseur d'affaires arabi e levantini.

«Questa città sembra un souk» deplorò Julia, che aveva sposato il proprietario di ettari ed ettari di terra nel Devon ed era dedita a cavalli, cani e giardinaggio, passioni nazionali, oltre che personali di Sua Maestà Elisabetta II. Le sue gonne di tweed rilasciavano sempre foglie di tasso o il pelo di qualche animale. Fiona la spazzolava prima di permetterle di entrare in casa.

«Non sono né una siepe né un cavallo» protestava lei.

Julia era a Londra con una missione precisa, fare una predica a Kate.

«Cara, sei uno schianto. Ma non c'è persona che non mi racconti di come tu vada sempre in giro in compagnia di amici arabi. Possibile che li trovi più interessanti di noi?»

Lì per lì Kate trovò paradossale il suo rimprovero. Ripensando al Cairo si disse che c'era sempre un mondo alla rovescia, dove poi lei finiva dalla parte sbagliata, c'era sempre qualcosa o qualcuno che era rifiutato perché diverso, perché straniero. Poi ci ragionò su. Julia era una snob e chi non era inglese per lei contava meno di una quaglia, ma aveva ragione. Continuava a essere attratta da chiunque arrivasse dal Medio Oriente. Era ancora il riflesso di un legame che non voleva recidere, l'ultimo rimasto. Doveva cercare di allentarlo e combattere l'ennesima illusione.

Così, dopo aver rifiutato tre inviti di Mireille e Feisal, aveva intensificato le frequentazioni di amici inglesi e partecipato a una cena di americani a casa di Fiona.

Trovò divertente osservare i britannici e le loro ariette di superiorità quando si rapportavano ai chiassosi e allegri yankees, come li chiamava madame Barzel. Una sera, un cugino di Bob che viveva a New York l'invitò a cena, compìto come se si trovasse davanti a un'altezza reale. Qualcuno doveva avergli detto che con gli inglesi bisognava comportarsi come a corte, ne rise Kate raccontandolo a Mireille, mancava poco che le facesse l'inchino, ma era simpatico.

Quando arrivò il quarto invito di Mireille, Kate accettò anche se di malavoglia, voleva bene a Mireille e non avrebbe mai voluto offenderla.

Andarono insieme a un ricevimento nella nuova casa di un parente di Feisal, una mansion a Mayfair arredata con molto gusto, doveva aver assoldato un decoratore di grido, tutto era all'ultima moda e c'erano molti inglesi che Kate conosceva.

Lei indossava una mini di pelle e si era fissata in testa una finta treccia lunga fino alla vita.

Stava divertendosi con i due che Fiona aveva definito «la coppia ratatouille» quando sentì su di sé lo sguardo di un uomo che la fissava dall'altra parte del salone. Aveva capelli molto neri con qualche filo bianco e un'espressione da rapace.

Possibile?

Le sembrò che il cuore si fermasse come preso in una morsa. Impallidì di colpo, era sul punto di perdere l'equilibrio. Il Lord Peperone la tenne per un braccio, Kate sentì da lontano che chiedeva un bicchiere d'acqua.

In quel momento Mireille arrivò frizzante come sempre, ma si accorse subito che qualcosa non andava.

Kate le sussurrò all'orecchio: «Mi è sembrato di vedere Hafez. Credo di aver avuto un'allucinazione, ma per favore fai un giro per la sala, controlla che mi sia sbagliata».

L'emozione era passata, il cuore batteva forte e i suoi occhi cercavano tra le persone l'uomo che assomigliava a Hafez.

Quanti maledetti anni erano passati?

Disse a Mireille: «Credo sia meglio che vada».

Arrivò a casa e aspettò.

Mezz'ora dopo suonò il telefono.

«Era lui, è appena arrivato a Londra, l'ho intercettato mentre stava parlando con Feisal. Mi ha preso da parte e mi ha supplicato di perorare la sua causa. Desidera vederti a ogni costo. Cosa vuoi fare?»

«Non voglio, Mireille, faglielo sapere e digli di partire».

«Pensaci, Kate. Sai che lo detesto, ma è il padre di tua figlia, è stato l'amore della tua vita e tu lo sei stata per lui, me l'ha ridetto ancora questa sera. Sono passati gli anni, ma per lui ci sei sempre e solo tu».

Kate chiuse la telefonata.

Rimase rintanata a casa per una settimana.

Non rispose a Mireille, che la cercò più volte, non volle vedere Fiona, a cui Sarah aveva raccontato cos'era successo.

«Lo sapevo che sarebbe accaduto» le disse la donna.

«Potevi dirmelo!» si arrabbiò Kate.

«Cosa sarebbe cambiato? Sarebbe servito solo a metterti in allarme» si difese Sarah.

Dopo una settimana passata con le persiane chiuse aveva l'impressione di soffocare. Decise di uscire a passeggiare. Erano le sette del mattino e il sole si stava affacciando. Si avviò a Kensington Garden, aveva bisogno di stemperare la tensione, camminare era da sempre il suo talismano.

Arrivò al Serpentine Lake, il laghetto che separa Hyde Park da Kensington Gardens, la sua meta preferita, dove i pensieri lasciavano il posto a un senso di pace.

Respirò a fondo e alzò gli occhi per guardare il colore del cielo. Era una bella mattina con il sole. Poi, abbassando la testa lo vide.

Sembrava aspettarla. Non era lontano, le sorrise.

A Kate tornò in mente tutto, il suo fare arrogante, la sua sensualità, l'obbedienza cieca a Nasser. E anche l'umiliazione subita da Hakim Amer, che l'aveva trattata come un'appestata. La vita in cima all'onda e poi il dolore nel perdere sempre nonostante l'amore.

Rivide in un attimo il mondo incantato della condivisione e dell'alchimia al tempo del loro incontro e poi il mondo perduto nella separazione e nel pregiudizio.

Cercò di ricordare il vento leggero che si alzava di sera al Cairo.

Si fermò salda sulle gambe e non rispose al sorriso. Gli fece un cenno con la testa, come si saluta un viandante, uno sconosciuto.

Gli voltò le spalle e si mise a camminare nella direzione opposta. Il suo cuore non batteva impazzito, il suo corpo non si era irrigidito preparandosi a difendersi.

Kate continuava la sua passeggiata, non c'era nulla che valesse la pena di interromperla.

Hafez non smise di sorridere e iniziò a seguirla.

BLOOM

PATRICK DEWITT
L'uomo che amava i libri

PIERPAOLO VETTORI
L'imperatore delle nuvole

TOMMASO AVATI
La ballata delle anime inutili

ANNA VOLTAGGIO
La nostalgia che avremo di noi

BARBARA KINGSOLVER
Demon Copperhead

BÉRENGÈRE COURNUT
Gli spiriti dell'altopiano

YANNICK HAENEL
Il tesoriere di Stato

ELIZABETH DAY
Confessioni di un'amica

BRIGITTE REIMANN
Fratelli

GASPARD KŒNIG
Humus

NATSUO KIRINO
Ambos Mundos

PAOLO PAGANI
In cammino con Walter Benjamin.
Il naufragio di un genio e le idee della sua epoca

SUZIE MILLER
Prima facie

NATHAN THRALL
Un giorno nella vita di Abed Salama.
Anatomia di una tragedia a Gerusalemme

NEIGE SINNO
Triste tigre

DAVID NICHOLLS
Tu sei qui

CLAIRE BEREST
Lo spessore di un capello

SABRINA QUARANTA
Iniziazione

ANTOINE WAUTERS
Il museo delle contraddizioni

MARTA LAMALFA
L'isola dove volano le femmine

ELENA BOSI
Mio padre è nato per i piedi

CHRISTIAN PASTORE
Nessuno si farà attendere

TOBY LLOYD
Fervore

VIET THANH NGUYEN
Io sono l'uomo con due facce. Storia. Memoria. Ricordo

RICHARD RUSSO
La vita, secondo me

GIUSEPPE BERTO
La fantarca

VANESSA TONNINI
Grammatica di un desiderio

DAVID DIOP
Il paese di Sogno

HIROKO OYAMADA
Donnole in soffitta

HÉLÈNE FRAPPAT
Gaslighting. Contro la manipolazione

EMANUELA E. ABBADESSA
La suggeritrice

MIEKO KANAI
Una lieve vertigine

WANDA MARASCO
Di spalle a questo mondo

HALLE BUTLER
Un incubo banale

BARBARA KINGSOLVER
Un mondo altrove

MARCO FOLLINI
Beneficio d'inventario

ERIK LARSON
Il demone dell'inquietudine
L'alba della Guerra civile americana

ROSSELLA MILONE
Il primo desiderio

ELIO PECORA
L'acquario

BAO NINH
Il dolore della guerra

HERMAN KOCH
Ne scriverai?

SARA FRUNER
La luce laggiù

CAROLINE WAHL
Vento forza 17

AMY TWIGG
Adorate creature

MATTHIAS JÜGLER
La danza delle effimere

MADHUMITA MURGIA
Essere umani

BOUALEM SANSAL
Vivere

IRIS WOLFF
Radure

GARRETT CARR
Il ragazzo venuto dal mare

BERNHARD SCHLINK
Il tempo che resta

Neige Sinno
La Realidad

Fumio Yamamoto
I dilemmi delle donne che lavorano

Maurizio Serra
In visita

Bianca Bosker
Il quadro completo
Viaggio tra artisti ispirati e ossessionati collezionisti

Giuseppe Berto
Le opere di Dio

Questo libro è fabbricato da Grafica Veneta S.p.A.
con un processo di stampa e rilegatura certificato 100% carbon neutral
in accordo con PAS 2060 BSI

Stampato per conto di
Neri Pozza Editore, Vicenza
da Grafica Veneta S.p.A., Trebaseleghe (PD)
nel mese di novembre 2025
Printed in Italy